Nicci French

In hechtenis

Vertaald uit het Engels door Eefje Bosch,
Mechteld Jansen en Elise Kuip

Ambo|Anthos
Amsterdam

MIX
Papier van verantwoorde herkomst
FSC® C014496

Eerste druk maart 2020 (paperback)
Tweede druk maart 2020 (gebonden)
Derde druk april 2020 (dwarsligger®)
Vierde druk april 2020 (paperback)
Vijfde druk mei 2020 (paperback)

ISBN 978 90 263 4333 9

Oorspronkelijke titel *House of Correction*
Oorspronkelijke uitgever Simon & Schuster
Omslagontwerp Marry van Baar
Omslagillustratie © Magdalena Wasiczek / Trevillion Images
Foto auteur © Mark Kohn

Verspreiding voor België:
Veen Bosch & Keuning uitgevers nv, Antwerpen

Voor Lucca

1

Binnen

1

Het gegil begon om drie uur 's nachts. Tabitha had nog nooit een mens zo'n geluid horen voortbrengen. Het klonk als het gekrijs van een dier in een val en werd beantwoord door andere kreten, galmend en ver weg. Tabitha wist niet of het uitingen van steun, woede of spot waren. Het gegil verflauwde tot snikken, maar zelfs dat werd versterkt door het metaal, de deuren, de trappen, de vloeren. De geluiden galmden na door Tabitha's hoofd.

Ze voelde beweging in het bed boven haar. De andere vrouw moest wakker zijn.

'Volgens mij zit er iemand in de problemen.'

Stilte. Tabitha vroeg zich af of de vrouw haar negeerde of dat ze echt nog sliep, maar toen klonk er in het donker een stem. De vrouw sprak traag, alsof ze in zichzelf praatte. Haar stem was laag en raspend, de ochtendstem van een roker.

'Iedereen zit in de problemen,' zei ze. 'Daarom zijn ze hier. Daarom huilen ze als ze denken aan hun kinderen of aan wat ze hebben misdaan. Of aan wat ze hun kinderen hebben misdaan. Bij echte problemen hoor je geen gegil. Dan hoor je alleen de piewie's door de gangen rennen. En als het echt foute boel is hoor je een helikopter landen op het grasveld hiernaast. Dat is sinds ik hier ben drie, vier keer gebeurd.'

'Wat komt die dan doen?' vroeg Tabitha.

'Wat denk je?'

Tabitha probeerde niet te bedenken waarom hier midden in de nacht een helikopter zou landen. Ze probeerde überhaupt niet te denken. Maar dat ging niet. Ze staarde naar de onderkant van het bed boven haar en luisterde naar het gesnik en geschreeuw en een nieuwe huiluitbarsting van iemand anders en voelde plotseling hoe de duisternis werd doorboord door een kristalhelder besef: dit gebeurde echt.

Tot dan toe was alles zo vreemd geweest, zo anders dan alles wat ze kende, dat het had gevoeld als een krom sprookje over iemand anders die naar de gevangenis ging, iemand over wie ze las of naar wie ze keek in een film, ook al beleefde ze alles zelf. Zo had het gevoeld in de kleine, raamloze achterbak van het arrestantenbusje waarin ze vanaf de rechtbank hierheen was gebracht, toen ze haar kleding uittrok en door haar knieën ging, waarna ze was aangestaard en bestudeerd en een vrouw om haar kleine borsten en okselhaar had gelachen, toen ze onder de douche stond. Ze hadden haar een stel lakens, een kriebelige blauwe deken en een dunne handdoek gegeven en haar een hele reeks deuren door geleid. Die deuren waren inderdaad van heel dik metaal. Ze vielen inderdaad met een klap dicht. De bewakers hadden inderdaad enorme sleutelbossen aan een ketting aan hun riem hangen. De gevangenis was ontzettend gevangenisachtig.

Gistermiddag, toen ze haar hadden meegevoerd door de centrale hal die zowel op de begane grond als op de eerste verdieping werd omsloten door cellen, had ze groepjes vrouwen naar haar voelen staren. Dit gebeurt niet echt, had ze willen zeggen. Ik ben niet een van jullie. Ik hoor hier niet.

En nu lag ze in bed en probeerde ze daar niet aan te denken, probeerde ze dat moment niet keer op keer in gedachten te herbeleven. Maar zelfs dat was beter dan nadenken over waar ze zich nu, op dit moment, bevond, in wat voor ruimte ze lag.

Tabitha had haar hele leven al een hekel aan liften. Wat als zo'n ding naar beneden viel? Wat als hij bleef steken? Ze nam altijd de trap. Toen ze in Londen woonde, had ze een enorme hekel gehad aan de metro. Op een keer had ze tijdens de spits, ingeklemd tussen de hete lichamen, stilgestaan tussen twee stations. Er had een gedempte mededeling geklonken, onverstaanbaar. Ze waren vijf, tien minuten blijven staan. Het was zomer geweest, en verstikkend heet. Langzaam was het tot Tabitha doorgedrongen dat ze zich onder een massieve laag klei en bakstenen bevond. En toen dat ze midden in een metrotunnel stond, ingeklemd tussen vele overvolle wagons. Ze had de neiging gekregen zich gillend en vechtend een weg uit de metro te banen, maar had zich net kunnen bedwingen.

Nu lag ze in een cel van vier stappen lang en drie stappen breed. De cel had een piepklein raam met tralies ervoor. Het raam bood uitzicht op een binnenplaats en een muur met prikkeldraad erbovenop en de heuvels in de verte, nevelig door de grote afstand. Toen ze gisteren uit dat raampje keek leek er een figuurtje op die heuvel te bewegen. Een wandelaar. Buiten. Vrij. Maar nu was het zo donker dat je alleen de door schijnwerpers verlichte binnenplaats kon zien. De deur van de cel zou tot halverwege de ochtend op slot blijven. Als ze daaraan dacht, kreeg ze het gevoel dat ze levend werd begraven en wilde ze gillen zodat iemand haar zou komen redden. Misschien had die vrouw daarom zo gebruld.

Als gillen niet lukte, was huilen misschien een optie. Maar als Tabitha eenmaal zou beginnen met huilen, zou ze niet meer kunnen stoppen. En waarschijnlijk konden ze je maar beter niet zien huilen.

Het was afschuwelijk koud en de deken was veel te dun. In het donker trok ze haar knieën bijna op tot aan haar borst en sloeg ze haar armen om zich heen. Ze rook anders. Naar gevangeniszeep, haar dat nodig gewassen moest worden, iets schimmeligs. Ze sloot haar ogen en dacht aan de zee, de branding die op de rotsen sloeg. Haar gedachten vormden lange, donkere krullen, die ze probeerde weg te duwen. Er klonk opnieuw een gil en ergens ver weg bonkte iemand op een deur.

Ze moest even hebben geslapen, hoe onmogelijk dat ook leek, want ze werd wakker toen de vrouw zich van het bovenste bed liet glijden. Dat leek eeuwen te duren. Eerst kwamen haar voeten; lang, met paars gelakte nagels en een tatoeage van een spin op de rechterenkel. Toen haar eindeloze benen, gehuld in een grijze joggingbroek. Toen een zwart T-shirt dat omhoog kroop en een navel met een ringetje erdoor ontblootte. Ten slotte een egaal ovaal gezicht, lang dik zwart haar met een pony, oorlelletjes met creolen erin. Ze was heel lang, rond de een meter tachtig, zag er sterk uit en leek ergens achter in de twintig, al was haar leeftijd lastig in te schatten. Tabitha had haar gisteravond niet echt gezien. Ze was simpelweg in bed gestapt, had de deken over haar hoofd getrokken en was doodstil blijven liggen.

'Hoi,' zei ze nu.

De vrouw gaf geen antwoord. Ze liep naar de andere kant van de cel en schoof het gordijntje open.

Dat was nog zoiets. De cel was ooit gebouwd voor één persoon. Nu stond er een stapelbed, twee stoelen, twee smalle tafels, twee kleine ladekastjes, een wasbak en een wc met een gordijn ervoor. De vrouw trok haar broek naar beneden en ging op de pot zitten. Ze keek vrijwel uitdrukkingsloos voor zich uit; het was net of ze alleen was. Tabitha ging met haar gezicht naar de muur liggen en sloeg haar deken om zich heen zodat ze niets zou horen.

De wc werd doorgespoeld en er werd een kraan opengedraaid. Tabitha wachtte tot de vrouw klaar was en klom toen uit bed, waste haar oksels en gooide een plens water in haar gezicht. Toen schoot ze een canvas broek, een T-shirt en een sweater aan. Ze trok haar sneakers onder het bed vandaan.

'Ik ben Tabitha,' zei ze.

De vrouw borstelde werktuiglijk haar haar. Ze keek Tabitha aan. Ze moet bijna dertig centimeter langer zijn dan ik, dacht Tabitha.

'Dat heb je me gisteravond al verteld.'

Het was even stil.

'Hoe heet jij?' vroeg Tabitha.

'Michaela. Dat heb ik ook al verteld.'

Aan de andere kant van de deur klonk gerammel, waarna de deur van het slot werd gedraaid en naar binnen openging. Er verscheen een pezige, kleurloze vrouw en een karretje met twee roestvrijstalen kannen erop.

'Thee,' zei Michaela.

'Thee,' herhaalde Tabitha.

De vrouw schonk twee mokken voor hen in.

Tabitha's ontbijtpakket lag op tafel. Ze opende het en stalde de inhoud uit: een plastic kom, een plastic lepel, een doosje ontbijtgranen, een pakje houdbare melk, twee sneetjes bruinbrood in plasticfolie, een portieverpakking boter in aluminiumfolie en een cupje frambozenjam. Omdat ze geen mes had smeerde ze de boter en de jam met de steel van haar lepel op het brood.

Ze kon zich niet herinneren wanneer ze voor het laatst had gegeten en werkte de boterhammen in een paar snelle happen naar binnen. Het brood was droog, maar ze gebruikte de thee om alles weg te spoelen. Ze goot de ontbijtgranen in de kom en schonk de melk eroverheen. De melk was warm en had een zurig bijsmaakje. Hoewel ze ervan moest kokhalzen at ze de kom helemaal leeg en zette hem daarna aan haar mond om het laatste restje melk op te drinken. Ze had nog steeds honger.

Ze ging op de wc achter het dunne gordijntje zitten. Ze voelde zich net een dier. Zittend op de pot met haar broek rond haar enkels zag ze opeens lichtflitsen en begonnen haar oren te piepen. Ze wilde met haar hoofd tegen de muur beuken, opnieuw en opnieuw, wilde iets doen wat zou opluchten, wat hier een eind aan zou maken.

In plaats daarvan veegde ze af, trok haar broek omhoog en ging met haar rug tegen de muur op haar bed zitten. Ze had niets te lezen, niets te doen. De dag voelde vormeloos en oneindig. Maar als ze er een boek bij had kunnen pakken had het vast gevoeld alsof dit nu haar leven was en geen huiveringwekkende vergissing, een vergissing die zou worden hersteld zodra men besefte dat ze hier niet hoorde.

Michaela stond over de wasbak gebogen haar tanden te poetsen. Daar nam ze uitgebreid de tijd voor. Ze spuugde in de wasbak, bukte en dronk rechtstreeks uit de kraan. Ze kwam overeind, legde haar hoofd in haar nek en gorgelde hard. Alles voelde te intens, dacht Tabitha: de geluiden, de geuren, de fysieke nabijheid van de andere vrouw. Michaela bond haar haar in een paardenstaart en liep de cel uit. Een paar tellen later kwam ze weer binnen. Ze leunde tegen het bureau en keek Tabitha aan.

'Wat zit je hier nou nog.'

Tabitha gaf geen antwoord. Daar was ze te moe voor.

'Dat maakt het alleen maar erger. Ik kan het weten, ik zit hier al veertien maanden.'

'Wat heb je gedaan?'

Michaela keek haar vrijwel uitdrukkingsloos aan. 'Heb je dat blaadje gekregen met die onzin over lichaamsbeweging en douchen en wanneer de bibliotheek open is en zo?'

'Dat moet hier ergens liggen,' antwoordde Tabitha. 'Maar daar heb ik toch niets aan. Dit is een vergissing.'

'O ja? Nou, denk maar niet dat je je hier onopgemerkt kunt blijven verschuilen tot het voorbij is. Deze gevangenis is net een schoolplein. Ze kiezen altijd het meisje in de hoek dat met rust gelaten wil worden. Sta op. Sta op en ga douchen.'

'Ik wil niet douchen. Vandaag niet.'

Michaela haalde iets onder Tabitha's bureautje vandaan.

'Hier.' Ze gooide Tabitha de handdoek toe die ze bij binnenkomst had gekregen. 'Pak je handdoek en zeep en ga douchen.'

Michaela liep de cel uit en liet de deur openstaan. Tabitha stond op. Ze was tot op het bot verkleumd. Ze keek opnieuw uit het betraliede raampje: de lucht was wit. Misschien gaat het wel sneeuwen, dacht ze. Dat zou wat zijn: dikke witte vlokken die slechts centimeters bij haar vandaan naar beneden dwarrelden en alles verborgen onder een vervreemdend laagje.

Ze pakte haar handdoek en de zeep die bij de wasbak lag en liep naar de centrale hal, waar allerlei galmende geluiden klonken: voetstappen, dichtslaande deuren, harde stemmen, gelach, gekuch, het natte geklets van een zwabber. Er strompelde een graatmagere vrouw met lang wit haar en een gezicht vol rimpels op haar af. Haar dikke bruine jurk kwam tot aan haar schenen en haar handen waren gezwollen van de artritis. Ze klemde een stapel papier tegen haar borst.

'Jij bent er ook,' zei de vrouw glimlachend.

'Ja, ik ben er ook,' antwoordde Tabitha. Ze liep door de hal naar de kleine douchevleugel. Die bestond uit een rij aparte douchehokjes. Tegen de achterste muur van de vleugel stond een houten bank met haakjes erboven. Overal stonden vrouwen kledingstukken aan en uit te trekken. De tegelvloer was nat en het rook er naar zeep en zweet en lichamen. Het geheel deed haar zo sterk aan de kleedkamers op de middelbare school denken dat het pijn deed. Ze kleedde zich langzaam uit en keek strak naar de muur om te voorkomen dat ze iemand aankeek. Met haar onderbroek nog aan wikkelde ze de dunne versleten handdoek om zich heen en wurmde hem toen als een verlegen puber op het strand naar beneden.

Ze liep naar een leeg hokje, trok het douchegordijn dicht en hing de handdoek aan een haakje. Toen ze aan de kraan draaide kwamen er niet meer dan een paar druppels water uit de douchekop. Ze probeerde de kraan verder open te draaien, maar dat ging niet.

'Je moet erop slaan,' zei iemand. 'Op de leiding.'

Ze tikte tegen de leiding. Er gebeurde niets.

'Harder,' zei dezelfde persoon. 'Flink hard.'

Ze ramde haar vuist tegen de leiding. Na wat gesputter en gekuch zwol het gedruppel aan tot een straaltje, net genoeg om van top tot teen nat te worden. Maar de douche was niet prettig, bood geen enkele ontsnapping, geen enkele troost.

2

'Deze kant op.' De bewaker was groot en keek verveeld. Haar voetstappen maakten een hard, kletsend geluid.

'Wat?'

'Je afspraak zit te wachten.'

'Mijn afspraak?'

'Je advocaat. Dat is je gisteren verteld.'

Dat kon Tabitha zich niet herinneren. Maar ze kon zich sowieso weinig van gisteren herinneren, en dat gold ook voor de dagen daarvoor. Alles was één grote brij gezichten, starende ogen, vragen waar ze geen antwoord op had, woorden die ze niet begreep, mensen die steeds weer haar naam zeiden – haar naam en adres en geboortedatum – gevolgd door vellen papier die haar werden toegeschoven, apparaten die met een klik aangingen om te kunnen opnemen wat ze zei, lange gangen en tl-verlichting, deuren, sleutels, tralies.

'In de bezoekersruimte,' zei de vrouw. De sleutelbos aan haar middel rinkelde. 'Het is geen bezoekdag.'

De bezoekersruimte was groot en vierkant en te fel verlicht. Aan elk van de tafeltjes die in rijen waren opgesteld stonden twee stoelen, tegenover elkaar, en tegen de muur stonden twee snoepautomaten. De ruimte was leeg, op een vrouw van middelbare leeftijd na, die aan een tafeltje achter een laptop zat. Ze zette haar bril af, wreef over haar ronde gezicht, zette haar bril weer op en las fronsend verder. Toen Tabitha dichterbij kwam keek ze op, glimlachte even en stak toen haar hand uit, die sterk en warm was. Het haar van de vrouw was meer peper dan zout en ze keek Tabitha strak aan. Tabitha voelde haar hoop groeien. Deze vrouw zou alles oplossen.

'Ik ben Mora Piozzi,' zei ze. 'Er is me gevraagd jou te verdedigen.'

'Wat is er met die ander gebeurd?' Haar eerdere advocaat was een brallerige en verontrustend vrolijke jonge man geweest.

'Dat was de piketadvocaat. Hij heeft je zaak aan mij overgedragen.'

Toen ze tegenover elkaar gingen zitten krasten hun stoelen over het linoleum.

'Hoe gaat het met je?' vroeg Mora Piozzi.

'Hoe het met me gaat?' Tabitha moest haar best doen om niet te gillen. Wat was dat nou weer voor vraag? 'Ik zit in de gevangenis en heb geen idee wat er aan de hand is.'

'Het is mijn taak om je alles uit te leggen en je te helpen.'

'Oké.'

'Laten we bij het begin beginnen. Allereerst moet je me officieel toestemming geven om je verdediging te voeren.'

'Bij dezen.'

'Mooi. Ik heb je registratienummer, voor het geval je dat nog niet hebt.'

'Een registratienummer? Maar ik ben hier toch zo weer weg. Waar heb ik een nummer voor nodig?'

'Alsjeblieft.'

Tabitha las het kaartje dat de vrouw haar toeschoof hardop voor: 'A03573.' Ze keek op. 'Dus nu ben ik een nummer.'

'Dat is puur administratief. Je hebt een nummer nodig om bezoek te kunnen ontvangen.'

'Bezoek?'

'Als gevangene in voorarrest mag je drie bezoekers per week ontvangen. Is dat je niet verteld?'

'Ik weet niet zo goed wat me allemaal is verteld.'

Mora Piozzi knikte. 'In het begin is het lastig.'

'Ik wil hier gewoon zo snel mogelijk weg.'

'Dat snap ik. Daarom ben ik hier ook. Goed, Tabitha, weet je waarvan je wordt beschuldigd?'

'Ik weet wat ik volgens hen heb gedaan.'

'Mooi. We gaan vandaag het volgende doen: eerst vat ik even kort samen waarvoor je wordt aangeklaagd. Daarna wil ik graag van jou horen wat er op 21 december is gebeurd.'

'Mag ik eerst iets vragen?'

'Ja, hoor.'

'Wat voor dag is het vandaag?'

'Woensdag 9 januari.'

'Aha.'

Het was Kerstmis geweest, en oud en nieuw, en nu leefde ze in een ander jaar, in een andere wereld.

'Goed,' zei Mora Piozzi. Ze keek naar haar laptop. 'In feite word je beschuldigd van de moord op Stuart Robert Rees, die op vrijdag 21 december tussen halfelf 's ochtends en halfvier 's middags heeft plaatsgevonden.'

'Waarom?'

'Sorry?'

'Hoe komen ze aan die tijden?'

Piozzi bladerde door haar aantekeningen.

'Door een beveiligingscamera aan de dorpswinkel. Die heeft zijn auto gefilmd.' Ze keek op haar laptop. 'De beelden zijn van halfelf. En zoals je weet is zijn lichaam die dag om halfvijf aangetroffen.'

'Ja,' zei Tabitha zwakjes. Ze was even stil. 'Maar dan ontbreekt er een uur.'

'De lijkschouwer heeft vastgesteld dat Rees al minstens een uur dood was toen zijn lichaam werd gevonden.'

Piozzi praatte zacht en rustig verder, alsof dit dagelijkse kost was. 'Zijn lichaam was in een stuk plastic gewikkeld en is door

Andrew Kane gevonden in de schuur in jouw achtertuin. Toen hij werd aangetroffen was je thuis. Stuart Rees' auto stond achter je huis geparkeerd, buiten het zicht van de weg. Hij is meerdere keren gestoken met een mes, maar de doodsoorzaak is een doorgesneden halsslagader.' Ze keek op. 'Die bevindt zich in de nek. Je zat helemaal onder zijn bloed, net als de bank waarop je zat.'

'Maar dat was van na zijn dood,' zei Tabitha.

Piozzi drukte op een toets van haar laptop. 'De politie heeft iedereen die in het dorp was ondervraagd en...'

'Wacht.'

'Ja?'

'Het moet een komen en gaan van mensen zijn geweest. Ze kunnen nooit iedereen hebben ondervraagd.'

'Die dag wel.'

'Hoe bedoel je?'

'Weet je dat niet meer? Het dorp was afgesloten. Een zware storm had een grote kastanjeboom die meeldauw had met wortels en al uit de grond geblazen, en die was dwars over de weg beland. Je kon het dorp niet in of uit. De weg was pas aan het einde van de dag weer vrij.'

'Dat wist ik niet.'

'Maar je was in het dorp, Tabitha. De hele dag. Dat moet je hebben geweten.'

'Dat wist ik niet,' herhaalde Tabitha. De laatste flarden die ze zich nog herinnerde leken als zand tussen haar vingers door te glippen. 'Ik weet niet of ik het wist.'

'De politie heeft een lijst opgesteld van iedereen die 21 december in Okeham was. En ze hebben jouw verklaring, waarin je beweert het overgrote deel van de dag thuis te zijn geweest. Er zijn ook andere getuigenverklaringen, maar die heb ik nog niet gezien. We hebben momenteel alleen het onderzoeksdossier van de politie. De rest krijg ik later, ruim op tijd voor je pro-formazitting.'

'Daarmee begint mijn proces, toch?'

‘Nee. Tijdens die zitting op 7 februari word je alleen nog maar officieel aangeklaagd. Op dat moment beken je wel of geen schuld.’

‘Maar er bestaat een kans dat ze me daarvoor al vrijlaten, toch, als ze beseffen dat dit niet klopt?’

Mora Piozzi’s glimlach leek niet op een glimlach. ‘Laten we niet op de zaken vooruitlopen. Vertel me eerst maar eens wat je je nog herinnert van 21 december. Neem je tijd.’

Tabitha knikte. Ze sloot haar ogen en deed ze weer open. Wat kon ze zich herinneren? Het was alsof ze een besneeuwde nacht in keek, een duizeligmakend halfdonker, waarin zelfs boven en onder van plaats leken te zijn gewisseld en de grond onder haar voeten opeens schuin afliep.

‘Ik was al vroeg wakker,’ begon ze. ‘Maar volgens mij ben ik niet meteen opgestaan. Het was koud buiten, een afschuwelijke dag. Ik weet nog dat het heel licht sneeuwde, wat later overging in natte sneeuw, en dat er een harde wind stond. Toen ik ontbijt wilde maken bleek de melk op te zijn, dus toen heb ik gewoon een jas over mijn pyjama aangetrokken en ben ik naar de dorpswinkel gegaan. Daar heb ik een krant gekocht, geloof ik.’

‘Hoe laat was dit?’

‘Geen idee. Ik heb niet op de tijd gelet. Daarna ben ik naar huis gegaan.’

‘Ben je later op de dag nog buiten geweest?’

‘Ik heb gezwommen. Dat doe ik elke dag.’

‘Hoe?’

‘Wat?’

‘Waar is het dichtstbijzijnde zwembad en hoe ben je daar gekomen? De weg was sinds tien uur ’s ochtends geblokkeerd, weet je nog, dus je had voor die tijd moeten vertrekken en terugkomen.’ Haar stem had een waarschuwend toontje.

‘Ik heb in zee gezwommen.’

Piozzi’s wenkbrauwen schoten omhoog. ‘Je hebt in zee gezwommen, midden in de winter, op een dag die je zelf net afschuwelijk noemt.’

'Dat doe ik elke dag,' antwoordde Tabitha. 'Dat is een regel. Mijn eigen regel. Dat moet.'

'Liever jij dan ik. Maar je hebt vast een wetsuit.'

'Ik vind het fijn om het koude water op mijn huid te voelen. Dat is zo koud dat het bijna pijn doet.' Mora Piozzi tuitte even haar lippen, alsof Tabitha iets had gezegd wat haar niet beviel. 'De dorpelingen denken waarschijnlijk dat ik gek ben. Maar goed, ik ben dus gaan zwemmen.' Ze meende zich te herinneren hoe venijnig de golven tegen haar lichaam hadden geslagen en hoe scherp en ijskoud de kiezelstenen onder haar voeten waren geweest, maar misschien verzon ze dat. Ze zwom elke dag. Hoe moest ze de ene dag van de andere onderscheiden?

'Hoe laat?'

'Geen idee. Dat weet ik niet meer. 's Ochtends? Ik ga elke dag, dus al mijn zwemherinneringen lopen een beetje in elkaar over.'

'En toen je klaar was met zwemmen?'

'Toen ben ik weer naar huis gegaan.'

'Ben je daarna nog weg geweest?'

'Ik geloof het wel, maar dat weet ik niet helemaal zeker. Er zijn me zoveel vragen gesteld dat ik niet meer weet wat nou wanneer is gebeurd.'

'Wat heb je thuis gedaan?'

'Niet zoveel. Dat kan ik me niet meer precies herinneren.'

'Heb je met iemand gebeld?'

'Nee.'

'Of iemand een berichtje gestuurd of je computer gebruikt – heb je een computer?'

Tabitha knikte. 'Nee, dat heb ik allemaal niet gedaan.'

'Heb je iemand gemaild?'

'Volgens mij niet. Misschien heb ik wat gewerkt.' Ze wist dat ze niet had gewerkt. Het was een van die vreselijke dagen geweest waarop overleven al lastig genoeg was.

'Dus je kunt je niet meer herinneren wat je die dag precies hebt gedaan?'

'Nee.'

'Maar je weet nog wel dat Andrew Kane is langs geweest?'

'Andy, ja.'

'Vertel daar eens wat meer over. Denk goed na, neem je tijd.'

Tabitha vroeg zich af waarom ze dat de hele tijd zei. Neem je tijd. Niet dat het iets uitmaakte. Ze had alle tijd van de wereld.

'Hij klopte aan. Ik was in de woonkamer en heb hem binnengelaten. Of misschien heeft hij zichzelf binnengelaten. Het was al donker en heel koud. Toen hij binnenkwam blies er een ijskoude windvlaag naar binnen, weet ik nog. Hij was kletsnat. Hij droop van de regen.'

'Wist je dat hij zou langskomen?'

'Nee. Maar hij komt wel vaker onaangekondigd.' Ze zag de vragende blik in Mora Piozzi's ogen. 'Hij helpt me met het huis. Toen ik er in november naartoe verhuisde was het een bouwval, maar we zijn het samen aan het opknappen. Ik betaal hem per uur en hij komt langs als hij tussen twee andere klussen door een gaatje heeft. We zouden de dag erop een vloer gaan leggen en hij wilde controleren of we alles hadden.'

Ze was even stil en ademde een keer diep in. Op dit punt werden haar herinneringen weer helder, alsof er in het schemerdonker opeens een lamp aansprong.

'Hij ging naar buiten, naar het schuurtje waar de vloerplanken lagen, en opeens hoorde ik hem roepen. Geen idee wat hij zei, misschien waren het geen woorden. Toen ik naar hem toe ging lag hij in de schuur op de grond, ergens bovenop.' Ze slikte moeizaam. Haar keel voelde dik. 'Ik bukte om hem te helpen en voelde iets nats en plakkerigs, alles zat onder, en toen ik hem omhoogtrok zei hij de hele tijd "O god, o god". Ik geloof dat hij moest huilen.'

Tabitha was even stil, maar Piozzi had haar ogen tot spleetjes geknepen en wachtte zwijgend tot ze verderging.

'Het was donker. We zagen geen hand voor ogen. Andy pakte zijn telefoon, maar hij liet hem vallen en graaide blind om zich heen.

Toen hij de telefoon weer had gevonden en het licht naar beneden richtte lag er een lichaam. Andy zag rood van het bloed, het zat zelfs op zijn gezicht. Toen ik naar mijn handen keek zag ik dat ik ook onder het bloed zat.' Al pratende zag ze het weer voor zich: de lichtstraal van de zaklamp van de telefoon die op de starende, geopende ogen, de gapende wond in de nek, de onnatuurlijke houding van de armen en benen viel.

'Zag je wie het was?'

'Volgens mij niet. Pas toen Andy zei dat het Stuart was, drong het tot me door.'

'Even voor de duidelijkheid: je kende Stuart Rees?'

'Ja, hij is tegenwoordig mijn buurman.' Ze zweeg even. 'Wás mijn buurman, hoor ik nu waarschijnlijk te zeggen. En ik heb jaren geleden les van hem gehad.'

'Dus je kende hem goed?'

'Tja, wat is goed? Hij was mijn leraar.'

'Stonden jullie op goede voet met elkaar?'

'In elk geval niet op sléchte voet. Maar ik zag hem niet zo vaak; eigenlijk groetten we elkaar alleen.'

'Wat gebeurde er toen?'

'We gingen terug naar binnen. Andy belde het alarmnummer. We wachtten. Toen verschenen de ambulance en de politie en begon al dit gedoe. De rest weet je.'

Mora Piozzi sloot haar laptop.

'Hier klopt dus helemaal niks van,' ging Tabitha haastig verder. 'Waarom zou ik Andy naar de schuur sturen om naar de vloerplanken te kijken als ik daar net iemand heb vermoord en het lichaam er nog open en bloot ligt? Waarom zou ik Stuart überhaupt willen vermoorden? Dat is getikt. Ja, toch?'

De advocaat keek op haar horloge. 'Dit lijkt me een goed begin. Als ik over een paar dagen terugkom hoop ik meer details over de tenlastelegging te hebben.'

Tabitha knikte.

'Ergens in de komende dagen vindt je medisch onderzoek plaats.'

'Waarom? Ik ben niet ziek. Ik mag dan wel klein zijn, maar ik ben sterk. Dat komt door al dat zwemmen.' Haar stem bibberde. Ze had het koud en ze rilde en ze wilde niet terug naar de centrale hal, waar iedereen naar haar keek en de kreten tegen de muren kaatsten, en ook niet naar haar cel, waar ze met zichzelf zat opgescheept. De dag die voor haar lag leek eindeloos, maar na de dag volgde de nacht en die was nog erger.

'Zo'n onderzoek krijgen alle nieuwe gevangenen. En ik wil je vragen alles op te schrijven wat je je kunt herinneren en wat volgens jou van pas kan komen.'

'Zoals wat?'

'Tijden. Mensen die je hebt gezien of met wie je hebt gepraat. Maak een lijstje met je vrienden en kennissen in het dorp.'

'Ik ben pas een paar weken geleden verhuisd.'

'Ik wil dat je me alles vertelt wat ons kan helpen of mogelijk relevant is voor je zaak. Dat hoor ik liever van jou dan van de aanklager.'

Tabitha knikte.

'Zorg dat je bezoek krijgt. Familie. Vrienden. Heb je hier al eigen spullen?'

'Nee.'

'Vraag iemand om die te brengen. Blijf bezig. Blijf gezond.'

'En dan zorg jij er ondertussen voor dat ik vrijkom. Toch?'

'Daar ben ik je advocaat voor,' antwoordde Mora Piozzi. 'Ik ga mijn uiterste best voor je doen.'

Tabitha keek haar na toen ze vertrok, zag de deur open- en dichtgaan. Ze stelde zich voor dat de vrouw een reeks deuren door ging, die allemaal achter haar op slot werden gedraaid, tot ze uiteindelijk de uitgang bereikte en buiten stond, frisse lucht inademde, vrij was.

3

Tabitha kon zich niet herinneren wanneer ze voor het laatst in de rij had gestaan voor een openbare telefoon. In Okeham stond een oude, rode telefooncel, maar daar zat geen telefoon meer in. Die diende nu als een soort minibieb. Nu stond ze als derde in de rij te wachten tot de potige vrouw vooraan uit was geruzied met wat klonk als een waardeloze echtgenoot of vriend.

Tabitha keek onophoudelijk zenuwachtig om zich heen. Het was bijna lunchtijd. Ze had gehoord dat ze op elk willekeurig moment weggestuurd kon worden. De grimmig kijkende bewaker – die Mary Guy heette, zo had ze ontdekt – had haar verteld dat ze eerst een formulier moest invullen en dat elk telefoonnummer van tevoren moest worden genoteerd en goedgekeurd. Ze kende geen enkel nummer uit haar hoofd, alleen dat van haarzelf. Haar nummers stonden in haar telefoon. Verwachtten ze echt dat ze die uit haar hoofd kende? Ze had Mary Guy gevraagd of er een manier was om even bij haar telefoon te kunnen en snel wat nummers te noteren. De bewaker had haar uitgelachen.

Ze had geen ouders die ze kon bellen. Geen andere naaste familie. Ze probeerde vrienden te bedenken, kennissen, maar ze had een aantal jaar in het buitenland gewoond en het contact met veel mensen was verwaterd. Ze waren verhuisd, een andere weg ingeslagen. Ze had één nummer. Dat van haar advocaat, Mora Piozzi. Dat was een begin. Maar kon ze nog iemand bedenken? Ze dacht aan de dorpelingen die ze kende. Stuarts vrouw, Laura. Dat zou ongepast zijn. Waarschijnlijk was dat niet eens toegestaan. Andy. Ze zou Mora om zijn nummer kunnen vragen. Welke dorpelingen sprak ze eigenlijk? Terry, de eigenaresse van de dorpswinkel. Als Tabitha een pak melk kwam kopen maakten ze weleens een praatje. Maar een echte vriendin kon ze haar niet noemen.

Opeens schoot haar iemand te binnen: Shona Fry. Shona had bij haar op school gezeten en was nooit verhuisd, zelfs niet toen alle anderen waren vertrokken. Shona's mobiele nummer kende ze niet, maar wel dat van haar vaste lijn, want dat was haar eigen nummer achterstevoren: 525607.

Toen ze aan de beurt was, had ze nog maar vijf minuten tot de lunch begon.

'Tabitha! Iemand zei al dat jij het was,' zei Shona, die leek te hijgen van opwinding.

'Ja.'

'Die vroeg of ik met je wilde praten. Ik moest officieel toestemming geven voor ze je doorverbonden, gek hè? Dat heb ik gedaan, natuurlijk. Ik ga je niet zomaar–'

'Sorry,' zei Tabitha, haar in de rede vallend. 'Ik heb nauwelijks geld of tijd voor dit gesprek. Ik wil je om een paar gunsten vragen.'

'Ja, natuurlijk. Vraag maar raak.'

'Ten eerste, kun je bij me op bezoek komen?'

'Ik?'

'Ja.'

'Tuurlijk,' zei Shona. 'Ja, prima. Ik bedoel, natuurlijk kom ik langs, dat spreekt voor zich...' Ze leek niet te weten hoe ze haar zin moest eindigen, dus Tabitha onderbrak haar.

'Super. Kun je wat spullen voor me meenemen?'

'Ja, hoor. Al zijn daar vast regels voor.'

'Ik heb kleren nodig.'

'Ik dacht dat je in de gevangenis een gevangenisuniform aan moest.'

‘Nee.’

‘O, oké. Jeetje, dit is echt vreemd. Wat voor kleren?’

‘Als het maar gemakkelijk zit. Een extra broek, een paar shirts met lange mouwen en truien. Het is hier ijskoud.’

‘Dus het maakt niet uit wat ik precies meeneem?’

‘Nee, niet echt. Zo lang blijf ik hier niet, het is maar voor een paar weken. Ondergoed.’

‘Je bedoelt onderbroeken en zo?’ Shona klonk licht gegeneerd.

‘Ja. En sokken. Dikke sokken.’

‘Waar vind ik die?’

Tabitha stelde zich haar slaapkamer voor. Die lag op de bovenste verdieping, onder een schuin dak. Ze had de kamer gekozen omdat je aan de ene kant uitzicht had op zee en aan de andere op de kliffen. Ze sliep nog steeds op een matras op de grond en er stond maar één ladekast. De rest van haar spullen zat in koffers en dozen.

‘Op mijn slaapkamer op zolder,’ antwoordde ze. ‘Haal alles maar overhoop.’

‘Moet ik nog iets anders meenemen?’

‘Een paar pennen. En notitieblokken. En zeep en shampoo. Extra tandpasta.’

‘Dit moet ik opschrijven.’

‘Pennen en papier zijn het belangrijkst. Er liggen een paar schrijfblokken in de keuken, op tafel, geloof ik, en in een grote pot in het raamkozijn vind je pennen en potloden.’

‘Oké.’

‘En het zou fijn zijn als je briefpapier en enveloppen kon kopen. O, en in de dorpswinkel verkopen ze notitieboeken met zwarte of bruine kaft en ongelinieerd papier. Kun je er daar ook een van meenemen?’

‘Oké.’ Maar ze klonk geërgerd.

‘Ik betaal je terug.’

‘Sorry, ik weet hoe onaardig dit klinkt, maar ik ben volkomen blut. Verder nog iets?’

Tabitha dacht even na. 'Boeken. Naast mijn bed ligt een stapeltje. Kun je die meebrengen?'

'Natuurlijk. Maar hoe kom ik binnen?'

'De sleutel ligt onder een steen naast de voordeur. O, en postzegels,' zei Tabitha.

'Hoeveel?'

'Tien. Nee. Twintig.'

'Gewone of voor spoedzendingen?'

'Doe maar voor spoed. Ik heb geen tijd te verliezen.'

'Gaat het wel?' vroeg Shona. 'Ik bedoel, dit is zo afschuwelijk. Ik kan niet geloven dat dit gebeurt.'

'Ik ook niet. Ik weet niet of het gaat. Ik probeer me erdoorheen te slaan. Hoe is het in het dorp?'

'Tja, iedereen heeft het natuurlijk maar over één ding.'

Tabitha kreeg een ingeving. 'Kun je telefoonnummers meenemen van mensen uit het dorp?'

'Van wie?'

'Van iedereen. Mensen die me misschien kunnen helpen. Vaste nummers, als ze die hebben. Bellen is hier heel duur en ik heb niet veel geld.'

'Ik heb geen idee wie je precies bedoelt. Heb je een paar namen voor me?'

Voordat Tabitha antwoord kon geven verscheen er een hand van opzij en werd de verbinding verbroken. Ze keek opzij. Daar stond een mannelijke bewaker die ze nog niet eerder had gezien. Hij was bleek en een beetje pafferig en te dik, alsof hij te hard was opgeblazen.

'Kut! Wat doe je? Dat was belangrijk,' zei Tabitha.

'Lunch,' antwoordde hij en hij draaide zich om.

4

Tabitha lag met hoog opgetrokken knieën in bed en was zich vaag bewust van Michaela, die door de kleine cel bewoog. Ze hoorde haar naar de wc gaan. Ze hoorde water lopen, zachte voetstappen. Ze hield haar ogen dicht en had de deken over haar hoofd getrokken zodat ze helemaal alleen in haar eigen zure grot lag; ze wilde niet bewegen, geen daglicht zien. Haar gedachten waren stroperig en traag.

'Sta op.' Michaela klonk zakelijk.

Tabitha gaf geen antwoord.

'Sta op, Tabitha.' De deken werd van haar gezicht getrokken.

'Kan ik niet.'

'Jawel. Je moet.'

Tabitha deed haar ogen open. De binnenkant van haar mond voelde donzig.

'Nu,' zei Michaela.

'Hoe gaat het met je?'

Tabitha bekeek het gelamineerde naamkaartje dat om de nek van de psychiater hing. DR. DAVID HARTSON stond erop, plus een foto waarop hij meer haar en een andere bril had. De pezige bewaker met het lange, futloze haar die ze op haar eerste ochtend had gezien was naar haar cel gekomen en had haar meegenomen langs de rijen cellen en haar via een reeks deuren die ze had open- en dichtgedraaid een gang door geloodst naar een kamer die Tabitha het gevoel gaf dat ze niet meer in de gevangenis was. De ruimte had meer weg van een vrij haveloze spreekkamer uit een willekeurige doktersspraktijk.

'Mag ik u eerst iets vragen?'

'Natuurlijk.'

'Voor wie doen we dit?'

Dokter Hartson glimlachte ietwat ongemakkelijk. 'Ik begrijp je vraag niet.'

'U bent een arts. Bent u hier om me te helpen of om me te evalueren?'

Hij knikte. 'Dat is een goede vraag. Feitelijk werk ik in opdracht van de rechtbank. Maar als ik iets zorgwekkends vaststel, zal ik uiteraard doen wat ik kan. Dus, hoe gaat het met je?'

'Ik zit in de gevangenis. Ik word beschuldigd van moord. Niet zo goed, dus.'

'Heb je weleens destructieve gedachten?'

Tabitha schudde haar hoofd. 'Ik ben hier nu twee dagen. Het voelt nog steeds alsof ik midden in een auto-ongeluk zit waar maar geen einde aan lijkt te komen. Maar het kan nooit lang meer duren voor ze beseffen dat dit nergens op slaat en ze me weer vrijlaten.'

Dokter Hartson pakte een formulier, streek het glad, haalde een pen uit zijn zak en klikte ermee. Hij noteerde details over haar opleiding, haar ouders, de fatale hartaanval van haar vader op haar dertiende en het overlijden van haar moeder, nog maar twee jaar geleden. Hij vroeg of die sterfgevallen moeilijk voor haar waren geweest, waarop ze bevestigend antwoordde. Hij vroeg of ze een goede band met haar ouders had gehad, waar ze even over moest nadenken, maar uiteindelijk had ze gezegd dat ze zo hun ups en downs hadden gehad. Hij leek weinig interesse te hebben in haar antwoorden en fronste geconcentreerd terwijl hij het formulier invulde. Tabitha kon niet lezen wat hij opschreef.

'Werk je?' vroeg hij.

'Ik ben freelance corrector van natuurkundeboeken.'

'Heb je weleens geestelijke gezondheidsproblemen gehad?'

'Wat voor geestelijke gezondheidsproblemen bedoelt u?'

'Problemen waarvoor je medicatie hebt gehad.'

'Ik ben weleens een beetje somber geweest.'

'Slik je momenteel medicijnen?'

'Niet meer.'

'Heb je dat wel gedaan?'

Tabitha noemde een of twee medicijnen, al twijfelde ze of de namen klopten. Dokter Hartson noteerde ze.

'Hoe voelde je je daardoor?'

'Anders.'

'Had je weleens last van geheugenverlies? Black-outs?'

'Dat weet ik niet meer.' Ze liet een zenuwachtig lachje horen. 'Sorry, dat was geen grap. Ik vond de medicatie niet prettig.'

'Ben je weleens opgenomen geweest in het ziekenhuis?'

'In mijn studententijd ging het een tijdje wat minder.' Ze probeerde achteloos te klinken. 'Toen ben ik gestopt met mijn studie.'

'Ben je opgenomen geweest?'

'Heel even maar. En niet in een ziekenhuis. Het was een soort kliniek.' Ze hoorde zijn pen opnieuw over het papier krassen. 'Maar dat is heel lang geleden,' voegde ze daaraan toe.

'Natuurlijk. Heb je je studie uiteindelijk weer opgepakt?'

'Nee.'

'Wat studeerde je?'

'Architectuur.'

'En nu ben je corrector?'

'Ja.'

'Bevalt dat?'

'Ik ben eigen baas.'

'Vind je dat prettig?'

'Ik vind het niet ónprettig,' antwoordde ze. Hij keek haar onderzoekend aan. Ze had zin om een vinger in zijn oog te steken.

'Hoe voelde je je de afgelopen tijd?' vroeg hij na een tijdje.

Tabitha haalde haar schouders op. 'Ik ben als ieder ander. Ik heb goede en slechte dagen. Het dorp kan 's winters nogal deprimerend zijn. Als het al om vier uur donker wordt, weet u wel.'

Hartson glimlachte, maar zijn ogen deden niet mee. 'Ik snap precies wat je bedoelt. Waarom ben je teruggegaan naar het dorp?'

'Toen mijn moeder overleed heb ik een erfenis gekregen. Ik heb een bouwval gekocht. Dat is altijd al een droom van me geweest.'

'Interessant. En hoe was het om die droom werkelijkheid te laten worden?'

'Ik vind het een fijn huis. Ik vind het fijn om het op te knappen. Ik vind het fijn om met mijn handen te werken, dingen te maken.'

'Hoe was je stemming in de weken voor de moord?'

'Niet heel anders dan anders, geloof ik.'

'Het ging een beetje op en neer?'

'Ja. Waarschijnlijk meer op dan neer.' Dat was gelogen.

'En op de dag van de moord?'

'Hè?'

'Hoe was je stemming die dag?'

Tabitha keek naar zijn pen, die boven het papier zweefde, naar zijn kleine natte mond. Eigenlijk wilde ze deze man niets vertellen.

'Redelijk,' antwoordde ze.

'Kun je je die dag goed herinneren?'

'Nee.'

'Je weet niet meer wat er die dag is gebeurd?'

'Het is allemaal een beetje vaag.'

'Snap ik,' zei hij. 'Snap ik.'

'Dat vraag ik me af.'

'Sorry?'

'Ik vraag me af of u dat snapt,' antwoordde Tabitha. Ze wist dat ze het daarbij zou moeten laten. 'Het was gewoon zo'n dag. Zo'n dag waar je gewoon doorheen moet. Dat soort dagen hebben de meeste mensen weleens. U toch zeker ook?'

'Dit gaat niet over mij, dit gaat over jou en je mentale gesteldheid.'

'Ja, nou, ik wil alleen maar zeggen dat ik me niet veel herinner en dat dat niets hoeft te betekenen. Toch?'

Dokter Hartson zweeg even. 'Nee,' zei hij uiteindelijk neutraal. Hij keek weer naar het formulier. 'Heb je vrienden in het dorp? Mensen met wie je over je problemen kunt praten?'

'Daar praat ik eigenlijk niet over.'

'Voelde je terugkeer als een vergissing?'

Plotseling had Tabitha moeite met antwoorden. 'Op dit moment voelt dat als een fucking grote fout, ja.'

Hij sloeg zijn ogen op en keek haar aan. 'In de dagen voor de moord, bedoel ik.'

'Ik was nog maar net verhuisd. Ik was nog bezig met klussen. Met nadenken.'

'Waarover?'

'Over wat ik wilde met mijn leven. Dat probleem is voorlopig opgelost, geloof ik.'

Dat was bedoeld als een wrang grapje, maar dokter Hartson vertrok geen spier. Hij stopte met schrijven en dacht even na.

'Volgens mij zijn we klaar.' Hij legde het formulier opzij. Eronder lag er nog een. 'Geef je ons toegang tot je medische gegevens?'

'Mag u die niet gewoon bekijken?'

'Daar heb ik een handtekening voor nodig.' Hij draaide het formulier en schoof het haar toe.

Tabitha nam de pen aan die hij haar voorhield en tekende.

'Was alles in orde?' vroeg ze.

'Volgens mij is het allemaal vrij rechttoe rechtaan.'

'Wat gaat u zeggen?'

'Wat wil je dat ik zeg?'

'Dat ik het onmogelijk kan hebben gedaan.'

Hij gaf geen antwoord. Hij glimlachte slechts als een man die aan het einde van een feestje op het punt staat te zeggen dat hij maar weer eens moet gaan. Maar Tabitha was degene die hoorde te gaan. Ze keek om zich heen. Ze wilde niet weg uit deze kamer, wilde niet terug naar de echte gevangenis.

'Dit voelt allemaal zo onwerkelijk,' zei ze.

'Dat is heel normaal.' Ze stonden op. 'Tot ziens, juffrouw Hardy.'

'Niemand noemt me juffrouw. Ik word liever "mevrouw" genoemd. Niet dat het iets uitmaakt. Wat had u trouwens gedaan als ik had gezegd dat ik suïcidaal was?'

Dokter Hartson keek verbaasd. 'Dan zou ik hebben geadviseerd dat je met de inrichtingsarts ging praten.'

Tabitha had zin om boos te reageren: was hij dan geen arts? Het was toch zíjn taak om mensen in nood te helpen? Maar ze wist dat ze deze man aan haar kant moest hebben. Ze beëindigde de korte ontmoeting en liep naar Mary Guy, wier zware bos sleutels aan haar riem bungelde.

5

Tabitha was in de bibliotheek. Ook daar was het koud, maar het was er beter dan in haar cel. Hier had ze minder het gevoel dat ze in de gevangenis was, al had ze door het raam uitzicht op een afbladderende witte muur met prikkeldraad erop. De bibliothecaresse – een lange vrouw met knokige handen en bruin haar – begroette Tabitha met een glimlach.

'Jou heb ik hier nog niet eerder gezien.'

Tabitha knikte. Opeens leek ze niet meer te kunnen praten.

'Ik ben Galia. Fijn dat je er bent.'

'Tabitha.' Haar stem klonk een beetje schor.

'Hou je van lezen?'

'Ja. Ik heb hier nog geen eigen boeken. Die komt een vriendin binnenkort brengen.'

Galia knikte. 'Nou, dan zit je hier goed. Ik wou dat meer mensen gebruikmaakten van de bibliotheek.'

Tabitha keek om zich heen. Afgezien van een vrouw die aan tafel zat te lezen was het uitgestorven.

'Mag ik pakken wat ik maar wil?'

'Ja, als je hier blijft zitten wel. Als je een boek wilt meenemen naar je cel, moet je dat netjes noteren. En als je op zoek bent naar een bepaalde titel, kan ik die voor je aanvragen.'

'Net als in een echte bibliotheek?'

'Dit ís een echte bibliotheek.'

Tabitha keek naar de boekenkasten. Er stond voornamelijk fictie, maar er was ook een afdeling met waargebeurde misdaadverhalen en een met erotica in allerlei soorten en maten. Tabitha wendde zich tot de bibliothecaresse.

'Is er ook iets wat ik níét mag aanvragen?'

'Eigenlijk niet. Alleen waargebeurde verhalen over misdaden die zijn gepleegd door een huidige gevangene zijn verboden.'

'Logisch,' zei Tabitha.

'Net als boeken met kaarten van dit gebied. Maar naar dat soort boeken ben je vast niet op zoek.'

Tabitha keek naar het betraliede raam en zag de scherpe punten en het prikkeldraad op de muren. 'Nee,' antwoordde ze. 'Ik heb geen ontsnappingsplannen. Ik word toch alweer bijna vrijgelaten.'

Galia knikte. 'Kijk maar even rustig rond.'

Naast romans en porno stond er een aantal klassiekers en heel veel buitenlandse literatuur. Er was een kleine afdeling met boeken over tuinieren en handwerken en een met zelfhulpboeken. Er waren boeken met kruiswoordpuzzels en sudoku's, waarvan de meeste al waren ingevuld. Tabitha vond een boek over IJsland, een land waar ze altijd al naartoe had gewild. Ze nam het boek mee naar de grote tafel en ging tegenover de andere vrouw zitten. De vrouw was van middelbare leeftijd, had keurig geknipt, donker haar met hier en daar een grijze lok en droeg een rok en een groene coltrui. Tabitha vroeg zich af of zij ook een bibliothecaresse was. Toen de vrouw Tabitha naar haar boek zag kijken, hield ze het omhoog. Het was een kookboek.

'Stiekem vind ik dit heerlijk,' zei ze. 'Al is het eigenlijk belachelijk dat ik hier als gevangene met mijn neus in de kookboeken zit.'

'Maakt dat het niet alleen maar erger?'

'Ik fantaseer over alle gerechten die ik na mijn vrijlating ga koken. Wat lees jij?'

Tabitha hield haar boek omhoog. 'Een boek over IJsland.'

'Dat komt op hetzelfde neer.'

'Ja, eigenlijk wel.'

Dromen over walvissen, gletsjers en woeste natuur in een benauwde cel; Tabitha keek naar het boek en verlangde hevig naar de openlucht en de zilte wind in haar gezicht.

'Waarom zit jij hier?'

De vrouw hield haar hoofd schuin. Ze glimlachte nieuwsgierig. 'Wat ik heb gedaan, bedoel je?'

'Ja.'

De vrouw keek Tabitha opeens bedachtzaam aan. 'Iets heel stoms. Het bedrijf waarvoor ik werkte rommelde met de financiën en ik had pas veel te laat door wat er aan de hand was. Ze hadden een zondebok nodig en ik was op de juiste plek, of eigenlijk op de verkeerde. Dat is mijn verhaal. Iedereen heeft hier eenzelfde soort pechverhaal en beweert onschuldig te zijn.'

'Aha,' zei Tabitha.

'Jij bent nieuw hier, toch?'

'Dit is allemaal een grote vergissing,' antwoordde Tabitha. 'Maar mijn advocaat kan me elk moment vrij krijgen.'

'Hoe heet je? Ik ben Ingrid, trouwens.'

'Tabitha.'

'Goed Tabitha, laat me je een paar adviezen geven. Ik wou dat iemand mij dit had verteld toen ik hier net was. Regel één. Vraag nooit waarom iemand hier zit.'

'O. Sorry! Ik wilde niet... Ik bedoel, ik wist niet dat...' Die vraag had ze Michaela ook gesteld, dacht ze terwijl ze voor zich zag hoe haar celgenoot was verstijfd.

'Ik vind het niet erg, maar veel anderen wel. Regel twee. Als je een probleem hebt, als je iets oneerlijk vindt, als iemand de pik op je heeft: ga niet naar de bewakers.'

'Naar wie dan?'

'Naar niemand. Regel drie. De gevangenisdirecteur is een afschuwelijk mens. Reken nooit op haar hulp en jaag haar niet tegen je in het harnas.'

‘Deze regels zijn niet bepaald opbeurend.’

‘Regel vier. Als je in de nesten raakt, denk dan terug aan je tijd op het schoolplein.’ Tabitha trok een gezicht. Dat had Michaela ook gezegd, maar haar tijd op het schoolplein was niet bepaald prettig geweest. ‘Niemand wil bevriend zijn met een zwakkeling.’

Ze leek te zijn uitgesproken.

‘Zijn dat alle regels?’

‘Het zijn eerder adviezen dan regels. Blijf in beweging. O, en het eten hier is verschrikkelijk. Word vegetariër.’

‘Dat ben ik al. Is het vegetarische eten lekker?’

‘Lekker zou ik het niet noemen, maar het is iets minder vies.’ Ze boog naar voren. ‘Blijf vooral volhouden, Tabitha. Alles komt goed.’

6

Ze kregen een halfuur op de luchtplaats, een armoedige rechthoek van beton en hekwerk, in de harde koude wind. Tabitha had geen handschoenen en haar jas was te dun. Maar ze was in elk geval buiten, in de openlucht.

De vrouwen stonden in groepjes bij elkaar, de meeste met een sigaret. Ze deed geen moeite zich ergens bij aan te sluiten. Ze legde haar hoofd in haar nek om de wolken van vorm te zien veranderen en haalde gulzig adem, als iemand die bijna was verdronken.

In de centrale hal passeerde ze de dunne oude vrouw met artritishanden die ze was tegengekomen toen ze die eerste dag naar de douches was gelopen. De vrouw zei luid, zowel tegen iedereen als tegen niemand in het bijzonder: 'Volgens mij heb ik het gevonden. Dit is het bewijs! Kijk.' Ze rommelde in haar dikke stapel papier. 'Kijk, hier.'

De helft van de vellen gleed uit haar handen en viel op de grond. Toen ze knielde om ze te verzamelen lukte het haar niet om weer op te staan. Gevangenen en bewakers lachten haar uit. Tabitha liep naar de vrouw toe om haar te helpen, maar een van de bewakers – de pafferige die haar telefoongesprek met Shona had beëindigd – was haar voor en trok de vrouw als een grote lappenpop onder haar oksels omhoog. Hij grijnsde naar Tabitha en maakte met een dikke wijsvinger een draaiende beweging tegen zijn slaap.

Tabitha overwoog hem een harde trap tegen zijn schenen te geven, maar uiteindelijk glimlachte ze slechts tegen de oude vrouw en liep weg.

'Michaela,' zei ze in het donker.

Uit het bed boven haar klonk gekreun, gevolgd door: 'Wat?'

'Sorry dat ik laatst vroeg wat je hebt gedaan. Ik wist niet dat dat onbeschoft was.'

Er kwam geen antwoord.

'Het is stiller vanavond.'

'Dat komt omdat iedereen verdomme slaapt, behalve jij. En ik.'

'Sorry.'

Ze staarde naar het ondoordringbare duister terwijl Michaela even onrustig lag te woelen en toen weer stopte met draaien. Tabitha hoorde haar ademhalen. Dit was haar vierde nacht; over zesentwintig dagen ging ze naar de rechtbank en zou haar zaak worden verworpen. Vier van de dertig nachten, twee vijftiende, 13,33 procent, dacht ze. Morgen zou Shona langskomen met kleding, boeken en pen en papier. Dit kon ze, ze zou zich hierdoorheen slaan. Uiteindelijk zou dit vervagen tot een soort nachtmerrie, zo een waarvan ze 's nachts bezweet wakker schrok. Maar uiteindelijk zou het voelen als een droom. En niet meer als de werkelijkheid.

Maar nu was het koud en donker en gierden haar gedachten en herinneringen als een woeste wind door haar heen, waardoor haar hart als een bezetene tekeerging en haar ademhaling oppervlakkig en moeizaam voelde. Misschien zou ze wel in zichzelf stikken.

Ze dacht terug aan de arts en zijn vragen over haar stemming, haar medicatie, haar tijd in het ziekenhuis. Daar had ze niet met hem over willen praten – en ook niet met haar advocaat. Als Tabitha erover sprak leek het allemaal zo duidelijk en logisch, maar eigenlijk gaf een depressie haar het gevoel dat ze in een moeras stond. Een kleurloos, levenloos moeras zonder horizon, zonder zonlicht, zonder uitgang.

Die dag, de dag die haar in deze cel had doen belanden die vannacht meer op een doodskist leek, had ze in dat moeras gestaan. Ze kon zich er nauwelijks nog iets van herinneren, alleen hoe vreselijk veel moeite het had gekost om zich uit bed te slepen, haar lichaam zo zwaar en nutteloos als een zak natte aarde, en naar de winkel te sjokken, zichzelf te dwingen te gaan zwemmen omdat ze zichzelf nou eenmaal had beloofd elke dag te zwemmen. En nu was ze hier en kon ze niet in zee zwemmen of hout hakken of in de koude regen wandelen. Ze wist dat ze zich niet opnieuw moest laten meesleuren door haar afschuwelijke somberte, maar haar vingertoppen verloren langzaam hun grip.

7

'Ik moest alles inleveren.'

Shona was een beetje buiten adem. Toen ze plaatsnam tegenover Tabitha schoten haar ogen alle kanten op om alles met een zenuwachtig-opgewonden blik te registreren. Ze droeg een blauwe satijnen blouse en grote oorbellen en haar kastanjebruine bob glom in het zurige licht. Tabitha kon haar parfum ruiken. Vergeleken met Shona voelde Tabitha zich klein, sjofel, saai en groezelig. Ze kon zich niet herinneren wanneer ze haar haar voor het laatst had gewassen en ze was al maanden niet naar de kapper geweest. De binnenkant van haar mond voelde donzig, hoe grondig ze haar tanden ook poetste. Op haar lip zat een koortsblaasje: ze had behoefte aan frisse lucht, knapperige appels, groene salades, voedzame groentesoep.

'Alle spullen die bezoekers meebrengen worden gecontroleerd. Heb je alles gevonden?'

Shona knikte. Haar oorbellen zwaaiden heen en weer. 'Volgens mij wel.'

'Dit is echt heel lief van je.'

Shona haalde een briefje uit haar zak en vouwde het open.

'Ik heb opgeschreven wat alles kostte. Is dat oké? Ik zit momenteel nogal krap bij kas.'

Gevangenen mochten geen contant geld hebben. Tabitha dacht even hard na.

'Ga met Andy praten,' zei ze. 'Andy Kane. Ik heb hem geld gegeven voor bouwmaterialen. Hij kan je terugbetalen.'

'Het spijt me.' Shona beet op haar volle onderlip en opeens herinnerde Tabitha zich als de dag van gisteren hoe ze een keer samen in de rij voor het zwembad in het dorp hadden gestaan. Ze moesten een jaar of twaalf zijn geweest. Ze kon zich niet meer herinneren waarom ze daar samen waren, want op de middelbare school waren ze niet echt vriendinnen geweest. Ze wist nog wel dat het een snikhete dag was en zelfs dat Shona een naveltruitje met korte mouwen droeg waarvan het strakke model haar beginnende borsten benadrukte.

'Er bestaan twee huidsoorten,' had Shona doodernstig gezegd. 'Vette en droge. Welke heb jij?'

De twaalfjarige Tabitha raakte haar wang aan. 'Weet ik niet.'

'Ik heb een vette huid,' zei Shona. 'Dat betekent dat ik meer puistjes krijg, maar dat ik geen rimpelige oude vrouw word.' Ze leunde naar voren en bestudeerde Tabitha's gezicht. 'Droog,' zei ze.

Nu, achttien jaar later, bekeek Tabitha Shona's huid. Die was glad en stralend.

'Tabitha?'

'Sorry. Wat zei je?'

'Ik vind het echt heel naar om te moeten vragen of je me terugbetaalt.'

'Dat geeft niet.'

'Ik was bang dat ik te laat zou komen. De rit duurde langer dan ik dacht. Het is maar vijfenzestig kilometer, maar de wegen zijn smal en ik zat bijna de hele tijd achter een enorme vrachtwagen.'

'Het is lief dat je bent gekomen,' zei Tabitha. Ze voelde een vertrouwd ongeduld in zich opwellen.

'Ik heb een paar telefoonnummers,' zei Shona. Ze haalde een tweede briefje uit haar zak. 'Die van Andy en Terry. Ik wist niet welke nummers je wilde hebben. Het nummer van de priester staat er ook op.'

'Van de priester?'

'Ik dacht dat je dat misschien ook wilde hebben.'

'Oké.'

Ze keken elkaar aan.

'Hoe gaat het met je?' vroeg Shona uiteindelijk. 'Ik bedoel, hoe vóél je je? Je bent vast... Ik bedoel, nou ja, ik kon het niet geloven.' Ze zweeg. Haar bruine ogen vulden zich plotseling met tranen. Tabitha was bang dat ze naar voren zou buigen en haar een lange geurige knuffel zou geven.

'Ik ook niet,' zei ze en ze leunde achterover om buiten bereik van Shona te blijven.

'Is het hier vreselijk?'

'Tja, prettig is anders.' Daar wilde ze niet over praten. Ze haalde een keer diep adem. 'Ze weten dat ik het niet heb gedaan, toch? Dat dit gewoon een afschuwelijke vergissing is?'

'Nou, ík in ieder geval wel.'

'En de anderen?'

'Je weet hoe dat gaat in een dorp.'

'Nee, hoe gaat dat in een dorp? Ik woon er pas weer een paar weken.'

'Mensen zijn gek op roddelen. Soms lijken zelfs de onbenulligste dingen opwindend. En dit... Nou ja, er is nog nooit zoiets in Okeham gebeurd. Mijn god, op de dag zelf, echt, het was onvoorstelbaar!'

'Was jij in het dorp?'

Shona fronste. 'Weet je dat niet meer? Ik moest eigenlijk werken, maar ik kon niet weg door die omgewaaide boom. De timing was vreselijk – twee van mijn moeders waren uitgerekend.' Shona was verloskundige. 'Maar goed, het is nog steeds het gesprek van de dag.'

'Wat zeggen ze dan?'

'Nou ja, dat het vreselijk is en zo. Dat soort dingen.'

'En wat zeggen ze over mij?'

Shona's gladde huid kreeg een rode gloed. Ze leunde een beetje naar voren, alsof ze een hand op Tabitha's arm wilde leggen, maar leek toen van gedachten te veranderen.

'Denk daar nou maar niet over na.'

'Is het zo erg?'

'Nee! Maar je bent altijd zelf je ergste vijand geweest, toch, door je directe manier van doen. Je strijkt mensen een beetje tegen de haren in.'

'Echt?'

'Je maakt gewoon altijd slapende honden wakker. Maar ik sta aan jouw kant, hoor,' zei Shona. 'Zeg maar wat ik moet doen.'

'Vertel iedereen dat het een vergissing is. Dat ik snel weer vrijkom.'

Shona knikte.

'Want dit is belachelijk,' ging Tabitha verder. 'Ik bedoel, waarom zou ik Stuart vermoorden? Ik heb helemaal geen motief. Dat zal de aanklager uiteindelijk ook beseffen.'

'Natuurlijk. Ja.'

'En volgens mij heb ik een heel slimme advocaat.'

'Fijn,' zei Shona.

'Ja.'

De ruimte tussen hen vulde zich met stilte. De vrouw aan het tafeltje naast hen boog zich huilend naar de man tegenover haar. Ze leek ergens om te smeken, maar Tabitha kon haar niet verstaan. De man keek verveeld.

'Andy is ontzettend van streek,' zei Shona. 'Hij is zo ongeveer de enige in Okeham die er liever niet over praat, hoewel hij degene was die... nou ja, je weet wel.'

'Ja, ik weet het.'

'Jullie zijn best hecht,' zei Shona.

Tabitha wist waar ze op zinspeelde. 'Hij helpt me met klussen, meer niet.'

'Echt?'

'Ja, echt.'

'Ik weet niet eens of je... je weet wel.'

'Nee.'

'Op mannen valt.'

'Ah.'

Shona was even stil, maar meer had Tabitha daar niet over te zeggen.

'Zegt hij weleens iets over mij?'

'Volgens mij niet,' antwoordde Tabitha terughoudend. 'Maar hij zegt überhaupt niet veel.'

Shona knikte. 'Stille wateren hebben diepe gronden. Als hij bij je op bezoek komt, vertel hem dan maar dat Paul en ik eindelijk uit elkaar zijn.'

Tabitha liet een ongelovig, snuivend lachje ontsnappen: ze zat in de gevangenis omdat ze werd verdacht van moord en Shona vroeg haar om voor koppelaar te spelen.

'Ik moet gaan.' Shona stond op. 'Ik heb vanmiddag bereikbaarheidsdienst en een paar van mijn moeders staan op springen. Maar ik wil best nog een keer langskomen. Het is hier vast eenzaam.'

Tabitha probeerde te glimlachen. 'Ach, zo lang zit ik hier niet meer.'

8

Tabitha zat aan het kleine bureau in haar cel. De ruimte was zo krap bemeten dat ze met haar rug bijna het bed raakte. Met een zucht sloeg ze het gelinieerde schrijfblok open, terwijl ze zich probeerde te herinneren wanneer ze voor het laatst een echte brief met pen had geschreven, die in een envelop had gestopt, er een postzegel op had geplakt en op de post had gedaan. Waarschijnlijk was dat een brief geweest om een van haar opa's of oma's te bedanken voor een of ander stom cadeau. Haar moeder had het altijd belangrijk gevonden om grootouders en andere familie échte brieven te sturen. E-mails telden niet.

Maar haar moeder was dood, net als haar vader, net als alle vier haar grootouders, en nu pas had ze echt een reden om een brief te schrijven.

De afgelopen twee jaar was ze freelance corrector voor een Londense uitgeverij van schoolboeken geweest. Dat werk was geknipt voor haar. Het kon vanuit huis. En ze kon helemaal haar eigen tijd indelen, zolang ze de deadlines maar haalde. Maar vanuit de gevangenis was het niet mogelijk om door te werken.

14 januari

A03573

Beste Cathy,

Misschien heb je het al gehoord, maar ik schrijf deze brief vanuit de gevangenis. Dit is een idiote vergissing. Ik zal je de details besparen. Ik weet zeker dat het allemaal snel wordt opgelost, maar in de tussentijd kan ik even niet voor je werken.

Volgens mij heb je me trouwens nog niet betaald voor die Greenwood-klus of de psychologieartikelen van daarvoor. Ik weet dat er altijd wat vertraging in de betaling zit en ik wil niet moeilijk doen, maar ik heb het geld momenteel hard nodig, zoals je je misschien kunt voorstellen. Als je het zou kunnen overmaken, heel graag. Ik weet niet of ik vanaf hier cheques kan innen.

Je kunt me bereiken op dit adres en je hoort van me als er iets verandert.

Met vriendelijke groet,
Tabitha

Tabitha las de brief na. Er leek tegelijkertijd te veel en te weinig informatie in te staan. En hij had een zeurderig toontje. Nu ze in de gevangenis zat omdat ze werd aangeklaagd voor moord voelde het een beetje gek om te klagen over openstaande facturen.

Over de tweede brief moest ze langer nadenken.

14 januari

A03573

Beste Michael,

Na deze aanhef staarde Tabitha tien minuten lang naar de muur. Daar hing een poster: een foto van een dennenbos met een zachte groene bodem die glooiend afliep naar de horizon. Heel even leek het of ze door een raam keek en het bos vlak voor haar lag, gekmakend onbereikbaar.

Michael. Wat moest ze hem vertellen? Ze hadden al bijna een jaar geen contact. Hun breuk was niet afschuwelijk geweest, maar ook niet prettig. Schrijf gewoon, zei ze tegen zichzelf. Niet te veel nadenken.

Het verbaast je vast om iets van me te horen. En al helemaal om een brief van me te krijgen. Ik weet niet of je hebt gehoord wat er is gebeurd. Het poststempel is een hint. Het heeft geen zin om het hier allemaal uit te leggen. Googel me maar gewoon, dan kun je er zoveel over te weten komen als je wilt.

Korte samenvatting: ik zit in de Crow Grange-gevangenis. Een buurman van me is vermoord en bizar genoeg denken ze dat ik dat heb gedaan. Sterker nog, als je me online zoekt, zal je binnen twee tellen ontdekken dat ik word aangeklaagd voor moord en dat ik hier in voorlopige hechtenis zit.

Waarom ik je schrijf? Tja, het voelt gewoon alsof ik in het water ben gevallen en toen ik om hulp wilde roepen, moest ik aan jou denken. Ik vroeg me af of je een keer bij me op bezoek wilt komen. Ik weet dat het veel gevraagd is, want dat betekent dat je helemaal naar Devon moet. Maar het zou veel voor me betekenen.

Mocht je willen komen, zet dan alsjeblieft een telefoonnummer in je reactie. Ik moet je bellen, want het bezoekproces is een beetje ingewikkeld. Je moet een formulier invullen en identificatie meenemen en waarschijnlijk nog wat andere dingen doen. Dat zal ik navragen.

Ik hoor graag van je.

Liefs (als dat mag),
Tabitha

9

En drie dagen later kwam hij.

Tabitha liep naar de bezoekersruimte. Ze zag hem eerder dan hij haar. Hij gaf haar een ontzettend vertrouwd gevoel. Zijn ongekamde haar en steeds verder wijkende haargrens, het grijze jasje dat hij altijd droeg, zijn handen die hij onbeholpen in twee van de vele zakken had gestoken. Waar hij ook was, hij leek nooit helemaal op zijn gemak. Nu had hij daar in elk geval een soort reden voor. Ze hoorde het gebruikelijke gesnik. Iemand begon te schreeuwen en er rende een bewaker langs haar heen.

Tabitha ging tegenover hem zitten.

'Ik wist niet zeker of je zou komen,' zei ze.

Hij schoof heen en weer op zijn stoel, alsof hij alweer weg wilde.

'Ik wist niet wat ik moest meenemen,' zei hij. 'Ik heb wat tijdschriften en zo gekocht. Die hebben ze ingenomen. Maar de vrouw zei dat je ze zou krijgen. Die moeten ze vast eerst controleren of zo.'

'Dank je,' zei Tabitha. 'En bedankt dat je bent gekomen.'

'Bedankt dat je me hebt gevraagd,' was zijn ernstige, lachwekkende antwoord. Toen voegde hij daaraan toe: 'Stiekem verbaasde me dat wel een beetje.'

Ze dacht aan de laatste keer dat ze elkaar hadden gezien. Ze herinnerde zich dat ze tegen hem had geschreeuwd en dat hij langzaam achteruit was gelopen. Tabitha leek hem vaak enigszins in verwarring of in verlegenheid te brengen. Ze hadden elkaar ontmoet in het café waar ze korte tijd had gewerkt toen ze was gestopt met studeren en naar Londen was verhuisd. Daar had Michael bijna dagelijks geluncht. Hij bestelde steevast de soep van de dag en daarna een earl grey en een flapjack. Ze waren alle twee eenzaam geweest, kenden vrijwel niemand in deze grote, bruisende stad. Ze hadden de ander allebei aangezien voor iemand die ze niet waren. Tabitha had Michael verlegen en bedachtzaam gevonden, maar in werkelijkheid was hij nogal vol van zichzelf en had hij veel moeite met verandering. Michael had Tabitha in eerste instantie aandoenlijk maf gevonden, maar haar woedeaanvallen en sombere buien hadden hem al snel vreselijk ongemakkelijk gemaakt.

'Wat is er in godsnaam gebeurd?' vroeg Michael nu.

'Heb je me gegoogeld?'

'Ja.'

'Dan weet je wat er is gebeurd.'

'Nee, dat weet ik niet. Wat deed je om te beginnen in Okeham? Je had toch een hekel aan dat dorp?'

'Hekel is niet het goede woord.'

'Je zei altijd dat je het er vreselijk vond.'

'Misschien lag dat aan mij en niet aan het dorp. Je weet dat ik het haatte om in Londen te wonen. Het was bedoeld als tussenstation; ik zou er besluiten wat ik met mijn leven wilde, maar opeens zat ik er gevangen.' Hij knikte. 'Maar goed, ik droom mijn hele leven al over een oud huis daar en toen dat opeens te koop kwam heb ik mijn kans gegrepen en nu ben ik het aan het opknappen.'

Michael leunde naar voren en liet zijn hoofd op zijn handen rusten. Hij zag eruit alsof hij pijn had.

'Ik las dat hij in jouw huis is gevonden.'

'In de schuur erachter.'

'Vreemd.'

'Ja.'

Hij liet een kort, nerveus lachje horen. 'Ik bedoel, waarom zou je melding maken van een lijk in je eigen huis als je hem zelf vermoord had?'

'Schuur. En ik heb hem niet zelf gevonden. Hij is gevonden door Andy, een man uit het dorp.'

'Is hij je nieuwe…?'

Tabitha herinnerde zich weer dat Michael de irritante gewoonte had om zijn zinnen niet af te maken, alsof hij verwachtte dat jij het woord zou raden.

'Nee. Hij is aannemer. Hij helpt me met het huis. Al is dat nu waarschijnlijk verleden tijd.'

'Je hebt vast een heleboel oude vrienden in het dorp.'

'Er zijn mensen die ik groet. Uit de tijd dat ik er woonde is er nog maar een enkeling over. En nu is een van hen dood.'

'Je kende hem?'

'Hij was leraar bij mij op school.'

'Dus je hebt een motief,' zei hij met een glimlachje.

'Niet doen. Ik zit in de gevangenis. Dit is niet het moment voor een van je stomme niet-grappige grapjes.'

Michael maakte een vaag gebaar. 'Ik heb met de trein half Engeland doorkruist om hier te komen. Ik moest twee keer overstappen en toen nog met de bus en de taxi.'

'Ja,' zei Tabitha gespannen. 'Sorry.'

'Mag ik je wat vragen? Er is een lijk in je huis gevonden. Of naast je huis. Dat is niet best. Maar waarom verdenken ze jóú van de moord?'

'Geen flauw idee. Als het goed is vertellen ze dat aan mijn advocaat en vertelt zij het vervolgens weer aan mij.'

'Wat wordt je verweer?'

'Geen idee. Ik weet niets over de wet. Ik hoop gewoon heel erg dat de advocaten dit zullen oplossen en de politie ervan weten te overtuigen dat er een vergissing is gemaakt.'

Michael haalde zijn schouders op en schudde zijn hoofd.

'Wat?' vroeg Tabitha.

'Ik weet het niet. Dat klinkt gewoon niet als iets wat jij zou doen. Dat is meer iets voor de man die ik in jouw ogen was.'

'En wat voor man was dat precies?'

'Een passieve. Iemand die weinig deed. Ik had niet verwacht dat jij hier lijdzaam zou afwachten tot dit voor je is opgelost.'

Tabitha haalde een paar keer diep adem. 'Heb je om je heen gekeken?' vroeg ze. 'Ik zit verdomme in de gevangenis. Hoe moet ik vanuit hier iets oplossen?'

'Nee. Ik laat me niet een van je discussies in sleuren.'

'Een van *míjn* discussies?'

'Soms voelde het alsof we vanaf een helling een discussie in gleden, ondanks al mijn pogingen dat tegen te houden.'

'Ondanks al *jóúw* pogingen?' zei Tabitha. 'Als je naar me ging zitten kijken alsof ik een uiting van slechte smaak was, bedoel je?'

'Tabitha, alsjeblieft...'

'Ja, dat toontje bedoel ik. "Tabitha, alsjeblieft." Alsof jij de verstandige volwassene was en ik het stoute meisje dat...'

Ze brak haar zin abrupt af en legde een hand over haar ogen om zijn gezicht niet te hoeven zien. 'Dit wil ik helemaal niet,' zei ze.

'Dit bezorgt je natuurlijk enorm veel stress,' zei hij stijfjes.

'Ik ben blij dat je er bent.' Het kostte haar zoveel moeite om hem kalm en rationeel te blijven aankijken dat haar gezichtsspieren er pijn van deden. 'Ik kan alle hulp gebruiken.'

Er viel een stilte.

'Dus,' zei Michael langzaam en Tabitha wist meteen wat hij ging zeggen. Ze voelde zich misselijk worden.

'Ik vind het echt heel rot voor je. Dit is vreselijk. Dit gun je niemand. Maar ik ben hier niet de juiste persoon voor.'

'O,' zei Tabitha.

'Ik vond dat ik het gebaar moest maken. Dat ik op bezoek moest komen en je wat spullen moest brengen.'

'Tijdschriften.'

'Onder andere. Maar zo lang waren we niet...'

‘Veertien maanden.’

‘En we zijn al best een tijdje uit elkaar.’

‘Het geeft niet,’ zei ze. Ze zag zijn mond open- en dichtgaan en wilde gewoon dat hij zou vertrekken. Waarom had ze hem eigenlijk gevraagd te komen?

‘Ik ben geen advocaat. Ik heb geen geld. Ik heb ook zo mijn problemen.’

‘Het geeft niet, zei ik toch.’

Hij keek op zijn horloge. ‘Waarschijnlijk kan ik maar beter...’

‘Ja.’

‘Ik moet met de bus en de trein.’

‘Daarom.’

Hij stond op, stak zijn hand uit en keek ernaar alsof die niet van hem was. ‘Ik weet niet. Mogen we...?’

‘Ja, handen schudden is toegestaan.’

Na een korte handdruk draaide hij zich om en liep weg. Tja, dacht Tabitha. Hij is mijn ex. Wat had ik dan verwacht?

10

Blijf vooral volhouden, had Ingrid gezegd. En Michaela ook. Maar vandaag had Tabitha een slechte dag, zo'n dag waarop opstaan, kleren aantrekken die altijd een beetje groezelig waren, haar borstelen dat altijd vettig aanvoelde en iets eten waar ze kotsneigingen van kreeg een enorme opgave leek. Haar lichaam voelde onmogelijk zwaar aan. Toen ze naar de bibliotheek liep, kon ze haar voeten nauwelijks optillen. Ze wilde in elkaar duiken, zich verstoppen. Ze wilde brullen.

Gelukkig kreeg ze bezoek van haar advocaat.

'En, heb je goed nieuws?' vroeg ze. Haar toon was te levendig, bijna uitgelaten.

'Ik heb de resultaten van je medisch onderzoek,' zei Mora Piozzi, tikkend op haar iPad. Ze zag er ouder uit dan Tabitha zich herinnerde, en onbuigzamer.

'Daar lijk je niet erg blij mee. Hopelijk ga ik niet dood.' Toen ze haar gemaakt opgewekte toontje hoorde kromp ze ineen.

Mora Piozzi glimlachte niet. Ze keek ingespannen naar het scherm voor haar neus en swipete door de pagina's. Toen keek ze op.

'Ik ben inderdaad niet erg blij,' antwoordde ze.

Tabitha kreeg een draaierig gevoel in haar maag.

'Weet je nog dat ik je vroeg me alles te vertellen wat mogelijk relevant is voor je zaak – alles wat ik liever van jou dan van de aanklager zou willen horen?'

'Heb je dat gevraagd?'

'Je hebt niets gezegd over je depressies.'

'Daar valt niet zoveel over te zeggen.'

'Je bent opgenomen geweest in 2010 en toen nog een keer in 2013.'

'Dat was meer een soort kliniek.'

'Het was een gedwongen opname.'

'Alleen die eerste. De tweede keer was vrijwillig. En zo lang heb ik er niet gezeten. Ik had het gewoon even moeilijk.'

'Tabitha, die opnames kunnen me niets schelen, maar je snapt toch zeker wel dat dit relevante informatie is?'

'Sorry, het is niet in me opgekomen.'

Mora Piozzi keek weer naar het scherm. 'Er zijn je de afgelopen jaren verschillende medicijnen voorgeschreven. Citalopram. Paroxetine. En het meest recent – sterker nog, tot tien dagen voor de moord – sertraline en amitriptyline.'

'Maar die heb ik nooit lang geslikt.'

'Ook dat is relevante informatie. En je bent in therapie geweest.'

'Dat was tijdverspilling.'

'Dacht je echt dat dit niet aan het licht zou komen, Tabitha?'

'Waarom zou het?' Tabitha balde haar vuisten en leunde naar voren. 'Waarom zou dit verdomme aan het licht moeten komen? Als student ging het niet zo goed met me en ben ik gestopt met mijn studie. Dat is geen misdaad, maar gewoon een weggegooide kans. Ik heb medicijnen en therapie gehad om me er weer bovenop te helpen. Ook dat is geen misdaad. Maar ik vind het niet fijn als mensen dat weten, want het geeft me een etiket en ik heb een hekel aan etiketten. Ik ken mijn zwaktes. Ik dwing mezelf uit bed te komen. Ik wandel. Ik zwem in zee. Ik eet gezond. Ik doe dingen met mijn handen, zoals mijn huis opknappen. Ik zet de ene voet voor de andere. Ja, natuurlijk heb ik slechte dagen, maar over het algemeen gaat het best oké. Ging het best oké.'

Mora Piozzi legde even een hand op Tabitha's gebalde vuist.

'Dat is ongetwijfeld waar en in normale omstandigheden kun je dat uiteraard allemaal privé houden. Maar dit zijn geen normale omstandigheden. Je wordt aangeklaagd voor moord. Je hele leven zal onder een vergrootglas worden gelegd. Het feit dat je ernstig depressief bent geweest is relevant. Net als het feit dat je sterke antidepressiva hebt geslikt waarvan sommige kunnen leiden tot geheugenverlies.'

Tabitha's mond was droog en ze had een beetje hoofdpijn. De lampen in de ruimte waren te fel; het voelde alsof ze in een laboratorium zat.

'Volgens dokter Hartson reageerde je nogal afwerend op zijn vragen.'

'Ik heb overal antwoord op gegeven,' zei Tabitha. 'Wat wilde hij nog meer? Dat ik zou breken en in huilen zou uitbarsten? Dat ik hem al mijn problemen zou vertellen zodat hij de vriendelijke dokter kon uithangen? Dat is toch nergens goed voor?'

Mora Piozzi keek naar haar alsof ze een raadsel was dat ze moest oplossen. 'Was die dag een van je slechte dagen?'

'Het was geen topdag.' Dat was zacht uitgedrukt: de dag was zwaar en grauw en somber geweest.

'En je zegt je er niet veel van te kunnen herinneren.'

'Ik weet niet meer precies wat er allemaal is gebeurd, nee. Maar als ik iemand had vermoord, zou ik me dat wel herinneren.' Tabitha liet een boos lachje horen. 'Dat is niet iets wat ik snel zou vergeten.'

Piozzi glimlachte niet terug. Ze noteerde iets, maar stopte opeens met schrijven. 'Maar je gelooft dat ik mijn uiterste best voor je doe,' zei ze. 'Toch?'

'Ik moet wel. Er staan niet bepaald veel andere mensen aan mijn kant.'

'Je moet me vertrouwen,' ging Piozzi verder. 'Maar ik moet jou óók kunnen vertrouwen. Ik moet je problemen, je zwaktes kennen. Die moet jíj me vertellen, niet de politie of de aanklager. Je moet eerlijk tegen me zijn.'

'Je mag me alles vragen,' zei Tabitha. 'Ik geef overal antwoord op.'

'Dat is niet genoeg. Je moet antwoord geven op vragen die niet eens in me opkomen.'

'Alles wat ik kan bedenken heb ik je al verteld, echt.'

Piozzi legde haar pen neer.

'Mooi,' zei ze heel zachtjes.

11

'Je hebt bezoek,' zei de bewaker.

Tabitha lag op bed en keek op.

'Wie?'

'Hoe moet ik dat nou weten?'

Tabitha stond op en liep vlug langs de bewaker de gang in. Ze had het fijn gevonden om zich geestelijk te kunnen voorbereiden op haar bezoeker, om haar gedachten op een rijtje te zetten, vragen te bedenken. En om zich lichamelijk te kunnen voorbereiden. Ze had niet in de spiegel gekeken, maar ze vermoedde dat haar haar er slonzig en vettig bij hing. Waarschijnlijk rook ze ook niet al te fris. Ze had vandaag niet gedoucht, maar alleen snel haar oksels gewassen. Tja, daar was het nu te laat voor. Ze moest nu zorgen dat ze op tijd kwam.

Ze was zo gewend aan de gevangenisgeluiden – de bonzende deuren en voetstappen, het geschreeuw – dat ze de vechtpartij aan de andere kant van de ruimte niet direct opmerkte. Twee jonge vrouwen duwden de oude vrouw met de papieren heen en weer. Een deel van de papieren lag op de grond.

Tabitha liep verder. Ze herinnerde zich het advies dat ze had gekregen. Als ze dit wilde overleven moest ze zich gedeisd houden, zich nergens mee bemoeien, geen problemen veroorzaken. En trouwens, ze had haast, er zat iemand op haar te wachten. Wat ze ook zou doen zou haar situatie er niet beter op maken.

Ze bleef staan. Ze mompelde boos tegen zichzelf. Zoals wel vaker leek er opeens iets te scheuren in haar hoofd. In haar binnenste kolkte en rees een golf van woede. Niet doen, zei ze tegen zichzelf. Niet doen. Maar ze wist dat ze het zou doen.

Ze draaide zich om. De oude vrouw zat op haar knieën en probeerde haar papieren te verzamelen, maar ze liet er alleen maar meer vallen.

'Pardon,' zei Tabitha. 'Ik weet helemaal niet hoe u heet.'

De oude vrouw keek op. 'Vera,' antwoordde ze.

De twee jonge vrouwen keken om. De ene had een paar getatoeeerde tranen op haar wang staan. De andere had gemillimeterd haar, waardoor haar schedel geribbeld leek.

'Hou je er verdomme buiten,' zei de getatoeëerde vrouw.

'Laat haar met rust,' zei Tabitha.

De vrouw met het gemillimeterde haar gaf Tabitha een duw tegen haar schouder.

'Waarom doe je dat?' vroeg Tabitha. Ze kookte van woede en dat voelde heerlijk. 'Stop met pesten en rot op,' ging ze verder.

De vrouw gaf haar een hardere duw. Toen Tabitha hard terugduwde belandde ze direct in een wervelwind van gebeuk en gestomp. Ze rukte zich los en haalde uit met haar rechtervuist, haar linkervuist. Ze had geen idee of ze iets raakte. Er klonk geschreeuw en gegil en ze voelde dat ze van achteren werd vastgepakt en een stomp in haar gezicht kreeg die een explosie van wit, oranje en rood veroorzaakte. Ze probeerde zich los te wurmen, maar werd tegen het linoleum gedrukt, al bleef ze zelfs nu ze haar armen niet meer kon gebruiken met haar benen schoppen. Langzaam verflauwde het tumult. Haar gezicht werd tegen de grond gedrukt en ze zag de laarzen van een bewaker. Het voelde alsof er iets in haar mond zat en toen ze op de vloer spuugde zag ze dat het bloed was.

In de kamer van de gevangenisdirecteur leek het net of Tabitha niet meer in de gevangenis was. Het was alsof ze in het kantoor van een schoolhoofd stond. Aan de muur hingen schilderijen van een hert en een meer bij maanlicht. Er lag een geborduurd tapijt en er stond een leren stoel. Op het bureau stond een naambordje: DEBORAH COLE MBE. Achter het bureau zat Deborah Cole zelf, een vrouw van eind veertig met een keurig kapsel vol highlights. Tabitha zag alleen haar bovenlijf: grijs jasje, wit overhemd en een broche onder haar kin. Haar make-up was met chirurgische precisie aangebracht, alsof ze straks televisieopnames had.

Tabitha werd geflankeerd door de twee vrouwelijke bewakers die haar het kantoor hadden binnengebracht. Cole keek op van het dossier dat ze aan het lezen was. Dat was vast haar dossier, dacht Tabitha.

'Wat is er gebeurd?'

'Geen idee,' antwoordde Tabitha. 'Het ging allemaal nogal snel.'

Cole reageerde nauwelijks. Ze perste alleen haar lippen op elkaar. 'Orla Donnelly,' zei ze. 'Jasmine Cash. Zijn dat de meiden met wie je hebt gevochten?'

Meiden. Dat woord vond Tabitha bijna grappig, alsof ze zich puur voor de lol boven op elkaar hadden laten vallen op het hockeyveld.

'Ik ben hier pas net. Ik weet niet hoe iedereen heet.'

'Zou je ze herkennen?'

Tabitha wist dat ze gewoon 'nee' moest zeggen, maar ze kon het niet laten.

'Dus u wilt dat ik over andere gevangenen praat? In ruil waarvoor? Bescherming? Veiligheid?'

'Wij bieden iedereen veiligheid.'

'Als u het zegt. Maar zoals ik al zei ging het allemaal nogal snel.' Ze haalde een zakdoekje uit haar zak en veegde haar mond af. Rood. 'Ik moet gaan. Ik heb bezoek.'

Cole schudde haar hoofd. 'Je hebt gevochten. Geen bezoek.'

'Ik ben geen gevangene. Ik zit in voorlopige hechtenis. Ik heb recht op bezoek.'

Cole keek haar bijna minachtend aan. 'Bezoek is een privilege, geen recht. Je mag alleen bezoek ontvangen als je dat hebt verdiend.'

'Hoe kan ik me verdomme voorbereiden op mijn rechtszaak als ik geen bezoek mag ontvangen?'

'Dat had je je eerder moeten bedenken.' Ze keek naar het dossier. 'Je bent hier nog geen twee weken en veroorzaakt nu al problemen. Jou moeten we in de gaten houden.'

'Hier krijgt u spijt van,' zei Tabitha.

Cole deed het dossier heel langzaam dicht. 'Misschien hebben we het een en ander niet duidelijk genoeg uitgelegd, mevrouw Hardy. Ik handhaaf hier een zerotolerancebeleid. Zero tolerance op het gebied van drugs. Op het gebied van geweld. En zero tolerance op het gebied van ordeverstoring. Dit is een huis van bewaring.' Ze keek naar een van de bewakers. 'Neem haar mee. Volledig onderzoek.'

'Hoe bedoelt u? Onderzoek van wat?'

Maar Cole had haar ogen al neergeslagen en Mary Guy en de pezige vrouw grepen Tabitha bij haar armen en sleurden haar het kantoor uit. In de wachtruimte zaten de vrouw met de tattoos en die met het gemillimeterde haar, ieder met een bewaker.

De bewakers sleepten haar door de gang naar een lege, grijs geverfde kamer met kale muren en een hoog raam. Toen Tabitha naar buiten keek, zag ze alleen een egaal grijze lucht. De bewakers lieten haar midden in de ruimte los en bleven om haar heen staan.

'Jullie weten dat dit onzin is, toch?' vroeg ze hijgend, meer van woede dan van inspanning.

'Wachten,' zei Mary Guy.

'Waarop?'

Geen van tweeën gaf antwoord. Na een paar ongemakkelijke minuten ging de deur open en kwamen er nog twee vrouwelijke bewakers binnen. Ze droegen hetzelfde uniform als de andere bewakers maar waren duidelijk jonger, veel jonger. Het waren net schoolmeisjes. De twee gingen naast elkaar tegen de muur staan. Mary Guy richtte zich tot hen.

'Opletten,' zei ze. 'Zo doen we dit hier.' Toen richtte ze zich tot Tabitha. 'Trek alles uit en leg je kleren op een hoop.'

'Dit slaat nergens op,' zei Tabitha. 'Ik kwam net uit mijn cel. Hier hebben jullie het recht niet toe.'

'We kunnen je dwingen. En dat is echt geen pretje.'

'Ik ben nog niet veroordeeld. Ik zit in voorlopige hechtenis. Dit mag helemaal niet.'

'Het gaat hoe dan ook gebeuren. Als het moet trommel ik meer mensen op, en dat zullen niet allemaal vrouwen zijn.'

Tabitha probeerde haar verstand op nul te zetten. Ze trok haar trui en T-shirt tegelijkertijd over haar hoofd. Ze droeg geen bh. Ze schopte haar schoenen uit. Trok haar broek naar beneden.

'Alles,' zei de pezige bewaker.

Ze trok haar onderbroek uit en gooide hem op de stapel kleding.

'Alles, zei ik.'

Tabitha keek naar beneden. 'Mijn sokken, bedoel je? Jezus.'

Ze ging op haar linkervoet staan en trok wankel haar rechtersok uit en ging toen op haar rechtervoet staan en trok wankel haar linkersok uit. Ze gooide de sokken op de grond.

'Je mag je weleens wat vaker scheren,' zei Mary Guy. Achter Tabitha klonk gegniffel.

'Fuck you,' zei Tabitha.

'Dat zal ik onthouden.'

Ze liep naar voren tot ze Tabitha bijna aanraakte. Toen liep ze om haar heen. 'Door je knieën,' zei ze.

'Ik weet wat jullie aan het doen zijn,' zei Tabitha. 'Jullie zijn nergens naar op zoek. Dit is bedoeld om me te straffen.'

'Door je knieën.'

'Nee.'

'Zin in een week in de isoleer?'

Tabitha dacht aan haar bezoeker. Aan haar bezoekers. De bezoekers die ze zo hard nodig had.

Ze ging door haar knieën.

'Dieper.'

Ze dwong zichzelf naar beneden. Haar rug deed pijn.

'En nu zitten blijven.'

Ze voelde dat de vrouw achter haar stond. 'Je mag me niet aanraken.'

'Dat was ik ook niet van plan.'

Tabitha hoorde een klik. Ze keek naar beneden en zag dat de andere bewaker een handspiegeltje tussen haar voeten had gelegd.

'Zo controleren we of ze niets inwendig verstoppen. Ik wil dat jullie om de beurt komen kijken.'

De andere bewakers liepen om de beurt naar Tabitha toe. Een van hen ging voor Tabitha door haar knieën, keek in het spiegeltje en glimlachte naar haar. Het was bijna een grijns. Tabitha beeldde zich in dat ze 's avonds naar huis ging, bij haar familie was. Dat ze aan het kerstdiner zat. Alles om maar niet te schreeuwen.

Een uur later, of misschien wel twee of drie uur later, lag Tabitha met haar gezicht naar de muur op haar bed. Toen ze iets hoorde, draaide ze zich om. De vrouw met de tattoos en die met het gemillimeterde haar stonden in haar cel. Die laatste had de deur bijna helemaal dicht geduwd en stond er met haar rug naartoe. De vrouw met de tattoos zette een stap naar voren.

Dit was het dan, dacht Tabitha. Hier eindigde het. Ze ging staan. Als ze dit wilden doen, zouden ze ervoor moeten werken ook. Ze zou zich niet zomaar gewonnen geven.

De vrouw met het gemillimeterde haar stak haar hand uit. Die was leeg. 'Goed gedaan,' zei ze. 'Je hebt ons niet verraden. Ik ben Jasmine. Dit is Orla.'

Behoedzaam schudde Tabitha eerst Jasmines en daarna Orla's hand.

'Laat Vera met rust,' zei ze.

12

Toen Tabitha naar de tafel liep, twijfelde ze of ze wel wist wie haar bezoeker was. Pas toen de vrouw opstond om haar te begroeten herkende ze haar. Het was de priester van de Sint-Petruskerk in het dorp. Tot haar grote schrik wist ze even niet meer hoe de vrouw heette. Het voelde alsof ze iets zocht in een donkere kamer, maar toen sprong opeens het licht aan.

'Hoi, Melanie,' zei ze en ze stak haar hand uit. 'Moet ik je priester noemen?'

Melanie Coglan pakte haar hand en bewoog hem stevig op en neer.

'Mel is prima,' zei ze.

'Het spijt me van je bezoek een paar dagen geleden.'

'Het geeft niet. Is alles in orde met je lip?'

Tabitha raakte haar lip aan en grimaste. Ze wist dat hij nog steeds dik was. 'Ja, hoor,' zei ze. 'Sorry dat ik je bij je kerk vandaan houd.'

Tabitha had Mel nog nooit in de kerk gezien. Ze was nog nooit naar een kerkdienst geweest, al was ze wel een keer op een doordeweekse dag de verlaten kerk in gestapt om het Romaanse interieur te bekijken. Tabitha had de priester tot nu toe alleen nog maar door het dorp zien wandelen en de vrouw zag eruit als iemand die veel in de buitenlucht kwam. Ze had een hoekige kaaklijn en sproeten, zelfs nu het winter was. Haar grijsblonde haar zat in een paardenstaart en ze droeg een grijze trui, een donkere pantalon en stevige leren schoenen. En een priesterboord. Aan de leuning van haar stoel hing het dikke jack dat Tabitha haar al vaak had zien dragen wanneer ze met grote, energieke passen door het dorp beende om haar parochianen te bezoeken. De vrouw liet haar blik gefascineerd door de ruimte glijden, maar toen ze Tabitha peinzend aankeek maakte die fascinatie grotendeels plaats voor bezorgdheid. Tabitha voelde zich een zeldzaam exotisch dier dat zich nu ze door de tralies werd aangestaard klein maakte tegen de achterwand van haar kooi.

'Je kijkt naar mijn priesterboord,' zei de vrouw.

'Nee, eigenlijk niet.'

'Ik weet dat het er vreemd uitziet. Zo'n soort priester ben ik helemaal niet. Ik wil God niet aan mensen opdringen. Maar op dit soort plekken wekt het de indruk dat ik, nou ja...'

'Dat je geen drugs of een mobiele telefoon naar binnen probeert te smokkelen?'

Mel keek opeens gealarmeerd. 'Dat denken ze toch niet echt?'

'Dat wordt gedaan.'

'Ik heb wel wat tijdschriften voor je meegenomen,' zei ze.

'Dank je wel.'

Die las ze eigenlijk nooit. De tijdschriften die Michael voor haar had meegebracht had ze meteen aan Michaela gegeven.

Er viel een stilte. Mel keek ongemakkelijk, maar Tabitha voelde zich niet geroepen iets te zeggen. Ze wachtte.

'Waarschijnlijk verrast het je om me hier te zien. Ik weet dat je geen kerkganger bent.'

'Sorry. Of nee. Ik geloof gewoon niet in God.'

Mel glimlachte. 'Dat is niet verplicht,' zei ze. 'Sterker nog, veel kerkgangers geloven niet in een god in de hemel. Veel mensen komen vooral voor troost en contact met anderen.'

'Dan heb ik bij dezen nóg een probleem met naar de kerk gaan.'

'Ja, dat begrijp ik, maar als priester vind ik het belangrijk om langs te gaan bij mensen in mijn parochie die het moeilijk hebben. Ik ben hier niet om een oordeel over je te vellen. Ik ben hier om je troost te bieden.'

'Je bent hier wél om een oordeel over me te vellen,' zei Tabitha. 'En te beseffen dat ik het niet heb gedaan.'

'Daar hoeven we het niet over te hebben. Daar hoef je niets over te zeggen.'

'Ben je ook bij Laura Rees langs geweest om haar die troost van je aan te bieden?'

Na een korte stilte antwoordde Mel: 'Ja. Ja, ik ben bij haar langs geweest.'

'Hoe is het met haar?'

'Ze is in de rouw.'

'Sorry. Het is vast ongepast om me iets over haar te vertellen. Vindt ze het vervelend dat je op bezoek bent bij de vrouw die ervan wordt beschuldigd haar man te hebben vermoord?'

'Ze weet dat ik me over al mijn parochianen ontferm.'

'Zowel over de bokken als over de schapen, bedoel je?'

'Zo zie ik het niet.'

'En Stuart was ook een van je parochianen.'

'Ja.'

'Hij was een kerkganger, toch?'

'Hij was een regelmátige kerkganger.'

Tabitha wilde iets zeggen, maar viel van verbazing stil.

'Dat klinkt niet erg enthousiast.'

'Zo bedoel ik het niet,' antwoordde Mel. 'Een van de uitdagingen van mijn werk, of eigenlijk een van de leuke dingen, is dat iedereen een eigen kijk op het geloof heeft. En op hoe we ons geloof horen uit te oefenen.'

'Hij vond je niet religieus genoeg?'

'Hij had bepaalde opvattingen.' Mel glimlachte vrolijk. 'En dat mag. Maar dit hoor ik helemaal niet te vertellen. Ik ben hier om naar jou te luisteren. Kan ik je ergens mee helpen?'

'Ja, met me hieruit krijgen.'

Mel lachte even zenuwachtig.

'Ook goed,' zei Tabitha. 'Als dat niet kan, vertel me dan maar hoe het in het dorp is.'

Mel dacht even na. 'Ik heb geen idee wat ik daarover moet vertellen. Dit is de eerste keer dat er zoiets is gebeurd. Toen de politie en de televisieploegen eenmaal weg waren, was er een algemeen gevoel van verwarring en rouw.'

Dat vond Tabitha onbevredigend. Verwarring en rouw klonk eerder als iets uit een van de preken die Mel in haar vertrouwde, vrijwel lege kerk gaf. Tabitha wilde details.

'Heeft de politie mensen ondervraagd?' vroeg ze.

'Ze hebben met mensen gepraat, ja.'

'Hebben ze met jou gepraat?'

Mel schonk haar een stralende glimlach. 'Ik weet niet of ik dat mag zeggen.'

'Dat weet ik ook niet. Maar wat kan jij nou over mij vertellen?'

Tabitha keek Mel aan, maar die zweeg.

'Ik weet dat dit een lastig onderwerp voor je is,' zei Tabitha, 'maar hoe zien de dorpelingen mij nu?'

'Die weten niet hoe ze je moeten zien,' antwoordde Mel. 'Ze weten dat Stuart Rees is vermoord en dat jij, nou ja...'

'Daarvan wordt beschuldigd,' zei Tabitha.

'Eh, ja.'

'Ik val nogal op in de gemeenschap van Okeham.'

'Dat zou ik niet durven beweren.'

'En Stuart was met iedereen bevriend.'

Mels vriendelijke glimlach haperde even. 'Ook dat zou ik niet durven beweren.'

Tabitha dacht even na. 'Wat zou je dan wel durven beweren?'

'Ach, je kent het wel. Dorpen.'

'Ik weet niet wat je daar precies mee bedoelt,' zei Tabitha. 'Ik kreeg de indruk dat ik niemand kende en hij iedereen. Mensen zoals Stuart zijn waarschijnlijk essentieel voor dorpen zoals Okeham.'

'Ja, ik geloof wel dat hij iedereen kende.' Opnieuw lachte ze kort. 'Maar ja, ik ken ook iedereen. En over mij hebben de dorpelingen vast gemengde gevoelens. Je weet wel, daar heb je Mel weer met haar bezorgde vragen. Dat zeggen ze waarschijnlijk over mij.'

'Vast niet. Maar wat zeggen ze over mij? Jij spreekt tenslotte iedereen.'

Mel haalde een keer diep adem, alsof ze zich iets voornam. 'Tabitha, misschien zou het nuttiger zijn om na te denken over wat je van jezelf vindt in plaats van wat anderen van je vinden.'

'Dat lijkt me een bijzonder slecht idee.'

'Ik ben hier alleen maar om je te helpen en je op welke manier dan ook troost te bieden.'

Ze leunde met zo'n meelevende blik naar voren dat Tabitha haar wilde zeggen dat ze moest oprotten en ze haar nooit meer hoefde te zien. Maar dat deed ze niet. Ze zou Mel nog weleens nodig kunnen hebben.

'Dank je wel,' zei ze. 'Dat betekent veel voor me.'

13

De sneeuw stoof in vlagen langs het kleine raam. Het zag er niet naar uit dat het zou blijven liggen. Tabitha probeerde de dagen te tellen. Vandaag was het donderdag 31 januari, dus ze was hier nu drie weken en een dag. Morgen zou het februari zijn. Dat betekende dat ze zich over een week in de rechtbank schuldig of onschuldig zou moeten verklaren. Een week.

Michaela stond haar lange haar te borstelen voor de spiegel die Tabitha nog steeds vermeed, hoewel ze af en toe een glimp van zichzelf opving: haar gezicht was bleek, ze had nieuwe lijntjes rond haar ogen, haar lippen waren gebarsten en haar haar moest nodig geknipt. Ze trok een schoon shirt aan – al voelde geen enkel kledingstuk meer helemaal schoon – en een vest dat ondanks het gat op de elleboog netter was dan haar oude trui.

'Ik krijg bezoek van mijn advocaat,' zei Tabitha tegen Michaela. 'Hopelijk heeft ze nieuws.'

'Mag ik je even herinneren aan wat je de vorige keer tegen me hebt gezegd?' vroeg Mora Piozzi.

'Zo klinkt het net of ik al voor de rechter sta,' antwoordde Tabitha.

Ze dwong haar beurse lippen in een pijnlijke glimlach. Mora Piozzi glimlachte niet terug.

'Je zei dat je me naar jouw idee alles had verteld wat relevant kan zijn voor je zaak.'

'Dat klopt,' zei Tabitha achterdochtig.

'Echt? Alles, Tabitha?'

'Volgens mij wel.'

'De aanklager heeft gisteren een brief ontvangen waarin stond dat je als tiener een ongepaste relatie had met Stuart Rees.'

Tabitha had het gevoel dat iemand haar een harde stomp in haar maag gaf. Ze hoorde zichzelf een snuivend lachje uitbrengen en legde heel even een hand over haar mond voor het geval er nog een uit zou ontsnappen.

'Nou?'

'Hoe bedoel je, een brief?'

'Ik bedoel een brief.'

'Van wie?' vroeg Tabitha verontwaardigd. Haar gezicht brandde en haar lichaam voelde onverdraaglijk heet.

'Dat doet er niet toe. Is het waar?'

'Natuurlijk niet.'

'Ondanks dat Laura Rees het heeft bevestigd?'

'Wat?'

'Ik zei...'

'Ik verstond je prima. Waarom vraag je of het waar is als je het antwoord al weet? Je probeerde me erin te luizen.'

Mora Piozzi zag wit rond haar neusvleugels en haar mond was een dunne, rechte streep. 'Het is tijd dat je ophoudt met dat moralistische gedoe,' zei ze op afgemeten, scherpe toon. 'Je hebt expliciet gezegd dat je niets achterhield. En nu hoor ik van de aanklager dat je op je vijftiende een seksuele verhouding hebt gehad met de man die je volgens hen hebt vermoord. En dat vond je niet relevant?' Er viel een lange pauze. 'Nou?'

'Seksuele verhouding is wel erg sterk uitgedrukt,' zei Tabitha. Ze dwong zichzelf de streng starende advocaat recht aan te kijken. Ze had een spottend toontje willen aanslaan, maar haar woorden vormden eerder een soort zacht gejammer.

'Je was minderjarig. Hij was je leraar. Hij had seks met je. Je keert terug naar het dorp en koopt het huis naast het zijne.'

'Vijf minuten bij hem vandaan,' wierp Tabitha zwakjes tegen.

'Een paar weken later wordt hij doodgestoken gevonden in je schuur. Je vertelt niemand over jullie vroegere relatie: sterker nog, die heb je zojuist nog ontkend.'

'Voor mijn gevoel klopt dat niet.'

'Voor je gevoel misschien niet, nee, maar wil je daarmee zeggen dat het féítelijk niet klopt?'

'Het klopt niet níét. Maar je plakt zinnen achter elkaar die niet achter elkaar horen en waardoor het een het gevolg van het ander lijkt, maar dat is niet zo. Niet per se.'

'Waarom heb je me dit in hemelsnaam niet verteld? Je moet hebben geweten dat het zou uitkomen.'

'Het gaat niemand iets aan,' antwoordde Tabitha. 'Het was niet belangrijk.'

Toen Mora Piozzi haar vuist op tafel liet neerkomen schoot Tabitha met een ruk naar achteren. 'Word wakker! Heb je enig idee hoe slecht dit overkomt?'

'Het is al zo lang geleden. Dat heeft hier niets mee te maken.'

'Doe niet zo belachelijk.'

'Doe niet zo beledigend,' antwoordde Tabitha. 'Je hoort me te verdedigen.'

'Precies. Ik hoor je te verdedigen. Je vertelt me niet dat je depressief bent geweest – dat moet ik zelf ontdekken via dokter Hartson en je medische dossier. Je vertelt me niet dat het moordslachtoffer je seksueel heeft misbruikt...'

'Dat is niet waar.'

Mora Piozzi keek haar aan. In plaats van een frons verscheen er op haar gezicht een algehele uitdrukking van grimmig ongeloof. 'Je was vijftien, Tabitha. Hij was je leraar.'

'Het was geen misbruik.'

'Wat was het dan wel?'

Tabitha sloeg haar armen om zich heen en keek weg. Haar hersenen werkten ongelofelijk traag. Ze kon zichzelf niet uitleggen waarom ze de advocaat niets had verteld over haar... Hoe moest ze het noemen? Geen 'relatie' of 'verhouding', en zeker geen 'misbruik', toch? – haar díng met Stuart. Ze had er kennelijk op een bepaald niveau voor gekozen niets te vertellen. Blijkbaar had ze onbewust besloten om de informatie achter te houden, nóg verder weg te stoppen. Ze voelde zich verward en werd overvallen door een alarmerende angst.

'Dat weet ik niet,' antwoordde ze.

'Je weet niet wat het was?'

'Nee. Ik kan het niet benoemen. Ik wil er niet over praten. Alsjeblieft.'

'Ik ben bang dat je wel zult moeten.'

'Echt? Ik dacht dat ik ook gewoon mocht zwijgen.'

De vrouw zuchtte en wreef over haar gezicht. Toen ze Tabitha weer aankeek had haar boze blik plaatsgemaakt voor verontrusting. 'Ik ben je advocaat,' zei ze. 'Je moet me vertrouwen. Ik wil je helpen, maar dan moet je je wel láten helpen. Begrijp je dat?'

Tabitha knikte.

'Je begrijpt zelf ook wel wat voor indruk dit maakt, toch?'

'Nee, wat voor indruk maakt dit dan?'

'Een slechte, als ik eerlijk ben. En het feit dat je relevante informatie hebt verzwegen maakt het alleen maar erger.'

'Aha.'

'Dus nogmaals: kun je me vertellen wat er op je vijftiende tussen jou en Stuart Rees is gebeurd?'

Tabitha staarde naar haar handen: om haar polsen zat een ring van eczeem en ze had haar nagels kort gebeten. Ze voelde zich klein en vies en wilde niet dat er iemand naar haar keek.

'Daar valt niet zoveel over te vertellen. Het is gebeurd in een totaal ander leven, weet je. Het is iets uit het verleden en ik heb er niet aan gedacht. Echt niet,' ging ze verder toen ze de ongelovige uitdrukking op het gezicht van haar advocaat zag. 'Weet je, toen ik hem na mijn verhuizing weer tegenkwam, herkende ik hem nauwelijks. Het was alsof ik een vreemde zag. In mijn puberteit had hij er normaal uitgezien, maar nu was hij veel te zwaar en kalende en hij had zijn baard laten staan, alsof hij dat wilde compenseren.'

Dat was het eerste wat ze tegen hem had gezegd toen ze elkaar twee dagen na haar verhuizing waren tegengekomen. 'Je hebt een baard.' Hij had zijn kin gestreeld alsof hij blij verrast was dat er haar groeide en geantwoord dat het makkelijker was dan scheren, al vond Laura het maar niets. Hoewel hij had gezegd dat Tabitha er goed uitzag had hij haar geen enkele keer lang aangekeken; zijn ogen waren alle kanten op geschoten. Hij had ook gezegd dat hij het heel leuk vond dat ze buren waren en dat ze een keer op de koffie moest komen, omwille van vroeger. Dat had ze niet gedaan, al had Laura wel ooit een citroencake voor haar deur gezet.

'Wat wil je daarmee zeggen, Tabitha?'

'Daarmee wil ik zeggen dat hij nu iemand anders is, net als ik, en dat het daarom niet relevant is. Het is alsof het nooit is gebeurd.'

'Alsof het nooit is gebeurd?'

'Ja.'

'Ik weet niet of een jury dat een overtuigend argument vindt.'

'Dat interesseert me niet. Het is waar.'

'Toch zou dat je moeten interesseren. Hoe vaak heeft hij seks met je gehad?'

'Niet zo vaak.'

'Een keer, twee keer, tien keer, meer?'

'Weet ik niet,' antwoordde Tabitha. Ze voelde zichzelf op slot gaan, voelde de lichten een voor een doven. 'Meer dan twee keer,' dwong ze zichzelf te zeggen.

'En je hebt het nooit aan iemand verteld.'

'Nee.'

'Waarom niet?'

'Dat voelde niet goed. Het was privé.'

'Was je hopeloos verliefd?'

Tabitha hoorde zichzelf even gniffelen. Ze stopte haar vuist in haar mond en beet erop.

'Nee,' zei ze uiteindelijk.

'Was hij gewelddadig?'

'Nee.'

'Heeft hij je...?'

'Nee.'

'Tabitha, luister naar me.'

'Ik luister.'

'Je zitting is over een week.'

'Dat weet ik.'

'In het licht van deze nieuwe informatie moeten we nadenken over een strategie.'

'Je bedoelt dat deze zaak niet zal worden verworpen.'

Mora Piozzi keek geschokt. 'Zeker niet,' zei ze uiteindelijk. Ze ging behoedzaam verder, alsof ze bang was dat Tabitha haar anders misschien niet begreep. 'Volgens mij hebben we op 7 februari drie opties: je kunt verklaren dat je onschuldig bent, je kunt schuld bekennen aan doodslag of je kunt...'

'Wacht,' zei Tabitha.

'Ja?'

'Ik wil je iets vragen.'

'Oké.'

Tabitha haalde een keer diep adem. 'Denk je dat ik het heb gedaan?'

'Ik ben je advocaat. Het is mijn taak om je zo goed mogelijk te verdedigen.'

'Dat is geen antwoord.'

'Het is niet aan mij om de waarheid boven tafel te krijgen.'

'Dus je gaat geen antwoord geven?'

'Nee.'

'Dus dat betekent dat ik volgens jou mogelijk schuldig ben?'

'Dat betekent dat ik je advocaat ben.'

'Maar mijn advocaat moet me geloven.' Verschrikt besefte Tabitha dat haar ogen zich vulden met dikke tranen. Ze draaide haar hoofd weg en knipperde woest terwijl ze Mora Piozzi's strakke blik op haar voelde rusten.

'Nee, Tabitha, je advocaat moet zijn of haar uiterste best doen om je zo goed mogelijk te verdedigen. En dat probeer ik ook, maar daar heb ik echt jouw hulp bij nodig.'

'Ik zit in de nesten, hè?'

'Dit is pas het begin van een lang proces.'

Tabitha kon niets uitbrengen. Ze zag de ruimte door een waas van tranen. De afgelopen dagen had ze niet kunnen wachten tot het 7 februari was, maar nu realiseerde ze zich dat het dan pas zou beginnen. Ze dacht aan haar cel, waar de lucht slechts een piepklein vierkantje in de betonnen muur was en het 's nachts voelde alsof ze stikte. Ze dacht aan voetstappen die door de gangen galmden, deuren die dichtvielen, sleutels die werden omgedraaid; aan kreten in het donker, ogen die haar in de gaten hielden.

'Tabitha? Hoorde je wat ik zei?'

'Nee. Sorry.'

'Ik zei dat je je op één ding tegelijk moet concentreren.'

Tabitha knikte.

'De volgende stap is je zitting. Het wordt tijd om naar je opties te kijken.'

'Ja, dat zei je al. Volgens jou heb ik er drie. Onschuldig. Schuldig aan doodslag. En de derde heb je nog niet verteld.'

'Schuldig met verminderde toerekeningsvatbaarheid.'

'Dat begrijp ik niet.'

'Stuart Rees heeft je als kwetsbare minderjarige misbruikt. Sindsdien heb je een klinische depressie en worstel je met het leven.'

'Dus?'

‘Dus je moet gaan nadenken over je strategie, Tabitha.’
‘Jij denkt dat ik hem heb vermoord.’
Mora Piozzi ging staan. ‘Eén week,’ zei ze. ‘Denk erover na.’

14

Op de middelbare school was Tabitha goed geweest in wiskunde, scheikunde en kunst (hoewel ze liever tekende dan schilderde). Ook was ze door haar kleine, sterke, pezige lichaam goed geweest in veldlopen. Maar ze was niet goed geweest in vrienden maken, zich aansluiten bij groepjes en zich gedeisd houden. Ze was niet goed geweest in lief zijn, in flirten met jongens of giechelen met andere meisjes, in het kopen van de juiste sneakers, het kennen van de hipste danspasjes of uitgaan op vrijdagavond, in opscheppen over seksuele ervaringen die niet hadden plaatsgevonden, precies dronken of stoned genoeg worden of geheimen delen. Ze was niet goed geweest in tiener zijn, en na het overlijden van haar vader al helemaal niet meer. School was op z'n best eenzaam geweest, maar soms was het veel erger geweest dan eenzaam. Ze had zich staande gehouden door te doen alsof het haar niets deed, en langzaam maar zeker deed het haar ook niets meer. Of in elk geval niet veel. Niet zoveel dat het haar pijn of schaamte bezorgde, zoals toen ze jonger was.

Tabitha lag in bed en dacht aan haar vijftienjarige zelf, een half leven geleden: een schutterig, nogal opvliegend enig kind, klein en zonder borsten, dat er veel jonger uitzag dan ze was en haar verlegenheid maskeerde met een humeurige, gesloten houding. In de loop der tijd namen de pesterijen af en uiteindelijk merkte niemand haar meer op – tot meneer Rees, de wiskundeleraar, zijn oog op haar liet vallen. Een aantal jaar was hij niet meer dan een leraar bij haar op school, noch een van de charismatische leraren die de meisjes lieten giechelen, noch een van de leraren die werden gepest, zoals meneer Wheedon, die zijn haar over zijn kale kruin kamde. Meneer Rees had geen moeite met orde houden. Hij werd weleens boos, maar nooit zo ongecontroleerd als sommige anderen, die schreeuwden en driftig met hun armen zwaaiden. Zijn woede was doelbewust, minachtend, effectief.

Ook hij had haar nooit opgemerkt, tot ze in de bovenbouw kwam. Toen stond ze opeens in het middelpunt van zijn belangstelling. Eerst ging het alleen over haar werk – ze was zijn beste leerling en hij gebruikte haar als voorbeeld voor degenen die moeite hadden met zijn vak (al kwam dat haar populariteit niet ten goede). Na een tijdje vroeg hij haar na de les te blijven zitten. Hij gaf haar moeilijkere sommen, zei dat ze wiskunde moest gaan studeren. Hij leek Tabitha te erkennen zoals ze nog nooit door iemand erkend was.

Hij was niet jong en knap. Ze was niet verliefd op hem. Zo zag ze hem helemaal niet. Hij was gewoon aardig tegen haar in een tijd waarin ze snakte naar iemand die aardig tegen haar deed. Naar een vriendelijk gezicht.

Toen hij een arm om haar schouders sloeg, liet ze dat toe. Toen hij een hand op haar knie legde, duwde ze die niet weg. Toen hij haar vertelde dat zij de reden was dat hij elke dag met plezier naar zijn werk ging, geloofde ze hem. Toen hij haar op een natte winterdag een lift naar huis aanbood maar in plaats daarvan naar het bos reed en haar rokje omhoogschoof, haar onderbroek naar beneden trok, in het benauwde donker van de auto een condoom omdeed en haar ontmaagdde, waarbij haar bloed vlekken maakte op de autostoel, bood ze geen weerstand, maar draaide ze haar hoofd opzij en keek naar de regen. Ze had als verdoofd simpelweg gewacht tot het voorbij was. Het was niet in haar opgekomen om iemand te vertellen wat er was gebeurd. En de keer daarop ook niet, of die keren daarna. Elf woensdagen, dacht Tabitha, terwijl ze in het bed onder dat van Michaela, die mompelde in haar slaap, terugkeerde naar die dagen. Of waren het er twaalf?

Toen ze op een woensdag na de les in zijn lokaal was blijven treuzelen en hij zonder haar aan te kijken langs haar heen was gelopen, had het gevoeld alsof ze niet meer bestond. Ze was naar het raam gegaan en had zijn auto nagekeken. Zo was het geëindigd, alsof het nooit was gebeurd, alsof hij haar simpelweg had uitgewist. Week na week gleed zijn blik tijdens de les achteloos over haar heen en voelde het net of ze verdwenen was. Op haar stoel bevond zich een leegte, een gat waar Tabitha Hardy ooit had gezeten.

Ze had zich niet opgelucht of van streek gevoeld. Ze had helemaal niets gevoeld.

Het was haast een droom – een donkere droom waarvan de stukjes maar geen logisch geheel wilden vormen.

Waarom had zij – de kleine, kwade, vaderloze Tabitha Hardy die haar mannetje had gestaan tegen de pestkoppen en bevlogen boeken over vrouwenrechten las – dit laten gebeuren? Waarom had ze er al die jaren niet aan gedacht, had ze er zelfs tegen haar psycholoog niets over gezegd? Waarom was ze niet van streek, boos, beschaamd geweest? Ze was een vechter, maar het was nooit in haar opgekomen om voor zichzelf te vechten.

Ze staarde naar het duister. Misschien had het iets in haar stukgemaakt, dacht ze; misschien had het haar beschadigd, had ze het zo verschrikkelijk gevonden dat ze het zo diep mogelijk had weggestopt. Misschien had Mora Piozzi gelijk en was het misbruik geweest, was ze getraumatiseerd. Natuurlijk had Piozzi gelijk: zij was vijftien geweest en hij een jaar of vijfenveertig, zoiets?

En nu was de man die haar had misbruikt dood. Haar wiskundeleraar meneer Rees. Haar buurman Stuart Rees. Het kloppend hart van zijn kleine gemeenschap. Zijn lichaam in haar schuur, zijn auto naast haar huis, zijn bloed op haar lichaam.

Ze beet zo hard op haar lip dat ze ijzer proefde. Ze legde haar handen over haar ogen om het donker nog donkerder te maken. Ze kon zich niets van die dag herinneren, of alleen een paar flarden. Het was een dag geweest met onstuimig weer, een dreigende angst. Het soort dag waar ze zich blind doorheen moest worstelen om hem achter zich te kunnen laten.

Wat was er gebeurd? Wat deed hij bij haar huis, waarom was hij gestorven en wat had ze die dag gedaan?

Haar advocaat dacht dat zij hem had vermoord. En wat dacht zij, Tabitha Hardy? Ze wist het niet. Ze wist het niet, en die onwetendheid vervulde haar met een angst die aanvoelde als vergif.

Ze wist niet wat ze moest doen. Ze had geen flauw idee. Ze had niemand die haar kon helpen en de nacht duurde eindeloos voort, maar toen het eindelijk ochtend werd wist ze het nog steeds niet.

15

'Gaat het wel?'

Tabitha keek om zich heen. Het was Ingrid, die haar bezorgd aankeek. Tabitha stond in een hoek van de luchtplaats. Wettelijk gezien hadden de gevangenen elke dag recht op een uur beweging in de buitenlucht. Dat stond op het rooster. In theorie stond er veel op het rooster en tot hun beschikking, maar roosters konden op het laatste moment veranderen en beschikbaarheid kon zonder waarschuwing worden opgeschort. Zelfs in Tabitha's korte tijd in Crow Grange was de luchttijd al meerdere keren opgeschort wegens veiligheidsredenen of een tekort aan personeel en een keer zelfs zonder reden.

Vandaag, na haar vreselijke nacht, was Tabitha blij dat ze naar buiten mocht. De luchtplaats was aan drie zijden omringd door gebouwen en aan de vierde zijde stond een hoog hek met daarachter een ander leeg terrein. Maar je kon er de lucht zien en dat was een hele verademing, zelfs op een koude, grijze dag als vandaag.

Sommige vrouwen gebruikten het uur om te sporten. Een van hen trainde voor de marathon. Ze zat een dertigjarige straf uit voor haar aandeel in de moord op drie bendeleden, dus ze zou niet door de straten van Londen rennen. Haar marathon zou plaatsvinden op dezelfde dag, maar beperkt zijn tot rondjes rond het naastgelegen voetbalveld: tweehonderd. De luchtplaats deed Tabitha denken aan het schoolplein, waar de coole leerlingen, de meelopers, de buitenbeentjes, de pesters, de gepesten en de eenlingen hun eigen groepjes vormden. Tabitha gebruikte dezelfde tactiek als op school: ze had zich teruggetrokken in de verste hoek in de hoop zo min mogelijk aandacht te trekken.

Voordat Ingrid haar aansprak had ze met gesloten ogen en haar hoofd in haar nek tegen het hek aan staan leunen.

'Je hoeft niet beleefd tegen me te doen,' zei Tabitha.

'Ik doe niet beleefd,' zei Ingrid. 'Je keek gewoon zo bezorgd.'

'Ga je me nog een van je gevangenisregels vertellen?'

Ingrid keek om zich heen. 'Het is niet slim om iedereen op afstand te houden,' zei ze. 'Ik zeg niet dat je je bij een van de bendes moet aansluiten. Maar als je veel alleen bent, worden mensen achterdochtig.'

'Ach, ik ben toch alweer bijna weg,' antwoordde Tabitha, maar haar stem klonk mat en weinig overtuigend. 'Ze gaan hun gang maar.'

'Luister, ik zit in precies dezelfde positie als jij. Ik kom binnenkort mogelijk vervroegd vrij. Er is altijd iets om op te hopen. Je begint te fantaseren over je leven buiten de gevangenis.' Ingrid glimlachte. 'Eten, gezelschap, dat soort dingen. Al beeld ik me meestal in dat ik gewoon aan het wandelen ben.'

'Niet doen,' antwoordde Tabitha en ze probeerde ook te glimlachen, alsof ze twee normale vrouwen waren die zomaar wat stonden te kletsen.

Ingrid keek opeens serieus. 'Ik meen het, hoe gaat het met je?'

'Als Engelse is me al jong geleerd dat je die vraag alleen mag beantwoorden met "goed".'

Ingrid legde een hand op Tabitha's schouder. 'Je redt het hier niet alleen,' zei ze. 'Je moet met iemand praten. Met mij, of met iemand anders. Maar prááť. Iedereen die dat niet doet begint uiteindelijk in zichzelf te snijden of raakt verslaafd of nog erger.'

'Goed dan,' zei Tabitha. 'Het antwoord is dat het momenteel niet zo goed met me gaat.' Ze haalde een keer diep adem en vertelde Ingrid over haar gesprek met Mora. Toen ze was uitverteld, keek ze Ingrid nieuwsgierig aan. 'Meer advies?'

'Ja. Lieg gerust tegen iedereen. Tegen je vrienden, tegen je celgenoot, tegen mij. Maar vertel je advocaat de waarheid. Je advocaat is een soort...' Ze aarzelde. 'Als je in priesters gelooft, is je advocaat je priester. Je vertelt hem of haar alles. Goed en slecht. Tenzij je schuldig bent, natuurlijk, dan lieg je wel.'

'Volgens mij gelooft ze me hoe dan ook niet.'

'Het is ook niet de bedoeling dat ze je gelooft. Het is de bedoeling dat ze je vrij krijgt.' Ingrid kneep haar ogen tot spleetjes en keek Tabitha zo geconcentreerd aan dat ze zenuwachtig begon te lachen.

'Wat?' zei ze.

'Er is nog iets, hè?' vroeg Ingrid. 'Wat is er aan de hand?'

Tabitha duwde haar handen in de zakken van haar windjack. Opeens leek het nog kouder dan het al was.

'Heb je dat ook weleens, dat je om drie uur 's nachts ligt te piekeren?'

'Nog een regel. Ga niet om drie uur 's nachts liggen piekeren.'

'Ik lag te denken hoe slecht dit overkomt op Mora. Ik word beschuldigd van de moord op Stuart Rees en heb gezegd dat ik geen enkele reden had om hem te vermoorden, dat ik geen motief had. Maar ik wist dat ik wel een motief had. Hij heeft seks met me gehad toen ik nog een tiener was. Dat zou je kindermisbruik kunnen noemen. Ik weet niet of ik het daarmee eens ben.'

'Ik wel, denk ik.'

'Nou ja, hoe dan ook, het komt slecht over dat ik het haar niet heb verteld.'

'Ik hoop dat ze meelevend reageerde.'

'Zo zou ik het niet willen noemen. Eerder boos. Maar dat is niet wat ik wilde vertellen.' Tabitha was even stil. Het was lastig om het hardop te zeggen. Maar het was tijd voor duidelijkheid. 'Mijn leven was niet altijd makkelijk. Ik ben in de war en depressief geweest en daar heb ik medicatie voor gehad waar ik me soms beter en soms juist slechter door voelde.' Het had geleken alsof ze tegen zichzelf praatte, maar nu keek ze Ingrid recht aan. 'Wil je dit echt horen?'

Ingrid knikte.

'Misschien hebben de medicijnen me gered, maar ze rommelden ook met mijn geheugen. Sommige stukken van mijn leven zijn blanco, er zijn dingen die ik me niet meer herinner. Alsof mijn geheugen is gewist. Dus vannacht vroeg ik me opeens af: wat nou als ik het heb gedaan?'

'En wat was daar je antwoord op?'

'Daar gaat het niet om. Ik bedacht hoe het kon zijn gegaan. Dat ging ongeveer zo: ik ben depressief, stop met studeren en ga reizen, zwerf eigenlijk doelloos rond. En ondertussen denk ik onbewust aldoor aan wat er tussen Stuart en mij is gebeurd. Indertijd voelde het enigszins werelds of zo, of in elk geval als iets wat bijna alle jongeren meemaken, een van die rommelige seksuele ervaringen die horen bij het volwassen worden. Maar dan begint het me langzaam te dagen dat hij me op een afschuwelijke manier heeft gebruikt en geef ik hem de schuld voor alles wat er mis is met mijn leven.'

'Sorry,' zei Ingrid. 'Maar dacht je dat echt?'

'Wacht even,' antwoordde Tabitha. 'Dus daar leg ik onbewust de focus op, tot ik aan bijna niets anders meer kan denken en ik uiteindelijk weer naar Okeham verhuis. Vaag heb ik ergens het idee om hem te confronteren met wat er is gebeurd, hem te dwingen onder ogen te zien wat hij me heeft aangedaan. Ik kom hem tegen en we ruziën. Ik dreig hem te ontmaskeren, naar de politie te gaan. Ik vraag of hij bij me langs wil komen. Ik zeg dat ik het een en ander met hem wil bespreken. Maar als hij verschijnt, heb ik een mes. Dat ik gebruik. Ik heb een plan om het lijk te laten verdwijnen, maar voordat ik dat kan uitvoeren wandelt mijn vriend Andy de schuur achter mijn huis binnen en vindt het lijk.'

De stilte tussen hen in werd alleen doorbroken door het gegil op de luchtplaats, het gedreun van een basketbal.

'Je zegt niets,' zei Tabitha.

'Ik weet niet zo goed wat ik zou moeten zeggen. Waarom vertel je me dit?'

'Ik weet vrij zeker dat Mora denkt dat het zo is gegaan. Dus ik probeerde mezelf door Mora's ogen te zien. Ik weet dat ik soms een beetje raar ben. Ik tob. Schiet weleens uit mijn slof. Kan ik het hebben gedaan en alle herinneringen op de een of andere manier hebben verdrongen?'

'Nee, toch?' zei Ingrid. Tussen haar wenkbrauwen was een diepe rimpel verschenen.

'Ik denk ook van niet. Dat kan niet, toch? Zelfs als de pillen met mijn geheugen knoeien, zou ik dat hebben onthouden. En nu ik er hier nog eens goed over na heb kunnen denken, besef ik dat Stuart verschrikkelijke dingen heeft gedaan die me diep vanbinnen hebben beschadigd. Het was misbruik, natuurlijk was het misbruik. Maar zo zag ik het niet. En als ik het wel zo zag, stopte ik dat heel diep weg. Maar ja, al dat gedoe over een motief doet er nu niet meer toe. Ik zou nooit iemand vermoorden, motief of geen motief.' Ze keek opnieuw naar Ingrids gezichtsuitdrukking. 'Ik vraag niet of je me wilt geloven. Ik weet dat iedereen beweert onschuldig te zijn.'

'Sommigen zijn dat ook,' zei Ingrid.

'Maar wat ik weet, of wat ik zeg, zal me in de rechtszaal niet veel verder helpen. Dit klinkt misschien stom, maar ik wil niet dat iemand gewoon met een of andere slimme verdediging komt. Ik wil niet dat ze een strategie kiezen. Ik wil de waarheid weten, hoe vreselijk die ook is, en dat maakt me gek. Want weet je, ik kan me die dag niet herinneren. Hoe vaak ik het ook probeer, het blijft een afschuwelijke leegte met flarden nare herinneringen en ik weet niet wat ik heb gedaan. Echt niet. Ik weet niet wat ik die dag heb gedaan. Het verhaal dat ik je net heb verteld klinkt best overtuigend, toch?'

Ingrid keek haar ongerust aan.

‘Hoe was jóúw advocaat?’ vroeg Tabitha.

Ingrids blik verhardde en ze haalde haar schouders op. ‘Hij beloofde meer dan hij kon waarmaken,’ antwoordde ze.

16

Toen Tabitha in alle vroegte wakker werd wist ze even niet waar ze was. Maar toen ze even bleef liggen in de donkere stilte, die alleen werd verbroken door het ondertussen geruststellende geluid van Michaela's ademhaling, kwam haar geheugen plotsklaps terug.

Morgen was haar zitting. Ze moest zich voorbereiden. Ze probeerde zich de rechtbank voor te stellen, maar zonder succes. Haar wereld was gekrompen tot deze kleine kamer en de gedachten in haar hoofd waaraan ze niet kon ontsnappen. Tijd was hierbinnen zowel onbetekenend als meedogenloos en werd gemeten in deuren die open- en dichtgingen, in sobere ontbijtjes, smakeloze lunches en smerig avondeten, talloze rondjes over de luchtplaats. Maar over zesentwintig uur zou ze heel even terug in de tijd zijn. Ze ging naar de wc, waste haar handen en gezicht, poetste haar tanden en trok haar gebruikelijke oude vormeloze broek en dikke trui aan.

Plotseling bedacht ze dat ze niet de juiste kleding voor de rechtbank had en dat er geen tijd meer was om Shona te vragen iets te komen brengen. Ze rommelde door haar spullen, oude T-shirts, broeken en truien, alles enigszins gekreukt en gevlekt. Ze kon niet vragen of Michaela iets voor haar te leen had, want die was ongeveer twee keer zo groot als zij; haar shirts waren voor Tabitha eerder jurken. Toen ze zich voorstelde hoe ze in een smoezelig trainingspak en met ongeknipte haren, afgekloven nagels en haar kapotte lip voor de rechter zou staan, voelde ze zich zo somber en hulpeloos dat ze haar hoofd in haar handen liet vallen.

'Mag ik je om een gunst vragen?'

'Natuurlijk.' Ingrid gaf een klopje op de stoel naast de hare. Het was vanmorgen koud in de bibliotheek: de verwarming deed het niet. De natte sneeuw die langs het raam gierde maakte de velden en bomen onzichtbaar.

'Ik heb niets om aan te trekken naar de rechtbank. Ik vroeg me af of jij me iets kon lenen. Jij ziet er altijd zo netjes uit.'

Dat was waar. Vandaag droeg Ingrid een donkere wollen broek en een flesgroene trui met een ronde hals. Er zaten kleine knopjes in haar oren en haar grijze haar was netjes geborsteld. Ze zag eruit alsof ze op het punt stond een vergadering in te gaan of een podium te betreden om een presentatie te houden over budgettaire verantwoordelijkheid.

'Ik weet dat ik niet moet verslonzen,' zei ze. 'Natuurlijk mag je iets lenen. Al bestaat de kans dat je verdrinkt in mijn kleding. Kom, dan gaan we kijken of ik iets voor je heb.'

Tabitha voelde zich net een kind dat haar moeders kleding had aangetrokken. Ingrids rok gleed over haar heupen en de zoom raakte bijna de grond. De mouwen van haar jasje kwamen tot over haar handen.

'Je bent echt heel klein,' zei Ingrid, die haar keurend opnam.

'Ik wacht nog steeds op mijn groeispurt.'

'Wat dacht je van deze jurk? Eventueel met een riem eromheen.'

Tabitha trok de rok en het jasje uit. Haar huid was wit en bedekt met kippenvel. Haar benen waren harig. Ze trok haar sokken uit. Haar teennagels moesten nodig geknipt. Ze trok de donkerblauwe jurk aan. Ingrid rolde de mouwen op en deed een riem om haar middel. Ze pofte en plooide de stof, pakte hem hier samen en streek hem daar glad. Tabitha bleef stokstijf staan. Ze kon zich niet herinneren wanneer iemand haar voor het laatst echt had aangeraakt, voor het laatst een arm om haar heen had geslagen.

'Zo,' zei Ingrid uiteindelijk. 'Wat vind je ervan?'

'Ik kan het niet zien. Kan ik ermee door?'

'Ik vind van wel. Heb je schoenen?'

'Sneakers.'

'Welke maat heb je?'

'Zevenendertig.'

'De mijne zijn je veel te groot. Dan maar met sneakers.'

'Dank je wel.'

'Graag gedaan.' Ingrid nam haar nog een keer kritisch op. 'Ik zou je haar wassen en het achteroverkammen. Het ziet er een beetje verwilderd uit.'

'Dat weet ik.'

'Wil je wat make-up lenen?'

'Nee, ik denk het niet. Het is maar een korte zitting.' Ze slikte moeizaam. Haar keel deed pijn. 'Ik ben zenuwachtig.'

'Dat is heel normaal.'

'Ik ben bang, bedoel ik. Doodsbang.'

17

Tabitha was al voor zonsopgang wakker. Ze had het ijskoud en haar hart bonkte tegen haar ribben. Ze ging naar de wc en poetste haar tanden zo hard dat haar tandvlees ervan bloedde. Michaela keek vanaf het bovenste bed zwijgend toe. Tabitha trok Ingrids jurk aan en probeerde de riem zo om te doen dat het er niet belachelijk uitzag. Ze ging op haar bed zitten. Eten was onmogelijk, maar toen de ontbijtkar langskwam nam ze wel een mok thee. Om haar heen klonken de geluiden van een nieuwe dag. Deuren die met een krassend geluid opengingen, gehoest, een smerig lachje, iemand die baldadig door de gang schreeuwde. Haar handen trilden en haar benen voelden wankel, alsof ze weleens te zwak konden zijn om haar te dragen.

'Je ziet er goed uit.'

Tabitha draaide zich vlug om. 'O! Echt?'

'Ja.' Een korte stilte, en toen: 'Succes vandaag.'

Het stelde niets voor, het was een simpel zinnetje dat iedereen zou hebben gezegd, maar Tabitha moest er bijna van huilen. Ze zocht met een hand steun tegen de muur.

Om negen uur kwamen twee bewakers haar halen. Tabitha dacht dat de vrouwelijke bewaker aanwezig was geweest bij haar visitatie, maar dat durfde ze niet met zekerheid te zeggen. Ze hing haar oude jas over haar schouders en voordat ze de cel verliet keek ze even in de kleine spiegel. Haar gezicht was een soort bleke vlek en ze knipperde snel met haar ogen, waardoor ze wel dertien leek.

Ze liep door de centrale hal, waar iedereen naar haar keek. Ingrid wenste haar succes; Orla riep haar iets bemoedigends toe. Meerdere vrouwen sloegen op hun deuren. Tabitha probeerde naar hen te glimlachen.

Er werden deuren geopend en dichtgeslagen, sleutels omgedraaid. Ze liep langs metalen kluisjes. Een snoepautomaat. Opeens stond ze in de koude vochtige buitenlucht. De muur verderop was hoog en grijs en langs de bovenzijde kronkelde een rol prikkeldraad. Er stond een wit arrestantenbusje, waarvan de achterdeuren voor haar openstonden.

'Hup,' zei een van de bewakers en hij gaf haar een duwtje.

Tabitha klom het busje in. Iemand sloot de deuren. Er startte een motor en opeens bewoog ze, stopte ze, bewoog ze weer, maakte ze snelheid. Ze had de gevangenis verlaten, maar in feite was het busje gewoon een nieuwe cel waarin ze schuddend voortbewoog. Ze probeerde zich te concentreren. Haar onderrug deed pijn en ze vroeg zich af of ze misschien ongesteld ging worden, hoewel ze dat al maanden niet was geweest. Toen ze uit het piepkleine raampje keek zag ze bomen, telefoondraden, de zijkant van gebouwen.

Het busje stopte en de deuren gingen open. Tabitha klom naar buiten. Ze bevonden zich aan de achterkant van de rechtbank en met een paar stappen stonden ze in het gebouw. Ze wandelden door een gang en liepen een aantal stenen treden en toen een trap af. Er werd een deur voor haar opengehouden en ze stapte een kleine kamer in, ging op een stoel zitten en kneep haar ogen dicht.

'Tabitha.'

Ze keek op en zag Mora Piozzi. Over de schouder van de vrouw hing een leren handtas en ze hield twee kartonnen bekertjes koffie vast.

'Ik wist niet of je er melk of suiker in had.'

'Zwart is prima.'

Tabitha nam een slok, en toen nog een. Echte koffie. Het voelde als een boodschap van de buitenwereld.

'Hoe voel je je?'

'Redelijk.'

'We hebben een halfuur.'

Tabitha knikte.

'Weet je hoe een pro-formazitting in zijn werk gaat?'

Tabitha schudde haar hoofd.

'Het is allemaal heel simpel en snel. Je neemt plaats in het beklaagdenbankje. Dat voelt misschien eng, maar wees niet bang. Ik zit een paar meter bij je vandaan in de advocatenbank. Als de rechter binnenkomt gaat iedereen staan. Dan leest een rechtbankmedewerker de aanklacht voor en vraagt je of je het daarmee eens bent.'

'Oké.' Tabitha nam nog een slok koffie.

'Vervolgens stelt de rechter een tijdschema op met daarin onder andere de startdatum van de rechtszaak en een aantal stadia. Op de einddatum van het eerste stadium moet de aanklager zijn bewijs hebben aangeleverd.'

Mora Piozzi haalde wat papieren en haar laptop uit haar handtas, maar legde die opzij.

'Ik heb het uitgebreidere onderzoeksdossier ontvangen,' zei ze. 'Dat omvat het bewijs dat de politie tot nu toe heeft verzameld en een vereenvoudigde versie van het forensisch rapport. Er staat niets in wat we nog niet wisten.'

Ze keek Tabitha onderzoekend aan. 'Heb je nagedacht over je schuldbekentenis?'

Tabitha knikte.

'Mooi. Heb je een besluit genomen?'

Tabitha gaf geen antwoord.

'Zal ik de aanklacht nog een laatste keer met je doornemen?'

'Oké.'

De advocaat pakte een vel papier. 'We weten dat het slachtoffer om halfelf nog leefde, want op beveiligingsbeelden is te zien dat hij kort daarvoor met zijn auto door het dorp reed, in de richting van zijn en jouw huis. Zijn auto stond bij jouw huis. Zijn lichaam lag in jouw schuur. Zijn bloed zat op jouw lichaam. Je hebt geen alibi. Je hebt in het verleden geestelijke gezondheidsproblemen gehad. Je hebt op je dertiende je vader verloren en bent op je vijftiende door het slachtoffer misbruikt. Getuigen hebben je voor de moord boze opmerkingen over Stuart Rees horen maken. Na de moord verkeerde je volgens hen in een gespannen, verwarde staat.' Ze legde het vel papier neer en zette haar koffie erop. 'Je weet wat ik ga zeggen, toch?'

'Nee.'

'Ik raad je sterk aan om geen moord, maar doodslag te bekennen.'

'Goh, meer niet?'

'Als je alles ontkent, Tabitha, zal je hoogstwaarschijnlijk voor heel wat jaar in de gevangenis belanden. Voor moord staat levenslang. Als je doodslag met verminderde toerekeningsvatbaarheid bekent, hebben we een sterke zaak. Hij heeft je misbruikt. Je bent getraumatiseerd en hebt psychische problemen. Waarschijnlijk valt je straf dan minder hoog uit en krijg je misschien zelfs maar twee jaar, wat zou betekenen dat je over een jaar alweer op vrije voeten bent.'

'Aha.'

Tabitha dronk haar laatste restje koffie, die onderhand koud was geworden. Haar hoofd begon te bonzen. 'Maar er is een probleem,' zei ze. 'Wat als het niet waar is?'

'Tabitha...'

'Als ik doe wat jij zegt, zal ik het nooit weten.'

'Wat niet?'

'We moeten erachter komen wie het heeft gedaan. Wie dat ook mag zijn.'

'Dat heeft hier niets mee te maken en dat is mijn taak ook helemaal niet. Het is mijn taak om jouw belangen te behartigen. Dit is mijn advies, dit is je beste optie. Geen enkele advocaat zou iets anders adviseren.'

'Oké,' zei Tabitha. Ze wist nu in elk geval wat ze ging doen. Dat besef maakte haar duizelig.

'Wat betekent dat?'

'Dat betekent nee.'

'Je bent niet van plan schuld te bekennen?'

'Jij denkt dat ik het gedaan heb, hè?'

'Hier hebben we het al over gehad. Daar gaat het niet om.'

'Jawel. Jij denkt dat ik schuldig ben en daarom moet ik schuld bekennen en mijn best doen om zo snel mogelijk weer vrij te komen. Maar wat als ik het niet heb gedaan?'

Haar advocaat zuchtte diep en het leek net of er iets op haar schouders drukte. 'Goed dan,' zei ze uiteindelijk. 'Als je geen schuld wilt bekennen gaan we naar binnen en...'

'Nee.'

'Sorry?'

'Ik wil niet dat jij me verdedigt.'

'Hoe bedoel je?'

Tabitha glimlachte. 'Snap je het niet? Je bent ontslagen.'

18

De trap naar de rechtszaal was smal en steil en Ingrids jurk raakte verstrikt tussen Tabitha's benen. Toen de veter van een van haar sneakers losraakte moest ze stoppen om hem opnieuw te strikken terwijl de twee agenten net te dicht achter haar bleven staan.

De rechtszaal verraste haar; het licht was er zo fel dat ze met haar ogen knipperde. Er stond een man in een zwarte toga met een klembord in zijn handen, de rijen houten bankjes waren leeg en vooraan zaten drie mensen met elkaar te praten alsof dit een doodgewone dag was. Twee vrouwen zaten elk achter een computer.

Ze liep stuntelig naar het beklaagdenbankje. De linker- en rechterwand van het hokje waren deels van plexiglas en ze voelde zich te klein. Ze staarde verward de zaal in. Haar uitgelaten stemming van een paar minuten geleden was weggeëbd en ze voelde zich hulpeloos.

Toen de rechter binnenkwam bleek hij veel minder oud dan ze had verwacht. Hij droeg een grijze pruik, een blauw-met-zwarte toga en een rode sjerp. Toen hij haar aansprak als mevrouw Hardy, dus niet met dat gekke 'juffrouw', had ze de neiging hem daarvoor te bedanken. Hij had een smal, pienter gezicht en sprak op beleefde toon. Hopelijk zou hij ook tijdens de inhoudelijke zittingen haar rechter zijn. Hij zei nog iets, maar dat kon ze niet goed verstaan.

'Mevrouw Hardy, ik vroeg of uw advocaat er is.'

'Nee,' antwoordde ze. 'Meneer de rechter,' voegde ze daaraan toe. Was dat hoe je een rechter aansprak?

Hij fronste. 'Is die onderweg?'

'Ik heb geen advocaat.'

'Waarom niet?' Zijn vriendelijke blik maakte plaats voor verontrusting.

'Die heb ik ontslagen.'

'Wat?'

'Een paar minuten geleden,' ging Tabitha verder.

Hij leunde naar voren. 'Dit is geen poging de voortgang van dit proces te vertragen, hoop ik.'

'Nee.'

'U wordt beschuldigd van moord.'

'Dat weet ik.'

'Dit is een serieuze kwestie.' Hij ging langzamer praten en sloeg een toon aan alsof hij tegen een klein kind sprak. 'Uw advocaat kost u niets, hoor. U wordt immers aangeklaagd voor moord. Maar u bent verplicht zich door iemand te laten vertegenwoordigen.'

'Volgens mij niet.'

'Pardon?'

'Volgens mij niet.'

De rechter duwde zijn pruik een stukje naar achteren, krabde op zijn hoofd en keek haar even boos aan. Hij leek geschokt.

'Ongelofelijk. Dit is een serieuze, complexe zaak. U hebt een advocaat nodig.'

'Maar die wil dat ik schuld beken.'

'Hij of zij zal handelen volgens uw instructies.'

'Maar zal me niet geloven.'

'Uw advocaat zal zijn of haar uiterste best doen u zo goed en professioneel mogelijk te verdedigen.'

'Ik verdedig mezelf wel,' zei Tabitha. Ze klonk schor.

'Dat is belachelijk.' Hij leunde verder naar voren. 'Dat is nog erger dan belachelijk, daarmee zou u uzelf grove schade berokkenen.'

'Dat is mijn goed recht.'

De rechter staarde haar lang en strak aan en ze voelde dat ze rood werd. Haar benen trilden en ze wenste dat iemand haar een stoel zou aanbieden. Uiteindelijk leunde hij achterover. Zijn vriendelijke blik was verdwenen. Hij haalde een paar keer diep adem.

'Als u hoopt dat dit op de een of andere manier in uw voordeel zal werken, hebt u het mis,' zei hij.

'Ze wilde dat ik schuld bekende,' zei Tabitha.

'Stop,' zei de rechter. 'U mag mij niets vertellen over gesprekken met welke advocaat dan ook. Begrepen?'

'Daar zie ik het probleem niet zo van.'

'In de rechtszaal doet u wat de rechter u zegt. Begrepen?'

'Oké, prima,' antwoordde Tabitha boos. Ze probeerde zichzelf te kalmeren. 'Begrepen, bedoel ik.'

De rechter keek naar de aanklagers. 'Deze jonge vrouw gaat haar eigen verdediging voeren,' zei hij. 'Dat is haar afgeraden, maar haar besluit staat vast. U bent verplicht haar van al uw documenten te voorzien. Zonder uitzonderingen. Is dat duidelijk?'

Ze knikten. De jongere man keek Tabitha breed lachend aan, alsof ze net een goede mop had verteld. Toen ze naar hem fronste, keek hij weg.

'Dit mag ons niet uit koers brengen. Ik wil dat u haar na deze zitting een aantal telefoonnummers geeft. Ze moet direct een contactpersoon bij de Crown Prosecution Service krijgen, begrepen?'

Ze knikten.

'Hoe nemen zij contact met me op?' vroeg Tabitha.

'Meestal e-mailen we,' antwoordde de jonge man.

'Ik zit in de gevangenis.'

'Dat weet ik.' Hij glimlachte nog steeds.

'Dan bellen jullie maar,' zei de rechter geïrriteerd. 'Verzin maar iets. De eerste zitting is op maandag 3 juni. Mevrouw Hardy, u zult binnen maximaal vijftig dagen alle bewijsstukken ontvangen. Zodra deze in uw bezit zijn, hebt u achtentwintig dagen om de aanklager en de rechtbank uw verweerschrift te sturen.'

Tabitha keek hem aan. Ze had geen flauw idee waar hij het over had.

'Uw verweerschrift, een lijst met getuigen die u wilt oproepen en eventuele schriftelijke reacties van deskundigen. Begrijpt u dat?'

'Niet echt.'

'Natuurlijk niet; u bent geen advocaat. Dit is een farce – en een verwerpelijke verspilling van tijd en overheidsgelden, als u het mij vraagt.'

Hij ging verder. Hij sprak over schriftelijk ingediende verzoekschriften, eerdere veroordelingen, verzoeken tot indirecte getuigenis, eerste en tweede toelichtingen. Tabitha luisterde niet, of lette in elk geval niet goed op. De woorden vormden een soort onbegrijpelijke wartaal die nu door de advocaten van de andere partij met hetzelfde soort gezwollen formuleringen werd beantwoord. Ze voelde zich opeens hol van vermoeidheid.

'Laten we dit snel afhandelen,' zei de rechter.

'Wat?'

'U hebt nog niet gereageerd op de beschuldiging, mevrouw Hardy.'

Een vrouw die onbeweeglijk achter de rechter had gezeten stond op. Ze vroeg Tabitha haar naam, nationaliteit en geboortedatum te bevestigen.

En toen kwam het:

'Tabitha Hardy. U wordt aangeklaagd voor moord. De Crown Prosecution Service meent dat u Stuart Rees op vrijdag 21 december 2018 hebt vermoord. Verklaart u zich hieraan schuldig of onschuldig?'

Tabitha kneep in de rand van het beklaagdenbankje.

'Onschuldig,' antwoordde ze.

19

Op de terugweg, opgesloten in het arrestantenbusje, had ze de opwelling om met haar hoofd tegen de metalen wand te beuken. Te schoppen, te slaan. Bij Crow Grange werd ze het busje uit geloodst. Als ze haar opnieuw zouden visiteren, zei ze tegen zichzelf, zou ze een van de bewakers aanvallen, ervoor zorgen dat ze haar nooit meer vergaten. Ze werd slechts vluchtig gefouilleerd.

Ze werd naar het hoofdgebouw van de gevangenis gebracht en liep via een gang de centrale hal in. Ze keek geen enkele keer op en staarde strak naar de vloer voor haar voeten. Als iemand haar verkeerd aankeek of als ze zag dat iemand werd gepest, zou ze zich er vast mee bemoeien. Ze had ontzettend veel zin om iemand te verwonden, maar ook om zich te láten verwonden, om in elkaar te worden geslagen, om fysieke pijn te voelen in de hoop dat de brandende, borrelende sensatie in haar binnenste daarmee zou verdwijnen. Ze liep naar haar cel, die leeg was, en ging alleen even naar binnen om haar handdoek te pakken.

Normaal gesproken zou ze op dit moment haar huis hebben verlaten, naar het strand zijn gelopen en in zee zijn gedoken, hoe kouder en stormachtiger, hoe beter. Nu zou ze het moeten doen met een douche. Ze trok haar kleren uit, ging onder de douche staan en draaide de kraan open. Op haar gezicht vielen niet meer dan een paar druppels. Ze herinnerde zich het advies van haar eerste ochtend om op de leiding te slaan. Ze gaf er een paar klappen op, maar zonder resultaat. Ze sloeg harder en harder en opeens leek iets in haar binnenste te knappen. Ze pakte de douchekop boven haar hoofd met twee handen beet en ging er met haar hele gewicht aan hangen tot hij loskwam. Toen greep ze de leiding die langs de muur liep en trok eraan. Omdat de leiding niet meegaf, plaatste ze haar rechtervoet tegen de muur om kracht te kunnen zetten en leunde naar achteren. Eerst gebeurde er niets, maar toen hoorde ze iets kraken en verbrijzelen en viel ze met de leiding in haar hand achterover op de grond. Uit de gebroken leiding aan de muur spoot een straal water de douche in. De leiding was verbogen en het water gutste over haar heen. Links en rechts van haar werd geschreeuwd en de vrouwen verzamelden zich rond haar hokje, zowel verbijsterd als licht onder de indruk. Tabitha liet een kort lachje horen en ervoer een ontlading die sterker was dan alle emoties die ze weken-, maandenlang had gevoeld.

Ze wikkelde haar stugge handdoek om zich heen, griste haar kleding bij elkaar en rende halfnaakt terug naar haar cel, waarbij haar natte voeten tegen de vloer kletsten. Ze hoorde mensen roepen, maar had geen idee wie het waren of wat ze zeiden.

Ze duwde tegen de deur en tuimelde naar binnen. Ze liet haar kleren – Ingrids kleren – vallen en trok een oude broek en een dik shirt aan. Ze moest zwemmen, hardlopen, kilometers wandelen met stormachtige tegenwind. Wat kon ze doen om deze vreselijke energie kwijt te raken? Ze sprong op en neer en voelde haar hartslag versnellen.

Toen kwamen de bewakers: Mary Guy, uiteraard, de dunne met het azijnzure gezicht en eentje die ze nog niet eerder had gezien en een misplaatste rode strik in haar haar droeg.

'Achteruit,' zei Mary Guy.

'Ga weg. Dit is mijn kamer,' zei Tabitha. 'Rot op en laat me met rust.'

Mary Guy haalde haar vlakke hand over Tabitha's tafel, waardoor haar schamele bezittingen op de grond vielen.

'Dat mag je helemaal niet doen!' gilde Tabitha.

'O, nee?' Ze knikte naar de andere bewakers. 'Ga verder met zoeken,' zei ze. 'Jij gaat met mij mee.'

Tabitha zette een stap naar achteren. 'Nee.'

De bewakers trokken haar kleding uit haar lades en gooiden ze op de grond, smeten achteloos met haar boeken. Mary Guy pakte Tabitha zo ruw bij haar bovenarm dat ze even gromde van de pijn.

'Lopen,' zei ze.

De directeur keek Tabitha uitdrukkingsloos aan. Ze vroeg niets. Ze zei überhaupt niets. Tabitha staarde zwijgend terug. Ze was niet van plan haar excuses aan te bieden. De directeur keek naar Mary Guy, die naast Tabitha stond.

'Ze heeft een doucheleiding gesloopt. Onherstelbaar. Ze heeft hem in z'n geheel van de muur getrokken. Overal ligt water.'

Deborah Cole haalde een keer diep adem. 'Ik heb gehoord over je zitting,' zei ze.

Er viel een korte stilte. Tabitha zweeg.

'Heb je daar niets op te zeggen?' ging Cole verder.

'Wat zou ik daarop moeten zeggen?' antwoordde Tabitha. 'Het ging niet zoals ik had verwacht.'

'Je gaat jezelf verdedigen?'

'Tja, wat moet ik anders.'

'Als jij jezelf kapot wilt maken, hou ik je niet tegen. Ik ben alleen verantwoordelijk voor wat er in deze gevangenis gebeurt.' Cole duwde haar stoel naar achteren en keek naar het plafond. Ze haalde nog een keer diep adem, alsof ze zichzelf tot kalmte dwong. 'Volgens mij besef je niet in welke positie je zit.'

Ook Tabitha probeerde kalm te blijven. 'In welk opzicht?'

'Omdat je in voorarrest zit denk je dat je geen gewone gevangene bent, dat jij je niet aan de regels hoeft te houden. Maar die gelden ook voor jou. Je hebt je schuldig gemaakt aan vandalisme.'

'Het was geen vandalisme,' antwoordde Tabitha. 'Die douche heeft nooit gewerkt. Er komt alleen water uit als je op de leiding slaat. Dus dat deed ik, maar toen gebeurde er nog steeds niets. Daarom sloeg ik erop en trok eraan en toen kwam hij van de muur.'

Cole keek langs Tabitha heen naar de bewaker. Tabitha kon niet zien hoe zij reageerde.

'Ik overweeg je een week of twee in een isoleercel te zetten,' zei Cole. 'Misschien kun je dan eens goed nadenken.'

'Dat kunt u niet doen.'

Cole perste haar lippen op elkaar. 'O nee?' zei ze. 'En waarom dan niet?'

'Als ik mezelf ga verdedigen, zult u me daarbij moeten helpen. Ik moet ergens kunnen werken.'

De stilte kwam pas ten einde toen Cole zachtjes met haar vingers op haar bureau begon te trommelen. Uiteindelijk antwoordde ze langzaam en nadrukkelijk.

'Vertel me nooit meer wat ik wel en niet kan doen.'

Tabitha's hart ging zo hard tekeer dat het bijna pijn deed. Het bloed raasde door haar opzwellende aderen. Haar ademhaling was versneld en haar ogen schoten van links naar rechts. Ze zag een minieme verandering in de gezichtsuitdrukking van de directeur, zag een zweem van angst verschijnen. Tabitha begreep dat de vrouw een beetje bang was voor haar reactie. Zou Tabitha haar aanvliegen? Er iets stoms uitflappen? Het voelde als een strijd tussen twee ego's en Tabitha besefte met een steek dat ze die strijd alleen maar kon verliezen.

'Het spijt me,' loog ze. 'Ik heb een zware tijd achter de rug. Dit is een vreemde dag geweest. Het was niet mijn bedoeling de douche kapot te maken.' Ze slikte moeizaam. Ze vond het afschuwelijk om dit te zeggen. 'Ik wil meewerken.'

Cole bleef haar strak aankijken. 'Je hoeft niet mee te werken. Je moet je aan de regels houden.' Opnieuw zweeg ze even. 'Zie dit als een waarschuwing. Voor nu laat ik het gaan. Dat doe ik niet nog een keer.'

'Dank u wel,' zei Tabitha.

'Dank u wel, mevróúw,' hoorde ze achter haar.

Tabitha keek achterom.

'Je hoort de directeur aan te spreken met "mevrouw",' zei Mary Guy.

'Mevrouw?' zei ze. Ze draaide zich weer naar Deborah Cole en kreeg de bijna onbedwingbare neiging te lachen om dit idiote toneelstukje, maar opeens werd ze zo boos dat ze nauwelijks meer kon nadenken. Deze vrouw in haar smaakvolle kantoor wilde 'mevrouw' worden genoemd terwijl een paar gangen verderop vrouwen mannelijke bewakers pijpten in ruil voor drugs en mobiele telefoons, zichzelf sneden op plekken die niemand zouden opvallen en een enkeling, ergens, op zoek was naar een manier om er een eind aan te maken.

'Dank u wel, mevrouw,' zei ze.

Ze duwde de deur open in de verwachting een ravage aan te treffen, maar in plaats daarvan leek het afgelopen uur niets meer dan een gewelddadige droom. Al haar spullen stonden weer op tafel, precies waar ze hadden gestaan. Ze trok haar ladekast open. Iemand had haar kleren opgevouwen en voor zover Tabitha het zich kon herinneren precies teruggelegd zoals ze hadden gelegen. Ingrids kleren lagen netjes opgevouwen op haar opgemaakte bed.

Tabitha ging zachtjes kreunend zitten en wreef in haar ogen. De deur ging open en Michaela kwam binnen.

'Heb jij dit gedaan?' vroeg Tabitha.

Michaela haalde haar schouders op. 'Zo'n kleine ruimte moet je netjes houden,' antwoordde ze.

'Alles is weer precies zoals het was.'

'Dat leek me het beste.'

Ze had alles geregistreerd, bedacht Tabitha: hoe ze haar T-shirts oprolde, waar haar deodorant en tandenborstel stonden, hoe haar boeken lagen opgestapeld, hoe ze haar pennen met hun clipje aan het omslag van haar notitieboek bevestigde.

'Ik weet niet wat ik moet zeggen.'

'Je hoeft niets te zeggen.'

20

Tabitha zat aan de tafel in de bibliotheek en opende het bruine notitieboek dat Shona voor haar had gekocht. Ze streek de pagina met haar handpalm glad, haalde de dop van de zwarte balpen en staarde naar het lege papier. Ze had werkelijk geen flauw idee waar ze moest beginnen.

Gisteren had de rechter de aanklager opgedragen haar al het bewijs te sturen en ze herinnerde zich vaag iets over schema's en stadia. Nadat ze het beklaagdenbankje had verlaten, haar benen zo slap als rubber, had ze een jonge man haar gevangenisdetails gegeven zodat ze contact met haar konden opnemen. Maar moest ze tot die tijd lijdzaam blijven wachten?

Boven aan de pagina schreef ze 'Vrijdag 21 december' en onderstreepte de datum. Toen tekende ze er een sneeuwvlok naast. Misschien moest ze beginnen met alles wat ze zich over die dag kon herinneren. 'Koud, natte sneeuw, regen, schemerig,' noteerde ze. Ze probeerde zich te herinneren wat ze Mora over die dag had verteld – dat ze al vroeg wakker was geweest, maar niet meteen was opgestaan; dat ze pap had willen maken, maar dat de melk op bleek te zijn; dat ze naar de dorpswinkel was geweest; dat ze zichzelf had gedwongen in de ruwe zee te zwemmen, maar niet wist hoe laat; dat ze misschien mensen was tegengekomen, maar misschien ook niet; en dat Andy toen het al donker was voor haar deur had gestaan, waarna Stuarts lichaam was gevonden.

Dit schreef ze allemaal puntsgewijs op. Jammer genoeg was dit slechts een herinnering van wat ze Mora had verteld, wat vermoedelijk weer een herinnering was van wat ze de politie had verteld, wat weer een herinnering was van een dag die ze zich niet goed kon herinneren.

Ze kneep haar ogen dicht, drukte haar vingers tegen haar slapen en probeerde zich voor te stellen dat ze in haar huis stond. In gedachten liep ze over het grindpad en opende ze het krakkemikkige scheef hangende ijzeren hek (misschien kon ze Andy eens vragen om dat te fiksen) om vervolgens over het paadje te wandelen dat 's winters in een modderpoel veranderde, tot ze bij het gebouw van grijze steen en de vervallen bijgebouwtjes stond, met aan haar linkerhand de oude beukenboom waarin ze als kind altijd zo graag had willen klimmen. Via de voordeur en de betegelde hal, die vol stond met bouwmaterialen, liep ze naar de keuken met het lage plafond en de dikke muren en brede vensterbanken, van waaruit je de zee kon zien. De vloerplanken bij de deur lagen los zodat Andy en zij er nieuwe konden leggen. De muren waren gepleisterd maar nog niet geschilderd: op een dag zouden ze wit zijn. Er was een open haard, die ze die dag niet had aangestoken omdat ze daar de energie niet voor had gehad, en er stond een grote gehavende bank die ze op eBay had gekocht en waarop ze had gelegen, onder een dekentje, toen Andy had aangeklopt. De achterdeur gaf toegang tot de grote tuin, al zag die er momenteel eerder uit als een modderige bouwplaats, met achteraan een bouwvallig schuurtje. Tabitha dwong zich te denken aan de deur die de donkere, natte decembermiddag in was gezwaaid, aan de stapel vloerplanken, aan Andy, die op zijn knieën op de grond zat, aan haar handen, die ze naar hem had uitgestoken en die het plastic dekzeil en het lichaam hadden gevoeld, aan het bloed.

In gedachten ging ze terug naar de keuken en liep ze door de woonkamer, die nog onbewoonbaar was. Ze nam de smalle wenteltrap, liep langs de kleine badkamer en de logeerkamer vol dozen en stond na een paar laatste treden in haar kamer onder de hanenbalken. Ze had die gekozen omdat je vanuit een van de kleine ramen de zee kon zien: als de golven hoog waren, kon je hem zelfs horen.

Ze stond voor dat raam en keek naar het grijze water, luisterde naar het verre zuchten.

'Tabitha Hardy?'

De stem liet haar schrikken. Het was een bewaker, de vrouw met het zure gezicht die had geholpen bij haar visitatie.

'Je advocaat zit op je te wachten in de bezoekersruimte.'

'Nee, hoor. Ik heb geen advocaat.'

De bewaker haalde haar schouders op. 'Wat jij wilt. De bezoekersruimte, dus.'

'Wat doe je hier?' vroeg Tabitha.

'Ook hallo,' antwoordde Mora Piozzi. 'Hoe voel je je, Tabitha?'

'Verward.'

'Ik had wat moeite met ons afscheid.'

'Het ligt niet aan jou,' antwoordde Tabitha. 'Ik weet dat je me alleen maar probeerde te helpen.'

'En daar zou ik graag mee doorgaan.'

'Hoe bedoel je?'

'Je kunt dit niet alleen, Tabitha.'

'En toch ga ik het alleen doen.'

'Doe het niet. Dat is gekkenwerk.'

'Misschien ben ik wel gek – jij denkt in elk geval van wel, toch?'

'Als je je eigen verdediging gaat voeren, zal je alles verliezen.'

'Maar ik ga het tenminste proberen.'

'Wat ga je proberen?'

'Ik wil achterhalen wat er is gebeurd.'

Mora Piozzi trok een gezicht. 'Is dat je plan? Je eigen onderzoek starten vanuit je gevangeniscel. Is dat je strategie?'

'Zo klinkt het belachelijk.'

'Het is ook belachelijk. Erger nog, dat is zelfmoord.'

Tabitha knikte.

'Tabitha, ik ben hier niet omdat ik wil dat je me weer aanneemt. Ik kan je doorverwijzen naar een andere advocaat. Maar doe dit in godsnaam niet alleen.'

Tabitha keek naar haar handen, die op tafel lagen. Ze had al haar nagels afgebeten tot korte stompjes en haar huid was droog en gebarsten.

'Jij ziet schuld bekennen als mijn enige optie. Maar dat kan ik niet.' Ze kreeg de woorden maar met moeite uitgesproken. Ze wilde opgeven, zich overgeven, de hulp van de advocaat accepteren. 'Dus nee, dank je wel.'

'En daar blijf je bij?'

'Ja. Ja, daar blijf ik bij,' antwoordde Tabitha. 'Maar het lastige is dat ik niet weet hoe ik nu verder moet. Ik heb werkelijk geen idee wat me te doen staat.'

Mora Piozzi boog naar de grote leren aktetas op de grond. Ze opende de tas en haalde er een grote stapel papier uit.

'Ik dacht al dat je dat zou zeggen. Ik heb al het bewijs dat ik van de aanklager heb ontvangen voor je uitgeprint. Begin met het doornemen van hun bewijs, het lezen van hun aanklacht – al weet je vast al wat daarin staat.'

'Wat lief van je,' zei Tabitha. Haar stem sloeg over.

'De aanklager moet je binnen vijftig dagen voorzien van hun bewijs, inclusief de lijst met mensen die ze willen laten getuigen, maar hier staat ook al een heleboel informatie in. Dit is alles wat de politie in aanloop naar de aanklacht heeft verzameld. Alle getuigenverklaringen en gekopieerde documenten, het grootste deel van het forensisch rapport, de opname van het telefoontje naar het alarmnummer. Jou.'

'Mij?'

'Het transcript van je ondervragingen. Je medisch onderzoek, dat soort dingen.' Ze keek even op. 'Mogelijk schrik je van sommige foto's.'

'Foto's van hem?'

'Ja. Goed.' Ze schoof het pak papier over tafel naar voren. 'Dit is voor jou. Het is al gecontroleerd, dus je kunt het gewoon meenemen.'

'Bedankt.'

'Zodra je hun bewijs ontvangen hebt, heb je achtentwintig dagen om hun je verweerschrift te sturen.'

Tabitha keek weg. Ze was bang dat ze zou giechelen van ellende als ze de advocaat recht aankeek.

'O, ja. Mijn verweerschrift.'

'Zodra ze dat hebben ontvangen, is de aanklager wettelijk verplicht je te voorzien van al het materiaal dat jou kan helpen bij je verdediging of hun zaak kan ondermijnen. Onthoud wel dat er weleens dingen worden achtergehouden.'

'Waarom?'

'Ja, waarom? Als er bewijs ontbreekt, kun je dat opvragen.'

'Hoe moet ik weten wat er ontbreekt?'

'Goede vraag. Het antwoord is dat je een advocaat zou moeten hebben.'

'Ben je erg boos op me?'

De advocaat hield haar hoofd schuin. 'Eerder verbijsterd. Het voelt alsof er een ongeluk staat te gebeuren en ik alleen maar kan toekijken.'

'Dat klinkt niet best.'

'Ergens in die stapel zit mijn kaartje. Voor als je me wilt spreken.'

'Bedankt.'

Toen de advocaat vertrok, keek Tabitha haar na. Vervolgens stond ze op en pakte de stapel papier. Op het bovenste vel stonden alleen haar naam en registratienummer. Ze nam de papieren mee naar de bibliotheek en legde ze naast haar bruine notitieboek op tafel. Ze haalde de dop van haar pen, dacht even na en duwde hem er weer op. Ze had geen idee waar ze moest beginnen. Er was zoveel.

Ze besloot de stapel vluchtig door te nemen om zo hopelijk een indruk van de inhoud te krijgen. Ze kwam een stel beveiligingsbeelden tegen van de camera die aan de dorpswinkel hing en op de straat stond gericht. Die bevatten niets schokkends, alleen auto's of overstekende mensen. Ze draaide een van de foto's om. Op de achterkant stond geen uitleg, alleen een referentienummer. Maar op de foto zelf stond een tijdcode. Ze bladerde verder en bleef hangen bij een bekend beeld: zijzelf, wazig maar overduidelijk, met haar handen in de zakken van haar jas geduwd. De verdachte. Ze leek zelfs op een verdachte, voorovergebogen alsof ze zich voor iedereen verschool, zelfs voor zichzelf.

Toen ze de foto pakte om hem van dichterbij te kunnen bekijken, viel haar blik op wat eronder lag. Een foto op A4-formaat, oogverblindend scherp, van het lichaam. Van Stuarts te dikke, kalende, dode lichaam. Ze deinsde terug, kneep haar ogen dicht en probeerde haar ademhaling onder controle te krijgen. Na een paar tellen opende ze haar ogen voorzichtig en verscheen de foto langzaam weer scherp op haar netvlies. Zijn armen en benen lagen in een onnatuurlijk hoek, zijn ogen waren open, zijn bebaarde kaak hing slap. Ze tilde de foto op en bekeek die eronder: ze zag Stuart van bovenaf. Daarna kwamen er een foto van links en een van rechts. Toen van wonden, verschillende wonden. Die waren minder erg: het leek gewoon een beschadigd oppervlak dat geen huid, geen onderdeel van een lichaam, van een man die ze had gekend hoefde te zijn. Een man met wie ze, zo dwong ze zichzelf te erkennen, een verhouding had gehad, of door wie ze was misbruikt, of hoe je een relatie tussen een leraar en zijn vijftienjarige leerling ook noemde. Van een man die haar had aangeraakt. Betast. Geneukt. Ze staarde met brandende ogen naar de foto. Haar zelfhaat was zo sterk dat ze er misselijk van werd.

Tabitha dwong zichzelf elke foto te bekijken en deze vervolgens ondersteboven neer te leggen. Toen bekeek ze vluchtig het transcript van haar eigen verhoor. Ze kon zich er niet toe zetten het hele gesprek woord voor woord te lezen. Het grootste deel leek wartaal: ze had dingen gezegd als 'Nee, nee', 'alsjeblieft', 'weet ik niet', 'bloed' en 'ik wil gewoon dat dit voorbij is'. Toch stonden er een paar opvallende dingen in. Toen haar was gevraagd of ze Stuart Rees een vervelende man vond, had ze ontkennend geantwoord. Maar wat had ze anders moeten zeggen? *Tja, toen ik vijftien was hebben we een paar keer seks gehad, maar dat heeft hier niets mee te maken.* Moest je uit eigen beweging informatie geven die je zaak kon schaden? Dat wist Tabitha niet, maar ze wist wel dat dit tegen haar kon worden gebruikt.

Ze bladerde door de verklaringen die onder de hare lagen, opnieuw zonder ze echt te lezen. Wat konden deze mensen nou eigenlijk over haar te zeggen hebben? Ze kenden haar nauwelijks. Afgezien van Stuart en zijzelf wist niemand iets over hun seksuele verleden. Tabitha onderbrak haar gedachtegang. Dat was niet waar. Er was nog minstens één persoon die het wist. En diegene wist het niet alleen, maar had zelfs de politie geschreven om dat te vertellen. Wie? Het meest voor de hand liggende antwoord was Laura Rees, de rouwende weduwe. Maar waarom zou zij een anonieme brief sturen? Waarom had zij het de politie niet gewoon verteld?

De andere verklaringen waren onder anderen van Andy, die het lichaam samen met haar had gevonden. Er was een verklaring van dokter Mallon, de huisarts van het dorp. Wat kon hij over haar te zeggen hebben? Hij was niet eens haar arts. En er was er een van de priester, Melanie Coglan. Boven aan een van de formulieren stond de naam Pauline Leavitt, maar om zich te herinneren wie dat was moest ze even stoppen met lezen. Ja, dacht ze uiteindelijk, dat was die oude vrouw die altijd met haar jack russell door het dorp wandelde en met haar wandelstok naar auto's die ze te hard vond rijden zwaaide. Als ze elkaar tegenkwamen, knikten ze altijd even naar elkaar. Maar wist ze überhaupt wel wie Tabitha was?

Ze was zo nieuwsgierig dat ze haar verklaring las. Het taalgebruik was vreemd. De agent met wie ze had gesproken leek erin door te klinken:

> Toen ik ergens voor 21 december mijn hond uitliet zag ik Tabitha Hardy met Stuart Rees praten. Beiden maakten een geërgerde indruk. Ze zei iets in de trant van: 'Ik krijg je nog wel. Dat beloof ik.'

Tabitha legde het vel papier neer en dacht even na. In eerste instantie vond ze de verklaring zo absurd dat ze hardop wilde lachen. Zoiets kon ze onmogelijk gezegd hebben. Stel dat ze Stuart echt had willen vermoorden, waarom zou ze hem dan nét als er een oude vrouw met haar hond langsliep midden in het dorp bedreigen? Dat was belachelijk.

Maar het maakte niet uit of Tabitha iets belachelijk vond. De politie had het niet belachelijk gevonden. Ze hadden het opgenomen in haar verklaring en verwerkt in de aanklacht. Wat zou een jury daarvan denken? Tabitha probeerde zich te concentreren. Had Pauline Leavitt echt zoiets gezien en gehoord? In zekere zin maakte het niet uit wat Pauline Leavitt 'echt' had gezien. Ze had verklaard dat ze Tabitha en Stuart had gezien en dat ze Tabitha die fatale woorden had horen uitspreken. Waarschijnlijk zou ze het geen probleem vinden om de beschuldiging in het getuigenbankje onder ede te herhalen. Kon Tabitha op de een of andere manier bewijzen dat het niet was gebeurd? Hoe bewees je dat überhaupt?

Tabitha herlas de tekst. Misschien kon ze aanvoeren dat ze het over iets anders had gehad, dat de woorden uit hun verband waren gerukt. Maar het maakte hoe dan ook geen beste indruk.

Ze maakte haar eerste aantekening: 'Pauline Leavitt: gevaarlijk?'

Helemaal onder aan de stapel lag een enkel vel papier. Boven aan de pagina, met een streep eronder, stond: TABITHA HARDY. AANKLACHT: PRELIMINAIRE GEGEVENS.

Wat volgde was de aanklacht, omschreven in een paar strenge, verrassend korte en zakelijke paragrafen:

BESCHULDIGING:

Op 21 december 2018, tussen 10.40 en circa 15.30, heeft Tabitha Hardy Stuart Rees om het leven gebracht.

Het lichaam is gevonden door Andrew Kane, een plaatselijke aannemer, en bevond zich in de schuur van mevrouw Hardy's huis (Aston Cottage, Okeham, Devon).

Het lichaam werd kort na 16.30 ontdekt. Onderzoek heeft uitgewezen dat het slachtoffer tussen 10.30 en 15.30 is overleden.

In deze periode is mevrouw Hardy door meerdere getuigen op of in de buurt van de plaats delict gezien.

MOTIEF:

Tijdens haar verhoor ontkende mevrouw Hardy eerdere problemen met het moordslachtoffer. Later bleek zij als tiener een geheime seksuele relatie met het slachtoffer te hebben gehad. Deze relatie is bevestigd door de weduwe van het slachtoffer, Laura Rees. Er bestaan betrouwbare aanwijzingen dat mevrouw Hardy heeft gedreigd het slachtoffer publiekelijk te beschuldigen.

Vrienden en buren hebben meerdere betrouwbare verklaringen afgelegd aangaande de mentale gesteldheid van de verdachte.

Uit mevrouw Hardy's medische gegevens blijkt dat zij recent is behandeld voor mentale problemen. Toen de politie haar vroeg naar haar mentale gezondheid, heeft zij hier geen melding van gemaakt.

FORENSISCH BEWIJS:

De uitkomst van het forensisch onderzoek lijkt erop te wijzen dat de plaats delict gelijk is aan de vindplaats van het lichaam. Tevens werden er meerdere bloedsporen op de kleding en handen en onder de vingernagels van de verdachte aangetroffen.

De politie meent dat de slachtoffergevoelens van mevrouw Hardy haar ertoe hebben aangezet terug te keren naar Okeham om zich te wreken op Stuart Rees. Volgens meerdere getuigen heeft zij hem meermaals benaderd, bedreigd, naar haar huis gelokt en hem vermoord. Haar plannen zich van zijn lichaam te ontdoen werden slechts gedwarsboomd door Andrew Kanes ontdekking.

Zowel het forensisch bewijs als mevrouw Hardy's uitspraken in het bijzijn van getuigen en haar duidelijke motief, waarover zij heeft gelogen en gezwegen, lijken mevrouw Hardy aan te wijzen als de dader.

Tabitha las de verklaring opnieuw en opnieuw. Ze noteerde 'tussen 10.40 en 15.30' in haar notitieboek, maar haar hand trilde zo erg dat de cijfers nauwelijks leesbaar waren.

Ze las de pagina nog een keer. Alles in de aanklacht kwam slecht over, zo slecht zelfs dat ze niet wist wat ze erover moest noteren. Er was zoveel. Ze besloot te beginnen met een opsomming van al het bewijs tegen haar.

1) MOTIEF

Ze had een motief om Rees te willen vermoorden, had blijkbaar gelogen om dit te verbergen en niemand anders leek ook maar iets van een motief te hebben.

2) LOCATIE

Het lichaam was gevonden in haar schuur. Welke andere persoon had Stuart in háár huis kunnen of willen ombrengen? Misschien was het minder erg geweest als zij het lichaam had gevonden en de politie had gebeld. Maar dat had Andy gedaan. Dus nu leek het net of ze was gestoord voordat ze het lichaam had kunnen wegwerken.

3) GETUIGEN

Een van de fijnste aspecten van haar leven in Okeham was dat Tabitha zich bijna onzichtbaar voelde. Ze leek een soort stilzwijgende overeenkomst met de dorpelingen te hebben gesloten: zolang zij zich niet met hen bemoeide, bemoeiden zij zich ook niet met haar. Ze leidde een simpel leven. Werken, zwemmen, wandelen. Een keer per dag ging ze naar de winkel om de krant te kopen. Ook dat was een van haar vreemde gewoontes. Wie betaalt er nou nog voor de krant? Maar dat vond ze fijn. Dat gaf haar een fijn gevoel. Het was fijn om de kruiswoordpuzzel op te lossen, of niet op te lossen. Ze knikte naar de dorpelingen, wisselde soms zelfs een gemompeld woordje met ze. Maar nu waren er getuigen die hadden verklaard dat ze Stuart daadwerkelijk had bedreigd.

4) FORENSISCH BEWIJS

Dit leek haar het sterkste bewijs. Zijn bloed was aangetroffen op haar lichaam. Zijn bloed zat onder haar vingernagels en god mocht weten waar nog meer.

Het was het sterkste bewijs, maar het was ook het bewijs dat ze het beste kon ontkrachten, toch? Ze was Andy gevolgd naar de schuur en ze hadden allebei het lichaam aangeraakt. Andy had ook onder het bloed gezeten. Zo was het bloed op haar kleren gekomen. Of zo was het er vermoedelijk op gekomen.

Maar het probleem zat 'm niet in één detail. Het was het hele verhaal. Alles paste in elkaar en de enige logische verklaring was dat Tabitha Stuart Rees had vermoord. Daar waren twee even afschuwelijke redenen voor: al het bewijs wees naar haar en niets wees naar iemand anders.

Ze zoog op het uiteinde van haar pen tot ze besefte dat ze de verkeerde kant in haar mond had. Ze wreef met de rug van haar hand over haar mond en keek ernaar. Haar hand was blauw. Haar mond vast ook.

Nu moest ze alles doornemen. Alle foto's, alle verklaringen. Ze moest een tijdlijn opstellen. Ze moest weten wie de getuigen waren, wat ze over haar hadden gezegd.

Maar dat zou tijd kosten. Daar had ze tijd en stilte voor nodig. Precies toen ze het eerste vel van de stapel pakte en begon te lezen zei de bibliothecaresse dat het tijd was om te gaan en hoorde ze iemand schreeuwen, maar het duurde even voordat ze besefte dat zij dat zelf was.

Zodra Deborah Cole Tabitha zag keek ze niet zozeer boos – hoewel er zeker enige boosheid in haar blik te bespeuren viel – maar vooral vermoeid.

'Ik heb een kamer nodig,' zei Tabitha.

'Wat?'

'Als ik mezelf ga verdedigen, heb ik een stille, veilige ruimte nodig, een soort kantoor waar ik kan lezen en waar ik niet gestoord word, waar ik niet uit word gezet en waar ik toegang heb tot mijn documenten.'

'Stop,' zei Cole. 'Nu meteen. Blijkbaar begrijp je niet in welke situatie je je bevindt. Dit is geen onderhandeling. Je bent hier omdat je de orde hebt verstoord. Alweer. Toegang tot de bibliotheek is een privilege. Als je je niet fatsoenlijk kunt gedragen, verlies je dat privilege. Ik snap niet waarom je over een kantoor begint.' Ze liet Tabitha haar rechterhand zien, waarvan de duim en wijsvinger elkaar bijna raakten. 'Het scheelt nog maar zó weinig of ik zet je een week in de isoleer. Zonder boeken of papieren. Misschien kun je dan eens goed nadenken over je gedrag.'

'Ik dacht het niet,' zei Tabitha.

Het was even stil. Cole keek naar de bewakers die aan weerszijden van Tabitha stonden. Haar blik werd ongelovig. 'Sorry?'

'Ik ben bezig met mijn verdediging. Over een paar maanden sta ik terecht voor moord. Als ik het bewijs niet fatsoenlijk kan bekijken, moet de rechtszaak worden stilgelegd. Ik weet niet precies wat er gebeurt als een grote rechtszaak niet verder kan, maar dan worden er vast mensen boos.'

Er viel opnieuw een stilte.

'Is dat een of ander plan?' vroeg Cole.

'Een of ander plan waarvoor?'

'Denk je dat je kunt winnen door de boel te vertragen?'

'Dat ziet u verkeerd,' antwoordde Tabitha. 'Ik wil helemaal niets vertragen. Ik wil een plek om mijn documenten te lezen en aan mijn zaak te kunnen werken.'

'Ik ken mensen zoals jij,' zei Cole.

'Echt niet.'

'Mensen zoals jij denken dat ze beter zijn dan anderen. Ze denken dat de regels voor hen niet gelden. Het zijn degenen die na vijf, tien, vijftien jaar in een hoekje in zichzelf staan te praten.'

Tabitha keek de directeur strak aan. Ze voelde zich een stuk vuurwerk dat elk moment kon ontploffen.

'Ik moet gewoon ergens kunnen werken,' zei ze.

'Ik bepaal waar,' antwoordde Cole langzaam en monotoon.

21

In Tabitha's cel was Michaela bezig al haar spullen een voor een in een zwarte vuilniszak te stoppen.

'Wat ben je aan het doen?' vroeg Tabitha.

Michaela keek even achterom, maar ging ondertussen gewoon verder. Ze had niet veel: kleding, toiletartikelen, boeken, tijdschriften, pennen. Ze gaf pas antwoord toen alles in de zak zat.

'Ik ga weg,' zei ze.

'Word je overgeplaatst?'

'Mijn ontslagpapieren zijn verwerkt.'

'Je ontslagpapieren? Voor je vrijlating?'

'Dat zijn ze me net komen vertellen. Vijf minuten geleden.'

'Daar heb je nooit iets over gezegd.' Tabitha voelde zich direct een idioot. 'Ja. Waarom zou je ook? Maar ik dacht dat daar een heel proces aan voorafging.'

'Ze kwamen vertellen dat ze een paar zoekgeraakte formulieren hebben teruggevonden.'

Tabitha en Michaela keken elkaar aan. Tabitha wist niet zo goed wat ze moest zeggen, of zelfs maar wat ze moest voelen. In de paar weken dat ze Michaela kende waren ze geen dikke vriendinnen geworden. Maar toch waren ze aan elkaar gewend geraakt. Michaela zweeg en leek een besluit te nemen. Ze rommelde in de vuilniszak en haalde er een stukje papier uit. Ze legde het papiertje op tafel, schreef er iets op en gaf het aan Tabitha.

'Mijn telefoonnummer. Voor als je iets nodig hebt.'

Tabitha keek naar het papier. 'Ik weet niet wat ik moet zeggen,' zei ze.

Michaela hees de zak omhoog. 'Wie weet kom ik wel een keer op bezoek. Al is het misschien wel een beetje gek om op bezoek te gaan in de gevangenis waar ik net zelf vandaan kom.'

'Waarom zou je dat doen?' vroeg Tabitha.

'Vrienden moet je steunen.'

'Oké.'

'En wij zijn nu vrienden.'

'Ja,' antwoordde Tabitha. Dat kon wel wat enthousiaster. 'Ja, we zijn vrienden,' voegde ze daaraan toe. Dat ontroerde en verwarde haar. Michaela en zij hadden een cel gedeeld, hadden nachtenlang in bed naar elkaars geluiden liggen luisteren, dezelfde wc gebruikt, samen gegeten. Toch hadden ze nooit een fatsoenlijk gesprek gevoerd of geheimen met elkaar gedeeld. Misschien kon je op een heleboel manieren vrienden zijn en waren woorden niet altijd nodig. Dat vond ze een opbeurende gedachte.

'Weet je,' zei Michaela. 'In al die tijd dat ik hier heb gezeten is er nooit iemand bij me langs geweest.'

'Je zou me enorm helpen als je op bezoek kwam.'

'Reken er maar niet op, ik beloof niets. Misschien zie je me wel nooit meer terug.'

'Het is hoe dan ook een fijn idee. Dank je wel.'

En nu? Tabitha zette een stap naar voren, maar Michaela stak een hand op om haar tegen te houden.

'Geen knuffels,' zei ze. 'Ik vind het niet fijn als mensen me aanraken.'

'Ik ben sowieso niet zo'n goede knuffelaar.'

'Je meent het.' Michaela grijnsde en leek te aarzelen, te zoeken naar de juiste woorden. 'Geen stomme dingen doen. Ik zie al helemaal voor me dat je ruzie zoekt met de verkeerde persoon of zo.'

Op weg naar de deur bleef ze staan.

'Waag het niet om met me mee te lopen,' zei ze. 'Ik haat het als mensen me uitzwaaien.'

Ze ging nog steeds niet weg. Ze leek ergens over te dubben. Uiteindelijk zei ze: 'Dus je doet je eigen verdediging.'

'Daar lijkt het wel op.'

'Heb je het gedaan?'

Tabitha haalde een keer diep adem en blies uit. Ze keek Michaela recht aan. 'Nee.'

'Mooi.' Michaela knikte. 'Je hebt een keer gevraagd wat ik gedaan heb.'

'Je hoeft niet...'

'Ik heb mijn vriend geslagen met een stijltang. Meerdere keren. Hij was half dood. Was hij maar doodgegaan.'

Ze draaide zich om en liep weg zonder achterom te kijken terwijl haar voetstappen weerklonken op de harde vloer.

Toen ze weg was, ging Tabitha op haar bed liggen. Ze probeerde ergens anders aan te denken, maar dat lukte niet: ze stelde zich voor hoe Michaela de ene na de andere deur door ging. Ze zou haar telefoon en wat geld krijgen en dan zou ze na een laatste deur opeens buiten staan. Ze zou een bus nemen of gaan lopen, in de richting die ze wilde. Zou ze echt terugkomen? Tabitha legde een hand op de muur. Die voelde koud en hard en zwaar.

22

Tabitha volgde de bewaker dwars door de ruimte. Die had een betonnen vloer, metalen balken en tl-verlichting en er stonden een heleboel werktafels, zo'n veertig in totaal. Op elke tafel stond dezelfde grote zwarte machine. Op de brede planken die een van de wanden besloegen lagen stapels blauwe broeken met een trekkoord. In een afgesloten kast met glazen deuren zag Tabitha diverse materialen liggen, waaronder lange en korte naalden, spelden en veiligheidsspelden en een aantal scharen met lange bladen. De ruimte was ijzig koud. Op de ramen stond een netwerk van ijsbloemen en haar adem vormde wolkjes in de lucht.

De bewaker stopte voor een deur, klungelde even met zijn sleutels en trok hem open.

Tabitha tuurde naar binnen. 'Hier?'

'Jep.' De bewaker, een reusachtig lange en brede man, die alarmerend piepend ademhaalde, schonk haar een glimlach. En geen vriendelijke.

'Maar dit is een kast.'

'Daar kan ik ook niks aan doen. Zij heeft dit bedacht.'

'Het is donker.'

Hij stak zijn hand om de deurpost en deed een lamp aan. Een enkel peertje verspreidde een ontoereikende gloed.

'Het is nog steeds donker. En steenkoud. En het staat vol met spullen. Wat zijn dat?' Ze stapte de raamloze ruimte in. 'Paspoppen.'

Hij haalde zijn schouders op.

'Zo is er helemaal geen plek voor mij.'

Ze greep de eerste roze figuur, sleepte die naar buiten en deed toen hetzelfde bij een volgende, waarvan de plastic arm waarschuwend was geheven.

'Hé, wat doe je?'

'Hoe moet ik hier werken als ik niet eens naar binnen kan?'

Toen ze de tweede figuur naast de eerste zette keken hun gladde gezichten haar sereen aan. 'En er is geen bureau en niets om op te zitten. Is dit een grap?'

'Mij zie je niet lachen.'

'Help me even.'

'Sorry?'

'Als we deze twee ook naar buiten slepen, is er precies genoeg ruimte voor dat kleine tafeltje daar en een stoel.'

'Die stoel wordt door iemand gebruikt.'

'Er is hier niemand.'

'Morgen wel. Dit is een populaire plek. De meiden leren graag naaien.'

'Meiden?'

'Ja.'

'De gevangenen, bedoel je?'

'Ja.'

Tabitha duwde het tafeltje de kast in. Het was verrassend zwaar en schoof met een oorverdovend luid gepiep over de vloer. Ze voelde zich al een stuk vrolijker: haar woede werkte haast opbeurend. Ze pakte een stoel bij een tafel met naaimachine weg en zette die ook in de kast. In een van de hoeken stond nog een paspop, met zijn rug naar haar toe. Er was nu net genoeg ruimte om zich in de kast te kunnen wurmen, al kon de deur alleen dicht als ze de stoel optilde.

Ze legde haar stapel papier op de tafel en draaide zich om naar de bewaker, die zachtjes fluitend voor zich uit stond te kijken.

'Ik heb meer licht nodig.'

Hij haalde zijn brede schouders op en duwde zijn handen diep in zijn zakken.

Tabitha liep naar de lange tafel voor in de ruimte, griste de bureaulamp eraf en bukte om de stekker uit het stopcontact in de grond te trekken. In eerste instantie dacht ze dat er geen stopcontact in de kast zat, maar uiteindelijk spotte ze er een bij de deur. De gebarsten plastic behuizing deed vermoeden dat het al jaren niet was gebruikt. Ze stak de stekker in het stopcontact en drukte op de schakelaar, en opeens baadde de kleine ruimte in het licht.

'Er ligt hier een dode muis,' zei ze.

'Dat is een rat.'

'Daar is hij te klein voor.'

'Hij is uitgedroogd. Maar z'n dikke staart niet.' Hij porde met de neus van zijn schoen in het beest. 'Kijk.'

'Kun je hem voor me weghalen?'

Hij staarde haar aan.

'Ook goed. Dan doe ik het zelf wel.' Ze keek om zich heen en ontdekte in een hoek een stel vuilniszakken en een bezem met korte borstelharen. Ze trok een zak van de rol, stopte haar hand erin, bukte, raapte de rat op met haar ingepakte hand en probeerde er niet naar te kijken toen ze de zak met het beest erin binnenstebuiten keerde. Ze veegde haar hand af aan haar broek. 'Kun je deze voor me weggooien?' vroeg ze.

Hij zuchtte en pakte de zak aan. Ze begon zich al minder aan hem te ergeren. 'Hoe heet je?' vroeg ze.

'Wat?'

'Laat maar. Hoelang heb ik?'

Hij haalde zijn schouders op. 'Tot de cellen op slot gaan, denk ik. Maar dan mis je wel de lunch.'

'Ik hoef geen lunch.'

Hij wees naar links. 'Daar staat een cabine.' Toen, na het zien van haar verbaasde blik: 'Een toiletcabine.'

'O.'

'Ik moet je hier opsluiten.'

'In de kast?'

'In het atelier.'

'Komt er vandaag niemand?'

'Ze zijn maar twee dagen per week open. Bezuinigingen.'

'Hoe weet ik wanneer ik weg moet?'

Opnieuw haalde hij zijn enorme schouders op. 'Ze komen je wel weer halen,' zei hij.

Toen Tabitha eenmaal alleen was, maakten de eenzaamheid en ruimte haar bijna duizelig. De tl-lampen boven haar hoofd zoemden en de naaimachines stonden er roerloos en sinister bij, alsof ze elk moment tot leven konden komen. Ze liep naar de toiletcabine, die een gordijn als deur had, waste haar handen, schudde ze droog en dronk wat water uit de kraan. Er lag een plastic zak met een paar theezakjes, maar er was geen waterkoker, en er stond een doos suikerklontjes die geel waren van ouderdom. Ze stopte een klontje in haar mond en zoog erop. Haar tanden deden er pijn van. Toen liep ze op en neer langs de tafels en liet haar hand over de werkbladen glijden, betastte klosjes met katoengaren, tilde stukken stof op en liet ze weer vallen. Ze vouwde een broek open en hield hem omhoog. De broek was dik en zag er comfortabel uit; ze vroeg zich af of ze er straks een zou kunnen meenemen. Ze besefte dat ze liep te treuzelen om zich maar niet in de kast te hoeven persen om al het bewijs door te nemen.

Uiteindelijk ging ze aan de tafel zitten en sloeg ze haar notitieboek open. Het voelde heel even alsof ze een student was die in de universiteitsbibliotheek research deed voor een essay. Maar toen ze naar de overgebleven paspop keek die met zijn gezicht naar de muur stond en de foto van Stuarts lichaam boven op de stapel zag liggen, ging er een kleine rilling door haar heen.

Ze moest systematisch te werk gaan. Ze haalde de dop van haar pen en duwde de foto's weg, uit het zicht. Onder de foto's lag een kopie van de anonieme brief die de politie had ontvangen; die had ze gisteren gemist. De brief was geschreven in grote hoofdletters en door het schuine handschrift leunden alle woorden naar achteren, alsof ze elk moment boven op elkaar konden tuimelen. De brief maakte Tabitha een beetje misselijk.

> Ter informatie. Het is mijn plicht u te melden dat Stuart Rees met Tabitha Hardy rotzooide toen zij minderjarig was en les van hem had. Dit is echt waar.

Tabitha verfrommelde het papier en kneep de prop fijn. Ze wilde de brief op de vloer gooien, waar de dode rat had gelegen, en erop stampen tot hij uit elkaar viel. Maar uiteindelijk vouwde ze hem weer open, streek het papier glad en staarde fronsend naar het bericht.

'Val dood,' zei ze. 'Wie je ook bent, val dood.'

Ze legde de brief weg en pakte het transcript van haar eigen verhoor. Hoewel het meerdere pagina's lang was, bleek ze maar weinig te hebben gezegd. Ze had heel vaak 'ik weet het niet' geantwoord, geregeld zelfs meerdere keren na één vraag. Ze had verklaard dat ze niet wist wat ze die dag had gedaan of wanneer ze thuis of weg was geweest, niet wist hoe het lichaam in haar schuur was beland of wanneer ze Stuart Rees voor het laatst had gezien. Ze had ook meerdere keren gezegd dat het een prima vent was, dat ze geen enkele reden had om hem dood te wensen. Dat was een slechte zaak. Haar advocaat, de brallerige jonge vent die ze zich nog maar vaag kon herinneren, had haar af en toe onderbroken en haar meerdere keren geadviseerd geen antwoord te geven.

In eerste instantie leek het verhoor geen nieuwe informatie te bevatten, al gaf het wel een goed beeld van de verdoofde staat waarin ze had verkeerd. Ze had overduidelijk gemompeld en onsamenhangend gesproken – er was haar meer dan eens gevraagd harder te praten of te herhalen wat ze had gezegd. Er waren meerdere 'eh's en onafgemaakte zinnen.

Tabitha had nog niets opgeschreven. Maar toen ze het transcript nog een keer langzaam herlas, kwam ze een rare vraag tegen. 'Waarom probeerde je meneer Kane zo krampachtig uit de achtertuin te houden?' (Daar had ze van de advocaat 'geen commentaar' op moeten antwoorden.)

Ze wreef met beide handen over haar gezicht in een poging haar hoofd leeg te maken en rommelde toen in de stapel tot ze Andy's verklaring vond, die ze vluchtig doorlas tot ze op de volgende zin stuitte: 'Toen ik de achterdeur opendeed, begon Tabitha te roepen dat ik niet naar buiten mocht. Ze maakte een gespannen indruk.'

Tabitha legde het vel papier neer. Haar hartslag was onregelmatig en snel. Haar hart leek als een soort steen door haar borstkas te zwaaien en tegen haar ribben te beuken. Ze wist niet meer dat ze dat tegen Andy had gezegd, echt niet. Ze sloot haar ogen en dwong zichzelf terug te gaan naar die donkere middag. Ze wist nog dat Andy bij haar was langs geweest, maar de herinnering was vaag, alsof de details waren uitgewist tot er alleen nog donkere, wazige contouren restten. Ze had op de bank liggen soezen en naar het vallen van de natte sneeuw geluisterd terwijl ze de gedachten die rondkolkten in haar hoofd probeerde te onderdrukken. Toen hij aanklopte had ze hem eerst genegeerd, maar toen het geklop nadrukkelijker werd was ze uiteindelijk moeizaam overeind gekomen. Hij had het weer mee naar binnen genomen: zijn lange zwarte haar zat tegen zijn schedel geplakt, de regen was van zijn gezicht gedropen en zijn zware jas was doorweekt geweest. Ze herinnerde zich dat hij met zijn laarzen op de deurmat had staan stampen.

Ze meende dat hij had gevraagd hoe het met haar ging en toen iets had gezegd over het werk dat ze de volgende dag gingen doen. Maar zijn precieze woorden was ze vergeten; die dag had alles reusachtig zwaar gevoeld. Ze was weer op de bank gaan zitten en toen hij de deur die naar de tuin en de schuur leidde had opengedaan had de wind als een mes door de kamer gesneden. Had ze geprobeerd te voorkomen dat hij naar buiten ging? Haar gedachten bleven leeg: dat was raar. Maar waarom zou hij zoiets verzinnen? Ze bladerde naar het einde van haar notitieboek, schreef 'doen' in haar nette, schuine handschrift, onderstreepte het woord en schreef er toen 'Andy vragen op bezoek te komen' onder. Haar hand was onderhand verkrampt van de kou.

In de verklaring van de priester las ze dat zij Tabitha om halfdrie 's middags had gezien. Blijkbaar was Mel de winkel uit gekomen waar ze vlak daarvoor een krantje had gehaald en had ze een praatje met Tabitha gemaakt over de tienduizenden reizigers die vanwege een gemelde drone op Gatwick Airport waren gestrand. Volgens haar was Tabitha over haar toeren en bloednerveus geweest. Tabitha schreef het tijdstip op.

Er was een korte verklaring van Rob, de boer bij haar uit de straat die constant door het dorp liep met een nukkige blik op zijn brede, pafferige gezicht, al dan niet samen met zijn kleine windhond. Hij zei dat hij voor Tabitha in de rij had gestaan toen ze die ochtend melk was gaan halen en blijkbaar had ze zich tot hem gewend om te zeggen dat Stuart een smeerlap was. Ze bladerde naar de laatste pagina van haar boek en noteerde: 'Rob Coombe?' Vervolgens schreef ze: 'Smeerlap?' Dat was naar haar idee niet echt een woord dat zij gebruikte.

Ze kon het allemaal niet goed plaatsen. Zowel het verhaal van Andy als dat van Mel en Rob, net als dat van Pauline Leavitt gisteren. Ze las over een onbekende die weliswaar haar naam en gezicht had, maar die ze niet herkende.

Nu kwam ze bij de verklaring van Laura Rees. Om allerlei redenen had Tabitha altijd iedere gedachte aan haar onderdrukt, maar nu dwong ze zichzelf even bij haar stil te staan. Beschaamd bedacht ze nooit eerder over haar te hebben nagedacht, anders dan als de echtgenote van Stuart. Voor haar was Laura altijd de vrouw op de achtergrond van zijn actieve, drukke bestaan geweest, in plaats van iemand met een eigen innerlijk leven en een eigen verhaal. Blijkbaar was het iemand die niet wilde opvallen, daar misschien wel ronduit haar best voor deed. Ze was van onbestemde middelbare leeftijd, droeg degelijke, nogal vormeloze donkere kleren, had een keurig, helmvormig kapsel, was altijd beleefd maar met een ondoorgrondelijke blik. Ze was erg op zichzelf, zoals dat in het dorp werd gezegd. Shona had Tabitha verteld dat Laura volgens Terry best een losbandig tiepje was geweest voor ze Stuart had ontmoet, maar Tabitha had geen idee of dat ook echt zo was. Het was typisch iets wat Terry uit haar hoge hoed toverde om een beetje kleur aan de dag te geven. Dan boog ze zich vrolijk over de toonbank, dempte haar stem en kwam over de brug met de laatste roddels. Laatst had ze aan Andy verteld, die het weer aan Tabitha had verteld, dat Mel de priester een oogje op dokter Mallon had. Tabitha vroeg zich af wat voor verhalen Terry allemaal over haar de wereld in hielp.

Ze las Laura's verklaring zorgvuldig door. Er sprong niet echt iets uit. Ze noteerde de genoemde tijden: ze had haar man voor het laatst om 9.30 gezien, toen ze het dorp uit was gereden om naar een huisbezichtiging te gaan, en was rond halfvier 's middags teruggekomen – ze was eerder dan anders van kantoor weggegaan omdat hun zoon Luke die dag thuiskwam voor kerst. Dat was zo'n beetje het hele verhaal.

Owen Mallon, de huisarts met een praktijk in de stad, zei dat hij Tabitha 's ochtends tijdens zijn vaste hardlooprondje had gezien. Het was zijn vrije ochtend en dan ging hij altijd een flink stuk hardlopen. Tabitha bedacht dat ze Owen Mallon alleen maar leek te zien als hij aan het hardlopen was. Hij was klein en pezig met een keurig baardje, en hij stormde altijd in een korte broek en een dun geel hemd door Okeham, zelfs 's winters, met zijn blik op oneindig, zijn benen een en al spier en de pezen in zijn hals duidelijk afgetekend. Ze kon hem zich nauwelijks voorstellen in nette kleding op zijn spreekkamer, terwijl hij een stethoscoop tegen iemands rug hield en diegene verzocht te hoesten.

Owen Mallon zei dat Tabitha, toen hij haar had gezien, stevig ingepakt zat in een dikke jas en dat ze natte haren had; hij vond haar er slecht uitzien. Het precieze tijdstip stond hem niet meer bij, maar hij wist nog wel dat er tijdens hun gesprek een helikopter overvloog, waardoor hij Tabitha niet goed kon verstaan.

Tabitha stond op en liep nog eens het atelier in. Ze ijsbeerde tussen de naaimachines door en sloeg haar handen tegen elkaar om ze weer warm te krijgen. Ze probeerde het dorp voor zich te zien, zichzelf er met gebogen hoofd doorheen te zien ploeteren, terwijl ze zich onzichtbaar voelde maar dat overduidelijk niet was. Ze kon de zilte lucht bijna proeven en de golven horen rollen, en zag haar bouwvallige, grijze huis met zijn wirwar aan bijgebouwtjes helder voor zich. Maar verder bleef alles vaag. Ze concentreerde zich, riep de bijna loodrechte kliffen op die er als een muur achter stonden, met in hun groei beperkte eiken die op onbestaanbare wijze uit de rotsbodem groeiden; de zee die elke dag een andere stem en een ander gezicht had maar op die dag metaalgrijs, koud en somber was geweest. Er slingerde een smal paadje naar Okeham dat een paar honderd meter achter de dorpswinkel uitkwam, waar het met een boog weer terug naar zichzelf liep. Aan het eind van dat pad liep een kiezelweggetje naar haar huis – en dat van Stuart. Laura en hij woonden in een van de grotere huizen van het dorp, een symmetrisch pand dat er 's winters als de bomen geen bladeren hadden kaal en onbeschut bij stond, met hoge ramen die uitkeken op zee, een veranda, een vrijstaande garage voor hun twee auto's en een tuin met voornamelijk gras erin.

Tabitha probeerde de rest van de huizen voor zich te zien, die aan weerszijden van de weg in groepjes bij elkaar stonden. In gedachten zag ze de ronde toren van de kleine Sint-Petruskerk op een steenworp afstand van de dorpswinkel, met daarnaast de vervallen pastorie waar Mel woonde. Maar haar hoofd zat vol gaten; het dorp sijpelde daar in stukjes en beetjes doorheen. Ze liep weer naar haar muurkast om een kaart van Okeham in haar notitieboek te tekenen, maar algauw had ze daar geen ruimte meer over. Ze bladerde terug naar haar takenlijst en noteerde: 'Vraag bibliothecaresse/Shona/Andy om papier op A3-formaat'.

Ze moest de zaak bekijken alsof ze er zelf niets mee te maken had. Het lag voor de hand om allereerst een tijdlijn van die dag te maken. Ze ging naar een lege pagina en zette er '21 december 2018' boven. Vervolgens stelde ze, terwijl ze haar aantekeningen checkte en de stapel papier voor haar neus doorbladerde, een lijst op:

± 6.30: Wakker worden. Even blijven liggen (hoelang?). Voel me niet lekker.
± 7.30: Opstaan. Pap en thee maken. Geen melk.
8.00: Dorpswinkel in om melk te kopen. Zie beveiligingscamera.

Ze bekeek de foto en voegde eraan toe:

In pyjamabroek en kaplaarzen. Schoolbus komt langs. Rob Coombe gesproken?
???: Zwemmen. Dr. Mallon tegengekomen.

Ze keek nog eens naar de beveiligingsbeelden en schreef toen:

10.34: Stuart rijdt dorp uit in zijn auto.
10.41: Stuart rijdt weer terug in richting van zijn huis (versperring door omgewaaide boom).
14.30: Priester tegengekomen.

Ze beet op het uiteinde van haar pen. Wat had ze om 14.30 gedaan? Ze kon zich niet herinneren na haar ochtendduik nog van huis te zijn gegaan, al stond haar nog wel vaag een gesprek met Mel over drones op Gatwick Airport bij; de priester had gezegd dat dat vast het werk van klimaatactivisten was.

15.30: Laura komt thuis. Geen teken van Stuart.

Op haar takenlijst schreef ze: 'Uitzoeken wanneer precies de weg geblokkeerd werd door de boom en wanneer hij weer vrij was.'

16.30: Andy komt. Treft lichaam aan.

Ze stond weer op en ijsbeerde door. Ze had geen idee hoe laat het was. Buiten hingen donkere wolken; het was zo'n dag waarop het nooit helemaal licht wordt. Misschien was het lunchtijd, maar ze had geen honger. Ze ging het hok in, at nog een suikerklontje en bleef toen een paar minuten op haar plek op en neer springen om warm te blijven.

Stuart was vermoord na 10.41, toen hij in zijn auto langs de dorpswinkel was gereden, en vóór ongeveer 15.30 – uit het forensisch onderzoek was gebleken dat hij minstens een uur en waarschijnlijk al langer dood was toen zijn lichaam werd gevonden. Wie waren er in de tussentijd in het dorp geweest, nadat de boom op de weg was gevallen en voordat die weer was weggehaald? Dat was de vraag. Ze begon op haar vingers af te tellen, maar raakte de tel kwijt en pakte daarom haar notitieboek er weer bij. Ze begon aan een nieuwe lijst:

Ik
Mel
Shona
Rob Coombe
Andy
Terry
Dr. Mallon
Luke???? ('Hoe laat kwam Luke thuis?')
Pauline Leavitt

Was dat alles? Misschien wel: 's zomers wemelde het in het dorp vaak van de toeristen. Dan deinden er bootjes op het water, kwamen er bezoekers om op de plek te staan waar naar verluidt Coleridge had gestaan, was het hotel aan de rand van het dorp geopend en zat het cafeetje naast de winkel meestal stampvol. Maar 's winters was het er zo goed als uitgestorven. Opnieuw bladerde ze alle vellen papier door en ze vond een politieverslag waarin stond dat er een paar minuten voor de boom was omgewaaid nog een pakketbezorger het dorp was binnengekomen. Die had om 9.45 een pakketje van Amazon aan Stuart afgegeven en daarna in Okeham vastgezeten tot de weg weer vrij was, hem zette ze er dus ook bij.

Dat bracht de teller op tien personen tot nu toe, zijzelf meegerekend. Zes van hen hadden haar die dag gezien. Vier van hen – Mel, Rob Coombe, dokter Mallon en Pauline Leavitt – hadden verklaard dat ze nerveus was, of boos op Stuart. Een van hen – Andy – had gezegd dat ze hem had proberen te beletten de tuin in te gaan, waar het lichaam van Stuart in de schuur lag. Elke vinger wees naar haar.

Tabitha legde haar hoofd op tafel. Na de dood van haar moeder, die haar voldoende geld had nagelaten voor een aanbetaling op een huis, was ze in een roekeloze opwelling terug naar Okeham gekomen. Inmiddels was het haar een raadsel waar die beslissing vandaan was gekomen. Ze was daar als kind of als puber nooit gelukkig geweest, al was ze dat waarschijnlijk nergens geweest. Ze was een verlegen, koppig en boos klein meisje zonder broers of zussen; een onbeholpen, introverte, norse puber die van wiskunde en de natuur hield, niet knap of sportief was, pas laat borsten kreeg en niet geïnteresseerd was in jongens of mode, daar eerder doodsbang voor was. Ze wist toen niet hoe ze met mensen overweg moest; nu nog steeds niet. Haar vader was overleden toen ze nog maar net een puber was. Van haar zevende tot haar dertiende of veertiende was ze vreselijk gepest; daarna vooral buitengesloten. Behalve door Stuart, natuurlijk. Behalve door Stuart. En toch was ze teruggekeerd naar de plek waar ze zo ongelukkig was geweest. Waarom?

Ze had zichzelf wijsgemaakt dat het was vanwege het huis, en dat had er zeker iets mee te maken. Iets aan die krakkemikkige, vervallen, laaggelegen charme sprak haar aan; het was al tientallen jaren verwaarloosd, aan zijn lot overgelaten om in het landschap weg te zinken, en ze had het willen redden. En misschien had ze gehoopt dat het dorp haar als volwassene wel zou accepteren, en dat op die manier haar jeugd minder pijnlijk zou worden. Sinds haar terugkomst was ze in de veronderstelling geweest op zijn minst een neutrale aanwezigheid te zijn – als ze niet geliefd en welkom was, dan toch op zijn minst gedoogd of genegeerd. Maar nu ze alle verklaringen doorlas begreep ze dat het dorp haar natuurlijk nog steeds niet moest. Ze was een buitenstaander en werd met argwaan, spot zelfs, bekeken. Ze droeg rare kleren, at raar eten, kamde haar haar niet, droeg geen make-up, zwom 's winters in zee en was soms zo verdrietig dat er geen normale zin meer uit kwam. Wat viel daar nou leuk aan te vinden?

Ze ging rechtop zitten en legde de papieren weer allemaal op een stapel. Haar woede was verdwenen en ze had een akelig voorgevoel.

23

Weer terug in haar cel was het enige wat op een nieuwe bewoonster wees een hoopje kleren op de tafel die eerst van Michaela was geweest. Ze keek om zich heen. Op het bovenste bed lag iets wat op een berg dekens leek. Tabitha realiseerde zich dat er iemand lag. Ineens moest ze denken aan hoe ze als klein meisje in de dierentuin stond te turen. Dat ze haar neus tegen het glas drukte om een exotisch knaagdier te bekijken, en dat er dan alleen een lichte verhoging in het stro te zien was.

'Hé,' zei ze.

Geen antwoord.

Met enige aarzeling gaf ze een zacht duwtje tegen de berg. Het kon gevaarlijk zijn.

'Ik ben Tabitha. We delen een cel. Op een gegeven moment zullen we met elkaar moeten praten.'

De berg kwam in beweging. De deken werd weggeschoven en er kwam een klein gezichtje met donkere krullen tevoorschijn. Tabitha's adem stokte bijna. Hier moest een vergissing in het spel zijn. Het was net een kindergezicht. De donkere ogen waren bloeddoorlopen. Kennelijk had ze gehuild. Tabitha stak haar hand naar haar uit en bedacht zich toen.

'Ik heet Tabitha Hardy. En jij?'

'Dana.' Ze had de stem van een klein meisje.

Tabitha wist niet wat ze nu moest zeggen. Moest ze de rol aannemen van de ervaren beschermster? Ze zat nog maar een paar weken in Crow Grange. Moest ze dat wat ze zich nog van Ingrids regels herinnerde aan haar doorgeven?

'Gaat het een beetje?' vroeg ze. Dat klonk al stom terwijl ze het zei.

Dana schudde langzaam haar hoofd.

'Ik weet het,' zei Tabitha. 'Ik weet dat het vreemd en afschuwelijk is als je hier net aankomt. Je kunt het niet geloven. Het lijkt niet echt.'

'Ik kan het niet,' fluisterde Dana, bijna fluisterend. 'Ik kan het niet.'

'Wat kun je niet?'

'Ik kan hier niet zijn. Ik kan het gewoon niet.'

'Hoelang moet je?'

'Een jaar.' Met een schokbeweging snikte ze een enkele, heftige keer. 'Waarom heb ik het gedaan?'

Tabitha keek het meisje aan. Ze had een kloppend gevoel in haar hoofd. 'Een jaar,' zei ze haar na. 'Als je je niet in de nesten werkt is dat maar zes maanden.' Ze beet op haar lip, verzamelde haar krachten, duwde haar eigen angst opzij alsof die iets massiefs was waaraan ze weerstand moest bieden. 'En dat is zo'n beetje even lang als ik. Mijn proces is in juni.'

'Wat heb je gedaan?' fluisterde het meisje en Tabitha moest bijna lachen.

'Dat mag je eigenlijk niet vragen,' zei ze, 'maar het maakt niet uit. Ik heb niks gedaan. We hebben dus een halfjaar samen in deze cel. En dat gaan we allebei overleven. Begrepen?'

Ze had het natuurlijk tegen zichzelf; gaf zichzelf instructies. Dana knikte, haar kindergezicht was dik van het huilen.

'Oké,' zei ze. 'Ja.'

24

Tabitha kon het bijna niet geloven, maar ze zat daar toch echt: kaarsrecht tegenover haar in de bezoekersruimte.

Laura Rees zag eruit alsof ze naar de kerk of een borrel ging. Ze droeg een witte blouse met een geelbruin wollen vest en een ovale broche bij haar hals. Haar haar leek grijzer. Haar gezicht was bikkelhard en vierkant met vastberaden kaken, een dunne mond en kille, vlammende ogen.

En paar tellen lang zaten ze zwijgend tegenover elkaar. De onwrikbare onbuigzaamheid op Laura Rees' gezicht bleef daar onverstoorbaar aanwezig.

Tabitha kuchte maar een beetje. 'Gecondoleerd met je man.'

'Hoe durf je?' Haar stem klonk scherp.

'Wat?'

'Hoe durf je te doen alsof je het erg vindt? Het gore lef.'

'Ik heb het niet gedaan,' zei Tabitha.

'Wilde je me daarom zien – om je onschuld te betuigen? Ik zou nu onmiddellijk moeten opstaan en weglopen.'

'Ik wist niet of je zou komen.'

'Ik wilde je in de ogen kijken.'

En Laura keek haar ook in de ogen en Tabitha keek terug. Het voelde vreemd, en geen van beiden wendde haar blik af.

'Ik ga je niet proberen te overtuigen,' zei Tabitha. 'En ik ga me niet verontschuldigen.'

'Je gaat je niet verontschuldigen. Nergens voor?'

Tabitha voelde dat ze een kleur kreeg. 'Ik was vijftien. Ik was nog maagd. Ik was een onnozel schaap.'

Laura snoof. 'Je was een slet,' zei ze.

Ineens kreeg Tabitha een flashback, zo levensecht dat ze er middenin leek te zitten. Maar één keer had Stuart haar mee naar zijn huis genomen. Daar nam hij haar mee naar de slaapkamer waar hij haar langzaam uitkleedde. Dat deed hij heel zakelijk, alsof ze een pakketje was waarvan hij de inhoud al kende maar dat hij nog moest openmaken. Ze had er niets over te zeggen en het uitpakken ging een beetje onhandig. Hij had haar op het bed geduwd om haar schoenen en sokken uit te trekken. Vervolgens had hij haar weer laten opstaan om de knoopjes van haar blouse los te maken. Ze had om zich heen gekeken en de kaptafel van zijn vrouw gezien, met potjes crème, lippenstift en kleine sieradendoosjes.

Toen ze helemaal was uitgekleed had hij een stap naar achteren gedaan om naar haar te kijken, hoe ze daar stond tussen de persoonlijke bezittingen van zijn vrouw. Nu, jaren later, begreep Tabitha dat zij een voorwerp was geweest dat tussen andere voorwerpen was neergezet. Waarom had ze geen nee gezegd, nee geschreeuwd? Het was voor Stuart blijkbaar onderdeel van de opwinding om haar daar uit te kleden, in de slaapkamer van zijn vrouw; daarmee maakte hij zowel haar als Laura belachelijk, en zij – normaal gesproken zo kribbig en koppig – had hem zijn gang laten gaan. Ze had geen enkele macht, buiten misschien het feit dat ze hulpeloos, jong en onrijp was vergeleken met de echtgenote die hij inmiddels beu was. Een vrouw van hoe oud? Vijfendertig, veertig?

Even veranderde er iets in Laura's gezicht, alsof het versteende masker uit elkaar zou barsten. Toen werd het weer keihard.

'Vijftienjarigen zijn geen kinderen meer,' zei ze.

'Ik was dat wel.'

'Ik ben hier niet gekomen om jouw slachtofferpraatjes aan te horen.'

‘Er heeft iemand een anonieme brief aan de politie geschreven,’ zei Tabitha. ‘Om over Stuart en mij te vertellen. Was jij dat?’

‘Denk je dat ik, als ik het de politie wilde vertellen, een anonieme brief zou moeten schrijven?’

‘Waarom heb je het de politie dan níét verteld?’

Laura’s blik werd nog wezenlozer, leek bijna bevroren.

‘De echtgenote krijgt altijd de schuld. Die had het moeten weten, wordt er dan gezegd. Of het lag eigenlijk aan haar. Ik was vast een zeur, ik was vast frigide, ik was vast saai. Ik was vast een voetveeg.’ Ze keek Tabitha geringschattend aan. ‘De buitenwereld kan nooit weten hoe een huwelijk is. Waarom zou ik de vuile was buiten hangen? Hoe dan ook, ik hoefde het ze niet te vertellen, ze hadden sowieso al voldoende informatie. Nu komt iedereen het te weten.’ Ze boog zich voorover. Er zat een veeg roze lippenstift op haar voortand. ‘Mijn zoon komt het te weten. De spot wordt gedreven.’

‘Waarmee dan?’

‘Met mij. De spot wordt met mij gedreven.’

Tabitha keek haar strak aan. ‘Ik zit in de gevangenis,’ zei ze. ‘Als ik schuldig word bevonden zit ik hier straks jarenlang. En ik heb het niet gedaan. Dat is pas de spot met iemand drijven.’

Laura wilde iets zeggen maar bedacht zich toen. Het kostte haar blijkbaar moeite om te zeggen wat ze op haar hart had. Uiteindelijk kreeg ze de woorden eruit.

‘Hij zei dat jij het initiatief nam. Hij zei dat jij smoorverliefd op hem was en hem op een kwetsbaar moment overviel. Dat jullie...’ Opnieuw aarzelde ze. ‘Dat jullie maar één keer intiem zijn geweest en dat hij het toen heeft afgekapt.’

Daar was niets, maar dan ook niets van waar.

‘Geloof jij dat?’

‘Ik heb lang geleden besloten dat het niet uitmaakte wat ik wel of niet geloofde.’

‘Daar kan ik niet bij.’

‘Nee, dat zal wel.’ Haar gezicht vertrok, werd heel even lelijk. ‘Ik heb je wel door het dorp zien lopen in je gescheurde spijkerbroek en dat belachelijke jack, met die verf in je haar, helemaal in je eigen wereldje. Maar mensen zoals ik...'

'Mensen zoals jij?'

'Fatsoenlijke mensen,' zei Laura.

'Wat doen mensen zoals jij?'

Laura wendde haar blik af, naar het raam en de lege grijze lucht. 'Ik weet niet eens waarom ik je te woord sta.' Ze keek weer naar Tabitha. 'Heb je nog meer bezoek gehad?'

'Shona is langs geweest, Shona Fry. En de priester.'

'Heeft die je religieuze troost geboden?'

'Ik geloof niet in God.'

'Net als zij. Een priester die niet in God gelooft. Zo diep zijn we gezonken.'

Tabitha wilde haar vragen naar de dag van de moord, maar besloot het even te laten.

'Stuart werd er gek van,' zei Laura. Ineens was ze bijna spraakzaam, op een vinnige manier.

Tabitha maakte een mompelend geluidje om haar aan te moedigen.

'Hij heeft zelfs een officiële klacht ingediend.'

'Echt waar?'

'Daar was Stuart echt heel goed in: klachten indienen. Hij wist altijd precies bij wie je moest zijn. Volgens hem moest je altijd naar de bovenste laag stappen. Ooit heeft hij een brief aan de directeur van het tuincentrum geschreven vanwege de slechte service daar.'

'Naar wie ging hij met zijn klacht over Mel?'

'De bisschop, natuurlijk.'

'Wat werd ermee gedaan?'

Ineens leek Laura zich ervan bewust dat ze misschien niet als vriendin, maar toch zeker ook niet als vijand met Tabitha zat te praten. Alle uitdrukking verdween uit haar gezicht en ze trommelde met haar vingers op tafel.

‘Kun je me iets meer vertellen over de bewuste dag?’ vroeg Tabitha.

Laura haalde haar schouders op. ‘Ik heb er niets over te zeggen. Ik was niet thuis.’

‘Waar was je dan?’

‘Ik had een afspraak voor mijn werk.’

‘Ik weet eigenlijk niet eens precies wat je doet.’

‘Ik ben makelaar. Ik ging iemand een perceel laten zien, aan de kust in Denham. Ik ben erheen gereden, maar de klant kwam niet opdagen dus toen ben ik doorgereden naar kantoor.’

Daar dacht Tabitha even over na. ‘Waarom kwam die klant niet opdagen?’

‘Geen idee. Hij kwam gewoon niet.’

‘Hij.’

‘Ja.’

‘Heb je hem daarna nog gezien?’

‘Ik heb hem nog nooit gezien.’

‘Hè? Nog nooit? Dat klinkt als iemand waar de politie mee moet praten.’

‘Ze hebben hem niet kunnen vinden. Nog niet.’

‘Maar dat is toch nogal wat?’ vroeg Tabitha. ‘Hij belt je... Hoe heette hij?’

‘Hij zei dat hij Mike Wilson heette.’

‘Mike Wilson. Dat klinkt nep.’

‘Waarom?’

‘Gewoon. Je bent dus door iemand gebeld om je van je plek te krijgen. Dat is belangrijk.’

‘Zo gaat dat als je makelaar bent. Mensen maken een afspraak en komen die niet na.’

‘Ze sporen hem vast wel op via zijn telefoon.’

‘Dat zou je denken.’

‘Bedoel je dat dat niet is gebeurd?’

‘Wordt vast nog wel gedaan.’

Tabitha baalde ervan dat ze geen pen en papier had meegenomen. Ze moest er maar op vertrouwen dat ze dit allemaal zou onthouden. Ze probeerde te bedenken wat ze verder nog kon zeggen.

'Je zoon,' zei ze. 'Luke.'

'Laat hem erbuiten.'

'Hij kwam die dag thuis.'

'Laat hem erbuiten, zei ik. Jij hebt mijn man verleid en vermoord, maar je zit daar als een...' Ze zocht naar een woord. 'Als een modderig molletje,' zei ze uiteindelijk. Daar schoot Tabitha bijna van in de lach. Een modderig molletje. Het kon erger.

'Ik hoef alleen maar te weten wanneer hij thuiskwam.'

'Stuart vergiftigde mollen altijd,' zei Laura en ze keek Tabitha met strakke, glimmende ogen aan. 'Hij was apetrots op zijn gazon. Volgens mij had hij er lol in om ze te vergiftigen.'

'Ik zag Stuart altijd als iemand die door iedereen aardig werd gevonden,' zei Tabitha na een korte stilte.

'Vond jíj hem aardig?'

'Aardig lijkt me niet echt het juiste woord.'

'Zie je wel.'

Opnieuw kon Tabitha geen chocola van Laura's woorden maken. Ze voelde de behoefte om op te stappen, hierover na te denken en alles op een rijtje te zetten.

'Vond jíj hem aardig?'

'Wat een belachelijke vraag.'

'Oké, hield je van hem?'

'Ik was zijn echtgenote,' zei Laura, bijna smalend. Ze maakte aanstalten om op te staan, bedacht zich toen en ging weer zitten. 'Er werd een politieagent, een jonge vrouw van een jaar of tien leek het wel, op me afgestuurd. Ik geloof dat die was ingezet om te laten zien hoe begaan ze wel niet waren met de weduwe. Ik heb een kop thee voor haar gezet en ze kwam naast me op de bank zitten en hield mijn hand vast, wat me helemaal niet aanstond. Ze vertelde dat dit de zwaarste periode was. Maar dat jij al over een paar maanden terecht zou staan, veroordeeld zou worden en levenslang zou krijgen, en dat ik het dan zou kunnen afsluiten.'

'Maar als ik het niet had gedaan, zou je het daarmee dan nog steeds kunnen afsluiten?'

Laura keek haar strak aan. 'Misschien zou ik het gazon dan omspitten,' zei ze. Toen stond ze op.

'Je hebt niet gezegd dat je van hem hield,' zei Tabitha.

'We zijn vijfentwintig jaar getrouwd geweest.' Ze draaide zich om.

'Dat is niet echt een antwoord.'

Maar Laura Rees was al buiten gehoorsafstand, liep kordaat de kamer door, zonder op of om te kijken.

25

Galia, de bibliothecaresse, had haar een paar vellen A3-papier gegeven. Tabitha ging in haar ijskoude muurkast zitten en legde er een voor zich op tafel. Ze draaide de lamp zo dat die er recht op scheen en pakte haar potlood. Toen deed ze een paar tellen haar ogen dicht om het kleine dorpje in gedachten op te roepen. Als eerste tekende ze het klif dat als een muur achter de rij huizen oprees. Niemand zou die wand kunnen beklimmen: als kind had ze dat meerdere keren geprobeerd: zichzelf ophijsen aan de in groei achtergebleven bomen, met haar handen onder de schaafwonden en haar kleren onder de scheuren, en steevast niet verder kunnen. De enige in- en uitgang was via de eenbaansweg die vanuit het westen omlaag slingerde en uitkwam bij het smalle rif en rotsachtige strand. Tabitha bleef een paar minuten ontstemd naar het klif kijken. Toen tekende ze de boerderij van Rob Coombe erbovenop, hoog boven het dorp, en zette er een klein tractortje en wat schaapjes bij.

Daarna volgde de weg. Heel voorzichtig schetste ze de bochten om het klif en door het dorp, en eindigde in een lus ten oosten van het dorp waar auto's konden keren. Meerdere keren gebruikte ze het piepkleine gummetje aan haar potlood om de lichte lijnen uit te wissen en te verbeteren.

Bij de lus van de weg tekende ze het pad dat naar Stuarts en haar huis liep.

Ze stond op en bekeek wat ze had gemaakt. Toen legde ze bij de ingang naar het dorp nog een omgewaaide boom op de weg.

Nu was de zee aan de beurt, die een groot deel van het papier in beslag nam. Ze tekende er een klein bootje met bolle zeilen en wat over de golven scherende zeemeeuwen bij. Ze kleurde de plekken in vanwaar hij te bereiken was, waaronder het rotsstrand waar ze elke dag gaat zwemmen. Ging zwemmen. Ze zette de platte rots erbij waar ze zich uit- en weer aankleedde en tekende een piepklein figuurtje in het water. Zichzelf.

Vervolgens nummerde ze de huizen, vanaf de omgewaaide boom. Bij binnenkomst in het dorp stonden er aan je rechterhand een aantal kleine huisjes; een ervan werd blijkbaar alleen 's zomers bewoond, en ze wist vrij zeker dat in een ander Pauline Leavitt woonde, de oude vrouw die beweerde dat Tabitha Stuart had bedreigd. Na die huisjes stond aan je linkerhand het hotel dat 's winters altijd gesloten was.

Ze wist niet meer hoeveel gebouwen er stonden tot aan Shona's bungalow aan de rechterkant en Andy's huisje, ietsjes verderop, een stukje van de weg af. Een stuk of twintig, dacht ze, of misschien iets meer.

Min of meer tegenover Andy's huis stond de pastorie, die kleiner en bouwvalliger was dan de naam deed vermoeden. Daarnaast stond de kerk. Het duurde een tijdje voor Tabitha de kerk precies goed kreeg; met zijn ronde toren en onaffe spits.

Een paar passen verder stond het huis van dr. Owen Mallon.

Toen de dorpswinkel, waar Terry boven woonde, en daarnaast het bijgebouwtje dat 's zomers als café diende. Tegenover de dorpswinkel was de bushalte.

Ze tekende het vierkante huis van de familie Rees en voegde daar, denkend aan wat Laura had verteld, een hellend gazon aan toe met in het midden een mol.

Als laatste schetste ze haar eigen vervallen huisje. Ze liet rook uit de schoorsteen kringelen. Ze parkeerde een klein autootje op de oprit en tekende vervolgens de schuur waar Stuarts lichaam was gevonden.

Wat was ze vergeten? Ze wist zeker dat er nog iets was. O ja, de camera. Ze tekende een oog op het dak van de dorpswinkel. Een dreigend kijkend oog.

26

Dana lag zoals gewoonlijk in bed, bijna onzichtbaar onder haar deken. Er klonk gekletter op de gang.

'Het is etenstijd,' zei Tabitha.

Geen antwoord.

Ze kwam overeind en raakte de bult op het bovenste bed aan. Er volgde nog steeds geen antwoord, dus trok ze de deken eraf. 'We gaan ons avondeten halen.'

'Ik heb geen honger.'

Tabitha schudde Dana door elkaar. Ze zei dat ze op moest staan, een maaltijd moest halen en die mee naar de cel moest nemen, en als ze die niet wilde opeten dat dan maar zelf moest weten. Ze moest haar zo ongeveer de gang door slepen, de trap af en de rij in. Ze kwamen terug met allebei een maaltijdtray. Weer in de cel gingen ze allebei op een stoel zitten. Tabitha keek naar haar maaltijd en bij de aanblik en de geur ervan draaide haar maag zich om. Er zaten vier vakjes in de tray, met respectievelijk wat groentestoofschotel die op braaksel leek, een broodje, een mueslireep in folie en een plasje blubberige appelmoes als toetje.

Ze keek naar Dana, die in plaats van de groenten de gebakken vis had genomen.

'Volgens mij heb jij de betere keuze gemaakt,' zei ze, zonder het te menen.

'Je mag het hebben,' zei Dana.

Dana nam niet meer dan een paar happen van haar maaltijd. Maar het was tenminste iets. Ze zat rechtop. Ze had een paar woorden gezegd. Ze lag niet meer alleen maar onder haar deken.

Tabitha bracht de twee trays weer weg en kwam terug met twee bekers thee.

'Ik heb je niet gedwongen om te eten,' zei ze, 'maar ik ga je wel dwingen om de thee op te drinken. Voor de hydratatie. Waarschijnlijk zou je zo'n drie liter moeten drinken, maar je drinkt op zijn minst deze beker leeg.'

Zag ze nou een piepklein zweempje van een glimlach op Dana's lippen? Waarschijnlijk niet, dacht Tabitha. Maar ze nam wel een slokje thee. Tabitha zette haar eigen beker neer. Ze legde een leeg vel papier op haar bureau en begon te schrijven. Algauw had ze twee velletjes vol. Toen keek ze naar Dana die naar de muur zat te staren.

'Ik heb een brief geschreven,' zei ze. Ze legde hem voor Dana neer. 'Wat vind je ervan?'

Met een blanco blik keek Dana ernaar en schudde toen haar hoofd. 'Weet niet.'

'Bedoel je dat je hem niet goed vindt?'

'Ik kan hem niet ontcijferen.'

Tabitha aarzelde even. 'Dana,' zei ze langzaam. 'Kun je wel lezen?'

Dana haalde haar schouders op. 'Een beetje. Als het moet.'

Tabitha schoof haar stoel dichterbij, pakte haar vel papier en keek ernaar.

'Ik heb twee brieven geschreven,' zei ze. 'Ik weet niet zeker of ik de juiste toon te pakken heb. Schuif je stoel eens bij.'

Dana keek haar argwanend aan.

'We zouden de brief kunnen doornemen, hem uitspellen, woord voor woord.' Tabitha zweeg. Dana had er blijkbaar nog steeds geen zin in. 'Nou, heb je soms wat beters te doen? Weer onder je deken kruipen?'

Met een schrapend geluid schoof Dana haar stoel langzaam dichter bij Tabitha's tafeltje.

27

Traag en zwaarmoedig kwam Andy de ruimte binnen; ze hoorde zijn schoenen op de vloer toen hij eraan kwam. Ze had haar best gedaan voor zijn bezoekje, haar haar gewassen en in plaats van haar vormeloze joggingbroek een spijkerbroek aangetrokken, maar toch zag ze dat hij zich een ongeluk schrok bij het zien van haar uiterlijk.

Ook hij had zijn best gedaan. Ze was gewend hem in werkkleding te zien, lekker makkelijk in een oude broek onder de verf en olie en met veel zakken voor gereedschap; ruige, veelal kapotte truien en laarzen zonder veters. Maar vandaag droeg hij een spijkerbroek, een één maat te kleine grijze trui met ronde hals en schoenen die hij misschien wel had gepoetst, en hij had zich geschoren, wat hem jonger en minder knap maakte.

Vanaf de andere kant van de ruimte stak hij zijn hand naar haar op, die hij onbeholpen omhooghield terwijl hij op haar af liep. Hij was lang en fors. Naast hem had ze er altijd belachelijk klein uitgezien.

'Bedankt voor je komst,' zei ze terwijl hij op een stoel ging zitten.

'O, joh.' Hij kreeg een kleur. 'Geen probleem.'

Hij was niet echt een prater; communiceren deed hij met zijn handen, door een zaag te hanteren of door een ruimte met zijn ogen op te meten of likken verse verf op pleisterkalk aan te brengen.

Hij ging verzitten, knikte. Hij leek niet op zijn gemak en had paarse kringen van vermoeidheid onder zijn blauwe ogen. Zijn lange haar was nat van de regen. De nagel van zijn linkerduim was donkerpaars. Hij zat altijd onder de blauwe plekken.

'Sorry dat je dit allemaal hebt moeten doormaken,' zei ze.

'Leuk was anders, inderdaad.'

'Gaat het wel?'

'Jawel.'

'Ik zou het fijn vinden als je verder werkt aan het huis terwijl ik hier zit. Tegen betaling, uiteraard. Alleen duurt het dan misschien wat langer. Dan kan ik je voor me zien in de keuken met een mondvol spijkers en je radio aan. Om te beginnen moeten we – moet jij – de houten vloer leggen.' Ze zag hem even verstarren en wist dat hij aan de schuur dacht. 'En dan zijn er nog de plinten en de planken in die oude provisiekast.'

'Oké.'

'En de raamkozijnen moeten natuurlijk worden gefikst.'

'En de veranda.'

'Ja, maar je mag voor het buitenwerk ook wachten tot het weer een beetje opklaart. Als ik erlangs liep,' vervolgde ze, 'bedacht ik altijd hoe verwaarloosd en liefdeloos het eruitzag. Huizen hebben liefde nodig.' Haar stem klonk dof en haar ogen prikten. 'Maar daar wou ik het nu niet over hebben.'

'Waarover dan wel?'

'Heb jij tegen de politie gezegd dat ik je uit de schuur probeerde te houden?'

'Ja,' zei hij langzaam. 'Ja, maar dat heb je ook gedaan. Hij vroeg ernaar.'

'Wie?'

Hij haalde zijn schouders op. 'Die man in pak, keiharde kop. Ik moest het hem wel vertellen.'

'Maar ik begrijp het niet,' zei Tabitha. 'Ik herinner me daar niks van.'

Andy keek haar hulpeloos aan. 'Je was nogal de kluts kwijt. Je was niet echt in staat tot praten.'

'Ik had een slechte dag.'

Hij knikte.

'Die heb ik zo nu en dan. Ik moet ze gewoon zien door te komen. Heeft niks te betekenen.'

'Natuurlijk niet,' antwoordde hij, te snel.

'Je weet dat ik mijn eigen verdediging voer?'

Hij knikte.

'Daarom moet ik alles weten. Help het me terug te halen. Vanaf het moment dat je aankwam.'

Andy schraapte zijn keel. 'Ik klopte aan en toen nog een keer. Ik wist dat je thuis was want er brandde licht.'

'Hoe laat was dat?'

'Halfvijf, zoiets.'

'Ga verder.'

'Je deed open maar het leek net of je me niet echt zag. Je had een soort...' Hij zweeg.

'Ga verder.'

'Wezenloze blik in je ogen. Alsof je iets geslikt had.'

'Wat dacht je?'

'Ik dacht dat je iets had ingenomen. En dat je niet gelukkig was. Ik maakte me zorgen.'

'Dat ik iets had gedaan?'

'Nee! Zorgen om jou.'

'Hoezo?'

'Omdat we bevriend zijn,' zei hij domweg.

Ze had pijn in haar keel. Ze slikte en zei: 'Viel je verder nog iets op?'

'Zoals?'

'Bijvoorbeeld dat er bloed op me zat?'

Hij kromp ineen. 'Nee. Ik bedoel, volgens mij niet. Maar je had die deken om. Het was best donker.'

'En toen?'

'Ik vroeg of het wel goed met je ging en je mompelde wat en

strompelde min of meer terug naar de bank om te gaan liggen. Ik wist me geen raad. Ik probeerde je te vragen wat we de volgende dag aan het huis zouden doen. Ik dacht dat dat misschien zou helpen. Je weet wel. Iets praktisch.'

'Ja.'

'En toen zei ik dat ik wat planken naar binnen zou halen zodat die de volgende ochtend niet helemaal bevroren zouden zijn. Ik deed de achterdeur open. En toen zei je me daar weg te blijven.'

'Is dat alles?'

'Volgens mij wel.'

'Klonk het dringend?'

'Wel een beetje,' zei hij.

'Waarom ging je dan toch naar buiten?'

Hij keek bedenkelijk. 'Dat weet ik niet. Ik dacht dat je gewoon niet wilde dat ik de kou in ging.'

'Precies,' zei Tabitha. 'Dat bedoelde ik waarschijnlijk ook.'

'Ja.' Hij keek haar niet aan. 'Waarschijnlijk wel.'

'Maar dat zei ik niet.'

'Nee. Je deed raar. Eng.'

'Andy.'

'Ja?'

'Ik heb het niet gedaan.'

Hij keek haar aan. Het was een knappe man, met zijn slordige donkere haar en zijn blauwe ogen. Geen wonder dat Shona op hem viel.

'Natuurlijk niet,' zei hij.

'Geloof je me?'

'Je weet dat ik aan jouw kant sta.'

'Dank je wel.' Ook al was dat niet echt een antwoord.

'Wat vond je van hem?'

'Stuart?' Hij trok een gezicht.

'Je hebt weleens voor hem gewerkt, toch?'

'Ik heb afgelopen herfst een serre geplaatst en het nieuwe terras gelegd.'

'Hoe deed hij tegen je?'

Andy haalde zijn schouders op. 'Ik was gewoon de klusjesman.'

'Bedoel je dat hij je geen blik waardig keurde?'

'Hij wist altijd dingen van mensen gedaan te krijgen.'

Tabitha herinnerde zich wat Laura had gezegd, over de klachten die haar man altijd indiende. 'Dus van jou kreeg hij ook dingen gedaan?'

'Zo zou je het kunnen zeggen.'

'Hoe bedoel je?'

'Het was gewoon een beetje een hufter.'

Tabitha boog zich naar voren. 'Echt? Hoe bedoel je?'

Andy haalde zijn schouders op. 'Het was gewoon niet zo'n aardig iemand. Dreef graag zijn zin door. Een hufter.'

'Dachten anderen daar ook zo over?'

'Dat moet je hun vragen.'

'Wanneer was je daar voor het laatst?'

Andy dacht even na. 'Ik heb ze een paar dagen voor zijn dood nog een enorme bank de woonkamer in helpen verhuizen. Hij bleef erbij staan om te zeggen dat ik het vanuit een andere hoek moest proberen. Uiteindelijk heb ik de poten eraf moeten schroeven.'

'Heb je hem op de dag van zijn dood niet gezien?'

'Nee.'

'Waar was je dan?'

'Bij Kenny, om te schilderen.'

'Was Kenny er zelf ook?'

'Nee.'

Ze keken elkaar strak aan.

'Hoezo?' vroeg Andy uiteindelijk.

'Ik moet weten wie er allemaal in het dorp waren, waar ze waren en hoe laat, en wie ze hebben gezien.'

'Oké. Nou, zoals ik al zei, was ik bij Kenny.'

Ze bleven zwijgend zitten zonder elkaar aan te kijken, en toen zei Tabitha: 'O trouwens, Shona kwam nog bij me langs.'

'Weet ik.' Andy glimlachte en zijn gezicht werd weer zachter. 'Dat heeft ze het hele dorp al laten weten. Meerdere keren.'

'Verbaast me niks. Wat vind je van haar?'

'Van Shona?' Even verscheen er een vreemde, bijna steelse blik op zijn gezicht.

'Ja.'

'Gaat wel. Aardig.'

'Ze is heel aantrekkelijk.'

'Zo heb ik nooit echt naar haar gekeken.'

'Ze is het wel.'

'Waar wil je naartoe?'

'Nergens. Het is uit met haar vriend en...'

Ineens schoot Andy in de lach. 'Niet te geloven!'

'Wat?'

'Zit zij hierachter?'

'Geen idee waar je het over hebt.'

'Dit was haar idee, hè?'

'Niet echt.'

'Dat gaat nooit gebeuren.'

Er ging een bel. Tabitha trok zich er niets van aan. 'Oké, ander onderwerp.'

'De tijd is om.'

Ze keek om zich heen en zag de magere bewaker met het zure gezicht.

'Dat kan niet.'

'Toch is het zo,' zei de bewaker.

'Ik ben mijn proces aan het voorbereiden.'

'Daar weet ik niks van.'

De bewaker had een smal gezicht met ogen als rozijnen. Ze legde een hand op Tabitha's bovenarm en drukte haar vingers er als een nijptang in. Tabitha voelde zich witheet worden.

'Opzouten,' zei ze, en ze schudde de vrouw van zich af. Toen zei ze het nog eens, maar dan harder. Heel hard.

Nu stonden er twee van hen bij de tafel. 'Dit gaat de directeur niet leuk vinden.'

Terwijl ze werd meegenomen draaide ze zich om naar Andy en zag dat hij naar haar keek. Hij keek niet blij.

Ze zat voor haar opengeslagen notitieboek maar kon zich niet concentreren. Ze dacht terug aan hoe Andy naar haar had gekeken. Vol medelijden. Ze werd er misselijk van. Ineens was ze volkomen uitgeput, ze kon haar ogen nauwelijks nog openhouden. Wat zou het heerlijk zijn om te slapen. Te slapen en te slapen en nooit meer wakker te worden.

28

'Ik heb een idee.' Tabitha hoorde zichzelf. Ze klonk als de akela van een groepje padvindsters, zo'n type waar ze altijd al allergisch voor was geweest.

Het idee was dat ze samen aan een brief zouden werken, maar nu zou Tabitha hem dicteren en Dana hem schrijven. Dana keek chagrijnig.

'Mag dat wel?'

'Waarom zou dat niet mogen? Er zitten toch mensen in de gevangenis die niet kunnen schrijven en hun brieven worden ook door anderen geschreven.'

'Maar jij kan wel schrijven.'

'Dat doet er niet toe. Het is een goede oefening voor je.'

'Dan voel ik me alleen maar stom.'

'Maar je helpt mij ermee. In deze brief probeer ik iemand over te halen om iets voor me te doen. Het lijkt me fijn om jouw visie te horen.'

Tabitha liet Dana dus aan tafel zitten met een pen in haar hand en een leeg vel papier voor haar neus.

'Het is voor de boer bij mij uit de buurt,' zei Tabitha. 'Ik heb hem die dag in het dorp gezien.'

'Wat heb jij daaraan?'

'Op de dag dat Stuart Rees werd vermoord was er bijna niemand in het dorp. Ik wil ze allemaal spreken. Misschien heeft iemand iets gezien. Of gehoord.'

'Iets om te bewijzen dat jij het niet gedaan hebt?'

'Dat is het idee, ja.'

'Zoals?'

'Weet ik niet. Als ik het wist, hoefde ik het niet te vragen.' Ze dacht even na. '"Beste Rob". Eigenlijk heet hij Robert maar zo noemde niemand hem ooit. Rob is misschien te informeel. Maar Robert misschien weer te formeel.'

'Wil je nog dat ik iets opschrijf?'

'Schrijf maar: "Beste Rob".'

En toen dicteerde Tabitha heel langzaam een brief aan een man die ze niet mocht, vriendelijk maar niet overdreven vriendelijk. Sommige woorden spelde ze letter voor letter. Ze dacht na over de afsluiting. Het allerbeste? Met hartelijke groet? Hartelijks? Uiteindelijk ging ze voor: 'Met vriendelijke groet'. Ze las hem na.

'Dat heb je heel goed gedaan.'

Toen Dana de cel uit ging schreef Tabitha de brief vlug over op een nieuw velletje.

29

Vrijwel per ommegaande kreeg Tabitha een brief terug van Coombe.

> Beste mevrouw Hardy,
>
> Bedankt voor uw brief. Ik word mogelijk opgeroepen om bewijs te leveren in de aanstaande rechtszaak en om die reden lijkt het me niet gepast u te komen bezoeken.
> Hartelijke groet,
>
> Robert Coombe

'Pretentieuze klootzak,' zei ze hardop toen ze hem gelezen had. Ze smeet de brief neer en raapte hem toen meteen weer op. Hij ging bewijs voor de aanklager leveren. En als het voor de aanklager was, dan moest het wel bezwarend voor haar zijn. Was het alleen maar dat hij haar had horen afgeven op Stuart? Wat hij althans beweerde. Ze geloofde hem niet, maar waarom zou hij zoiets uit zijn duim zuigen? Zou zij er als onderdeel van de zaak van op de hoogte worden gesteld? Waarschijnlijk wel.

Het was zo verwarrend allemaal. Ze was ervan uitgegaan dat Coombe haar ondanks alles wel zou komen opzoeken, dat hij daar nieuwsgierig genoeg voor zou zijn. Maar nog maar een paar uur later zat ze ineens tegenover iemand van wie ze niet eens bedacht had hem uit te nodigen.

'Lang geleden,' zei Luke Rees.

Dat was het inderdaad. Op zijn elfde of twaalfde was zij uit Okeham vertrokken, en ze hadden maar een jaar op dezelfde school gezeten. Het enige wat ze van hem wist was dat hij de zoon van Stuart was, al had die toen Luke op de middelbare school kwam zijn belangstelling voor Tabitha alweer verloren. Ze herinnerde zich hem als broodmager en emotioneel; ze had hem een keer zien huilen bij het hek van de school, met zijn knokige vuisten tegen zijn ogen, terwijl hij uit alle macht zijn tranen probeerde in te houden. Als je als jongen huilde was je een baby of een watje; als zoon van een leraar was je het doelwit van pestkoppen.

Inmiddels was Luke lang en mager, met een bleke huid en lang donker haar in een knotje: hij had iets haveloos maar ook iets fascinerends. Hij droeg een rood T-shirt met een paarse hoody erover. Tabitha probeerde zijn gezichtsuitdrukking te lezen. Was hij neerbuigend, geamuseerd, overstuur of gewoon afstandelijk?

'Jou had ik niet verwacht,' zei ze uiteindelijk. 'Echt totaal niet, dus. Ik heb je niet eens geschreven, omdat ik ervan uitging dat je me niet zou willen zien.'

'Waarom? Omdat je mijn vader hebt geneukt? Of omdat je verdacht wordt van zijn moord?'

Hij grijnsde en knikte terwijl hij praatte, alsof hij opgefokt was en dat in bedwang wilde houden. Hij legde zijn handen op tafel. Die waren bleek en glad, met lange vingers; mooie handen, alleen waren de nagels bijna volledig afgekloven.

'Ben je helemaal hierheen gekomen om dat te zeggen?'

'Ik weet niet precies waarom ik hier ben. Misschien alleen omdat ik je eens goed wilde bekijken en wilde horen wat je te vertellen had.'

'Ik weet niet of ik wel iets te vertellen heb. Ik weet dat dit verschrikkelijk voor jou moet zijn.'

'Geen medelijden,' zei hij, zo hard dat Tabitha om zich heen keek.

'Je kunt hier beter geen scène schoppen,' zei ze.

'Wat gaan ze doen dan, me de bak in gooien?'

Luke Rees was een jaar of vijf jonger dan Tabitha maar ze zag hem als een chagrijnige, cynische puber die zo nukkig mogelijk deed, alleen maar om een punt te maken. Maar welk punt?

'We zijn elkaar nooit meer tegengekomen,' zei Tabitha. 'Sinds school, bedoel ik. Niet dat we elkaar daar nou zo vaak tegenkwamen.'

'Ik wist het niet,' zei hij. Zijn directheid beviel haar. 'Van jou en mijn vader, bedoel ik. Ik wist het pas toen mama het me een paar dagen geleden vertelde.'

'Ze was vast woedend op me.'

'Die indruk wekte ze niet. Volgens mij berustte ze er gewoon in. Daar draait het huwelijk toch om? Berusting?'

'Dat weet ik niet,' zei ze. 'Ik ben nooit getrouwd geweest.'

'Daar lijk je me ook het type niet naar.'

Tabitha wist niet wat ze daarmee aan moest. Ze dwong zichzelf zich te concentreren. De reden van Lukes komst was haar niet helemaal duidelijk, maar ze moest zijn bezoek zo goed mogelijk benutten, alles te weten komen wat ze kon.

'Wat dacht je toen ze het vertelde?'

Hij legde zijn handen achter zijn hoofd. Onder zijn nonchalante houding was hij net een in elkaar gedrukte springveer.

'Wat ik dacht? Ik dacht, arme mama, dat kan er ook nog wel bij.'

'Was je niet verbaasd?'

Luke lachte kil. 'Mij is verteld dat mannen dat nou eenmaal doen als ze een zekere leeftijd bereiken. Ik was alleen verbaasd dat het met jou was.'

'Waarom zeg je dat?'

'Ik kan me jou nog herinneren. Je was nou niet bepaald het vroegrijpste tiepje van je klas.'

'Nee. Dat klopt.'

'Dus ja, ik had eigenlijk alleen met mama te doen.'

'Heeft de politie met jou gesproken?'

'Wat kan jou dat schelen?'

'Ik wil weten wie er allemaal in het dorp was. Was jij er?'

'Ja.'

'Dus jij hebt Stuart... je vader nog gezien?'

'Nee, dat niet.'

'Waarom niet?'

'Ik kwam die dag pas thuis. Ik had de trein naar Dormouth genomen, maar de bus naar Okeham reed niet. Dus toen ben ik gaan lopen.'

'Door de storm?'

'Ik kan dan goed nadenken, mijn hoofd leegmaken. Er was geen kip op straat. Ik zag de omgewaaide boom die de weg versperde. Ze begonnen hem net weg te halen.'

'Ik dacht dat er geen enkele toegang tot het dorp was.'

'Die was er ook niet, behalve over de boom heen. Die mannen hebben me eroverheen geholpen en toen ben ik doorgelopen. Toen ik thuiskwam was er niemand, de auto stond er niet.'

'Die stond toen vast al achter mijn huis geparkeerd. Hoe laat was dat?'

'Hoezo?'

'Was het 's ochtends of 's middags?'

'Weet ik niet precies. 's Middags, rond een uur of twee, drie. Sowieso voordat mama terug was. Ik heb niet op de klok gekeken.'

'Wat deed je dan wel?'

'Niks. Ik was moe.'

'Heb je iemand gezien?'

'Wat maakt dat nou uit?'

'Ik probeer erachter te komen wie er allemaal in het dorp waren, wie wie heeft gezien, wie met wie heeft gepraat, wat ze hebben gezegd en wat ze hebben gezien.'

'Waarom?'

'Ik verdedig mezelf bij het proces.'

'Ja, heb ik gehoord. Het is het gesprek van de dag. Klinkt bizar.'

'Daarom vraag ik het dus aan iedereen.'

'Wou je soms zeggen dat je het niet gedaan hebt?'

'Inderdaad.'

Hij keek haar met oprechte nieuwsgierigheid aan.

'Ik kwam thuis en heb daar wat rondgehangen en niemand gezien tot mama later op de middag thuiskwam en we hebben verder niemand gesproken tot de politie aanbelde. Heb je daar wat aan?'

Het leek alsof hij op ruzie uit was. Er viel een stilte, waarin hij met zijn vingers op tafel roffelde.

'Het zal niet makkelijk voor je zijn geweest, op school, als kind van een leraar,' zei Tabitha.

'Het was niet ideaal, nee.'

'Je bent er toch op je zestiende mee gestopt?'

'Klopt.'

'Ik dacht altijd dat jij wel naar de universiteit zou gaan.'

'Ik heb andere dingen gedaan.'

'Hoe stonden je ouders daartegenover?'

'Waarom vraag je dat?'

'Je vader was leraar. Hij vond tentamens, goede cijfers en dat soort dingen vast belangrijk. Dus misschien was je vader teleurgesteld toen je van school ging.'

'Mijn vader was over heel wat dingen teleurgesteld.'

'Zoals?'

'We hebben het hier wel over mijn vermoorde vader, hè. En jij hebt het over een ex-minnaar.'

'Hij was niet mijn "ex-minnaar".'

'Ik dacht dat dat het woord was voor iemand met wie je naar bed bent geweest. Hoe zou jij het dan noemen?'

'Hij was mijn wiskundeleraar en bijna drie keer zo oud als ik, en ik was nog maar vijftien.' Even meende ze te zien dat Luke onbewust ineenkromp: misschien had Laura dat gedeelte weggelaten. 'Hoe zou jij dat noemen?'

'Dat weet ik niet,' zei hij, en voor het eerst klonk het gemeend.

'Ik was ook niet heel rijp voor mijn leeftijd. Nu ik erop terugkijk zie ik dat ik kwetsbaar en bang was en dat hij iemand was tegen wie ik opkeek en dat hij daar misbruik van heeft gemaakt.'

'Dat klinkt wel als een reden om iemand te vermoorden.'

'Het is een van de redenen dat ik hier zit,' zei Tabitha. Het verbaasde haar zelf dat ze er zo openhartig over was. 'Maar goed. En jij?'

'Wat wil je dat ik vertel?' zei Luke. 'Je hebt het verhaal inmiddels vast wel gehoord. Ik ben vroegtijdig van school gegaan. Ik ben ontspoord. Ik ben van huis weggelopen en niet meer teruggekomen. Mijn vader zou mij nooit als zoon hebben uitgekozen. Ik hem trouwens ook niet als vader.'

'Tiranniseerde hij je?'

'Deed hij dat bij jóú?' antwoordde Luke.

'Volgens mij tiranniseerde hij je,' ging Tabitha verder. 'Volgens mij was je bang voor hem, werd je door hem vernederd en heeft hij je een rotjeugd bezorgd.' Ze praatte langzaam en hield zijn blik vast, vast van plan hem niet weg te laten kijken.

Heel even dacht ze dat hij haar iets ging vertellen. Ze zag aan zijn gezicht dat hij heel graag iets wilde zeggen maar zich toch inhield. Maar toen veranderde zijn blik.

'Fuck you,' zei hij. 'O nee, even vergeten, dat heeft mijn vader al gedaan.'

'Krijg de tering.' Ze leunde achterover en ze keken elkaar dreigend aan. Tabitha kreeg zin om te schreeuwen en hatelijk te lachen. 'Ik moet iets te weten komen,' zei ze uiteindelijk. 'Anders zit ik straks levenslang voor moord.'

'Helemaal terecht als je het hebt gedaan.'

'Maar dat heb ik niet. Of tenminste, ik...' Ze beet op haar tong. 'Dat heb ik niet,' zei ze nog een keer.

‘Dat zeg jij.’

‘En als ik het niet gedaan heb, dan moet het iemand anders uit het dorp zijn geweest. Snap je?’

Luke slaakte een zucht die bijna als een fluitje klonk. ‘Daar is het je dus om te doen. Je speelt voor detective.’

‘Het is niet bepaald een spelletje.’

‘Je probeert erachter te komen of de getiranniseerde zoon zijn gemene vader vermoord zou kunnen hebben. Of me gewoon een beetje verdacht te maken, wat twijfel te zaaien. Zou dat genoeg zijn om je vrij te spreken?’

‘Misschien wel,’ zei Tabitha. ‘Je weet wel: gerede twijfel.’ Ze dacht even na. ‘Hebben jullie het ooit goedgemaakt?’

‘Goedgemaakt?’ Luke grijnsde eigenaardig. ‘Bedoel je of hij had besloten me te vergeven voor het feit dat ik niet de gewenste zoon voor hem was?’

‘Heeft hij dat gedaan?’

‘Dat zal ik nooit weten.’

‘En jij?’

‘Hoe bedoel je?’

‘Had jij besloten hem te vergeven voor het feit dat hij niet de gewenste vader voor je was?’

Er veranderde iets in zijn gezicht. Hij zag er fel en bijna lelijk uit. ‘Ik zal het hem nooit vergeven,’ zei hij, niet kwaad maar weloverwogen, als een soort gelofte.

Het voelde als een trap in haar maag. Ze keek hem strak aan en hij keek strak terug, haalde toen zijn schouders op en nam zijn spottende houding weer aan: ‘Vaders en zonen,’ zei hij. ‘Je kent het wel.’

‘Je zei dat je vader jou niet zou hebben uitgekozen. Hoe zit het met Laura?’

‘Moeders zijn nou eenmaal moeders. Zij koos mijn kant. Af en toe, althans.’ Hij zweeg en sloeg zijn armen over elkaar.

‘Waarom ben je dan teruggekomen?’

Luke kreeg een kleur. ‘Het was kerst. Mama wilde me zien.’

'Vond hij dat goed?'

'Je weet toch wat ze zeggen, thuis is de plek waar ze je altijd binnen moeten laten.'

'Je was al jaren niet meer thuis geweest.'

'Heb je me zitten natrekken?'

'Dat hoefde niet. Je weet toch hoe het gaat in Okeham. Iedereen kent elkaars geheimen.'

Wie was het geweest? Pauline Leavitt misschien, dacht ze, of misschien Terry, in de dorpswinkel?

'Ik hoor het ze zeggen inderdaad. Kinderen zijn zo ondankbaar, arme Stuart en Laura, dat soort dingen.'

'Zoiets ja. Maar je zou eens moeten horen wat ze allemaal over mij zeggen.'

'Ik begrijp niet wat je vraagt.'

'Je blijft ik weet niet hoelang weg, en als je terugkomt wordt hij vermoord.'

'En?'

'Stond zijn auto er toen je thuiskwam?'

'Nee, dat had ik al gezegd.'

'En die heb je ook niet gezien?'

'Nee.'

'Heeft de politie je verhoord?'

'Ze hebben wat details gecheckt.'

'Dat klinkt nogal informeel.'

'Ze waren er vooral om mijn moeder gerust te stellen. De leidinggevende zei dat het goed kwam, dat ze de juiste dader al te pakken hadden. Inkoppertje.' Hij stak zijn wijsvinger naar haar uit.

'Wie was hij?'

'Iemand die zichzelf graag hoorde praten.' Hij fronste zijn voorhoofd. 'Dudley heette hij, geloof ik.'

'Keiharde kop?' vroeg Tabitha, die zich Andy's woorden herinnerde.

'Scherp eerder. Of verbeten. Hij bleef mama maar op haar schouders kloppen.'

'Ga je getuigen?'

'Hoezo? Waarover?'

'Misschien willen ze dat je wat vertelt over de impact op jullie gezin.'

'Dat laat ik aan mijn moeder over.'

'Waarschijnlijk is het niet nodig,' zei Tabitha. 'Ik kan me zo voorstellen dat de getuigenbank vol zit met mensen uit het dorp die vertellen hoe geliefd hij in de lokale gemeenschap was.'

'O, zeker,' zei Luke, met een merkwaardige glimlach.

'Wat bedoel je daarmee?' vroeg Tabitha. 'Is dat "o, zeker" als in ja? Of "o, zeker" als in nee?'

Luke stond op en boog zich naar haar toe. Ze realiseerde zich dat hij woedend was. 'Jij bent degene die op school is gebleven. Jij bent degene die hij geneukt heeft. Jij bent degene die vastzit voor zijn moord. Zeg jij het maar.'

Het gesprek was afgelopen.

30

Eenmaal terug in haar cel zag ze dat Dana er niet was. Was dat een goed teken? Niet per se, maar als mensen zichzelf echt iets verschrikkelijks aandeden was dat meestal in hun eigen cel. Ze ging aan haar tafeltje zitten en pakte haar namenlijst erbij. Achter Lukes naam schreef ze: 'Thuis. Geen getuige. Boos.'

Daarna ging ze op bed liggen en dacht terug aan het gesprek. Stuart Rees: gewaardeerd docent, geliefde echtgenoot en vader, middelpunt van het dorp. Er schoot haar iets, een zinnetje, te binnen dat Luke had gezegd: *Arme mama, dat kan er ook nog wel bij.* Waarbij dan? Ze stond op en sloeg haar notitieboek weer open om die woorden op te schrijven, waarbij ze 'ook' onderstreepte.

Toen ging ze naar de pagina waar ze de tijdlijn had opgeschreven. Ze zette er de tijden tussen die Luke had genoemd en vulde nog wat aan.

± 6.30: Wakker worden. Even blijven liggen (hoelang?). Voel me niet lekker.

± 7.30: Opstaan. Pap en thee maken. Geen melk.

8.00: Dorpswinkel in om melk te kopen. Zie beveiligingscamera. In pyjamabroek en kaplaarzen. Schoolbus komt langs. Rob Coombe gesproken? Stuart beledigd?

???: Zwemmen. Dr. Mallon tegengekomen.

10.34: Stuart rijdt dorp uit in zijn auto.

10.41: Stuart rijdt weer terug in richting van zijn huis (versperring door omgewaaide boom).

14-15: Luke komt aan in dorp. Klimt over boom (werkmannen aanwezig). Loopt naar zijn huis. Beweert niemand te hebben gezien.

14.30: Priester tegengekomen. Bespreken het nieuws.

15.30: Laura komt thuis. Luke is er al. Geen teken van Stuart.

16.30: Andy komt. Treft lichaam aan.

Achter het kleine raampje begon het te schemeren. Dana kwam teruggesloft. De sleutel werd in het slot omgedraaid. Zwijgend aten ze hun maaltijd op. Er schreeuwde iemand, en nog een keer. Ze gebruikten het toilet. Ze poetsten hun tanden. Er weergalmden voetstappen op de gang. Tabitha lag op haar bed en Dana klom in het hare, zo'n dertig centimeter boven haar; ze hoorde haar ademen en woelen. Ze zag voor zich hoe de andere vrouwen in tegengestelde richting boven elkaar in hun stapelbed lagen, net als op de boven- en onderliggende verdiepingen, alsof ze in de schappen van een pakhuis lagen opgestapeld. Als ze heel goed keek zag ze door het kleine vierkante raampje een paar bleke sterren staan. Ze bedacht dat er daarbuiten ergens een maan was, velden, bossen, rivieren en dan de zee. Ze dacht aan sneeuw die op het water viel en rijp die in de takken glinsterde. Ze dacht aan mensen in hun huis, die de gordijnen dichtdeden en eten kookten en tv-keken, misschien een boek lazen, theedronken en elkaar vertelden hoe hun dag was geweest.

Ze had hulp nodig, en ineens kreeg ze een idee.

31

Vanuit haar ijskoude kleine muurkast hoorde Tabitha de naaimachines ratelen en de vrouwen praten. Ze deed haar oren dicht en probeerde zich te concentreren. Voor haar lag de lijst met namen van mensen die op 21 december in het dorp waren geweest.

Ik
Mel
Shona
Rob Coombe
Andy
Terry
Dr. Mallon
Luke
Pauline Leavitt
Pakketbezorger

Als zij Stuart niet had vermoord, moest een van deze mensen het hebben gedaan. Maar waarom? Een voor een bekeek ze de namen, en bij sommige zette ze een toelichting.

Ik: Op mijn vijftiende seksueel misbruikt door Stuart.
Mel: Meningsverschil met Stuart over religie. Hij diende klacht over haar in bij de bisschop.

Shona: ????

Rob Coombe: ???? (Waarom zou hij bij de politie over mij liegen?)

Andy: Mocht Stuart niet

Terry: Was vast de hele dag in winkel?

Dr. Mallon

Luke: Getiranniseerd door Stuart.

Pauline Leavitt

Pakketbezorger: Wie is hij?

Ze bekeek haar aantekeningen. Het enige werkelijk overtuigende motief was het hare. Haar ogen prikten, haar keel kriebelde en deed zeer. Ze had een beginnende verkoudheid. Ze legde haar hoofd op haar armen en viel in slaap.

'Je ziet er moe uit,' zei Ingrid.

'Dat ben ik ook.'

'De winters zijn het zwaarst. Maar de dagen worden al langer.'

'Ja.'

Het was 27 maart. Tabitha zat al ruim tweeënhalve maand vast. Tachtig dagen. De lente was in aantocht. De sneeuwklokjes en winterakonieten waren vast allang verdwenen, en de toverhazelaar was haar oranje bloesem vast allang kwijt, maar nu zouden er sleutelbloemen, krokussen en narcissen zijn, en strakgespannen knoppen die ontloken aan de bomen. Het was de tijd om jonge brandnetels te plukken om soep van te trekken. De tijd om de veranda op te knappen en de raamkozijnen in de verf te zetten.

Aan dat soort dingen moest ze niet denken. Ze keek weer naar Ingrid. 'Hoe is het eigenlijk met je?'

'Binnenkort hoor ik of ik vervroegd word vrijgelaten.'

'Dat is mooi.'

'Ja.' Ingrid glimlachte. 'Ik heb goeie hoop.'

'Wat aardig dat je langskomt.'

Michaela zat tegenover haar, een lang, krachtig postuur. Ze droeg een zwarte spijkerbroek en een gele blouse met de kleur van zonlicht. Haar haar zat in ingewikkelde vlechtjes naar achteren. Er was iets veranderd aan haar, dacht Tabitha, en toen besefte ze ineens wat het was: ze zag er schóón uit. Haar kleren, haar haar, haar huid, waren fris. Ze rook zelfs lekker.

'Dat had ik toch gezegd.'

'Hoe gaat het?'

'Beter als de winter voorbij is. En met jou? Hoe is je nieuwe celgenoot?'

'Dana. Jong. Meer een kind nog, eigenlijk. Ze ligt veel te huilen.'

Michaela knikte nuchter. 'Zo gaat dat in het begin.'

'Ik heb je hulp nodig.'

'Vertel.'

'Je weet dat ik mijn eigen verdediging voer. Daarom moet ik weten wat er is gebeurd op de dag dat Stuart is vermoord.'

'Hoezo?'

'Om uit te zoeken wie hem vermoord zou kunnen hebben.'

'Je hoeft alleen maar aan te tonen dat jij het misschien niet was.'

'Alles wijst naar mij. Ik word schuldig bevonden tenzij ik kan aantonen dat het ook iemand anders had kunnen zijn.' Zo duidelijk mogelijk vertelde Tabitha wat ze wist. Dat er een boom was omgewaaid, waardoor het dorp was afgesloten en er in feite een handjevol mensen had vastgezeten. Dat op de beveiligingscamera's te zien was dat Stuart om halfelf 's ochtends nog in leven was – dat het dus slechts om de uren tussen halfelf en halfvier ging. Dat zijn lichaam in haar schuur was aangetroffen, zijn auto op haar oprit, zijn bloed op haar kleren. Dat zij volgens mensen uit het dorp Stuart had bedreigd. Dat ze in het verleden depressieve klachten had gehad, wat tegen haar pleitte. Dat – hier aarzelde ze even – Stuart op haar vijftiende seks met haar had gehad en dat hij haar wiskundeleraar was geweest.

Ze keek Michaela aan, die er ondanks alles niet geschokt uitzag, en vertelde verder, over de anonieme brief aan de politie en de gesprekken die ze had gevoerd met Shona, Andy, de priester, Laura en als laatste Luke.

'Dus je begrijpt wel dat meerdere mensen die die dag in het dorp waren alle reden hadden om een hekel aan hem te hebben. Niet alleen ik.'

'Misschien,' zei Michaela met een bedenkelijk gezicht.

'Geheid.'

'Je bent aardig bezig geweest.'

'Maar er zijn dingen die ik niet kan doen omdat ik hier zit. En daar heb ik jou voor nodig.'

'Vertel.'

'Om te beginnen, die boer, Rob Coombe heet hij, die zei dat ik die ochtend in de dorpswinkel iets bedreigends over Stuart had gezegd. Volgens hem noemde ik Stuart een smeerlap.'

'Was dat ook zo?'

'Daar staat me helemaal niks van bij. Het klinkt niet logisch. Maar hij wil niet bij me langskomen. Daarom dacht ik, misschien wil jij hem eens opzoeken.'

'Wat moet ik dan zeggen?'

'Weet ik niet. Je kunt hem uithoren, kijken of hij iets loslaat. Gewoon aanvoelen of hij liegt.' Het klonk een beetje wanhopig, maar goed, dat was ze ook. 'Misschien kun je je voordoen als journalist of zo. Soms komen mensen graag in de krant.'

'Ik geloof niet dat ik eruitzie als een journalist.'

'Of misschien kun je...' Tabitha zweeg. Ze kon niets bedenken.

'Oké, ik doe het wel.'

'Echt?'

'Dan leen ik de auto van mijn tante en maak ik er een uitje van. Moet je me wel het adres geven.'

'Ik weet niet hoe ik je kan bedanken.'

'Hoeft ook niet.'

32

Het bewijsmateriaal van de aanklager werd bij Tabitha bezorgd op 1 april, wat haar wel passend leek.

De uit de kluiten gewassen bewaker die haar in het begin naar haar muurkast vol etalagepoppen had gebracht en van wie ze ontdekt had dat hij Barry heette, kwam het binnenbrengen. Tabitha zat in het halfdonker: er was iets met de fitting van de lamp en het peertje boven haar hing troosteloos te knipperen. Ze had een archiefdoos of iets dergelijks verwacht. Maar ze kreeg twee grote dozen vol papieren, foto's en forensisch bewijs; verslagen over de omgewaaide boom, de staat van het wegdek en over het type stevig plastic waar het lichaam in gewikkeld was. Er waren details over de vezels, haren, bloedtypen, bloedspatten en de buitentemperatuur op verschillende tijdstippen van die dag; de afdrukken van de banden van Stuarts auto, facturen, bonnetjes en telefoongegevens. Er waren verklaringen van mensen van wie ze de naam nog nooit had gehoord en die niet eens in het dorp hadden gezeten, allemaal weergegeven in wollig juridisch jargon waar ze koppijn van kreeg.

In één oogopslag zag ze al dat ze aan de meeste informatie helemaal niets had. Het probleem was dat alles van eventuele relevantie bedolven lag onder deze lawine van schijninformatie.

Ze slaakte een diepe zucht.

'Wat is er?' vroeg Barry, die even bleef staan op zijn weg naar buiten.

'Dit is te veel.'

'Ze lopen je te fucken.'

'Wat moet ik hier nou mee?'

'Ik heb het alleen maar afgeleverd.' Hij aarzelde, en zei toen: 'Ik kan wel even koffie voor je halen.'

'Wat! Echt?'

'Ja hoor.'

'Dat zou fantastisch zijn.'

'Helpt misschien om wakker te blijven.'

Tabitha hevelde de inhoud van de eerste doos over naar de tafel en begon bovenaan. Ze bekeek eerst een kaart van Okeham, hoewel die in het schemerlicht maar moeilijk te ontcijferen was, en vervolgens het transcript van Andy's telefoontje naar het alarmnummer. Ze las de omschrijving van het lichaam en van haarzelf die de agent ter plaatse had gegeven. 'Mevrouw Hardy was in verwarde en geagiteerde toestand,' las ze. 'Ze zat onder het bloed en bleef maar zeggen: "Ik wist het niet, ik wist het niet."' Tabitha legde het vel papier opzij en fronste haar wenkbrauwen. Wat wist ze niet? Haar geheugen was nog steeds één groot zwart gat en als ze iets over zichzelf las was het net of het over een vreemde ging.

Ze kwam bij de foto's van Stuart en dwong zichzelf er nogmaals naar te kijken – maar wat kon ze eruit opmaken? Dat zijn halsslagader was doorgesneden en dat hij meerdere keren in zijn borst en buik was gestoken? Dat bij de autopsie de term 'buiten zinnen' was gevallen? Kon ze zo buiten zinnen zijn geweest dat ze Stuart had vermoord en het vervolgens was vergeten? En hoe was zijn lichaam in de schuur terechtgekomen? Hij was zwaarlijvig en zij was klein.

Veel papieren waren ondertekend door inspecteur Dudley.

Na een paar uur lezen kwam ze aan bij de foto's van de beveiligingscamera. Ze zag zichzelf om 08.10 de dorpswinkel in gaan en die om 08.15 weer verlaten. Ze zag om 10.34 Stuarts auto langsrijden en op de volgende foto om 10.40 weer terugkomen. Dat was alles.

Ze bleef lang naar de korrelige plaatjes kijken. Buiten hoorde ze geen naaimachines meer; kennelijk was iedereen vertrokken. Ze had geen idee hoe laat het was. Degene die Stuart had vermoord had dat na 10.40 gedaan, maar van na dat tijdstip waren er geen beveiligingsfoto's. Als ze ook maar ergens wilde komen moest ze zien wie er op die dag allemaal langs de beveiligingscamera was gekomen. Iedereen die door het dorp naar Stuarts huis ging moest daarlangs. Alle huizen, op het hare en dat van Stuart na, lagen aan de andere kant van de dorpswinkel, dus de moordenaar, wie dat ook was, moest wel op de opnames staan.

Tabitha bladerde snel door de stapel papier die voor haar lag, haalde toen de tweede lading uit de doos en werkte die ook door. Er waren verder geen foto's van de beveiligingscamera: ze hadden alle beetjes informatie, hoe irrelevant ook, bij haar gedumpt, maar dit niet.

Ze bond alles samen en sloeg haar notitieboek open om het visitekaartje te zoeken dat ze er na haar zitting in januari in had gestopt. Tom Creevey, contactpersoon voor de aanklager.

'Ik moet alle opnames zien,' zei ze, met haar hand op de hoorn en haar rug naar de bewaker toe, die te dicht op haar stond.

'Allemaal?' De stem van Creevey klonk beleefd ongelovig.

'Ja. Van 21 december vanaf, laten we zeggen, zes uur 's ochtends tot halfvijf 's middags.'

'Dat zou nog weleens lastig kunnen worden.'

'Ik heb er recht op,' zei ze. 'De rechter zei dat u me alles moest geven waar ik om vroeg. Ik eis het op.'

Er klonk een diepe zucht door de telefoon. 'Dat kan wel een tijdje duren.'

'Tijd heb ik niet.'

'Ik heb een andere kamer nodig. Daar heb ik recht op.' Ze nieste luid.

Deborah Cole keek haar vanachter haar glimmende bureau met

wijd open ogen aan alsof ze een buitenaards wezen was, iets merkwaardigs en licht weerzinwekkends. 'Blijkbaar begrijp jij de regels niet,' zei ze. 'Het is hier een gevangenis, geen hotel.'

'Ik heb het recht om al het bewijsmateriaal vóór aanvang van mijn rechtszaak te zien.'

'Je stelt mijn geduld op de proef.'

Tabitha balde haar vuisten. Ze wist dat ze niet boos moest worden maar de aanblik van de directeur met haar blonde haar, haar onberispelijke make-up, haar maatkleding, maakte haar razend. Ze zag alle vrouwelijke gedetineerden voor zich, hun nachtelijke angsten en persoonlijke kwellingen, en bij het zien van Deborah Coles gemanicuurde handen en goedgevormde wenkbrauwen wilde ze alleen nog maar de presse-papier oppakken om die naar haar toe te smijten.

'Mijn excuses daarvoor,' zei ze met een gespannen, hoge stem. 'Maar ik heb wel een plek nodig waar de elektriciteit het doet, om de beveiligingsbeelden te kunnen bekijken. De rechter stond erop,' zei ze erachteraan, 'dat ik alles kreeg wat ik nodig had. Daar maakte hij echt een punt van. U wilt toch vast niet worden aangemerkt als iemand die de rechtsgang belemmert?'

Het voelde belachelijk om zo'n zin uit te spreken, maar ze zag wel dat er iets in het gelijkmatige gezicht van Deborah Cole veranderde.

33

Er ging geen waarschuwing aan vooraf. Toen de trays van het ontbijt waren opgehaald kwam Mary Guy aan de deur.

'Je gaat een film kijken,' zei ze.

Tabitha kon niet meteen duiden of dat een vraag of een opmerking was. Toen drong het tot haar door. Ze pakte twee notitieboekjes en een handjevol pennen en liep achter de bewaker aan naar de bibliotheek. Mary Guy liep om het bureau heen het kantoor van de bibliothecaresse in. Ze gingen een achterdeur door en kwamen uit in een ruimte die nauwelijks meer om het lijf had dan een gangetje met helemaal achterin een wc. Er stond een klein televisiescherm op een smalle tafel. Daar was een dvd-speler op aangesloten.

'Meen je dat nou?' vroeg Tabitha. 'Je had het toch gewoon op een memorystick kunnen zetten?'

'Geen computer. Is een beveiligingskwestie.'

'Dat was wel een stuk makkelijker geweest.'

'We zijn hier niet om het je makkelijk te maken.'

'Dus het staat op een dvd?'

'Ja.'

Er viel een stilte.

'Oké,' zei Tabitha. 'Dat vroeg ik niet alleen maar uit belangstelling. Ga je hem ook nog aan me geven?'

'Ze. Het zijn er een paar.'

'Ga je zé nog aan me geven?'

'Even wachten.'

'Hoezo?'

'Hij moet nog worden gecheckt.'

'Ik weet heus wel hoe je een dvd-speler bedient.'

'Even wachten, zei ik.'

Mary Guy ging steeds dreigender klinken, dus enigszins beduusd bleef Tabitha staan wachten. Toen ging de deur open en kwam er een kaalgeschoren figuur binnen die ze herkende. Een van de vrouwen van die ruzie van weken geleden. Het duurde even om op haar naam te komen. 'Jasmine,' zei ze. 'Ga jij tv met me kijken?'

Mary Guy haalde iets uit haar zak en gaf het aan Jasmine Cash. Tabitha kon niet zien wat het was.

'Twee minuten,' zei de bewaker, waarna ze de kamer uit liep.

'Wat is dit?' vroeg Tabitha. 'Ik kan echt wel zelf een dvd-speler bedienen.'

Jasmine reageerde niet. Ze ging zitten en zette de dvd-speler op haar schoot. Nu zag Tabitha dat de bewaker Jasmine een minischroevendraaiertje had gegeven. Met een paar behendige bewegingen gebruikte ze dat om de schroefjes van het achterpaneel los te draaien. Ze haalde het paneel er niet helemaal vanaf maar maakte het zo los dat ze er met haar vingers achter kon. Ze haalde er een klein wit plastic zakje uit en toen zag Tabitha dat het plastic niet wit was. Het was de inhoud van het zakje.

'Wat is dat, godverdomme?'

Jasmine reageerde niet. Ze legde het zakje op tafel en stak haar hand toen nogmaals in de achterkant van de dvd-speler. Toen ze klaar was lagen er vier kleine zakjes op een rij op tafel. Ze stak er twee in elke zak van haar joggingbroek. Vervolgens zette ze met een geconcentreerde frons het paneel weer vast. Toen keek ze met een glimlach op naar Tabitha. 'Ik maak het nog goed met je,' zei ze.

'Als ze hierachter komen...' begon Tabitha.

'Ze komen er niet achter. Dat willen ze helemaal niet.'

De deur ging open en Mary Guy kwam weer binnen. Jasmine gaf het schroevendraaiertje terug.

'Prima in orde allemaal,' zei ze.

'Mooi,' zei Mary Guy. 'Dan moest je maar weer eens gaan.'

Toen Jasmine weg was keek Tabitha of ze bij de bewaker ook maar iets kon bespeuren van schuldgevoel, ongemakkelijkheid of erkenning van wat er zojuist gebeurd was. Ze zag niets, helemaal niets.

'Er zijn regels,' zei de bewaker.

'Regels? Hoe bedoel je, regels?'

'Mij is verteld dat je het recht hebt dit te bekijken en dat je recht hebt op privacy. Dat betekent dat ik de hele tijd achter de deur blijf staan. Geen gekke dingen doen. Gewoon je film kijken.' Mary Guy hield een A4-luchtkussenenvelop vast. Ze legde hem op tafel. 'Daar zitten de dvd's in,' zei ze, en toen liep ze de kamer uit.

De envelop was dicht geniet en Tabitha rukte hem open. Er zaten twee stapeltjes dvd's in, bijeengehouden door elastiekjes. Ze haalde de twee stapeltjes eruit en bekeek ze aandachtig. Op beide zat een etiket geplakt: op het ene stond BINNEN en op het andere BUITEN. Ze begon met het stapeltje BUITEN. Elke dvd zat in een aparte vierkante envelop met daarop in dikke markeerstift een tijdstip gekrabbeld. Op de ene zag ze 15-16 UUR staan, op een andere 10-11 UUR. Ze legde ze op chronologische volgorde. De eerste was 6-7 UUR. Zou die helemaal donker zijn? De laatste was 19-20 UUR, toen alles allang was gebeurd. Ze maakte de envelop van de tweede dvd, 8-9 UUR, open en stak hem in de dvd-speler. In het begin was het scherm slechts een zacht ruisende wazige vlek, wat als een enorme anticlimax voelde. Maar na een paar keer drukken op de afstandsbediening verscheen er een flikkerend en trillend beeld op het scherm en toen ineens was Tabitha, net als in die nachtelijk terugkerende dromen, weer terug in Okeham.

34

Het beeld was zwart-wit en een beetje korrelig, maar ze keek uit over de hoofdstraat van het dorp. Er viel maar weinig te zien: de asfaltweg en de bushalte, met daarachter het bushokje dat was gebouwd tegen de steile klifwand die naar het heidelandschap erboven liep. Zonder de tijdcode in de linkerbovenhoek van het scherm had het net zo goed een foto kunnen zijn, ware het niet dat als ze goed keek ze de berk naast het hokje enigszins zag wiegen, met zijn kale, bladerloze takken deinend in de wind. Tabitha voelde tranen opkomen. Ze kon de noorderwind uit het Kanaal haast op haar wangen voelen. Ze kon het zout, het zeewier en de modder bij laagtij haast proeven.

Ze veegde haar ogen af aan haar mouw. Denk na, Tabitha, sprak ze zichzelf in stilte toe. Rustig. Denk rustig na. Ze sloeg haar notitieboek open en schreef boven aan een nieuwe pagina: 'beveiligingscamera', met een streep eronder. Ze keek naar het beeld. Er gebeurde niets. Er viel niets op te schrijven. Het had iets absurds. Een statisch beeld van een irrelevant deel van het dorp, waarop niets gebeurde. Wat had ze daar nou aan?

Aan dat soort gedachten moest ze niet toegeven. Dan werd ze gek. Denk na, Tabitha, zei ze weer tegen zichzelf. Ze probeerde zichzelf daar te plaatsen. Als ze daar met haar rug naar de dorpswinkel stond, wat zou ze dan nog meer kunnen zien? Sloeg ze rechts af, dan kwam ze op de weg die naar boven liep, het dorp uit: de weg die door de omgewaaide boom was versperd. Hoe laat was dat gebeurd? Ze keek haar aantekeningen door. Dat moest even na halftien zijn geweest.

Vlak naast de dorpswinkel stond de kerk met daarnaast de kleine pastorie waar Mel woonde. Daarachter een rij huizen en dan het hotel, dat 's winters dicht was. Aan de overkant, de kant weg van de zee, stonden twee rijen huizen op de helling onder het klif.

Ging je in plaats van rechts-, linksaf, dan zag je als je naar beneden keek het kleine baaitje en het kiezelstrand liggen. Daar zwom ze iedere ochtend. Vlak achter de baai liep de weg in een lus terug in zichzelf. Bleef je links lopen dan ging je de brede oprit op naar het huis van de familie Rees. Ging je de rechterkant op dan was daar een hobbelig pad naar Tabitha's huis. Achter de twee huizen stond alleen de wand van het klif die in een bocht om de baai liep waar Okeham in lag. Er was geen weg over- of omheen. Het kustpad liep niet dwars door Okeham, het liep ervan weg, landinwaarts de heide op, en kwam pas vijf kilometer verder weer samen met de daadwerkelijke kustlijn.

Maar de camera kon niet naar links of rechts kijken. Die keek gewoon leeg voor zich uit naar het bushokje. En toen liepen er ineens twee meisjes het beeld binnen. Ze waren nog jong, tien of elf, en droegen een dikke jas en muts. Tabitha besefte dat dat een probleem zou vormen, want 21 december was een koude, winderige dag geweest. Zelfs al stonden er mensen op de korrelige beelden, dan nog zou het niet meevallen om te zien wie het waren. De meisjes liepen over de weg naar de camera toe en verdwenen eronder toen ze de winkel binnengingen. Tabitha dacht een van hen te herkennen. De dochter van Beth Tally, dacht ze. Ze schreef de naam op. Er verscheen nog een groepje kinderen, deze keer twee jongens en een meisje dat op een afstandje van hen bleef staan. Ze stonden te wachten op de schoolbus. Het meisje stak de weg over en ging de winkel binnen. Tabitha was eraan gewend hen 's morgens in de winkel tegen te komen, om zakjes chips te kopen en giechelend aan de kou te ontsnappen.

Achter op de weg stopte een auto, waar twee personen uit stapten. Tabitha herkende direct Rob Coombe. Het meisje naast hem was vast zijn dochter, al had Tabitha haar nooit eerder gezien. Met zijn tweeën staken ze de weg over en gingen ze de winkel binnen. Tabitha noteerde de naam en het tijdstip.

De twee jongens stonden voorovergebogen tegen de kou, met hun handen in hun zakken. Een van hen lachte, toen hoorde de ander blijkbaar iets en keek naar rechts. Wat had hij gezien?

Er kwam een gedrongen gestalte het beeld binnen, zo goed ingepakt in een dikke jas en sjaal dat hij bijna niet te zien was. Heel even vroeg Tabitha zich af wie het was en toen werd ze overmand door emoties waar ze helemaal wee van werd. Ze zat naar zichzelf te kijken. Ze pakte de afstandsbediening en zette het beeld stil.

Ze keek naar de tijdcode: 08.11.44. Op dat moment, om elf minuten over acht op 21 december, was Stuart Rees nog thuis, in leven geweest, en was Tabitha Hardy naar de dorpswinkel gelopen om een pak melk te halen. Tabitha kreeg enorm de neiging om iets naar die vrouw te roepen, daar zo onbeweeglijk op straat, om te zeggen dat ze alles moest laten voor wat het was, terug naar huis moest gaan, haar auto moest instappen om het dorp uit te rijden, waar dan ook heen, als het maar weg was. Niet dat dat iets had uitgemaakt. Adviezen opvolgen was nooit haar sterkste kant geweest. Toen ze dichter bij de winkel kwam, zich er niet van bewust dat ze gezien werd, leek het alsof ze fronste en ergens diep over nadacht. Tabitha vroeg zich af wat het geweest kon zijn.

Bijna op precies hetzelfde moment dat Tabitha de winkel in verdween, kwam er iets enorms in beeld. De schoolbus was er. Ze zag een jongetje door een gebarsten busraampje kijken, zijn gezicht werd bekrast door de barstjes in het glas. De buschauffeur stapte uit en liep langs de camera de winkel in. Tabitha glimlachte flauwtjes, ondanks alles. Nu kwam de herinnering terug, al was het in kleine stukjes. Toen ze voor de melk in de rij had gestaan hadden de kinderen opgewonden staan kletsen. Het was de laatste dag voor de vakantie geweest – dat was het. Rob Coombe had een pakje sigaretten gekocht. Tabitha herinnerde zich dat het anders was dan vroeger. De sigarettenpakjes lagen niet gewoon los achter de toonbank. Terry, die achter de toonbank stond, moest een soort vitrinekast openmaken om ze te pakken. En er was toch nog iets? Wat ook alweer? Ze probeerde het zich te herinneren maar het was alsof ze een beeld probeerde vast te grijpen dat steeds in de laatste seconde verdween.

Ze wilde zichzelf achterna, de winkel in. Dus haalde ze de ene dvd uit de speler en verving hem door die met 8-9-UUR erop, van het stapeltje BINNEN. Ze drukte op PLAY. De binnencamera, die ze daar nooit had zien hangen, was kennelijk helemaal achter in de winkel geplaatst, bijna op plafondhoogte, en keek uit op de deur. Ze spoelde vooruit, zag onherkenbare figuren schokkerig de winkel in en uit lopen, tot ze vlak voor elf minuten over acht aankwam. Ze zag de achterkant van Terry's hoofd en ze zag Rob Coombe. De twee meisjes stonden aan één kant. Als een acteur die op het juiste moment het podium op komt kwam Tabitha de winkel binnen en ging achter Rob staan, bijna achter hem verstopt, al was nog wel duidelijk te zien dat ze een pyjamabroek onder haar jas aanhad. Toen kwam de buschauffeur binnen om zich bij de kleine rij aan te sluiten. Maar Tabitha bleef kijken naar de boer. Hij zag er chagrijnig uit en stond boos te gebaren. Dat was wat Tabitha zich had proberen te herinneren: waar was dat om geweest?

Nu draaide Rob Coombe zich om zodat alleen de achterkant van zijn hoofd te zien was. Tabitha zag heel even haar eigen vermoeide en ellendige gezicht, en achter haar de chauffeur. Ze keek of ze zichzelf zag praten, de woorden uitsprak die deel uitmaakten van de bewijsvoering tegen haar – maar toen ging Rob voor haar staan en verdwenen zij en de chauffeur uit beeld.

Tabitha probeerde zichzelf daar weer te plaatsen, in haar vormeloze kleren en pyjamabroek, duf van ellende, terwijl het buiten natte sneeuw regende. 'Stuart Rees is echt een smeerlap': had ze het zo gezegd? Of: 'Die Stuart, dat is pas een smeerlap.' Of zelfs: 'Die Stuart Rees, daar kan ik nog wel het een en ander over vertellen; wat een smeerlap...' Dat voelde niet alsof het klopte, maar goed, niets voelde nou eenmaal alsof het klopte. Of had de boer zich met een woedend gezicht naar haar omgedraaid en gezegd: 'Die smeerlap van een Stuart Rees'? Even hield ze alle versies vast in haar hoofd om ze vervolgens weer los te laten.

Rob Coombe vertrok met een krant en sigaretten; Tabitha noteerde de tijd. De twee meisjes vertrokken, waarschijnlijk om de bus te halen. Zelf kocht ze melk; ze zag haar lippen bewegen, haar hand muntjes aanreiken, haar ingepakte gestalte weer weggaan; ze schreef de exacte tijd op: 08.15.09. De buschauffeur kocht ook sigaretten en een reep chocola en ook hij ging toen naar buiten. De camera keek nu weer nergens naar.

Tabitha pakte de dvd BUITEN weer en ging verder op het punt waar ze was gebleven. Ze zag de bus stoppen, de chauffeur de winkel in gaan en toen Rob Coombe naar buiten komen en in zijn auto stappen. Ze zag zichzelf de winkel uit komen met het pak melk stevig tegen zich aan gedrukt en haar hoofd gebogen tegen de harde wind. Ze zag zichzelf achter de bus verdwijnen. Ze zag de chauffeur naar buiten komen. Ze wachtte ongeveer een halve minuut. Toen zag ze de bus vertrekken, het beeld uit rijden en was de bushalte weer verlaten. En nu keek de camera weer in alle rust nergens naar, terwijl de takken trilden in de zeewind.

Ze zag een paar vallende sneeuwvlokjes die langzaam overgingen in natte sneeuw.

Ze zag dat er niets gebeurde, op het tellertje boven in het scherm na dat de seconden en minuten aftikte. Ze stak de tweede dvd erin, 9-10 UUR. Ze overwoog hem door te spoelen tot er iets te zien was, maar het was op een vreemde manier hypnotisch om naar het scherm te kijken alsof ze daar weer was, terug op de dag die haar leven had verwoest. Ze bleef dan ook kijken naar het asfalt, de bushalte, het klif en de bladloze berk. Een vogel die op een tak neerstreek en weer wegvloog. Een dikke kat die langsliep.

Om 09.29.43 reed er een kleine auto langs, vanaf Stuart en Tabitha's kant van Okeham. Dat moest Laura Rees zijn. Ze schreef de tijd op.

Om 09.39.27 stopte er een wit busje bij de bushalte waar een man uit stapte, zwaargebouwd, met een pet tot ver over zijn voorhoofd getrokken en een sjaal over de onderkant van zijn gezicht. Hij ging de winkel in en kwam met een krant en een zakje chips weer naar buiten. Even kon Tabitha niet bedenken wie het was, maar toen wist ze het weer: de pakketbezorger die Stuart als laatste in levenden lijve had gezien, de moordenaar daargelaten.

Hij stapte weer in zijn busje en reed weg in de richting van Stuarts huis.

Tabitha bleef wachten terwijl de timer de minuten aftelde. Om 09.55.17 was hij terug, hij parkeerde zijn witte busje op dezelfde plek en liep naar de rechterkant van de camera. Even begreep ze het niet, toen herinnerde ze zich weer het cafeetje naast de winkel waarvan ze gehoord had dat het 's zomers stampvol zat en dat er dan scones, ijs, koffie en walnotentaart te krijgen waren, maar dat het er 's winters nagenoeg leeg bleef. Misschien was hij daar naar binnen gegaan. Er haakte zich iets vast in haar gedachten en ze probeerde het vast te houden, maar het was alweer weg.

Nu was ze bij de derde dvd, 10-11 UUR. Toen die nog maar net bezig was kwam de vertrouwde gestalte van dokter Mallon haastig langs de camera gelopen, met knokige, blote benen en opgeheven hoofd, ondanks het weer.

Om 10.10.19 kwamen er twee jonge vrouwen in beeld, allebei achter een buggy. Tabitha herkende hen: het waren tweelingzussen uit het dorp die getrouwd waren met nogal op elkaar lijkende mannen en allebei een klein kind hadden. Ze maakte een aantekening dat ook zij in het dorp waren geweest nadat de boom was omgewaaid, en keek net op tijd terug naar het scherm om de twee peuters te zien opkijken en naar iets in de lucht te zien wijzen. Een van de moeders verdween in de winkel terwijl de andere bij de buggy's bleef. Ze wreef in haar handen om ze warm te houden. Toen vertrok het groepje weer.

Tabitha werd een beetje duizelig van het kijken naar de korrelige beelden, maar toen verscheen Andy op het scherm. Hij had zijn werkkleding aan en droeg een grote stoffen tas. Hij liep naar de winkel; de tijd tikte voorbij; een paar minuten later was hij er weer en sloeg rechts af.

Mallon stoof langs, de andere kant op. Tabitha noteerde de tijd: nauwelijks lang genoeg om de huizen van Stuart en Tabitha en het stevige klif daarachter te bereiken, hoe hard hij ook gelopen had. Ze wist nog dat hij had gezegd haar gezien te hebben, en dat ze geagiteerd en verward was geweest. Dat moest tussen die twee tijdstippen in geweest zijn. Opnieuw stelde ze zich voor dat ze daar was, in de winderige kou, zout op haar huid. Ze had in zee gezwommen, haar haar was nat en haar vingers waren verdoofd. Wat had ze tegen hem gezegd? Wat had hij tegen haar gezegd? Er stond haar vaag bij dat ze hem gezien had, maar het was als een in dikke mist gehulde herinnering, die terugweek als ze hem probeerde te pakken.

Vlak na 10.20 kwamen de priester en haar hond, een golden retriever die Sukie heette, in beeld. Mel liet Sukie op de stoep zitten, stak haar vinger op om haar te sommeren daar te blijven en ging de winkel binnen. Ze kwam met een krant naar buiten en trof daar Shona, stevig ingepakt in een gewatteerd jack, wanten en regenlaarzen. Tabitha keek hoe de twee vrouwen pratend uit beeld liepen in de richting van Tabitha's huis, met Sukie tussen hen in. Bijna direct kwam Shona weer terug en ging de winkel binnen. Grofweg een minuut later liepen de priester en haar hond weer voorbij. Dat deden mensen in dorpen, dacht Tabitha. Die lieten hun hond uit, of zichzelf.

Tabitha schreef alle namen op. Ze wist wat er nu moest komen en ja hoor, om 10.34.33 reed er een grijze auto langs de camera. Stuart.

En om 10.40.22 kwam hij terug. Ze moest zich concentreren, want tussen nu en halfvier 's middags was hij vermoord. Ze stond op om een paar keer op en neer te springen, en ging toen weer zitten.

De pakketbezorger kwam naar buiten en ging in zijn busje zitten. Er gebeurde niets. Er reed geen auto langs – maar dat was logisch want die boom lag daar, dus de enige plek waar ze naartoe zouden kunnen rijden was het huis van Tabitha of Stuart. Er liep niemand anders voorbij.

De 11-12 UUR-dvd liet niets zien, behalve Mel die langsliep met haar hond, en de pakketbezorger die uit zijn busje stapte, in de richting van Tabitha's huis liep en een paar minuten later weer terugkwam.

Tabitha liep naar de deur en deed hem open. Mary Guy zat met uitgestrekte benen op een stoel in de gang, kauwgum kauwend voor zich uit te staren.

'Ik moet naar de wc,' zei Tabitha. 'En iets drinken.'

Mary Guy wees een kant op. Tabitha ging naar het toilet en dronk water uit de kraan. Wat ze echt wilde was een grote kop koffie, maar ze had niet het idee dat de bewaker in beweging zou komen. Ze had al ruim vier uur aan film zitten kijken. Wat voor nieuws was ze te weten gekomen?

Ze ging weer terug naar haar plek en nam voorovergebogen plaats, om met haar vingers op haar slapen in het niets te staren terwijl ze zichzelf dwong wakker te blijven.

Om 13.05 stapte de pakketbezorger zijn busje uit. Hij droeg geen muts en sjaal meer en Tabitha ving een glimp van zijn gezicht op. Hij keek niet ongeduldig, alleen gelaten. Hij ging de winkel binnen, of het café, en bleef daar.

Om 13.19.38 ging Shona de winkel binnen. Op de BINNEN-dvd was te zien dat ze een zakje chips en een blikje cola kocht. Ze had andere kleren aan: een wollen jas en enkellaarsjes. Wat had ze die dag gedaan, toen ze vastzat in Okeham?

Om 13.33.01 ging Rob Coombe de winkel binnen. De BINNEN-dvd liet zien dat hij broodjes kocht.

Tabitha fronste haar wenkbrauwen. Hij had om tien over acht zijn dochter bij de schoolbus afgezet en was weggereden, maar de boom was pas na halftien omgewaaid. Waarom was hij in Okeham gebleven? Alle anderen – de priester, Shona, Andy, dokter Mallon, de tweelingzussen, Luke, Terry zelf – woonden daar, maar Robs boerderij lag boven het dorp. Waar was hij al die tijd geweest? Ze maakte een aantekening en richtte haar aandacht weer op de camerabeelden.

De deur ging zachtjes open en de bibliothecaresse kwam binnen met een kop koffie en een schoteltje met twee zandkoekjes. Ze zette het voor Tabitha neer.

'Dank je wel!'

'Graag gedaan,' zei Galia op overdreven fluistertoon, en ze liep op haar tenen weer naar buiten.

Tabitha dronk een grote slok koffie, en toen nog een. Ze nam een grote hap koek. Het schemerde al, de witte schors van de berk gaf licht in het donker. Het begon weer te sneeuwen, de sneeuw smolt op de weg en ging algauw weer over in regen. En toen sloop er een dunne gestalte langs met een rugtas om. Ze spoelde terug; hij schoot naar achteren; ze drukte op PLAY en daar kwam hij weer. Luke Rees die het dorp om 13.57.49 binnenkwam. Dat kwam overeen met wat hij haar had verteld.

Ze zag de priester in een waterdichte jas het beeld in komen en toen weer verdwijnen. Een paar minuten later kwam ze weer terug. Mels dag leek te bestaan uit heen en weer wandelen door het dorp, met of zonder Sukie. Toen realiseerde ze zich dat dit het moment was waarover Mel had gezegd dat ze Tabitha helemaal over haar toeren was tegengekomen. Ze zette het apparaat op pauze en bleef naar het bevroren beeld van de priester kijken. Mel zei dat ze het over het nieuws hadden gehad: met name over een drone die kennelijk op Gatwick Airport was gespot, waardoor het vliegverkeer was stilgelegd. Dat deed een belletje rinkelen. Toch klopte ook hier iets niet aan, al kon ze niet bedenken wat.

Terwijl ze de koffie dronk en de koekjes opat bleef ze naar het statische beeld kijken. Een paar minuten later drukte ze weer op PLAY. Niets, niets, niets. Toen, om 15.34.44 reed Laura's auto langs de camera, op weg naar huis, wat betekende dat de omgewaaide boom was weggehaald. En ja hoor, de pakketbezorger stapte in zijn busje en reed weg.

Op dat punt werd de middag net een spiegelbeeld van de ochtend. Want nu kwam de schoolbus aangereden en toen hij wegreed stonden er kinderen op de stoep, met elkaar te stoeien, in waterplassen te stampen, uitgelaten omdat de kerstvakantie was begonnen. Er keek nu een ander jongetje uit het middelste raam.

Daar kwam Rob Coombe zijn dochter ophalen.

En nu, nu was het 16.24.12 en liep Andy door de regen langs de camera, nog steeds in zijn werkkleding en met zijn stoffen tas. Op weg naar Tabitha. Ze voelde zich misselijk worden en boog even voorover, met dichtgeknepen ogen.

Nu zou ze de dvd-speler uit moeten zetten, dacht ze. Niets van wat er hierna nog kwam was relevant. Stuart was dood; weldra zou Andy bij haar voor de deur staan, weldra zou hij de schuur in lopen, zich bukken en het lichaam vinden. Maar ze bleef kijken.

Als eerste kwam de politieauto, met zijn zwaailichten in de vallende duisternis. Toen de ambulance. Toen nog een politiewagen.

Maar een paar minuten later was alweer te zien hoe de priester doelbewust naar de winkel liep. Toen Shona, die bijna rende. De tweelingzussen met hun buggy's. Hun echtgenoten die, net thuis uit hun werk, niets van de ophef wilden missen. Die man in de rolstoel wiens naam ze niet meer wist. Pauline Leavitt, bijzonder snel ter been voor iemand die normaal gesproken met een stok liep. Iedereen kwam aangesneld omdat er iets aan de hand was en ze verzamelden zich als vliegen om een karkas.

Onwillekeurig deed Tabitha de BINNEN-dvd erin en ze spoelde hem vooruit om iedereen binnen te zien. Het wemelde van de opgewonden mensen in het kleine winkeltje. Het was net een feestje daarbinnen: een moordfeestje.

Ze haalde de dvd eruit en leunde naar achteren. Haar hoofd bonsde en haar mond was kurkdroog. Ze wilde niet kijken naar de politiewagen die terugkwam met haar erin. Ze bleef lang wachten, stond toen op en klopte op de deur. Mary Guy maakte hem open. Ze kauwde nog steeds op kauwgum.

'Ik ben wel klaar hier.'

35

Tabitha had niet geluncht maar had geen zin in avondeten. Haar maag draaide zich om bij de geur en aanblik van Dana's gehakt met aardappelpuree. Ze stelde zich voor dat ze een hap van een stevige, frisse appel nam of toast met een dun laagje Marmite at; een grote kop thee dronk – uit haar blauwe beker, dacht ze, die ze tien jaar geleden in Spanje had gekocht. Ze wilde, móést ergens ver weg zijn waar ze geen druk van mensen voelde. Ze stelde zich voor dat ze aan zee was, kilometers bij alles en iedereen vandaan met nog geen bootje aan de horizon, alleen het gekabbel van golven op kiezels, het dringende gekrijs van de meeuwen, de gure wind die over haar gezicht schuurde.

'Wat schrijf je?' vroeg Dana.

Tabitha keek op. 'Een nieuwe tijdlijn,' antwoordde ze.

'Tijdlijn waarvan?'

'Van de dag van de moord.'

'Mag ik eens kijken?'

Tabitha schoof opzij op het bed en samen bekeken ze wat ze had gemaakt. Dana bewoog haar lippen tijdens het lezen mee.

± 6.30: Wakker worden. Even blijven liggen (hoelang?). Voel me niet lekker.

± 7.30: Opstaan. Pap en thee maken. Geen melk.

08.11.34: Dorpswinkel in om melk te kopen. In pyjamabroek en kaplaarzen. Schoolbus komt langs. Rob Coombe en dochter. Ook nog twee meisjes, buschauffeur en Terry – getuigen?
08.15.09: Winkel weer uit, richting huis.
09.29.43: Laura's auto rijdt het dorp uit.
09.39.27: Pakketbezorger gaat dorpswinkel in, vertrekt weer. Rijdt weg in richting van Stuarts huis.
09.55.15: Pakketbezorger komt terug (laatste die Stuart heeft gezien?).
???: Zwemmen. Dr. Mallon tegengekomen.
10.09.14: Owen Mallon rent voorbij, in richting van Stuarts huis.
10.10.19: Tweeling komt bij dorpswinkel met hun peuters.
10.19.35: Owen Mallon rent terug de andere kant op.
10.22.51: Mel gaat winkel binnen en komt er weer uit.
10.23.46: Shona praat met priester buiten winkel; lopen samen richting Stuarts huis.
10.25.20: Shona terug en gaat winkel in.
10.30.32: Mel loopt voorbij.
10.34.33: Stuart rijdt dorp uit in zijn auto.
10.40.22: Stuart rijdt weer terug in richting van zijn huis (versperring door omgewaaide boom).
13.19.38: Shona naar dorpswinkel.
13.33.01: Rob Coombe naar dorpswinkel.
13.57.49: Luke komt aan in dorp. Klimt over boom (werkmannen aanwezig). Loopt naar zijn huis.
14.31.13: Priester loopt voorbij. (Zegt dat ze me rond deze tijd is tegengekomen en dat we over het nieuws hebben gepraat.)
15.34.44: Laura komt thuis. (Zegt dat Luke thuis en Stuart nergens te bekennen was.)
16.24.13: Andy op weg naar mijn huis.
16.30: Andy komt. Treft lichaam aan.

'Ik snap het niet,' zei Dana nadat ze het aandachtig had bekeken. 'Waarom moet je er naast de minuten ook de seconden bij zetten?'

'Dat hoeft niet,' zei Tabitha. 'Maar ik voel me er een beetje beter door. Alles is zo'n zootje, en zo lijkt het iets minder chaotisch. Zo te zien,' ging ze verder, somber starend naar wat ze had opgeschreven, 'ben ik niet veel wijzer geworden. Alles komt overeen met wat de politie zei. Behalve...' Ze zweeg.

'Behalve?'

'Ik weet niet. Ik heb het stomme gevoel dat ik als ik maar genoeg pieker iets ga vinden waaraan ik nu niet denk.' Ze schudde haar hoofd. 'Ik hou mezelf gewoon voor de gek.'

En hoe dan ook, dacht ze terwijl ze naar de wc ging, haar tanden poetste, haar pyjama aantrok en haar smalle bed in stapte, misschien had de politie het wel bij het rechte eind maar liet haar geheugen haar in de steek. Misschien wist ze het wel maar wilde ze het niet weten, kon ze zichzelf er niet toe zetten het zich te herinneren, en zat de vroegere Tabitha al die tijd dat ze mensen op de camerabeelden had zien komen en gaan verstopt in haar vervallen huisje, wachtend met een mes in haar hand tot Stuart bij haar langskwam.

Tabitha viel in slaap en had een onsamenhangende droom. Toen schoot ze wakker met een kleine, heldere gedachte. Owen Mallon had niet precies kunnen aangeven hoe laat hij Tabitha die ochtend na haar duik was tegengekomen, maar hij had wel gezegd dat hun gesprek was overstemd door helikopterlawaai. In gedachten spoelde ze de beelden door: die twee kinderen in hun buggy's hadden allebei omhoog gewezen. Dat moest het moment zijn geweest. Het had vast niets te betekenen, maar ze moest niet vergeten dat morgen in haar tijdlijn toe te voegen.

Hierna kon ze de slaap niet meer vatten. Er was nog iets geweest. Ze pijnigde haar hersenen maar kon het niet vinden. Boven haar kreunde Dana en draaide zich om. Buiten hoorde ze de regen vallen. Aprilbuien. Ze bedacht dat ze haar verweerschrift voor mei moest indienen. Wat was een verweerschrift eigenlijk? En wat was haar verweer? 'Het staat me niet bij dat ik het heb gedaan. Er staat me niets van bij. Het moet iemand anders zijn geweest, iemand die ook vastzat in het dorp...' Ze ging de namen af: Rob Coombe, Luke, dr. Mellon, Mel de priester, Shona, Andy... Ze moest Laura nog een keer spreken, en Shona. Ze moest Owen Mallon zien. Ze lag met open ogen naar het donker te staren, en het timertje in haar hoofd tikte door.

36

Tabitha had haast toen ze in het trapportaal bijna tegen Ingrid op botste. Ze probeerde haar te passeren, maar Ingrid begon over een meisje dat haar polsen had doorgesneden.

'Ze is naar het ziekenhuis gebracht,' zei ze. 'Dan weet je wel hoe laat het is. Gaan ze naar het ziekenhuis, dan moet er een fatsoenlijk verslag komen, dan wordt het officieel. Als ze hier kunnen worden opgelapt kan het nog worden weggemoffeld.'

'Wat ben je cynisch,' zei Tabitha.

'Gewoon realistisch.'

Tabitha maakte aanstalten om door te lopen 'Ik moet ervandoor. Ik heb bezoek.'

'Ik wou je nog even spreken,' zei Ingrid, die Tabitha bijna fysiek de doorgang versperde. Tabitha bleef staan, niet op haar gemak. Haar bezoek was Laura. Tabitha was er bijna van geschrokken toen ze ermee had ingestemd om nog eens te komen. Het idee dat ze te laat zou zijn en dat Laura dan misschien weg was was nagenoeg onverdraaglijk.

'Laten we het er later over hebben,' zei Tabitha.

'Later ben ik hier misschien niet meer. Mijn hoorzitting komt eraan.'

'Da's mooi, toch? Misschien krijg je wel voorwaardelijk.'

'Ik hoop het.'

'Maar dan ga je niet meteen de gevangenis uit, toch?'

'Nee, dan word ik eerst naar een open gevangenis verplaatst.' Ingrid glimlachte flauwtjes. 'Om me op het leven in de echte wereld voor te bereiden.'

'Dat is fantastisch,' zei Tabitha, die voorzichtig probeerde weg te komen. 'Echt, veel succes. Je hebt het verdiend.'

'Ik wou alleen maar zeggen dat ik het jammer vind dat ik je niet wat meer heb kunnen helpen.'

'Je hebt me meer geholpen dan de meeste andere mensen.'

'En je gaat dit echt doen?'

'Wat?'

'Jezelf verdedigen.'

'Daar ziet het wel naar uit.'

'Weet je zeker dat dat een goed idee is?'

'Verre van. Ik was niet eens in staat mijn advocaat te overtuigen en inmiddels denk ik ook niet in staat te zijn een jury te overtuigen. Klinkt als gekkenwerk.' Ze legde een hand op Ingrids arm. 'Ik moet nu echt weg maar, zoals ik al zei, veel succes.' Toen schoot haar iets te binnen. 'Ik heb niet veel vrienden daarbuiten. Als je me je nummer geeft kan ik je misschien een keertje bellen.'

'Natuurlijk,' zei Ingrid, en ze legde haar hand op die van Tabitha. Het was een gebaar dat naar medelijden riekte en dat stond Tabitha helemaal niet aan.

'Sorry, sorry, sorry,' zei Tabitha terwijl ze haastig plaatsnam tegenover Laura. Ze verwachtte dat Laura zou zeggen dat het niet uitmaakte of desnoods negatief commentaar zou leveren, maar ze gaf helemaal geen antwoord. Ze zag er bleker uit dan de vorige keer.

'Ik heb iedereen gewoon verteld dat ik bij je langsging,' zei ze. 'Ik wilde er geen geheim van maken.'

'Uiteraard niet. Fijn dat je kon komen.'

'Ik heb het Luke verteld en die was het er geloof ik niet mee eens, maar ja, die is het nooit eens met wat ik doe, en op de begrafenis heb ik het aan dokter Mallon verteld.' Ze zweeg. 'We hebben de begrafenis dus achter de rug.'

'De begrafenis,' zei Tabitha. 'O. Dat wist ik niet. Hoe was het?'

'Ergens was het wel aangenaam. Dat klinkt vreselijk, nietwaar?' Laura keek langs Tabitha heen terwijl ze praatte, alsof ze het had tegen iemand die achter haar stond. 'Er moet zoveel worden voorbereid en het is allemaal tamelijk ingewikkeld en met mensen praten wordt makkelijker omdat het over praktische zaken gaat. Niet over het feit dat Stuart dood is. De dag zelf was tamelijk ontspannen. Het was prettig om naar de liederen te luisteren.'

'Was de politie er ook?'

'Alleen inspecteur Dudley.'

'Die in dat pak, met het harde gezicht.'

'Hij draagt inderdaad mooie pakken. Zijn gezicht, daar laat ik me niet over uit. Hij was allervriendelijkst.'

Wat had Luke ook alweer over hem gezegd? O ja, dat hij deze zaak als een inkoppertje beschouwde. 'Hebben er veel mensen gesproken?' vroeg ze.

'De priester heeft kort iets gezegd.'

'Wat zei ze dan?'

'Och, je weet wel, hetzelfde als altijd. Ze zei dat hij het middelpunt van het dorp was. Dat hij mensen alert hield. Haarzelf incluis.'

'Wat bedoelde ze dáár nou mee?'

'Stuart had liever een wat traditionelere dienst, zoals je weet.'

'Je hebt me verteld over zijn brief aan de bisschop.'

'Nou, precies ja.'

'Wat zei Mel verder nog?'

'Gewoon hetzelfde als waar iedereen altijd mee aankomt. Ze zei dat hij de koe graag bij de hoorns vatte en geen geduld voor domme mensen had.'

'Dat heb ik wel vaker gehoord en ik weet nooit zo goed wat dat betekent. Het klinkt als boos worden op mensen die het niet hebben verdiend.'

'Volgens mij was hij niet per se boos.'

'Wat dan wel?'

'Volgens mij zag hij de zwaktes van mensen. Had hij daar een soort zesde zintuig voor.'

'Zag hij jóúw zwaktes?'

'Die van mij zijn niet zo moeilijk te zien,' zei Laura. 'Daar hoef je geen zesde zintuig voor te hebben.'

'Had hij geduld voor jóú?'

Toen Laura antwoord gaf klonk het alsof ze het tegen zichzelf had. 'Het huwelijk is een raar iets. Gek wat je degene aandoet van wie je eigenlijk zou moeten houden.'

Tabitha wist niet goed wat ze moest zeggen. Ze was niet gewend zo in vertrouwen te worden genomen. Laat staan door deze vrouw. 'Het hele dorp zal wel zijn uitgelopen.'

'Niet het hele.'

Eigenlijk wilde ze precies weten wie er waren geweest en wie niet, maar ze kon geen fatsoenlijke formulering voor die vraag bedenken. 'Dus dokter Mallon was er?'

'Ja.'

'Wat fijn,' zei Tabitha. 'Om je huisarts erbij te hebben.'

'Hij is onze huisarts niet. Niet meer, tenminste.'

'Bedoel je dat hij het ooit wel is geweest?'

'Dat doet er niet toe.'

'Weer een klachtenbrief?' vroeg Tabitha.

'Eigenlijk praat ik makkelijker met hem nu hij onze huisarts niet meer is. Ik praat met hem als vriend.'

'Vertelde je hem daarom dat je bij me langsging?'

'Ja.'

'En wat zei hij toen?'

'Volgens mij was hij verbaasd. Hij vroeg waarom ik dat zou willen.'

'Probeerde hij je op andere gedachten te brengen?'

'Nee. Hij hoopte alleen dat ik het om de juiste redenen deed.'

'Wat zouden de verkeerde redenen dan zijn?'

Laura dacht even na. 'Als ik verwachtte enige troost te putten uit een ontmoeting met jou.'

'En is dat zo?'

Toen Laura antwoord gaf was dat bedachtzaam, alsof zij zichzelf die vraag had gesteld in plaats van Tabitha. 'Waarom zou het me troost bieden om de vrouw aan te kijken die verdacht wordt van de moord op mijn man?'

'Zou het geen troost bieden om te weten wie je man heeft vermoord en waarom? Als ik Stuart had vermoord en dat aan jou toegaf, dan zou je alles op een rijtje kunnen krijgen. Maar ik heb het niet gedaan.'

'En dat moet ik geloven?'

'Het probleem is dat het in deze gevangenis wemelt van de mensen die beweren onschuldig te zijn en oneerlijk te worden behandeld. Verder is er het probleem dat maar een paar van hen de waarheid spreken.'

'Geloofde je advocaat je?'

'Volgens mij is het niet de bedoeling dat advocaten zich daarover uitlaten. Volgens mijn advocaat had de aanklager een sterke zaak. Volgens haar moest ik schuld bekennen en verzachtende omstandigheden opvoeren.'

'Dat je was misbruikt?'

'Dat had ze in gedachten, ja.'

Laura knikte. 'Want je bént ook misbruikt.'

'Sorry,' zei Tabitha na een geschokte stilte. 'Bedoel je dat als vraag?'

'Nee.'

'De vorige keer dat we elkaar zagen,' zei Tabitha, haar woorden op een goudschaaltje wegend, 'leek je er nogal zeker van dat ik verantwoordelijk was voor wat er op school was gebeurd. Je zei dat ik hem had overgehaald en dat hij in een moment van zwakte was gezwicht.'

'Ik weet wat ik heb gezegd.'

'Waarom ben je dan van gedachten veranderd?'

'Ik ben heus niet gek, hoor.'

'Natuurlijk niet.'

'Omschrijf jezelf eens als vijftienjarige.'

Nu keken de twee vrouwen elkaar strak aan; het was alsof de ruimte tussen hen in zich had geopend waardoor Tabitha het gevoel had dat ze enkel en alleen op dit moment alles kon zeggen, alles kon vragen, en dat Laura zou luisteren en antwoorden.

'Ik was klein,' zei ze en terwijl ze praatte zag ze zichzelf weer voor zich, met haar korte donkere haar en een beugel in haar mond, altijd met haar neus in de boeken omdat ze daar veilig was en de wereld haar toelachte. 'Dun. Geen borsten. Onaantrekkelijk. Niet populair. Ongelukkig. Onhandig. Best slim. Boos.'

Laura knikte alsof alles wat ze zei volkomen logisch was. 'Waarom zei je geen nee?'

'Hoe weet je dat ik dat niet heb gedaan?'

'Deed je dat wel dan?'

'Nee.'

'Waarom niet?'

'Dat weet ik zelf ook niet. Ik was vijftien, hij was mijn leraar. Ik wist het niet.'

'Wat wist je niet?'

'Ik wist helemaal niks.'

'Het is meer dan eens gebeurd, toch?'

'Ja.'

'Hoe vaak?'

'Een stuk of elf, twaalf keer.'

'En je hebt het niemand ooit verteld.'

'Nee.' Nu pas keek Tabitha weg, en fronste haar voorhoofd. 'Aan wie had ik het moeten vertellen?'

Even bleven ze zwijgend zitten. Toen zei Tabitha: 'Mag ik je een vraag stellen?'

'Wat voor vraag?'

'Hoe was de relatie tussen Luke en Stuart?'

'Dat weet je best. Hij is bij je langs geweest.'

'Ik zou jouw kijk erop graag horen.'

'Stuart kon een lastige vader zijn. Maar ja, Luke kon ook een lastige zoon zijn.'

'Waar uitte zich dat in?'

'In meningsverschillen. Luke had het idee dat hij niet aan zijn vaders verwachtingen voldeed.'

'Waarom had hij dat idee?'

'Omdat dat ook zo was.'

'Hij was dus boos op zijn vader?'

'Bij ons thuis was het een en al boosheid wat de klok sloeg,' zei Laura.

'Waarom was hij dan teruggekomen?'

'Het was Kerstmis. De tijd om met je familie door te brengen,' zei ze erachteraan, zo te zien zonder ironie.

'Ja, maar andere jaren was hij niet thuisgekomen voor de kerst, toch?'

'Van wie heb je dat?'

'Mensen uit het dorp. Nog voor dit allemaal gebeurd was.'

'Dat heeft er niets mee te maken.'

'Het komt gewoon wel heel toevallig over dat Stuarts vervreemde zoon net thuiskomt op de dag dat hij vermoord wordt.'

Laura's gezicht verstarde van woede. 'Je hebt het wel over mijn zoon.'

'Ik vraag het gewoon.'

'Is dat je plan? Met modder gooien? Verwarring zaaien?'

'Dat is meer iets voor advocaten. Ik wil gewoon de waarheid achterhalen.'

'Goed dan. Ik beantwoord de vraag wel die je niet durft te stellen. Luke zou nooit in staat zijn om zijn vader te vermoorden, het lichaam te verstoppen en er vervolgens over te liegen. Hij zou het niet kunnen.'

'Wat vreemd om het zo te verwoorden.'

'Hoe bedoel je?'

'Je zegt niet dat hij het niet gedaan heeft. Je zegt dat hij er niet toe in staat is, al zou hij het willen.'

'Dat komt op hetzelfde neer.' Ze boog naar voren. 'Luke heeft zijn vader niet vermoord, daar steek ik mijn hand voor in het vuur.'

'Omdat je zijn moeder bent?'

'Omdat ik het wéét.'

Allebei leunden ze achterover op hun stoel en Tabitha voelde de spanning uit Laura langzaam wegvloeien. Ze probeerde nog een vraag te bedenken. 'Kom je naar het proces?'

'Ik lever bewijs,' zei Laura.

'Waarover?'

'Ik weet niet of ik jou dat wel mag vertellen.'

'Volgens mij is dat geen probleem. Voor zover ik weet moet de aanklager me zijn zaak kenbaar maken. Het wordt pas een probleem als ik jou ga bedreigen of proberen te overtuigen om informatie voor je te houden.'

'Ga je me bedreigen?'

'Je hoeft het me niet te vertellen als je dat niet wilt.'

'Ik heb ze verteld hoe hij reageerde toen jij weer in Okeham kwam wonen,' zei Laura op vlakke toon.

'Hoe reageerde hij?'

'Hij was erg aangedaan. Hij zei dat hij een geest had gezien. Vervolgens stond hij erop dat we het huis te koop zouden zetten.'

'Vond je dat niet een beetje drastisch?'

'Hij was bang. Ik had hem nog nooit zo bang gezien.'

Tabitha bleef heel even zwijgend zitten. Ze kon zich niet indenken dat Stuart angst voor haar voelde. Onverschilligheid of minachting leken haar veel waarschijnlijker.

'Wat vond jij van het hele verhaal?'

'Ik had het hem al lang daarvoor vergeven,' zei Laura met een stem waar geen enkele emotie in doorklonk. Ze stond op om weg te gaan en Tabitha ging ook staan. Er was haar iets te binnen geschoten, iets wat ze nog moest vragen.

'Ik heb de camerabeelden van het dorp gezien, van de dag van de moord. Om halfelf reed Stuart het dorp uit. Zoals je weet lag er een boom op de weg en moest hij terug. Weet jij waar hij heen ging?'

'Nee.'

'Ik heb het bewijs van de aanklager bekeken. Er stond rond die tijd niks in zijn agenda. Had hij die dag iets waar hij elke week naartoe moest?'

'Nee.'

'Vind je dat niet vreemd?'

'Ik denk alleen maar dat als die boom niet was omgewaaid, hij misschien nog wel zou leven.'

'Dat is waar. Wat een gek idee.'

'En binnenkort is het proces.'

'Ja, dat ook.'

Terwijl ze al afscheid namen schoot Tabitha nog een laatste dingetje te binnen en ze wist niet of ze het wel hardop kon uitspreken maar deed het toen toch.

'Je hebt me niet verteld waarom je me kwam opzoeken.'

'Ik weet niet of ik dat zelf wel weet.'

'Volgens mij weet ik het wel. Volgens mij geloof je me als ik zeg dat ik je man niet heb vermoord.'

'Ik weet niet zo goed wat ik geloof,' zei Laura en toen draaide ze zich om, om langzaam tussen de tafels van de bezoekersruimte door weg te lopen.

Tabitha keek haar na en dacht aan wat ze echt niet hardop had durven uitspreken. Laura geloofde misschien wel dat Tabitha onschuldig was, ja; of misschien geloofde ze wel dat ze schuldig was en kon het haar niets schelen.

Of misschien wist ze iets over de moord op haar man. Of misschien was ze ergens bang voor.

37

Tabitha bleef haar tijdlijn maar doornemen, net zo lang tot ze hem uit haar hoofd kende. Het had bijna iets rustgevends. Ze kon op haar bed liggen, haar ogen dichtdoen en de film in haar hoofd afspelen, naar buiten gaan, de koude, winderige dag in Devon in, en de winkel binnenstappen. Terwijl ze hem steeds opnieuw afspeelde ontwikkelde hij zijn eigen ritme, als een muziekstuk: de schoolbus die 's ochtends aankwam en 's middags terugkeerde, het bestelbusje dat om 9.40 aankwam en om 15.20 weer wegging. Mel en Luke en dokter Mallon en Shona en al die anderen die alle kanten op liepen.

Tabitha creëerde verschillende scenario's in haar hoofd. Laura was die dag gemakshalve afwezig geweest, voor een afspraak met een mysterieuze cliënt die niet was komen opdagen. Had de politie hem al opgespoord? Daar moest ze nog achteraan. Maar Laura had ook niet kunnen weten dat die boom was omgewaaid. Dat had ze hoe dan ook niet kunnen voorzien.

Steeds weer kwam ze bij de beelden uit. De beelden. Ze stelden bijna niets voor en toch waren ze alles. Eén ding stond vast en dat bleef ze tegen zichzelf zeggen. Niemand kon naar Stuarts huis – of het hare – zonder door de beveiligingscamera te zijn gezien. Tenzij ze waren komen vliegen, of per luchtballon of boot waren gekomen. Daar waren uiteraard twee uitzonderingen op. Luke, die er net binnen de tijd dat het gebeurd kon zijn nog was geweest. En zijzelf, die er min of meer de hele tijd had gezeten. Dat hielp haar zaak ook niet bepaald.

Ze dacht terug aan haar gesprek met Laura. Was Laura niet honderd procent zeker het dorp uit geweest, dan had Tabitha haar verdacht. Toen herinnerde ze zich iemand anders, iemand die ze ook nog moest spreken. Dat afspreken was een traag proces. Het duurde dagen om iemands telefoonnummer op te zoeken, hem of haar te bellen en een afspraak te maken. Maar misschien was er in dit geval een snellere manier.

Jammer genoeg was Mary Guy de dienstdoende bewaker. Tabitha liep naar haar toe.

'Ik heb oorpijn,' zei ze. 'Misschien is het wel een ontsteking.'

Dat liet Mary Guy overduidelijk koud. 'Je weet waar je heen moet.'

'Ik ben een preventief gedetineerde. Ik heb recht op mijn eigen huisarts.'

De bewaker keek eerst verbijsterd en vervolgens kwaad. 'Waar heb je het over? Het is je oor maar. Ga gewoon even naar de verpleegster.'

'Vraag het maar na als je wilt. Ik heb het recht om door mijn eigen huisarts behandeld te worden. Maar als jij me gaat vertellen dat je daar niet aan meewerkt en wilt dat ik een officiële klacht indien, moet je me dat maar laten weten.'

Guy keek naar links en rechts om er zeker van te zijn dat niemand haar kon horen. Toen boog ze zich voorover en zei bijna fluisterend: 'Jij kunt maar beter worden vrijgesproken in die rechtszaak van je. Want als jij wordt veroordeeld zullen binnen de kortste keren een heleboel mensen zich tegen je hebben gekeerd. Als jij veroordeeld wordt...' Ze zweeg. 'O fuck, laten we er maar niet omheen draaien. Wannéér jij veroordeeld wordt, zul je ondervinden waar mensen vijf, tien, twintig jaar lang allemaal toe in staat zijn om het iemand betaald te zetten.'

Tabitha voelde in haar broekzak om er een afgescheurd stukje papier uit te halen.

'Dit is zijn naam,' zei ze. 'Laat hem weten dat het een oorontsteking is. Laat hem weten dat het misschien wel meningitis is.'

Guy griste het stukje papier weg. 'Krijg de tering,' zei ze.

38

'Ik zie niks,' zei dokter Mallon. 'Niets wat op een ontsteking duidt. Geen verkleuring.'

Ze bevonden zich niet in de bezoekersruimte. Tabitha was meegenomen naar een onderzoekskamer in de ziekenboeg. Nergens zag ze de gebruikelijke ziekenhuisattributen. Geen posters aan de muur. Geen instrumenten die je als wapen kon gebruiken. Er stonden twee gehavende stoelen en een onderzoekstafel. Mallon zelf droeg een verschoten grijs jasje, een marineblauw overhemd en een spijkerbroek.

'*Sod's law*, toch?' vroeg Tabitha. 'Zodra je naar de dokter gaat ben je ineens genezen.'

'Nou, ik kan bevestigen dat je geen meningitis hebt,' zei Mallon. 'Dat was toch je eigen diagnose? Meningitis omdat je oorpijn had? Dat zeiden ze aan de telefoon.'

'Ik heb alleen gezegd dat ik me daar zorgen om maakte.'

'Ze was niet erg over je te spreken.'

'We hebben een valse start gehad,' zei Tabitha. 'En daarna is het er niet beter op geworden.'

'Ze dacht dat je malingeerde. Malingeerde.' Hij zei het nog eens met een glimlach. 'Dat woord heb ik sinds mijn studie niet meer gehoord. Het noemen van meningitis zou natuurlijk een list kunnen zijn. Het dwingt de arts in zekere zin om je te onderzoeken, om een en ander uit te sluiten.'

'Het probleem met hier zitten,' zei Tabitha, 'is dat je je eigenlijk bijna continu ziek voelt.'

'Toen ze belde had ik ook iets anders kunnen zeggen.'

'Wat dan?'

'Dat ik eigenlijk jouw arts niet ben.'

'In zekere zin bent u mijn arts wel. U bent de arts in het dorp waar ik woon.'

'Ik heb een praktijk in de stad. Dat kun jij niet weten, want je woont pas een paar weken in ons dorp. Maar ik ben er nu. Wat kan ik voor je doen? Los van je niet-ontstoken oor onderzoeken?'

Tabitha begon een gesprek dat inmiddels bijna routine voor haar werd, waarin ze Mallon vertelde dat ze haar eigen verdediging voerde. Uit zijn antwoorden maakte ze langzaam maar zeker op dat hij het meeste al wist. Waar moesten ze het anders over hebben in Okeham? Toen vertelde ze hem over de beveiligingsbeelden.

'Daar heb ik u op gezien,' zei ze.

Hij keek enigszins verbaasd. 'Huh, mij?'

'Ja, u. U dacht er lekker helemaal uit te zijn door naar Okeham te verhuizen, maar ook wij dragen ons steentje bij aan de surveillancemaatschappij, namelijk vlak voor de dorpswinkel.'

'Ik wist niet eens dat er in Okeham een beveiligingscamera hing. En, deed ik iets interessants?'

'U was aan het hardlopen.'

'Daar is toch niks interessants aan. Ik ren iedere dag.'

'En ik ga zwemmen. Een korte duik. Dat is goed voor me. Mijn humeur knapt ervan op. Ik ga zwemmen, u gaat rennen; we zullen het wel om dezelfde reden doen.'

'Ik doe het om na te kunnen denken.'

'Dan doen we het niet om dezelfde reden. Ik doe het vooral om niet na te hoeven denken. Op die dag ging ik rond kwart voor tien zwemmen en op weg naar huis kwam ik u tegen.'

'Ja, daar heb ik een verklaring over afgelegd.'

'Die heb ik gelezen. Voor zover ik me herinner zei u dat ik er overstuur uitzag.'

'Dat was gewoon een indruk.'

'Waarschijnlijk rilde ik gewoon. Maar ik zal u niet tegenspreken. Er is me verteld dat ik de rechtsgang beter niet kan belemmeren.'

'Het zou jammer zijn als je in de problemen kwam,' zei Mallon op droge toon.

'Was dat een grapje?'

'Sorry, ik wil niet ongevoelig overkomen.' Mallon had al die tijd gestaan. Nu ging hij half op het uiteinde van de bank zitten. 'Dus, Tabitha, je had geen oorpijn en je hebt mijn bijzonder weinig informatieve verklaring voor de politie al gelezen. Wat was er nou zo belangrijk dat ik mijn praktijk er een middag voor heb moeten sluiten?'

'Waarom hebt u een middag vrij genomen om iemand te onderzoeken die niet eens patiënt bij u is?' vroeg Tabitha. 'Is het soms interessant om te komen kijken naar het onderwerp van gesprek in het dorp?'

'Als je me aan jouw kant probeert te krijgen, is dit wel een heel vreemde manier om dat te bewerkstelligen.'

'Bent u getuige voor de aanklager?'

'Ja.'

'Waarom?'

'Dat weet ik oprecht niet. Ik moest er gewoon voor zorgen dat ik beschikbaar was.'

'Daardoor wordt waarschijnlijk duidelijk dat ik in het dorp was en de juiste kant op liep.'

'Geen idee.'

'Wat vond u van Stuart Rees?'

Tot nu toe had Mallon er haast geamuseerd uitgezien. Nu schrok hij zichtbaar. 'Hoe bedoel je? Wat heeft dat er nou mee te maken?'

'Ik vraag het gewoon.'

'Ik weet niet waarom je zoiets aan mij zou vragen.'

'Het zit zo,' zei Tabitha. 'Toen ik helemaal in het begin nadacht over mijn situatie ging ik ervan uit dat die zo beroerd was vanwege een aantal factoren. Een daarvan was het feit dat er gedacht werd dat ik een motief voor de moord had. Ik was het' – Tabitha stak haar vingers op en maakte aanhalingstekens in de lucht – 'misbruikte kleine meisje. Mijn' – meer aanhalingstekens – 'onschuld was me ontnomen. En tegelijkertijd is degene tegen wie ik een wrok koester de populairste man van het dorp. Maar toen ging ik met mensen praten en nu lijk ik wel de enige die geen hekel aan hem had. Of in ieder geval, bijna iedereen blijkt nu een reden te hebben om hem niet te mogen. Maar dat wist u allemaal al. U hebt Laura gesproken. Of eigenlijk heeft Laura ú gesproken. Ze zei dat u heel behulpzaam was.'

'Daar kan ik niets over zeggen,' zei Mallon.

'Ging dat over iets medisch of over iets persoonlijks? Mensen bespreken toch van alles met hun arts?'

'Je kunt de vraag nog zo anders stellen, maar ik kan hem niet beantwoorden.'

Tabitha wist niet of hij gewoon professioneel was of dat ze een ongemakkelijk onderwerp had aangeroerd. 'U was zijn huisarts,' zei ze, 'en toen ineens niet meer.'

'Mensen wisselen aan de lopende band van arts.'

'Ja, toen ik in Londen woonde was het doodnormaal om van arts te wisselen. Maar in een dorp als Okeham staat van arts wisselen min of meer gelijk aan verhuizen. Alleen is je oude huis niet beledigd als je eruit trekt.'

'Dat was helemaal niet aan de hand. Ik was niet beledigd.'

'Ik heb Laura pas gesproken. Ze was hier op bezoek. Ze is niet iemand die wanhopig graag aardig gevonden wil worden, maar toch mocht ik haar wel.' Ze wachtte tot Mallon iets zou zeggen, maar dat deed hij niet, dus ging ze verder. 'Het verbaasde me dat ze zo over Stuart sprak. De doden worden meestal de hemel in geprezen, helemaal als ze nog maar net dood zijn. Maar Laura deed dat niet. De Stuart over wie zij het had was een moeilijke man, een beetje een onruststoker, een herrieschopper.'

'Ze is van streek.'

'En ik durf te wedden dat hij niet zomaar van arts is gewisseld. Ik durf te wedden dat hij iets van een klacht over u heeft ingediend.'

'Daar kan ik geen commentaar op geven.'

'Het klinkt ineens alsof u al in de rechtszaal staat.'

Mallon stond op en lachte kort. 'Ik kan alleen maar zeggen dat als iemand een schriftelijke klacht tegen je indient, je dat niet oplost door diegene te vermoorden.'

'Hij heeft dus een schriftelijke klacht tegen u ingediend?'

'Dat gebeurt aan de lopende band. Hoort bij het werk.'

Nu stond Tabitha ook op. 'Toen ze u hier naartoe brachten,' zei ze, 'en u de ene na de andere deur door leidden, de sloten met die grote, rammelende sleutelbossen open- en weer dichtdraaiden, voelde u zich toen een beetje opgesloten? Ook al wist u dat u weer naar huis mocht?'

'Ja, dat klopt.'

'Dat was vast geen lolletje...' Hij probeerde iets te zeggen maar ze snoerde hem de mond. 'Door een gesprek als dit voel ik me, los van waar het verder goed voor is, een heel klein beetje minder opgesloten, al is het maar een paar minuten. Misschien ruikt u gewoon naar de buitenwereld. Wellicht kunt u nog eens komen, in een dokterachtige hoedanigheid.'

'Wellicht,' zei hij.

Het leek Tabitha niet heel waarschijnlijk.

39

Tabitha vond het ongemakkelijk om Terry tegenover zich in de bezoekersruimte te zien zitten.

'Weet je, volgens mij heb ik jou nog nooit buiten de winkel gezien,' zei ze.

'Het is je hele leven, hè,' zei Terry opgewekt. 'Als je er geen lol aan beleeft moet je er niet aan beginnen. Omdat ik boven de winkel woon ga ik om zeven uur open en pas om halfzeven ben ik klaar. Je moet het leuk vinden. En je moet van mensen houden.'

Tabitha doorliep het ritueel van haar bedanken voor haar komst, maar Terry had het naar haar zin. Ze had zich opgedoft in een paars fluwelen jasje en een strakke groene blouse, en haar ogen brandden van nieuwsgierigheid.

'Ik heb naar je zitten kijken op de beveiligingsbeelden,' zei Tabitha.

'Weet ik, ik was erbij toen ze het allemaal kwamen weghalen. Nog een hele toestand.'

'Ik weet dus dat jíj het niet gedaan hebt,' zei Tabitha. 'De camera laat zien dat jij de hele dag daar was.'

'Ik mag al blij zijn met twee minuten pauze om te plassen,' zei Terry, die opnieuw hard moest lachen. Het klonk als een lach die was ontwikkeld om een dag in het dorp Okeham door te komen, met de groepjes luidruchtige kinderen die van en naar school gingen en de ouderen uit het dorp die om een praatje verlegen zaten als ze één aardappel kwamen kopen. Je kon het je niet veroorloven een klant kwijt te raken. Er waren er maar een stuk of honderd. 'Ik had nog iets voor je willen meebrengen,' vervolgde ze, 'maar iemand zei dat er niks mee naar binnen mag.'

'Maakt niet uit. Ik wou je alleen maar even spreken. Naar mijn idee ben jij degene die weet wat er allemaal speelt in het dorp.'

'Dat weet ik zo net niet, hoor. Ik probeer wel altijd even een babbeltje te maken als er iemand in de winkel langswipt.'

'Daar wilde ik je ook naar vragen. Toen ik de camerabeelden van de winkel op de ochtend van de moord bekeek, zag ik Rob Coombe met je praten. Kennelijk was hij ergens kwaad over. Hij stond druk te gebaren.'

'Dat zal inderdaad Rob zijn geweest.'

'Weet je nog wat hij zei?'

'Nee.'

Tabitha glimlachte, al had ze daar eigenlijk geen zin in.

'Dat klinkt wel heel stellig. Ik had verwacht dat je even zou moeten nadenken om het terug te halen.'

'De dagen lopen in elkaar over. Dat heb ik de politie ook verteld. In de winkel is het de hele dag een komen en gaan van dezelfde mensen. De rare snuiters, de onbekenden, die blijven me bij. Maar mijn vaste klanten niet. De dagen lopen in elkaar over; de járen lopen zelfs in elkaar over.'

Ze moest weer lachen. Tabitha wist dat Terry vorig jaar door haar man was verlaten. Het gerucht ging dat dat door de druk van de winkel kwam. Tabitha dacht eerder dat het kwam door de druk van het dagelijks moeten aanhoren van die lach.

'Goed, je weet het dus niet meer. Maar zou hij kwaad op Stuart Rees geweest kunnen zijn?'

Voor het eerst leek Terry even na te denken over wat ze moest antwoorden. 'Het hele idee van wonen in een dorp als Okeham is dat je net een familie bent. Je moet het met elkaar zien te rooien omdat je er allemaal samen woont, je ziet elkaar elke dag.'

'Ik weet dat Stuart een klacht over Melanie Coglan had ingediend. En hij had geloof ik ook een probleem met dokter Mallon.'

'Ik ga niets ten nadele van Stuart Rees zeggen,' zei Terry resoluut. 'Zo ben ik niet. En kwaadspreken over de doden doe ik sowieso niet. Ik zal alleen zeggen dat er niemand op zijn begrafenis was die daar niet per se hoefde te zijn.'

'Ben jíj geweest?'

'Ik moest wel. Dat hoort bij mijn werk.'

Tabitha begreep niet helemaal waarom het binnen de functieomschrijving van een dorpswinkelier viel om begrafenissen te bezoeken, maar dat liet ze maar gaan. 'Maar met Rob Coombe,' zei ze, 'was er niks specifieks.'

'Nee.' Er viel een stilte. 'Behalve dan dat stuk grond.'

'Dat stuk grond.'

'Ken je dat deel van zijn boerderij op het klif, dat over de baai uitkijkt?'

'Ik weet dat zijn boerderij daar staat.'

'Hij had een vergunning aangevraagd om daar vakantiehuisjes te bouwen. Dat zou zijn pensioenvoorziening worden. Toen werd dat ineens stopgezet. Er was bezwaar aangetekend.'

'Door Stuart?'

Nu kreeg Terry een afkeurende blik op haar gezicht. 'Dat werd wel beweerd. Ik zou het zelf nooit herhalen. Ik weet er niks van. Hij was gewoon iemand die overal een dikke vinger in de pap had, veel belang aan gemeenschap hechtte.' Ineens keek ze Tabitha geschrokken aan. 'Ik bedoelde niet... ik bedoel...'

'Maakt niet uit,' zei Tabitha. 'Iedereen zal inmiddels wel gehoord hebben over mijn...' Ze aarzelde heel even. 'Mijn geschiedenis met Stuart. Lang geleden.'

'Dat weet ik niet. Ik hou me niet met dat soort dingen bezig.'

'Geeft niet. Maar sommige dingen moeten je toch wel opvallen. Heb je die dag iemand gezien die er normaal gesproken niet was?

Ik zag dat de chauffeur van de schoolbus er tegelijk was met mij.'

'Sam,' zei Terry. 'Die komt elke ochtend even binnen om sigaretten te kopen. Ik vind die buschauffeurs altijd een beetje schimmig. Volgens mij zou de politie hem eens aan de tand moeten voelen.'

'Maar hij reed in de bus,' zei Tabitha.

'Dat klopt,' zei Terry, enigszins teleurgesteld.

'Misschien heeft hij iets gehoord.'

'Dat zou ik niet kunnen zeggen.'

'Kun je hem vragen of hij bij me langskomt? Ik zet hem wel op de lijst, dan kan hij komen wanneer hij wil. Maar graag zo snel mogelijk.'

'Ik zal het hem vragen.'

'Dan hebben we ook nog die pakketbezorger. Die heeft zijn pakje bij Stuart afgeleverd en kwam toen vast te zitten in het dorp.'

'Dat klopt. Een Pool. Arme stakker. Die heeft uren in het café gezeten. Daar zat hij koffie te drinken en toen heeft hij nog geluncht. De politie heeft hem helemaal doorgelicht. Polen, hè. Volkomen oneerlijk, natuurlijk.'

'Natuurlijk,' zei Tabitha. Toen bedacht ze iets. 'Als die pakketbezorger in het dorp vastzat, dan moet Rob Coombe ook hebben vastgezeten.'

'Denk het wel, ja.'

'Zat hij in het café?'

'Nee, daar zat hij niet. Dat was me wel bijgebleven, vanwege die Pool die er zat.'

'Waar was hij dan?'

'Zal wel bij iemand thuis zijn geweest. Het was er de dag niet naar om buiten rond te hangen.' Ze keek Tabitha argwanend aan. 'Waar doel je eigenlijk op?'

'Ik probeer alleen maar in kaart te brengen waar iedereen was die dag.'

'Vraag het hem anders gewoon.'

'Dat heb ik gedaan. Hij wil niet komen.'

'Wat een chagrijn is het toch.'

'Zou je iets voor me willen doen?'

'Natuurlijk.'

'Ik heb Shona proberen te bellen. Zij is een van de weinigen in het dorp met wie ik bevriend ben. Kun je haar vragen contact met me op te nemen?'

'Die is met vakantie.'

'Vakantie?'

'Naar de Canarische Eilanden, de bofkont. Een week. Ze kan nu elk moment terugkomen. Als ik haar zie zal ik het tegen haar zeggen.'

'O. Oké.' Tabitha bewaarde de moeilijke vragen altijd tot het eind. 'Terry, zou je nog één ding voor me willen doen?'

'Natuurlijk.'

'Jij weet meer over het dorp dan wie dan ook. Hoe wordt er over mij gedacht?'

Voor het eerst zag Terry er opgelaten, ongemakkelijk, ontwijkend uit. 'Ik weet niet zo goed wat ik daarop moet zeggen.'

'Je hoeft niet beleefd te zijn.' Tabitha lachte. 'Moet je me zien. Ik zit in de gevangenis. Erger dan dit kan het niet worden. Ik wil gewoon de waarheid weten.'

'Nou ja...' Terry aarzelde, haar blik schoot door de ruimte. 'Je bent erg op jezelf.'

'Ja.'

'Je bent niet echt aangepast. Je doet niet mee. Je weet toch hoe mensen zijn. Ze krijgen argwaan. Ze zien je niet als...' Ze leek naar woorden te zoeken. 'Een normale, zeg maar... je weet wel.'

'Ja, ik weet het.'

'Zoals die keer dat je op *Remembrance Day* geen klaproos wilde kopen?'

'Is dat zo?'

'Toen woonde je er nog maar net. Je bedoelde het vast niet verkeerd. Of toen Pauline Leavitt je toen ze je voor het eerst zag voor een jonge man hield en zich toen verontschuldigde, maar jij haar vroeg wat er mis mee was om op een man te lijken.'

'En?'

'Wat?'

'Wat is daar mis mee?'

'O, ik bedoel, als je het mij vraagt...'

'Laat maar, maakt niet uit. En denken ze dat ik het heb gedaan?'

'Nou ja, iedereen denkt er het zijne van.'

'En dat is?'

'Weet ik veel, dat de politie dit allemaal niet voor niks zou doen. Uiteraard denk ik er niet zo over.'

'Dank je wel, Terry. Interessant om je te spreken.'

'Interessant?' vroeg Terry. Even keek ze bedremmeld, alsof ze zojuist een film had gezien en nu te horen kreeg dat ze het beste deel gemist had.

40

Tabitha was altijd al dol op de lente geweest. In de gevangenis had ze de sneeuwklokjes gemist, de winterakonieten, de narcissen en de krokussen. Spoedig zou ze de laatste tulpen en wilde hyacinten die in de bossen boven Okeham groeiden gaan missen. En ook de vogels die hun nestjes bouwden, de zwaluwen die terugkeerden. Maar zelfs in de gevangenis liet de lente haar gezicht zien: de lucht achter haar celraampje was vaak blauw en de dagen werden langer. Vanuit de bibliotheek kon ze de bomen zien, vol bloesem en nieuwe blaadjes. En ze hoefde 's nachts geen extra T-shirts, truien en sokken meer aan.

In Crow Grange vertegenwoordigde de lente niet per se hoop. Een vrouw van vijftig die haar gewelddadige man had vermoord verhing zich; een vrouw van tweeëntwintig die drugs had gesmokkeld sneed zichzelf zo erg dat iedereen dacht dat ze dood zou gaan; Vera begon bewakers aan te vallen en stond soms op de gang haar kostbare vellen papier in piepkleine stukjes te scheuren, de tranen stromend over haar oude gezicht.

'Dat is niet best,' zei Michaela toen Tabitha haar dat vertelde. Ze kreeg een sombere uitdrukking op haar gelijkmatige gezicht.

'Maar jij ziet er wel goed uit.'

'Het gaat ook goed. Ik heb gedaan wat je vroeg.'

'Ben je bij Rob Coombe geweest?'

'Ja.'

'En heb je gezegd dat je journalist was?'

'Ja. Ik weet niet echt hoe journalisten zijn, maar ik weet wel dat ze er niet uitzien of klinken zoals ik.'

'Dus hij geloofde je niet?'

'Je had me helemaal niet verteld hoe mooi het daar is.'

Tabitha had Michaela in het algemeen nooit zoveel verteld. Ze hadden die weken zwijgend zij aan zij doorgebracht.

'Ach ja,' zei ze nu. 'Ik ben er blijkbaar aan gewend.'

'Ik bleef lang in de auto zitten, om te kijken.' Michaela's ogen waren donker en hadden een ondoorgrondelijke uitdrukking. 'Maar toen zag ik die boer van jou, boven op het klif tussen de modder en de machines.'

'Rob.'

'Da's niet bepaald een hartelijk type, hè? Ik had een notitieboekje en een pen gekocht en stapte de auto uit. Er stond zo'n sterke wind dat als je niet uitkeek je zo van het klif af werd geblazen. Ik klopte op de deur maar er deed niemand open, en toen zag ik hem vanuit zijn schuur naar me toe komen lopen. Ik zei dat ik journalist was en hij vroeg waar ik vandaan kwam en ik zei dat ik van de *Enquirer* was.'

Tabitha was er niet aan gewend om Michaela in volzinnen te horen spreken.

'Het ging goed. Hij vroeg niet naar mijn identiteitsbewijs, zelfs niet hoe ik heette. Ik zei dat ik bezig was aan een verhaal over de moord en toen zei hij dat ik moest oprotten.'

'Dat is 'm. Sorry daarvoor.'

'Daar reageerde ik niet op,' vervolgde Michaela rustig. 'Ik zei dat ik gehoord had dat hij beweerde dat jij Stuart had bedreigd en hij vroeg waar ik dat vandaan had. Ik zei dat ik dat niet kon vertellen, maar hem wilde vragen of het klopte.'

'En?'

'Hij zei dat ik van zijn land af moest. Toen kwam zijn vrouw thuis, die naast ons parkeerde en vroeg wat er aan de hand was. Ik zei dat ik een verslaggever was die hun wat vragen over de moord kwam stellen en toen keek ze die boer woedend aan, alsof het zijn schuld was dat ik er was. Toen wees ze naar mij en zei dat ik me op verboden terrein bevond.'

'En toen ben je vertrokken?'

'Ja. Ook al stond er een kiepauto van heb ik jou daar in de weg, waardoor ik daar onder hun toeziend oog moest blijven zitten.'

'Bedankt dat je het hebt geprobeerd.'

'Ga je me nog vragen of ik gelijk door naar huis ben gereden?'

'Ben je gelijk door naar huis gereden?'

'Nee. Ik ben je dorp in gegaan.'

'Okeham.'

'Ik heb mijn auto naast het hotel gezet en heb een beetje rondgelopen. Ik ben de dorpswinkel in gegaan en zei tegen de vrouw die daar werkte dat ik een verslaggever van de *Enquirer* was en zij was een stuk aardiger dan die boer.'

'Geloof ik onmiddellijk.'

'Ze vertelde dat het dorp een trauma had.' Er verschenen rimpels op haar voorhoofd. 'Ze zei dat ze haar naam liever niet genoemd zag, maar dat iedereen jou altijd al een beetje dubieus had gevonden.'

'Dubieus.'

'Volgens mij was dat het woord. Misschien was het schimmig.'

'Aha.' Tabitha vroeg zich af wat je beter kon zijn: schimmig of dubieus.

'Ze zei dat je niet echt deel was gaan uitmaken van de dorpsgemeenschap. Dat je rare mannenkleding droeg – nou ja, dat is ook wel zo.' En nu glimlachte Michaela naar haar, een brede en onverwachte lach die een afgebroken tand liet zien. 'En dat je ook niet van de gezellige praatjes was. Dat je alleen maar aan je huis werkte of in zee zwom terwijl niemand met ook maar een greintje gezond verstand dat 's winters deed, of in een donkere jas en met een boos gezicht door het dorp beende.'

'Ja, ja, duidelijk. Ze moesten me niet.'

'O, dat weet ik niet, hoor. Ze zijn er gewoon allemaal heel erg mee bezig. Ik vroeg of er iemand was die twijfelde aan je schuld.'

'En?'

'Ze zuchtte en zei dat de politie heel grondig was geweest en dat er tot haar grote spijt weinig twijfel mogelijk was. Toen vroeg ze of ik wist wat er zich vroeger heeft afgespeeld tussen jou en die gast die je vermoord zou hebben. Ik zei dat ik de grote lijnen wist. Ze ging zachter praten, leunde over de toonbank en werd heel spraakzaam.'

Er hing een lichtheid om Michaela heen die helemaal nieuw voor Tabitha was. Het is de vrijheid, dacht ze, en ze voelde een steek van pijn.

'Wat zei ze allemaal?'

'Dingen als dat je nooit kon weten wat er zich achter gesloten deuren afspeelde, iets met buitenstaanders of zo. Toen kwam de priester binnen en ze vertelde haar dat ik verslaggever was, en de priester zei dat niemand uit het dorp zou willen praten over iets wat zoveel verdriet had veroorzaakt. Toen zei ze dat ze wilde verklaren dat ze jou in haar hoedanigheid als geestelijke had bezocht of zoiets. Ze zei dat ze niet kon vertellen wat je tegen haar had gezegd maar dat ze wel dacht dat het je goed had gedaan om haar te zien.' Michaela hield haar hoofd schuin. 'Heeft het je goed gedaan?'

'Wat denk je zelf?'

'Dat dacht ik al. Die twee zaten zo naar me te glimlachen dat ik dacht dat hun kaken zouden breken. Ze bleven maar zeggen hoe erg het was en naar me glimlachen. Ze vroegen wanneer mijn artikel werd geplaatst. En ik zei dat ik dat niet wist. Toen ben ik naar jouw huis gelopen.'

'Waarom?'

'Na die hele reis wilde ik niet weg zonder het gezien te hebben. Ze wezen me aan welke kant het op was. Het is wel schattig, maar het ziet er niet echt bewoonbaar uit. Er stond een man de veranda te verven.'

'Andy.'

'Ik zei dat ik verslaggever was en hij zei dat hij niks te melden had. Maar wel op een beleefde manier, dus ik vond het niet erg.'

'Ja, hij is beleefd.'

'En dat was het.'

'Bedankt, Michaela. Ik ben je heel dankbaar.'

En dat was ze ook, al was ze feitelijk niets nieuws te weten gekomen. Toen schoot haar iets te binnen. 'Wat deed die kiepauto bij Rob? En je had het ook over machines.'

'Het is daar één modderig bouwterrein.'

'Wat wordt er gebouwd?'

'Huisjes misschien? Daar ging ik tenminste van uit.'

'Aha,' zei Tabitha.

Ze dacht terug aan Terry's woorden: *Hij had een vergunning aangevraagd om daar vakantiehuisjes te bouwen. Dat zou zijn pensioenvoorziening worden. Toen werd dat ineens stopgezet. Er was bezwaar aangetekend.*

Stuart.

41

De buschauffeur, Sam McBride, leek op het oog meer in de gevangenis thuis te horen dan veel van de echte gedetineerden. Hij was dun, had een ongezonde huidskleur die Tabitha deed denken aan veel binnen zitten, en rossig haar dat in een staartje zat. Hij droeg een legerjas en toen hij die uittrok en over de rug van de stoel hing zag Tabitha dat allebei zijn armen onder de tatoeages zaten. Hij deed haar denken aan een vos, vlug en waakzaam, zoals zijn bruine ogen heen en weer de ruimte door schoten.

'Bedankt voor je komst,' zei ze.

'Nou ja,' zei hij, met een verrassend lage stem. 'Ik weet niet of je wat aan me hebt.'

'Er is altijd een kleine kans. Ik heb de beveiligingsbeelden van die dag bekeken en jij was die ochtend om dezelfde tijd als ik in de winkel. Je kwam sigaretten kopen en ik stond voor je.'

'In je pyjama.' Er verscheen een glimlachje op zijn gezicht.

'Inderdaad. En ik vroeg me af of je je misschien iets herinnert.'

'Zoals?'

'Zoals, of ik misschien iets zei?'

'Weet je dat dan niet meer?'

'De man die voor me stond beweert dat ik iets beledigends over Stuart heb gezegd.'

'Dat is niet best.'

'Maar heb jij me gehoord?'

Hij liet zijn blik even op haar gezicht rusten. 'Er gaat geen lichtje branden.'

Tabitha zweeg. 'Herinner je je nog dat ik niets zei of herinner je je überhaupt niets?'

Hij keek haar onzeker aan. 'Geen idee. Als je had staan schreeuwen of pissig was geweest was me dat denk ik wel bijgebleven.'

Tabitha slaakte een zucht. 'Da's mooi, denk ik. Heb je Rob Coombe – dat was die man – iets horen zeggen? Op de beelden zag hij er kwaad uit. Ik wil weten waar hij zo kwaad over was.' Ze haalde diep adem. 'Om precies te zijn, wil ik graag weten of hij kwaad was op Stuart.'

'Aha,' zei de chauffeur langzaam. 'Daar ben je dus op uit.'

'Ik ben uit op de waarheid.'

'Ja ja. Je bent erop uit dat dat de waarheid is.'

Tabitha glimlachte, ook al voelde ze zich ontmoedigd. 'Reken maar,' zei ze. 'Er is een enorme muur aan bewijsmateriaal tegen me opgetrokken en daar wil ik graag een paar stenen uit trekken. Of wat losser wrikken.'

'Het spijt me dat ik niet meer voor je kan betekenen,' zei hij, en het leek alsof hij het meende. 'Maar meestal ga ik daar naar binnen om peuken of een blikje cola of zo te kopen, en dan let ik niet echt op wat er allemaal gebeurt. Nou je het zegt gaat er wel een lichtje branden, maar dat komt misschien alleen maar omdat jij erover begint, als je begrijpt wat ik bedoel.'

'Als ik je vroeg om voor me te getuigen, zou je dat dan doen?'

Er verscheen een flauwe, scheve glimlach op zijn gezicht. 'Je moet wel erg wanhopig zijn.'

'Dat kun je wel stellen.'

Hij bleef haar een paar tellen aankijken, terwijl hij nadacht. 'Als jij daar wat aan hebt.'

'En als je nog iets te binnen schiet, bijvoorbeeld dat de boer iets over Stuart riep, laat je het me weten.'

'Ja hoor.'

'Rij je elke dag op de schoolbus?'

'Ja. Vijf dagen per week, van halfzeven 's ochtends tot een uurtje of vijf 's middags; alleen is het na de schoolrit vooral oude mensen naar het buurthuis brengen en dat soort dingen.'

'Dus je kent de omgeving goed?'

'Niet bepaald. Ik ben pas in november naar Dormouth gekomen, vijf weken voor het gebeurde, dus ik heb dit baantje nog niet zo lang.' Voor ze haar volgende vraag kon stellen zei hij erachteraan: 'Ik heb in het leger gezeten en buschauffeur zijn...' Hij zweeg om even na te denken. 'Geeft rust. En de kinderen zijn leuk, over het algemeen.'

Haar tijd was zo kostbaar dat ze het gesprek weer naar 21 december stuurde. 'Staat je verder nog iets bij van die dag?'

'Hoe bedoel je?'

'Geen idee. Maar omdat je er 's ochtends en toen weer 's middags was vroeg ik me af of je iets gezien hebt wat je opviel.'

Hij dacht na. 'Die hardloper,' zei hij na een tijdje. 'Die rent altijd in zijn korte broek met blote benen, zelfs als het vriest. Volgens Terry van de winkel rent hij marathons. Waarschijnlijk gaat hij dat kustpad af dat langs het hele klif loopt. O, en er was een jongetje dat voor de bus op straat viel toen ik het dorp in reed, toen moest ik vol op de rem gaan staan. Ik weet dat dat op die dag was omdat er ijs op de weg lag. Misschien liep er een man met een tas. Zoiets, ik weet het niet meer allemaal precies.'

'Wat voor man? Wat voor tas?'

Hij schudde zijn hoofd. 'Weet ik niet. Het is waarschijnlijk niet eens waar. Of misschien was het op een andere ochtend. Ik zie hem weleens met zijn weekendtas door het dorp lopen.'

Andy, dacht ze.

'Verder brandden er kerstlichtjes in de ramen,' vervolgde de chauffeur. 'Er kwam rook uit de schoorstenen. En ik zag de priester met haar hond. Het lijkt wel of ik die twee altijd zie. Het is een leuke hond, niet zo'n mager mormel dat in je boodschappentas past. Je hebt hier niks aan, hè?'

'Dat weet ik niet. Heb je Stuart gezien?'

Hij schudde zijn hoofd. 'Niet dat ik me herinner.'

'Of zijn vrouw?'

'Ik geloof van niet.'

'Bedoel je dat het wel zou kunnen?'

Hij grijnsde kort. 'Verwacht er maar niet te veel van. Ik wist niet eens hoe ze eruitzag.'

'Kun je verder nog iets bedenken?'

'Het was gewoon een normale dag. En het was nog tamelijk donker.'

'Snap ik. Heb je iemand het dorp in zien komen toen je wegging?'

'In een auto, bedoel je?'

'Wat dan ook.'

'Geen idee. Een busje misschien.'

'Een busje.'

'Misschien, zei ik.'

'Ik weet dat ik me aan elke kleinigheid vastklamp, maar...' Ze zweeg en stak haar handen in een hulpeloos gebaar omhoog.

'Geen probleem.'

Tabitha verzonk in een diepe concentratie en dacht aan de camerabeelden. Toen realiseerde ze zich dat deze informatie er grotendeels helemaal niet toe deed: Stuart had nog ruim twee uur geleefd nadat de bus uit Okeham was vertrokken. Er bekroop haar een mistroostig gevoel. Ze probeerde het te onderdrukken en te bedenken of er niet nog iets was waar ze eventueel wat aan had.

'En Rob Coombe?' vroeg ze na een tijdje.

'Ik heb je verteld wat ik me wel en niet herinner.'

'Nee, ik bedoel of je hem daarna nog hebt gezien? Hij is het dorp niet uit geweest.'

'Misschien zat hij bij zijn vriendin.'

'Pardon?'

'Die leuke verpleegster.'

Tabitha leunde voorover en greep de tafel vast. 'Verpleegster?' vroeg ze.

'Volgens mij is ze verpleegster. Ik heb haar weleens in haar uniform gezien.'

'Heeft Rob Coombe een verhouding met haar?'

'Ik ben de buschauffeur maar. Maar soms rijdt hij, na zijn kind bij de bus te hebben afgezet, verder het dorp in, waar hij dan parkeert en naar haar huis loopt.'

'Hoe weet je dat het haar huis is?'

'Ik heb haar een keer de deur voor hem zien opendoen. Ik moest de bus een keer stilzetten toen ik het dorp uit reed omdat een van de kinderen niet wou gaan zitten en toen zag ik haar. Ik zit best hoog, dus ik heb een goed uitzicht.'

'Aha,' zei ze.

Er was maar één verpleegster in Okeham.

Toen hij weg was ging Tabitha voorovergebogen zitten, met haar kin in haar handen en haar ogen halfdicht. Rob en Shona, Shona en Rob. Had dat iets te betekenen? En zo ja, wat dan?

42

Ze ging met opgetrokken benen op haar bed zitten en bladerde haar notitieboek door. Dat stond nu al halfvol met lijstjes en tijdlijnen en gedachten, kaarten en taken, allemaal in haar pietepeuterige handschrift.

Ze bekeek de kaart aandachtig, tekende nog een bootje in de zee, werkte het klif wat netter af. Ze zette een autootje op de lus, en een kale boom op de kruising met het pad dat naar Stuarts huis en het hare liep.

Ze werkte de aantekeningen van haar gesprekken met Terry, Laura, dokter Mallon en de buschauffeur uit. Ze schreef op wat Michaela haar had verteld. Toen bekeek ze de lijst van mensen die op 21 december hadden vastgezeten in het dorp. Pauline Leavitt kon er toch wel af, die oude dame van in de tachtig die af en toe met een stok liep? En die man in een rolstoel, die de oprit niet eens op zou komen met al die kuilen en hobbels. En de twee zussen met hun peuters waarschijnlijk ook. Dan was er nog Terry, die de hele dag in Okeham was geweest maar de winkel niet had verlaten.

Dan bleven over: Shona – en ze dacht terug aan wat de buschauffeur over Shona had gezegd; Rob, met zijn vakantiehuisjes waar Stuart een stokje voor had proberen te steken; dokter Mallon, die door Laura in vertrouwen was genomen en bij wie Stuart uit de praktijk was weggegaan. Dan was er nog Mel de priester, die ruzie met Stuart had gehad, en over wie Stuart een klacht bij de bisschop had ingediend. Andy, die tegen de politie had verteld dat ze had willen voorkomen dat hij het lichaam zou vinden. Luke Rees, die door zijn vader was getiranniseerd en beschermend jegens zijn moeder was.

Tabitha dacht aan Laura, zo boos achter die op-en-top Engelse gereserveerdheid, zo eenzaam. Maar zij was die dag weg geweest, met haar misgelopen afspraak. Opnieuw dacht Tabitha na over zowel Laura's mislukte afspraak als Stuarts poging om het dorp uit te komen. Waar was hij naar op weg geweest?

En natuurlijk was ze er zelf de hele dag geweest. Ze tikte even met de pen naast haar eigen naam.

Ze zette de namen in een cirkel met Stuarts naam in het midden en trok vervolgens pijlen om ze met elkaar te verbinden; iedereen behalve Terry en Andy hadden er een die hen aan Stuart verbond. Toen verbond ze Shona aan Rob Coombe, zichzelf aan Andy, omdat hij haar enige echte vriend was in het dorp. Ze beet op de dop van haar pen. Was zij ook aan Shona verbonden omdat ze met haar op school had gezeten? En had iedereen Owen Mallon als huisarts, en was dat ook maar in de verste verte relevant?

Waar sloeg dit stomme diagram überhaupt eigenlijk op?

Ze zette er een streep doorheen, sloeg het boek dicht en ging op bed liggen. Ze deed haar ogen dicht, en de korrelige film speelde zich weer af in haar hoofd, gestaltes die het beeld in en uit liepen terwijl de kale berk wiegde in de wind en de natte sneeuw omlaag viel.

43

'Wat zie je er goed uit,' zei Tabitha.

Shona straalde van haar weekje Canarische Eilanden. Ze was bruin geworden, had nieuwe sproetjes op haar neus en lichte, koperkleurige strepen in haar kastanjebruine haar. Ze droeg een tot aan haar ellebogen opgerolde gele trui, en het leek alsof ze de zon mee de kleurloze bezoekersruimte in nam. Tabitha, die in haar groezelige grijze trui en spijkerbroek tegenover haar zat, voelde een steek van jaloezie.

'Ik moest er even uit.'

'Vertel mij wat,' zei Tabitha. 'Ben je alleen gegaan?'

'Nee, met Jules – Jules Perry. Ken je haar nog van school?'

Tabitha kende haar nog wel, jammer genoeg. Groot, langbenig en gemeen. Ze deed een poging tot een glimlach maar haar mond voelde stijf. 'Die kwam denk ik op school toen ik er net af was,' zei ze. 'Ik heb er maar tot mijn zestiende op gezeten.'

'Ze woont tegenwoordig in Nottingham, ik zie haar dus niet meer zoveel. We hebben ontzettend gelachen, herinneringen aan vroeger opgehaald.'

'Mooi.'

'En de zon, o god, de zon heb ik opgezógen. Al is het hier nu ook lente.' Ineens kreeg ze een schuldbewuste blik. 'Sorry, Tab.' (*Tab?* dacht Tabitha.) 'Moet je mij nou toch horen ratelen over vakanties en lente, terwijl jij hier al die tijd vastzit. Hoe is het met jou?'

'Gaat wel.'

'Ik bedoel, hoe is het nou écht met je?'

Ineens merkte Tabitha dat ze er geen zin in had om Shona te vertellen hoe het 'echt' met haar ging. 'Ik werk aan mijn verweer.'

'Hoe gaat het daarmee?'

'Het voelt alsof mijn tijd opraakt. Eerst leek het alsof ik een eeuwigheid de tijd had, de weken strekten zich voor me uit, en nu raakt mijn tijd op. Mijn proces is op 3 juni en we zitten al bijna in mei.'

Shona knikte. 'Zeg me hoe ik je kan helpen,' zei ze. 'Het voelt alsof ik nauwelijks iets voor je heb gedaan. Wil je het samen doornemen?'

'Niet echt.'

'Heb je hierbinnen iets nodig?'

'Ik laat het je wel weten als het zover is.' Tabitha zweeg. 'Ik wou het eigenlijk ergens anders over hebben. Ik probeer na te gaan wat iedereen deed die die dag in het dorp was.'

'Hoezo?'

Tabitha moest er niet aan denken de hele zaak weer met Shona te moeten doornemen. 'Misschien dat het helpt. Waar was jij bijvoorbeeld de hele dag?'

'Ik?'

'Ja. Ik probeer de puzzel zeg maar in elkaar te passen,' zei Tabitha.

'O.'

'Dus, waar was je?'

'Thuis. Ik bedoel, ik ben geloof ik naar de winkel geweest.'

'Ja, dat klopt. Twee keer.'

'Pardon?'

'Ik heb je op de beveiligingsbeelden gezien.'

Sharon leek van haar stuk gebracht. Ze lachte eventjes. 'Dan wist je het dus al.'

'Maar je bent buiten die twee keer niet je huis uit geweest?'

'Waarom zou ik? Het was rotweer.'

'Was het een werkdag?'

'Ja, ik had dienst. Twee van mijn moeders waren over tijd, een van hen al negen dagen. Maar ik zat natuurlijk vast. Het was wel lekker eigenlijk, een onverwachte vrije dag. Net als vroeger, als het zo hard gesneeuwd had dat we niet naar school konden, weet je nog?'

'En wat heb je gedaan?'

'Niet zoveel. Hoezo?'

Tabitha bleef wachten.

'Gewoon wat aangerommeld. Ik ben in bad gegaan – een bad midden op de dag, heerlijk. Lunch gemaakt. Online tijd verspild.'

'Heb je iemand gezien?'

'Los van toen ik naar de winkel ging, bedoel je? Niemand.'

'Niemand?'

'Nee.'

'Echt niet?'

'Wat is dit?'

'Heb je Rob Coombe gezien?'

Shona kreeg een blanco uitdrukking op haar gezicht. 'Hoe bedoel je?' vroeg ze na een tijdje.

'Het kan me eerlijk waar niet schelen wat jij in je persoonlijke leven uitvoert. Ik wil alleen maar weten of hij bij jou was.'

'Waarom zou hij bij mij zijn?'

'Nou, was hij bij jou?'

'Wie heeft er lopen roddelen?' vroeg Shona. Ze liep rood aan.

'Dat maakt allemaal niet uit,' zei Tabitha. 'Maar als hij bij jou was dan moet ik dat weten.'

'Tijd om te gaan, geloof ik.'

'Moet je horen, Shona, het maakt me geen zak uit wie het met wie doet, wie met wie vreemdgaat, het maakt me alleen maar uit waar hij was en waar jij was op die dag.'

'Heb je Andy iets verteld over deze roddel?'

'Wat heeft Andy ermee te maken?'

'Niks. Sorry. Ik ben alleen... ach, laat ook maar. Ik ben hier eerlijk gezegd een beetje door van mijn stuk gebracht, en we zijn vriendinnen maar ineens praat je helemaal niet als een vriendin tegen me.' Shona's bruine ogen keken haar verwijtend aan.

'Je hebt het me nog steeds niet verteld.'

'Het was gewoon een scharrel, nadat het uit was met Paul. Ik lag een beetje overhoop en Rob was aardig voor me. Het was nooit mijn bedoeling dat er iets zou gebeuren en ik wil echt niet dat het hele dorp het straks weet. Het is allang voorbij en het heeft nergens wat mee te maken.'

'En? Was hij er?'

Shona schoof heen en weer op haar stoel. 'Misschien,' zei ze uiteindelijk.

44

Het voelde bijna alsof ze werd vrijgelaten. Mary Guy haalde haar op uit haar cel en leidde haar vier deuren door. Tabitha zou nooit wennen aan het omslachtige open- en dichtdraaien van sloten, het gerammel van de sleutels, maar deze keer namen ze een andere route en moest ze net als iedere andere bezoeker tekenen bij vertrek. Knipperend tegen het licht liep ze naar buiten, het parkeerterrein op dat voor de grote victoriaanse poort lag. Ze keek om zich heen, maar er stond alleen een donkerzilverkleurige sedan met een man van middelbare leeftijd achter het stuur die op zijn telefoon zat te kijken.

'Waar is het busje?' vroeg ze.

'Niet beschikbaar,' zei Mary Guy. 'We nemen een taxi.'

Ze gingen allebei achterin zitten en de auto reed weg. Tabitha keek uit het raam. Alles wat ze zag leek uit een droom te komen: een vrouw achter een buggy, een man en een vrouw die stonden te roken op de stoep voor hun kantoor, een stel stoeiende en lachende pubers in schooluniform. Allemaal volstrekt alledaags en vertrouwd en toch had ze het gevoel alsof ze als een geest aan hen voorbijtrok.

'Zal wel raar zijn,' zei de chauffeur zonder om te kijken. 'Werken in de gevangenis.'

Tabitha wierp een vluchtige blik op Mary Guy, die niet reageerde. Kennelijk was de chauffeur niet verteld dat zij een gedetineerde was. Tabitha voelde de verleiding het tegen hem te zeggen, alleen maar om zijn geschokte blik te kunnen zien. Maar ze deed het niet. Ineens wilde ze deze paar momenten waarin ze als een normale persoon werd behandeld koesteren.

'Ja,' zei ze. 'Het is best raar.'

'Is vast heel anders dan in de film.'

'Nee hoor,' zei Tabitha. 'Niet echt.'

'Douches en visitaties,' zei de chauffeur.

Tabitha kon hem zien grijnzen in de achteruitkijkspiegel. Ze voelde sterk de neiging iets te zeggen of zelfs te doen. Het was het misschien zelfs wel waard om hier ruzie met hem over te zoeken. Misschien zette hij dan uiteindelijk wel de auto stil om hen eruit te gooien. Wat zou Mary Guy dan doen? Met tegenzin hield ze haar mond. Ze gingen het fysieke bewijs dat de politie had bekijken. Ze had er als onderdeel van haar verweer recht op dat onder de loep te nemen maar als ze een scène ging schoppen was Mary Guy maar al te goed in staat het haar heel moeilijk te maken. Ze zou iets kunnen zeggen over 'veiligheidsrisico's' en rechtsomkeert maken naar Crow Grange.

De chauffeur begon een uitgebreid verhaal over een dramaserie op tv over een vrouwengevangenis, maar Tabitha verzonk in gedachten en zijn stem werd een rustgevend gebrom op de achtergrond, zoals de ruisende wind of een radio in een andere kamer. Alles was zo interessant. De meest saaie dingen – andere automobilisten, nu en dan een fietser, mannen in het geel die naar een gat in de weg stonden te kijken – kwamen haar magisch voor, fris en glanzend. Ze probeerde ze in haar geheugen op te slaan, iets wat ze als smokkelwaar mee terug de cel in kon nemen.

Langs autoshowrooms, meubelzaken, een tuincentrum en een doe-het-zelfzaak reden ze naar de rand van de stad.

'Kunnen we niet ergens in de buurt parkeren?' vroeg Tabitha. 'Een stukje wandelen?'

Mary Guy keek op haar horloge. 'We zijn al vijf minuten te laat. En hoe dan ook is het antwoord nee.'

De taxi parkeerde op het terrein voor een grote gele meubelopslagplaats: UW BOEDELOPSLAG, DAG EN NACHT! stond er op het grote, zwierige logo aan de voorkant. Naast het logo hing een foto van een vrolijke, blozende man in overall, die breed glimlachend met een reusachtige sleutel zwaaide.

'Zitten we hier wel goed?' vroeg Tabitha.

Mary Guy stapte uit, dus liep Tabitha achter haar aan, nog steeds in de veronderstelling dat er een vergissing in het spel was.

'Het is een depot,' zei Mary Guy.

'Dat zie ik ook wel. Ik dacht alleen dat we naar een politiebureau of een overheidsinstantie zouden gaan.'

De taxi reed weg en Tabitha keek om zich heen. Er stond een jonge vrouw op de trap met een klembord in haar hand. Ze was zakelijk gekleed, in een conservatieve marineblauwe broek, witte blouse en zwarte schoenen. Tabitha vond haar nog het meest weg hebben van een makelaar. Ze deed een stap naar voren en leek niet helemaal op haar gemak, en ineens heel jong.

'Bent u de... u weet wel, de eh...?'

Mary Guy liet haar pasje en een getypte brief zien. De vrouw zocht op het klembord naar haar naam.

'U moet op de tweede verdieping zijn,' zei ze. 'Het is wel een eindje lopen, ben ik bang.'

Tabitha keek de vrouw nieuwsgierig aan toen ze naar binnen werden geleid en een stenen trap op liepen. 'Bent u van de politie?' vroeg ze.

'O, nee hoor,' zei de vrouw, met een licht verschrikte blik. 'Wij, ik bedoel Sunburst, het bedrijf waarvoor ik werk, levert allerlei diensten aan de politie. Catering, logistiek, opslag zoals hier.'

'Zijn jullie hier de eigenaar van?'

'Nee hoor, nee. Wij huren het en regelen het transport en zo.'

Ze kwamen aan op de tweede verdieping en liepen langs een

reeks ruimtes, allemaal afgesloten met een traliehek. Tabitha zag stapels meubels, hutkoffers, een piano, een roeiapparaat, fragmenten uit mensenlevens, de spullen die ze even konden missen maar niet weg konden doen. De vrouw keek op haar klembord. 'Twee streepje negenentwintig,' zei ze. 'We zijn er.'

Tabitha keek door de tralies. Drie muren hingen vol met heel eenvoudige planken. Op die planken lagen spullen en op de vloer allerlei stapeltjes. De vrouw opende het hangslot en deed de deur open die zelf ook uit zwaar traliewerk bestond. Met zijn drieën gingen ze naar binnen. Tabitha keek om zich heen.

'Wat een hoop spullen,' zei ze.

De vrouw keek op haar klembord. 'Volgens mij ligt daar het materiaal dat met uw zaak te maken heeft.' Ze gebaarde naar de linkerkant. 'Alles is gelabeld met het referentienummer.' Ze las het nummer op van het klembord.

'Wacht even,' zei Tabitha. Ze haalde haar notitieboekje uit haar zak en vroeg de vrouw het nummer opnieuw op te lezen zodat ze het kon opschrijven.

'En elk bewijsstuk heeft nog een apart eigen nummer.'

'Zoiets als "Bewijsstuk A"?' vroeg Tabitha.

'Ik geloof dat ze genummerd zijn.'

'Hoe mag ik je noemen?'

'Kira.'

Tabitha keek nog een keer om zich heen.

'Goed, Kira,' zei ze, 'als mijn spullen hier liggen' – ze wees naar links – 'dan ligt verder overal andermans zooi.'

'Ja.'

'Dus er komen hier ook andere mensen binnen,' zei Tabitha. 'Mensen die met een andere zaak te maken hebben.'

'Zo nu en dan.'

'Moet dit bewijs niet beschermd worden?'

Kira leek steeds minder op haar gemak. 'Het wórdt ook beschermd.'

'Maar je zei toch net dat er hier ook mensen komen die niks met de zaak te maken hebben?'

'Ja, maar dat zijn vooral politiemensen en advocaten.'

'Die kunnen dingen aanraken. Ze kunnen de verkeerde dingen oprapen. Ze kunnen ze per ongeluk verwisselen.'

Kira giechelde nerveus en haar ogen schoten heen en weer tussen Tabitha en Mary Guy. 'Maar dat zouden ze nooit doen.'

'Wie ziet daarop toe?' vroeg Tabitha. 'Andere politiemensen?' Ze dacht even na. 'Heb je een visitekaartje?'

'Hoe bedoel je?'

'Misschien wil ik nog contact met je opnemen,' zei Tabitha. 'Voor de rechtszaak. Alleen maar om wat vragen over opslag en veiligheid te stellen. En over wat je zoal doet.'

Kira rommelde in haar tas en haalde een kaartje tevoorschijn.

'Laat haar niet onder je huid kruipen,' zei Mary Guy tegen Kira.

'Ik vraag alleen maar om haar kaartje,' zei Tabitha, terwijl ze het aannam.

'Schiet nou maar op,' zei Mary Guy. 'Anders heb je geen tijd meer.'

Er was geen plek om te zitten, geen bureau. Kira en Mary Guy bleven ongemakkelijk aan de kant staan terwijl Tabitha een ruwe inschatting maakte van wat er lag opgeslagen. Het was voornamelijk de inhoud van haar schuur, de schuur die ze steeds had willen leegruimen. Nou, nu was hij leeggeruimd en de inhoud was hier gestald als bewijs tegen haar. Ze liep langs de houten plank. Ze zag haar keukenmessen, gewikkeld in een stuk plastic, op een rijtje neergelegd. Ze pakte haar broodmes en bekeek het aandachtig. Ze keek om zich heen. De twee andere vrouwen stonden allebei op hun telefoon te kijken.

Ineens kreeg ze een huivering- en duizelingwekkend idee. Ze zou het bewijsstuknummer van dit mes snel kunnen opschrijven. Ze kon het label eraf halen, het verstoppen, doorslikken, wat dan ook. Dan kon ze het mes bij het bewijs van een andere zaak verstoppen aan de andere kant van de ruimte. Ze zou er tijdens de zitting naar kunnen vragen. Ze zou kunnen beweren dat het uiterst belangrijk bewijs voor haar zaak was. En dan zou het mes weg zijn, of zonder label worden teruggevonden.

'Wat is dit voor zaak?' zou ze dan zeggen. 'Als dit is gebeurd, wat voor fouten zijn er dan nog meer gemaakt?'

Zou dat voldoende verwarring zaaien? Zou het voldoende zijn om gerede twijfel op te wekken? Voorzichtig legde ze het mes terug op de plank en ze moest bijna lachen in zichzelf. Het was maar goed dat ze een eerlijk iemand was.

Ze keek wat er verder nog op de plank lag en zag de rommel uit haar schuur netjes in zakjes verpakt liggen: een paar keramische tegels, een blikje verf, een roerhoutje, een oude beitel, een kale tennisbal, een adapter met twee pinnetjes, een metalen bout. Op de vloer lagen grotere spullen, ook in stukken plastic gewikkeld, waardoor ze iets grimmigs en morbides kregen, kadavers van opgerold kippengaas en een kerstboomstandaard. Er lag ook, heel surrealistisch, een stuk plastic dat in plastic was gewikkeld. Haar oude trapladder, onder de verfspatten, stond tegen de muur.

Ineens zonk de moed haar in de schoenen. Het was gewoon troep, de rommel van haar leven, de prullen die iedereen achter in zijn schuur, op zijn vliering, in een extra kamer of naast zijn huis heeft staan, de spullen die je nog weg moet doen maar waar je nooit aan toekomt.

Maar nu waren het bewijsstukken. Zouden sommige ervan voor de rechter als bewijs tegen haar worden gebruikt? Op sommige zat kennelijk bloed, daarom lagen ze hier. Alles had onder het bloed gezeten.

Er lagen spullen die door de aanklager konden worden gebruikt. Lag er ook iets bij waar de verdediging wat aan had? Een advocaat of politieagent zou dat misschien weten. Zij had geen idee waar ze moest beginnen.

Met een gevoel van volslagen zinloosheid sloeg ze een nieuwe pagina in haar notitieboek open en begon aan een lijst van alles wat er lag, met de bewijsstuknummers erbij. Toen ze klaar was zag ze een vuilniszak die ze over het hoofd had gezien. Ze keek erin en zag kleren, van het soort dat je naar de kringloop bracht, maar dan ook in stukken plastic gewikkeld. Ze gooide ze op de vloer, zag de donkere vlekken en herkende ze toen meteen. Dit waren de kleren en de sneakers die ze had gedragen toen het lichaam was gevonden. Na alles wat er was gebeurd was ze ook nog door een vrouwelijke agent apart genomen en had ze die allemaal moeten uitdoen. Zelfs haar ondergoed.

Ze maakte er een lijst van in haar notitieboek.

De lijst besloeg twee pagina's. Ze keek ernaar. Het leek allemaal zo nutteloos. Ze bedacht dat ze grondiger te werk zou moeten gaan. Een voor een bekeek ze de messen: op allemaal stond de naam van een fabrikant. Die schreef ze stuk voor stuk op. Misschien was een van die messen wel helemaal niet van haar. Dat zou ze later nog nagaan. Op de beitel stond geen fabrieksnaam. Ze keek naar het in plastic gewikkelde stuk plastic. Dat was bespat en besmeurd met bloed. Er zat een papieren label aan met HOMEWARD en een lang serienummer. Dat noteerde ze allemaal.

Ze bekeek de twee blikjes verf. Donkerbruin. Crème. Ze kwamen haar niet bekend voor, al zou zij ze wel hebben uitgezocht. Ze schreef ze op, samen met de merknamen.

Was dat alles? Ze deed een stap naar achteren en bekeek het geheel. Vreemd genoeg kreeg ze er tegelijkertijd een leeg en misselijk gevoel van. Net als van die paar uur op de bewuste dag, die er op het moment dat ze ze doormaakte niet toe deden en die ze nu per minuut probeerde terug te halen. En dan was er nog die rommel in haar schuur, die kleine stukjes aan de rand van haar leven, allemaal in een stuk plastic gewikkeld en in het donker bewaard.

Ze had het pijnlijke gevoel dat ergens daartussen, daar, pal voor haar, iets lag wat haar zou kunnen helpen, als ze maar kon zien wat het was.

Maar dat lukte niet.

Ze draaide zich om naar Mary Guy. 'We kunnen denk ik wel weer een taxi bellen.'

45

De brief was kort en handgeschreven, in een krabbelig en nauwelijks leesbaar handschrift zonder adres of datum.

> Het is al laat en ik ben best wel stoned dus waarschijnlijk niet zo handig dat ik dit schrijf en sowieso stuur ik het waarschijnlijk toch wel niet op, dus daar gaat-ie dan. Je vraagt steeds waarom ik na zo'n lange tijd terugkwam met kerst. Dat zal ik je vertellen. Ik kwam terug om tegen mama te zeggen dat ze bij hem weg moest. Ik begreep nooit waarom ze bleef tot ik jou sprak, en nu zie ik dat zij net zozeer als ik, of jij of wie dan ook, zijn slachtoffer was. We waren allemaal zijn fucking slachtoffers.
> We hebben hem niet vermoord. Maar ik wou maar dat mama hem voor zijn dood verlaten had. Ik wou maar dat ze had gezegd dat ze klaar met hem was om die glimlach van zijn gezicht te halen en ik wou maar dat ik daarbij was geweest.

Hier was iets heel stevig doorgekrast en Tabitha kon niet zien wat eronder stond, ook niet toen ze de brief tegen het licht hield.

> Hoe dan ook zal jij het wel gedaan hebben. Dat denkt iedereen. Die politie-inspecteur wist het zeker. Maar ik wou zeggen dat ik het je niet kwalijk neem als je hem vermoord hebt en dat ik blij ben dat hij

dood is en dat ik het erg vind wat hij jou heeft aangedaan en dat het niet eerlijk is.

Luke

Tabitha bleef een paar minuten zitten nadenken met de brief in haar handen.

Toen schreef ze een antwoord.

Beste Luke,

Ik ben blij dat je me dat hebt verteld. Wil je voor me getuigen? Alsjeblieft.

Tabitha

46

Twee dagen later bekeek ze alle beveiligingsbeelden nog eens. Dat was niet echt nodig, maar ze had geen idee hoe ze tussen nu en het proces haar dagen anders moest invullen. Deze keer maakte ze geen aantekeningen en bleef ze naar de korrelige beelden kijken tot het net een droom werd, of iets wat heel ver weg en lang geleden was gebeurd.

De camera tuurde naar de levenloze beuk. Gestaltes verschenen en verdwenen. De bus kwam en ging. Ze zag Stuarts auto langskomen en weer terugrijden. Ze zag Mel, Rob, Shona, Owen Mallon, Luke. Ze zag de pakketbezorger.

De pakketbezorger. Ze had iedereen ondervraagd op hem na – en hij was er de hele dag geweest, had geduldig zitten wachten tot de boom was weggehaald.

Ze bladerde alle stapeltjes door die ze van de aanklager had gekregen: Lev Wojcik.

Hij was stevig gebouwd, met ronde schouders, grote handen en bruine ogen die bijna groen waren. De groeven in zijn gezicht gaven hem een bezorgde uitdrukking. Hij ging tegenover Tabitha zitten en keek haar strak aan.

'Bedankt voor je komst,' zei ze. 'Ik hoop dat je me kunt helpen.'

Hij zei niets, bleef gewoon wachten.

'Zoals je weet,' ging ze verder, 'word ik beschuldigd van de moord op Stuart Rees op 21 december. De dag dat jij in Okeham vastzat vanwege die omgewaaide boom.'

'Ja.'

'Je bent er bijna de hele dag geweest.'

'Ja.'

'En je bent de laatste die Stuart levend heeft gezien.'

'Nee.'

'Huh?'

'Die vermoordde. Die laatste.'

'Klopt. Los van de moordenaar. Die ik niet ben,' voegde ze er ietwat wanhopig aan toe.

'Waarom vraag jij? De politie alles al vragen.' Ineens klonk hij bars.

'Hebben ze het je moeilijk gemaakt?'

'Ja, moeilijk.'

'Oké.' Ze keek hem vriendelijk aan, maar hij ontweek haar blik. 'Maar je hebt Stuart dus wel gezien.'

'Ja.'

'Kun je me daar wat meer over vertellen? Ik bedoel, je kwam om tien over halftien aan in het dorp,' zei ze. Ze hoefde niet in haar aantekeningen te kijken; ze kende die dag inmiddels uit haar hoofd.

Hij knikte.

'En je bent als eerste naar de dorpswinkel gegaan.'

'Ik ga broodje kopen,' zei hij.

'Was er verder niemand in de winkel?'

'Nee. Ik ga naar huis van meneer Rees.'

'Had je maar één levering in Okeham?'

'Eentje, ja.'

'Weet je wat er in het pakje zat?'

Hij haalde zijn schouders op. 'Een boek, of iets. Niet groots.'

'Je bent dus naar het huis gegaan en hebt daar aangebeld?'

'Nee, hoeft niet. Hij busje horen. Hij doet deur open voor ik op bel drukken. Ik geef pakje aan hij. Verder niks.'

'Dat was alles?'

'Ja.'

'Hoe kwam hij op je over?'

'Hè? Ik pakje geven.'

'Hij zei niet dat hij later nog de deur uit ging of zo?'

'Nee. Hoe, met boom op de weg?'

'En toen ben je weer vertrokken.'

'Ja.'

'En terug naar de winkel gegaan.'

'Ja.'

'En zowat de hele dag in het dorp gebleven?'

'Ja.'

'Wat heb je gedaan?'

'Koffiedrinken. Krant kopen. In busje wachten. Koud. Motor aan, dan warm.'

'Je bent er een paar keer uit gekomen. Waarom?'

'Wachten, wachten,' zei hij. Voor het eerst leek hij niet op zijn gemak. 'Ik koffiedrinken.'

'Je bent niet terug naar Stuarts huis gegaan?'

'Waarvoor?'

'Weet ik niet.' Maar van de camerabeelden wist ze dat hij niet lang genoeg van zijn busje of de winkel weg was geweest om weer van en naar Stuarts huis te gaan. Er knaagde iets aan haar, maar ze kon er niet de vinger op leggen. Ze had het idee dat ze niet de juiste vragen stelde.

'Heb je Stuart rond halfelf voorbij zien rijden en toen weer terug?'

'Misschien.'

'Misschien?'

'Ik weet niet.'

'Heb je mij gezien?'

Hij keek haar met zijn gevlekte ogen aan. 'Ik weet niet,' zei hij nogmaals. 'Ik kijk niet. Ik wacht. Verder niks. Saai. Koud. Geen geld verdienen. Wat ik zeggen? Alles fout, die dag. Ik blij toen ik ga rijden.'

'Hoe wist je dat de boom was weggehaald?'

'Vrouw uit de winkel vertellen, zoals toen ik kom.'

'Terry.'

'Ze zei niet naam.'

'Dus er staat je van al die uren dat je daar zat niets meer bij van wat je gezien hebt?'

'Ik weet niet. Ook vrouw met hond. Ik hou van honden. Ze liep die kant en ook die kant. Een man rennen.'

'Maar je hebt niks geks gezien? Niks waar je aandacht door werd getrokken?'

Langzaam schudde hij zijn hoofd, terwijl hij zijn blik op haar liet rusten. 'Niks.'

47

Michaela keek Tabitha ongerust, bijna ontzet aan.

'Je zou je haar eens moeten wassen, misschien even laten knippen.'

'Weet ik.'

'Sowieso voor het proces. Dat is al bijna.'

'Nog ruim twee weken.'

'Dan moet je er goed uitzien.'

'Weet ik.'

'Wat trek je aan?'

'Nog niet over nagedacht. Ik heb er niet echt de goeie kleren voor. Ik ben geen type voor een pak. Of voor een rok en blouse.'

'Moet ik iets voor je kopen?'

'Zou je dat willen doen? Daar geef ik je geld voor, uiteraard.'

'Tuurlijk. Welke maat heb je?' Ze nam Tabitha op. 'Vierendertig, denk ik. Of tweeëndertig, je bent klein. Wat is je schoenmaat?'

'Zevenendertig. Dit is echt heel aardig van je.'

Michaela haalde haar schouders op en leek niet op haar gemak: ze was niet goed met complimentjes.

'Ik hoopte dat je misschien nog wat onderzoek voor me zou willen doen.'

'Prima. Ik draai op het moment alleen een paar diensten in het café.'

'Ik heb een lijst gemaakt.' Tabitha gaf Michaela twee velletjes papier.

'Wat is dit?'

'Alle spullen die de politie uit mijn huis heeft weggehaald. Van sommige heb ik geen idee waarom ze van belang zijn. Er zal wel bloed op zitten.'

Michaela knikte en wierp een vluchtige blik op de lijst. 'Wat wil je dat ik doe?'

'Dat weet ik niet precies. Maar kijk, deze messen bijvoorbeeld, daarvan wil ik graag weten of er eentje bij zit die ouder is dan de andere, of er niet bij hoort.'

'Ik kan het proberen.'

'Ik heb de serienummers opgeschreven. En dan is er nog die verf, en dat plastic. Waarschijnlijk heeft het helemaal geen zin, maar ik weet niet wat ik anders zou moeten en ik móét iets doen, anders word ik gek van het hier zitten wachten terwijl ik weet dat ik zo goed als niks heb.'

'Het gaat niet zo lekker met je, hè?'

'Niet echt.'

Er viel een stilte.

'Ik heb het gevoel dat ik iets opbeurends zou moeten zeggen,' zei Michaela.

'Doe maar niet,' zei Tabitha. 'Ik zou je toch niet geloven.'

48

Tabitha zat in het kleine kamertje naast de bibliotheek en pakte een vel papier van de stapel die de bibliothecaresse haar gegeven had. Ze blies er wat stof af, draaide de dop van de pen en probeerde hem eerst uit in haar notitieboek om zeker te weten dat hij niet bijna leeg was.

Ze schreef haar naam in haar netste handschrift boven aan het papier. Daaronder zette ze 'Crow Grange', met haar registratienummer ernaast. En links op het papier schreef ze de datum: 11 mei 2019.

Vervolgens schreef ze in hoofdletters midden op de pagina: VERWEERSCHRIFT.

Ze wachtte even. Ze voelde een enorme aandrang om met haar ogen dicht op de vloer te gaan liggen. Ze herkende die drang, dat onstilbare verlangen om de tijd weg te slapen, een slaap die de moeheid niet verjoeg maar juist erger maakte. Gaf haar maar verschrikkelijke woede, alles liever dan deze zware vermoeidheid. *Vecht*, had Michaela gezegd. Ze wreef in haar pijnlijke ogen.

Wat was haar verweer?

'Niets van het bewijs tegen mij toont aan dat ik Stuart Rees heb vermoord', schreef ze, erover wakend dat elke letter duidelijk was, op elke 'i' een puntje stond.

Ze keek naar wat ze had opgeschreven. Wat nog meer? Ze kon niets bedenken maar moest nog wel iets aan deze enkele, schamele zin toevoegen.

'Ik wil aantonen dat de tenlastelegging gebaseerd is op het feit dat ik een buitenstaander ben in Okeham. Alleen het feit dat ik het gedaan zou kunnen hebben, wil nog niet zeggen dat ik het ook gedaan heb', schreef ze, vooral om ervoor te zorgen dat de verklaring wat meer ruimte innam op het lege wit van het papier.

Verder was er niets. Wekenlang had ze mensen ondervraagd, camerabeelden bekeken, de feiten en verklaringen keer op keer doorgenomen, en dit was het enige wat ze wist te bedenken.

Ze stond op het punt het papier dubbel te vouwen om het in de A5-envelop te steken, toen ze bedacht dat de namen van de door haar op te roepen getuigen er nog bij moesten. Haar hoofd bonkte.

GETUIGEN, schreef ze op. Ze onderstreepte het woord.

Ze beet op haar lip. Ze kon helemaal niemand bedenken. Misschien moest ze iemand als karaktergetuige oproepen, maar wie dan? Haar ex-vriend, die had besloten dat hij niets meer met haar wilde? Haar werkgever, die ze twee keer had ontmoet en die haar brief niet had beantwoord? Haar vriendin Jane die in Japan woonde en die ze al drie jaar niet gezien had? Ze overwoog Shona te vragen – Shona, die een verhouding had met Rob Coombe. Ze overwoog Andy te vragen – Andy, die de politie had verteld dat ze had geprobeerd hem te verhinderen de tuin in te gaan. Het gevoel van isolement, van eenzaamheid overspoelde haar als ijskoud water. Ze knipperde met haar ogen.

'Wordt vervolgd', schreef ze op.

Ze vouwde het papier dubbel.

49

'Wat heb jij?'

'Vleessalade,' zei Dana, die in het gevlekte roze vlees zat te prikken. 'En jij?'

'Soyalasagne. Heel smerig.'

'Zo ziet het er ook uit.'

'Nog maar een paar weken,' zei Tabitha. 'Gewoon stug volhouden.' Ze had het net zozeer tegen zichzelf als tegen Dana. Haar stem leek van heel ver weg te komen.

Dana knikte. Ze was net een mol die zich een weg door de aarde baande, dacht Tabitha. Dat waren ze allebei.

Eenmaal klaar met eten gingen ze op Tabitha's bed zitten en las Dana hardop voor terwijl Tabitha haar soms verbeterde of aanmoedigde. Het was een fantasyboek, vol draken, krijgers en middelmatige magie, en haar gedachten dwaalden af. Achter het raam was de lucht nog steeds blauw, van dat mooie, diepe avondblauw.

Ze deden hun pyjama aan, poetsten hun tanden. Toen Tabitha in de wasbak spuugde zag ze dat haar tandvlees bloedde. Ze had de smaak van ijzer in haar mond. Ze had hoofdpijn. Ze was sinds ze in de gevangenis zat niet ongesteld geworden, maar nu voelde ze een zeurende pijn in haar onderrug. Nog tien dagen, dacht ze. Minder nog. Ineens werd ze doodsbang, en helemaal slap vanbinnen.

Ze stelde zich voor dat ze de rechtszaal binnenliep, vol mannen en vrouwen met van die stomme pruiken, dat ze daar in de beklaagdenbank stond, met alle ogen op haar gericht. Ze had niets te zeggen. Ze had niets.

Ze ging met haar notitieboek op bed zitten en sloeg de bladzijden om, keek naar de kaart met de tekeningen van de bootjes op zee en de tractor naast de boerderij. En van haar huis met de schuur. Ze bekeek alle namen nog eens: Shona, Andy, Rob, Terry, Luke, Owen Mallon, Mel. Ze dacht na over Laura met haar samengeknepen mond, die het zo diep in haar verborgen verhaal naar Tabitha's idee uit alle macht verzweeg.

Ze dacht na over Stuart. Ze dacht aan hem in dat autootje al die tijd geleden, die bedompte lucht, hoe hij haar rok omhoog had getrokken, haar onderbroek omlaag. Waarom had ze hem zijn gang laten gaan, zo passief, zonder hem aan te moedigen of tegen te stribbelen? Ze was slap, bijna levenloos geweest en had alleen maar naar de bomen buiten gestaard, wachtend tot het voorbij was. Waarom? En waarom was ze teruggekeerd naar de plek waar het zich had afgespeeld? Waarom was ze, terwijl ze over zoveel dingen witheet kon worden, dáár tot nu toe nooit kwaad om geweest, terwijl zijn daad in haar zo licht ontvlambare gedachten als een heet kooltje lag te smeulen?

Wat had ze op de dag van de moord gedaan?

Ze ging liggen. Vanuit de verte hoorde ze iemand om hulp roepen, steeds maar weer.

Ze kneep haar ogen dicht. Wilde hyacinten, dacht ze. Zwaluwen. Roze kweebloesem; ontluikende frisse groene blaadjes. De donkere zee die binnenrolt en zeewier in sissende hoopjes op het kiezelstrand achterlaat. Een maan. Sterren. Daarbuiten.

Twee weken.

'Alsjeblieft,' fluisterde ze zachtjes. 'Alsjeblieft.'

50

Ze zat in de bibliotheek met haar notitieboek, waarvan ze de inhoud inmiddels uit haar hoofd kende, zelfs alles wat ze had doorgestreept, toen Vera binnenkwam. Tabitha had haar al dagen, misschien wel weken niet gezien; de vrouwen zeiden dat ze met een borstontsteking naar het ziekenhuis was gebracht. Ze zeiden ook dat ze steeds meer van het padje raakte. Ze lachten en tikten met hun wijsvinger tegen hun slaap. Vera leek wel tien jaar ouder, of meer nog. Haar ogen waren roodomrand en haar witte haar was zo droog als hooi in de zomer dat je tussen je vingers kon verpulveren.

Ze bleef voor Tabitha staan. Ze hield een grote stapel papier in haar armen alsof het een pasgeboren baby was en nu legde ze die op tafel, waar hij in een chaotische berg uiteenviel.

'Voor jou,' zei ze. 'Allemaal voor jou.'

'Maar dat is toch van jou, Vera,' zei Tabitha in lichte paniek. Ze wilde die bekraste vellen papier helemaal niet hebben. Die waren net een versie van haar eigen notitieboek, een soort waarschuwing voor waar ze zelf in zou kunnen veranderen. 'Hier heb je jarenlang aan gewerkt. Dat kan ik niet aannemen.'

'Nee, nee, nee,' zei Vera. 'Ik schenk het jou. Je mag het niet afslaan.' Ineens kreeg haar gezicht een onwrikbare uitdrukking; haar ogen schoten niet meer de kamer door en ze keek Tabitha aan. 'Het is te laat,' zei ze.

'Hoe bedoel je?'

'Mijn tijd zit erop.'

'Nee, Vera.'

'Voor jou,' zei Vera en ze schoof de papieren naar Tabitha. Er vielen er een paar op haar schoot en ook een paar op de vloer. Alsof ze een vloek uitsprak, herhaalde ze: 'Ik schenk het je.'

'In dat geval, dank je wel,' zei Tabitha hulpeloos.

Ze keek Vera na, die met lege handen, scheve kromme schouders en schuifelende voeten wegliep.

'Arm mens,' zei de bibliothecaresse.

'Ja.' Tabitha keek naar de stapel voor haar neus. 'Wat zal ik hiermee doen? Ik kan het niet zomaar weggooien.'

'Ik bewaar het wel voor je, als je wilt. Ik leg het wel zolang in een la.'

'Dank je.'

Galia raapte de stapel op.

'Maar dit zou misschien nog wel van pas kunnen komen,' zei ze, en ze haalde er een paperback uit, vol ezelsoren en met een sobere donkergroene kaft. 'Deze heb ik Vera een paar maanden geleden zelf nog gegeven.'

Ze gaf het boek aan Tabitha: *Jezelf verdedigen in de rechtszaal.* Tabitha sloeg het open en bladerde erdoorheen. Vera had wat onleesbare dingen in de marges geschreven en hoekjes van verschillende pagina's omgevouwen.

'Misschien wel, ja,' zei ze. 'Dank je wel.'

Nu had ze in ieder geval iets te doen. Ze had alle tijd en las het dan ook langzaam, woord voor woord door, terwijl ze aantekeningen maakte in haar notitieboek dat nu vol stond en er misschien wel even krankzinnig uitzag als Vera's stapel papieren.

Ken de voor je verdediging relevante wet.

Spreek de rechter aan met 'edelachtbare'.

Val hem/haar nooit in de rede.
Bereid je goed voor.
Ondersteun je woorden met bewijs: getuigen, documenten, fysieke objecten, getuige-deskundigen.
Openbaarmaking: het is verplicht alle relevante documenten genummerd bekend te maken.
Let op: het afleggen van een niet-waarheidsgetrouwe verklaring kan ernstige consequenties hebben.
Ondermijn het betoog van je tegenstander.
Zaai twijfel.
Gedrag en bedoelingen:
Je mag een vriend/familielid meenemen, een zogenaamde McKenzie friend, die je bijstaat met ondersteuning, aantekeningen maakt, helpt met stukken en in stilte advies geeft (hij/zij mag niet praten in de rechtszaal, behalve wanneer de rechter hem/haar het recht verleent om te pleiten, wat zeer zeldzaam is).
Kleed je netjes.
Wees ruim op tijd.
Praat langzaam en duidelijk.
Je presentatie is heel belangrijk: sta rechtop, sta stil, maak niet te veel handgebaren, schreeuw niet.

Tabitha bekeek wat ze had opgeschreven. Sommige dingen golden niet voor haar. Voor sommige dingen was het te laat – zo had ze haar volledige, hopeloze verweerschrift zonder ondersteunend bewijs al verstuurd, en had ze niets te zeggen over het tijdstip van haar aankomst in de rechtszaal. In het algemeen stond er niet in wat ze moest weten; maar aan de andere kant had ze ook geen idee wat dat dan zou moeten zijn.

Ze sloeg het boek dicht.

51

'Die fouillering duurde eindeloos. Ze deden het een keer voor de veiligheid en een keer voor de lol. Het is die dunne bewaker, die haatte me altijd al en nu haat ze me nog meer omdat ze me niet in mijn cel kan opsluiten. Hoe vind je het?'

Michaela hield het donkergrijze pak omhoog. De broek was flodderig, aangesnoerd bij de taille, en het jasje had smalle revers en een gescheurde rode voering.

'Ik vind het mooi. Hoeveel was het?'

'Veertien pond. Een koopje. En ik heb ook nog deze laarsjes.'

Ze haalde een paar nette zwarte enkellaarsjes uit de tas.

'Maat zevenendertig,' zei ze. 'Pas eens aan.'

'Ze zien er gloednieuw uit,' zei Tabitha argwanend.

'Ik heb ze heus niet gestolen hoor, als je dat soms dacht,' zei Michaela. 'Ze zijn van de stiefdochter van mijn tante.'

'Wat aardig van haar.'

'Ze weet het niet. Maar ze zal ze niet missen, ze heeft belachelijk veel schoenen. Je kunt gewoon een T-shirt onder het jasje aan. Ik heb een paar basic witte van Primark gekocht. Die zitten in de tas.'

'Dank je wel,' zei Tabitha. 'Je bent een held.'

Michaela maakte een luchtig zwaaiend handgebaar.

'Ben je nog iets opgeschoten met die zoektochten?'

'Zoektochten? O, die lijst die je me hebt gegeven. Dat doe ik zodra ik hier wegga.'

'Ik wou je nog wat anders vragen.'

'Vertel.'

'Ben je nog steeds niet aan het werk?'

'Af en toe een dienst. Hoezo?'

'Ik vroeg me af of jij mijn McKenzie friend zou willen zijn.'

'Huh?'

'Ik mag iemand mee de rechtszaal in nemen. Daar heb ik over zitten lezen. Om me bij te staan, advies te geven, dat soort dingen. Het is uiteraard niet hetzelfde als een advocaat; je mag niet praten en geen vragen stellen.'

'Wil je me bij je hebben in de rechtszaal? Meen je dat nou?'

'Nou...' Tabitha aarzelde. 'Als je het liever niet wilt...'

'Niet wil? Het lijkt me fantastisch.'

Drie dagen voor het proces begon Tabitha zich misselijk te voelen. Ze kon niet eten en het zweet liep in straaltjes over haar voorhoofd. Haar tong was dik en haar benen voelden labiel; haar maag draaide zich om van angst.

Haar eczeem en mondblaasjes staken weer de kop op. Toen ze per ongeluk een glimp van zichzelf in de spiegel opving, iets wat ze probeerde te vermijden, schrok ze zich kapot van haar magere, hologige gezicht onder die warrige bos haar. Ze zag eruit als een gevangene. Ze zag eruit alsof ze niet goed bij haar hoofd was.

Haar slaap, als die al kwam, was licht en rusteloos en zat vol nare dromen.

Ze ging in de bibliotheek zitten en las alle stukken van de aanklager door. De afgelopen weken waren er meer bij gekomen, maar ze zag niet in hoe die verschil uit konden maken.

Ze bekeek de lijst met hun getuigen. Naast de patholoog, de forensisch onderzoekers en politieagenten, zag ze namen die ze niet herkende en een paar die ze wel kon thuisbrengen. Andy stond er ook tussen. Ze voelde een steek in haar borst. Ze draaide de bladzijde om, om er niet naar te hoeven kijken.

Ze nam haar notitieboek nog een keer door. Ze had nog steeds het ongedurige gevoel iets over het hoofd te zien, maar steeds als ze het probeerde te vatten, glipte het weer weg uit haar gedachten.

Ze paste de kleren die Michaela had meegenomen. De laarsjes pasten precies, maar het pak was iets te groot. Ze rolde de mouwen op en ging voor de spiegel staan. Ze leek wel een vogelverschrikker. Ze zei: 'Ik zweer dat ik de waarheid, de volledige waarheid en niets dan de waarheid zal vertellen.' Haar stem kraakte. Ze vroeg zich af of het te laat was om Mora Piozzi nog te bellen.

De middag van tevoren waste ze haar haar en kamde het steil. Ze ging in haar cel zitten met een broodje ei waar haar maag van omdraaide. Ze probeerde Dana te helpen met lezen, alsof het een doodnormale avond was, maar alle woorden werden wazig.

Ze ging in bed liggen met het idee dat ze nooit in slaap zou vallen, maar kennelijk was dat wel gebeurd want ze schrok wakker met een paniekerig gevoel en achter haar raam werd de lucht steeds lichter grijs. Vandaag was het zover en ze was er niet klaar voor en toen ze opstond ging haar hart tekeer en haalde ze oppervlakkig adem.

Ze waste zich en poetste haar tanden. Ze deed een nieuw wit T-shirt en het pak aan, trok de laarsjes aan. Ze kamde haar haar tot het plat op haar schedel zat.

Ze keek zichzelf aan in de spiegel. 'Succes, Tabitha Hardy,' zei ze.

II

Aanklacht

52

Tabitha had vanuit het raampje van het arrestantenbusje slechts een glimp van het Harwood Crown Court opgevangen. Met de lange, brede trappen die naar spiegelglazen deuren leidden was het een inwisselbaar modern, openbaar gebouw. Een schouwburg misschien, een concertzaal of bibliotheek. Maar het voertuig sloeg een zijstraat in en Tabitha werd, vastgeklonken aan een bewaker die ze niet kende, langs geparkeerde auto's en grote stalen vuilnisvaten naar de achteringang geleid. Ze was zich nauwelijks bewust van haar omgeving, hoorde alleen het gepiep van rubberzolen op het linoleum, zag de glimmend egale crèmekleur van de muren. Ineens stond ze – bijna alsof ze net pas wakker was geworden – in een korte gang met aan weerszijden twee cellen. Een daarvan stond open, te wachten op haar komst. Ze werd naar binnen geleid, haar handboei werd losgemaakt en ze werd alleen gelaten, opgesloten.

Deze cel was volledig kaal, er stonden twee gegoten plastic stoelen in en verder niets. Geen wastafel, geen toilet, geen raam. Tabitha ging maar gewoon zitten en keek naar de muur. Ze hoorde het inmiddels vertrouwde geluid van een sleutel in het slot, de deur ging naar binnen open en er werden twee mensen binnengelaten. De deur werd achter hen dichtgedaan.

Tabitha keek langzaam om zich heen. Een man van middelbare leeftijd en een jonge vrouw keken haar van bovenaf aan. De man had een blozend gezicht en korte grijze krullen. Hij droeg een double-breasted krijtstreepjasje, een wit overhemd, een sobere donkere stropdas en zwarte leren schoenen. De vrouw had een donkerblauw mantelpakje aan, een witte blouse en zwarte leren schoenen met een lage hak. Haar blonde haar zat naar achteren in een knotje. Ze droeg heel weinig make-up, alleen lichtrode lippenstift, en geen nagellak. Allebei zagen ze eruit om door een ringetje te halen, de man had zelfs zilveren manchetknopen. Hun kleren leken niet alleen gereinigd, maar ook afgeborsteld. Hun schoenen waren glimmend gepoetst. In het kapsel van de man zat een klein vleugje losbandigheid, iets warrigs, maar zelfs dat leek te duiden op zelfvertrouwen. Naast hen voelden Tabitha's kleren – de kleren die Michaela voor haar had meegebracht – slonzig, goedkoop en zelfs bedrieglijk aan, als een slecht gemaakt kostuum.

'Ik ben Simon Brockbank,' zei de man. 'Ik treed op namens de regering.' Hij zweeg. 'Dat betekent dat ik de aanklager ben. Dit is mijn collega, Elinor Ackroyd. Zij zal mij assisteren.'

Brockbank praatte alsof het proces hem nu al enigszins verveelde. Door zijn accent, zijn hele gedrag voelde Tabitha zich meteen onbekwaam, slecht voorbereid, laagopgeleid. En toen werd ze boos op zichzelf. 'Jullie komen me waarschijnlijk vertellen hoe dom het is dat ik mezelf verdedig.'

'Daar is het een beetje laat voor,' zei Brockbank. 'Dat is inmiddels een gepasseerd station.'

'Ik heb wel een McKenzie friend.'

'Da's mooi,' zei Brockbank. 'Een advocaat of zo?'

'Mijn oude celgenoot.'

Hij keek even naar zijn collega en ging met zijn rug tegen de deur geleund staan. Hij knoopte zijn jasje open waar een vest onder vandaan kwam. Hij stak zijn handen in zijn broekzakken.

'Ik heb de opdracht gekregen u een aanbod te doen,' zei hij. 'Of eigenlijk meer een suggestie, misschien.'

'Wat dan?' vroeg Tabitha.

'Dat u schuld bekent aan doodslag. Dan laat de Crown Prosecution Service de aanklacht wegens moord vallen.'

De hele dag had Tabitha al het gevoel gehad onder water te zitten. Alles om haar heen leek wazig en langzaam te bewegen. Ze verstond niet wat mensen zeiden en dat wat ze wel verstond begreep ze niet.

'Wat zou dat feitelijk betekenen?' vroeg ze langzaam. 'Voor mij, bedoel ik.'

Brockbank keek opzij naar zijn metgezel. 'Wat denk jij, Ellie?'

Toen Ackroyd begon te praten moest Tabitha direct aan paardenstallen en skipistes denken. 'Op moord staat automatisch levenslang. Pas na minstens vijftien jaar kom je eventueel in aanmerking voor een proeftijd.'

'Wat is het veroordelingspercentage in het Crown Court?' vroeg Brockbank. Hij zei alles op een verveelde toon die liet doorschemeren dat hij zijn tijd liever beter gebruikte.

'Tachtig procent. Ruim tachtig, waarschijnlijk.'

'En voor doodslag?' vroeg Tabitha.

Opnieuw keek Brockbank naar de jongere advocaat.

'De rechter heeft veel speelruimte. Om te beginnen krijg je maximaal krediet voor een schuldbekentenis.'

'Maximaal krediet,' zei Tabitha. 'Dat klinkt op zich goed. Wat betekent het?'

'Meestal betekent het een derde strafvermindering. Misschien zelfs de helft. Maar doodslag is een speciaal geval. Daar kun je levenslang of een taakstraf voor krijgen. Dat hangt af van eventuele verzachtende omstandigheden.'

'Verzachtende omstandigheden,' zei Tabitha hem na. 'Zoals?'

Brockbank kneep zijn lippen op elkaar. 'Dat weet ik niet. Hypothetisch gezien zou het feit dat de verdachte als minderjarige door het slachtoffer seksueel was misbruikt als belangrijk kunnen worden aangemerkt. In het huidige klimaat. Uiteraard zijn er geen garanties.'

Tabitha probeerde zichzelf te dwingen tot nadenken. Ze had het warm en koud tegelijk. Ze was in de war. Maar toen vormde er zich langzamerhand een gedachte.

'Het is een spel,' zei ze. 'Net als poker. U zegt dat ik schuld moet bekennen, zelfs als ik het niet heb gedaan.'

'Ik zeg helemaal niets,' zei Brockbank. 'Ik geef alleen een aanbod door.'

'Maar wat als het om uzelf ging?' vroeg Tabitha. 'Als u dit aanbod kreeg en u had het niet gedaan, wat zou u dan doen?'

'Dat is een volstrekt ongepaste vraag. Ik ben uw raadsman niet. Ik heb misschien wel een mening over wat uw raadsman, als u die had, zou adviseren, maar daar laat ik me niet over uit.'

'Ik weet wat u zou zeggen,' zei Tabitha. 'Ik weet ook wat mijn advocaat zou zeggen omdat ik weet wat mijn advocaat gezegd heeft.'

Nu zag Simon Brockbank er, naast verveeld, ook geïrriteerd uit.

'Ik geloof niet dat dit het moment is voor een lezing over de basis van het Britse rechtssysteem. Wij zijn hiernaartoe gekomen om een aanbod te doen. Naar mijn mening is het een volstrekt redelijk aanbod.'

'Ik wil gewoon de waarheid,' zei Tabitha, meer tegen zichzelf. 'Ik wil dat mensen de waarheid weten. Ik wil zelf de waarheid weten.'

'Alstublieft,' zei Brockbank ferm. 'We hebben maar weinig tijd. We moeten een antwoord hebben.'

Tabitha was in verwarring, maar dat kwam alleen doordat ze wist dat haar keuze eigenlijk helemaal geen keuze was. Alsof ze aan de rand van de afgrond stond in de wetenschap dat ze eraf zou springen, het donker in, omdat ze er alleen zo achter kon komen wat zich in dat donker ophield.

'Sorry,' zei ze. 'Maar het antwoord is nee.'

'Hoe bedoelt u, nee?'

'Ik ga geen schuld bekennen. Dat kan ik niet.'

Er viel een lange stilte. Tabitha had omlaag naar de linoleumvloer zitten kijken. Ze had gezien dat die op sommige plaatsen was afgesleten en vroeg zich af waar dat door kwam. Was het veroorzaakt door wanhopige, ijsberende mensen? Mensen zoals zij? Ze keek op naar de twee advocaten. Die onverschilligheid bij Brockbank was inmiddels weg; in zijn ogen zat nu een sprankje belangstelling.

'Ik ging ervan uit dat u het zou aannemen,' zei hij. 'Wij als aanklager hebben een bijzonder sterke zaak. U verdedigt uzelf. Ik kan uw gedachtegang niet helemaal volgen.'

'Dit is geen spelletje voor mij,' zei Tabitha.

'Dat zou het ook niet moeten zijn. Ik wil alleen dat u de implicaties van uw besluit goed begrijpt. U riskeert het om tot aan middelbare leeftijd in de gevangenis te belanden. En ik kan u vertellen dat mensen er na vijftien, twintig of vijfentwintig jaar niet hetzelfde uit komen als dat ze erin gingen.'

'U denkt dat ik gek ben.'

'Ik denk dat u zich niet realiseert in welke situatie u zich bevindt. Ik moet er ook nog bij vermelden dat dit aanbod over een minuut of vijf niet meer geldt.'

Inmiddels zat Tabitha te hijgen, alsof ze aan het rennen was of iets zwaars met zich meezeulde. 'Ik kan het niet,' zei ze.

'Prima,' zei Brockbank. 'Dan moeten we naar boven om de jury te ontmoeten.'

'Nog één ding,' zei Tabitha.

'Wat?'

'Hoe is het met de echte McKenzie afgelopen?'

Brockbank keek haar vragend aan.

'McKenzie. Als in McKenzie friend.'

'O, die heeft verloren. Omdat hij geen fatsoenlijke verdediging had.' Hij klopte op de deur en keek toen weer naar Tabitha. Hij had een bijna meewarige blik in zijn ogen. 'Ik zal geen plezier aan deze zaak beleven. Maar ik ben bang dat u daar weinig aan hebt.'

Tabitha had weleens gehoord over die dromen waarin iemand ineens op een podium stond zonder zijn tekst te kennen, zonder ook maar te weten waar het toneelstuk over ging. Zelf had ze nog nooit op een podium gestaan en daar ook nooit over gedroomd, en ze had dat paniekgevoel dan ook nooit begrepen.

Inmiddels begreep ze het wel.

De afgelopen maanden waren afschuwelijk geweest. Die claustrofobie, dat onwerkelijke gevoel, die ontzetting, die puur fysieke angst. Maar het was allemaal een voorbereiding geweest op de belangrijkste gebeurtenis, namelijk deze.

Een vrouwelijke politieagent met een rond gezicht en scheve tanden leidde Tabitha haar cel uit, de gang door, linksaf, rechtsaf en toen een trap op. Alles voelde vreemd groezelig en verlopen aan. De verf bladderde aan de muren, er zaten barstjes in het linoleum op de vloer. Boven aan de trap bleef de agent staan voor een opgewreven houten deur. Ze keek om naar Tabitha.

'Noem haar "Edelachtbare",' zei ze.

'Wat?'

'De rechter. Noem haar "Edelachtbare". Normaal gesproken is het "Mevrouw de rechter", maar Munday is een rechter van het High Court. Voor belangrijke zaken als deze zetten ze rechters van het High Court in.'

'Dat wist ik al,' zei Tabitha. 'Het is zo'n beetje het enige wat ik weet.' Dit was dus een belangrijke zaak. Ze wist dat hij belangrijk was voor haar. Ze had zich niet gerealiseerd dat dat voor andere mensen ook gold. Logisch natuurlijk. Moord. Wat was er nou belangrijker dan dat?

De agent klopte op de deur. Die ging open, ze stapten het licht in en ja, het was ook echt alsof je een podium op ging. Tabitha voelde zich verdoofd. Alles was wazig. Ze dacht dat ze zou flauwvallen. Ze zetten nog een paar stappen in een klein afgescheiden gedeelte, omgeven door een soort doorzichtig plastic. Er stonden alleen een stoel en een eenvoudig houten tafeltje. Haar handboeien werden losgemaakt en ze nam plaats. De agent ging achter haar zitten en legde onbewogen haar handen in haar schoot.

Tabitha dacht, en voelde zich al stom terwijl ze het dacht: dit gebeurt echt.

Ze keek om zich heen. De grote ruimte had een houten lambrisering, maar dit was niet de lambrisering van een oud landhuis. Het leek eerder op een collegezaal van een nieuwe universiteit. Onder haar stonden drie rijen tafels. Daaraan zaten mensen in pak en twee mensen in toga met een korte pruik op. Ze herkende ze meteen als Simon Brockbank en Elinor Ackroyd. Werkelijk iedereen had een opengeklapte laptop voor zich staan. Iedereen behalve zij. Alle gezichten keken omhoog naar haar, alsof ze benieuwd waren hoe Tabitha Hardy er in het echt uitzag. Ineens voelde ze zich de ster van de show. De stier in de arena. Een van de gezichten leek scherp in beeld te komen en ze zag dat het Michaela was. Die was bijna onherkenbaar in haar donkere broekpak. Ze stak haar duim omhoog. Tabitha voelde zich niet in staat ook een duim naar haar op te steken.

'Wilt u allemaal opstaan,' zei een stem.

Verward keek Tabitha achterom en ze zag dat de agent gebaarde dat ze op moest staan. Aan de andere kant van de ruimte ging een deur open en er kwam een gestalte binnen. Tabitha zag een rode toga, een crèmekleurige pruik en een bleek gezicht. De gestalte ging zitten en knikte naar de aanklagers. Iedereen in de rechtszaal ging weer zitten. Toen de rechter begon te praten, hoorde Tabitha tot haar verrassing dat het een vrouwenstem was, al had dat geen verrassing moeten zijn. Het was haar meerdere keren verteld.

De rechter zette een half leesbrilletje op, bladerde door wat papieren die voor haar lagen en klapte een laptop open. Ze keek om zich heen en leek Tabitha voor het eerst op te merken. Ze keek bedenkelijk.

'Vandaag nemen we wat preliminaire zaken door,' zei ze. 'Begrijpt u dat?'

Ze klonk als een heel voornaam schoolhoofd. Een schoolhoofd

uit een vroeger tijdperk. Tabitha's eigen schoolhoofd was verre van voornaam geweest.

'Niet echt,' zei Tabitha.

De rechter slaakte een geïrriteerde zucht. 'Daar hebben we dus raadslieden voor.'

'Raadslieden?'

'Advocaten. Juristen.' Ze zuchtte nogmaals. 'Maar het heeft geen zin dat nu nog te bespreken. U zult gewoon uw best moeten doen. Ik zal proberen u een beetje te begeleiden maar mijn mogelijkheden zijn beperkt. Zijn er bijvoorbeeld bewijsstukken van de aanklager die u wilt uitsluiten?'

'Sorry,' zei Tabitha, 'maar ik hoor niet goed wat u zegt. Zit ik het hele proces in dit plastic hok vast?'

'U bent de verdachte. De verdachte zit in de beklaagdenbank.'

'En wat was uw vraag?'

Rechter Munday stelde hem nogmaals.

'Wat voor bewijs bijvoorbeeld?'

'Dat is helemaal aan u.'

'Ik weet het niet. Ik weet niet eens wat dat betekent.'

Rechter Munday haalde lang en diep adem. 'Dat beschouw ik als een nee,' zei ze en ze schreef iets op in een aantekenblok. Ze wendde zich tot de aanklagers.

Brockbank ging staan. Hij stak zijn handen in zijn zakken. 'Ik hoop dat we de getuigenverklaringen hardop kunnen laten voorlezen. Om tijd te besparen.'

'Wat wil dat zeggen?' vroeg Tabitha met verheven stem.

'U hoeft niet te schreeuwen, juffrouw Hardy,' zei rechter Munday.

'Mevróúw Hardy, of Tabitha.'

Rechter Munday zweeg. Het leek of ze een hap eten doorslikte die ze maar moeilijk weg kreeg.

'Mevrouw Hardy,' zei ze uiteindelijk. 'Alle verklaringen moeten aan mij worden gericht, en aan niemand anders in de rechtszaal. Tenzij u een getuige ondervraagt. Bewijs dat als feit is geaccepteerd mag gewoon aan het hof worden voorgelezen.'

'Nee,' zei Tabitha.

'Hoe bedoelt u, nee?'

'Ik accepteer het niet.'

'Welk bewijsstuk accepteert u niet?'

'Geen enkel.'

Rechter Munday zette langzaam haar bril af. 'Mevrouw Hardy, u kunt hier niet de tijd van de rechtbank verbeuzelen.'

'Ik vecht voor mijn leven,' zei Tabitha gespannen. 'Ik verbeuzel helemaal niemands tijd.'

Er viel een stilte. Brockbank kuchte. 'Misschien zou het helpen om de getuigen een voor een door te nemen,' zei hij.

Hij nam ze allemaal door: de politieagenten, de forensisch onderzoeker, de patholoog, de verschillende dorpsgenoten, en bij allemaal zei Tabitha dat ze het niet accepteerde en dat ze persoonlijk bewijs zouden moeten komen leveren. Uiteindelijk ging hij weer zitten.

Rechter Munday zuchtte nog eens en pakte een velletje papier waar ze even naar bleef kijken alvorens haar blik op Tabitha te richten. 'Ik moet zeggen dat uw verweerschrift bijzonder onbevredigend was.'

'Hoe bedoelt u?'

'Het doel van het verweerschrift is om alle punten te bespreken waar uw verweer op zal berusten. Daarover is hierin niets te vinden. Er staat niets in.'

Tabitha kon geen antwoord bedenken. Opnieuw voelde het alsof ze voor een schoolhoofd stond en op haar donder kreeg. In dat soort situaties was ze nooit op haar best geweest. Rechter Munday legde het papier neer.

'Mevrouw Hardy,' zei ze. 'Ik weet niet wat u verteld is over het voeren van uw eigen verdediging. Sommige verdachten zien het als een manier om verwarring te zaaien en de jury zand in de ogen te strooien. Ik kan u verzekeren dat u rechtvaardig behandeld zult worden maar dat sta ik niet toe in mijn rechtszaal. Begrepen?'

'Ik weet echt niet...'

'Begrepen?'

'Ja.'

'Mooi. Morgen beginnen we met de openingsverklaringen.'

Ze stond op, waarna iedereen ging staan.

53

Tabitha hield haar notitieboek stevig vast. Door het plexiglas heen keek ze de rechtszaal in.

Daar zat Michaela met alle documenten voor haar neus; vandaag droeg ze een felgroene jurk, waar Tabitha een klein beetje van opvrolijkte: ze was een sprankje kleur en ongehoorzaamheid in een ruimte vol grijs en zwart.

Daar zat de jury die die ochtend beëdigd was, zeven mannen en vijf vrouwen, en van sommigen stond Tabitha het hoofd niet aan, zoals die man links met een kortgeknipte snor en die vrouw met een bloempotkapsel en een afkeurende blik in haar ogen. En, nu ze toch bezig was, die jonge man die maar aan zijn tanden bleef peuteren. Ze overwoog bezwaar te maken, had haar mond al open, maar bedacht zich toen: het feit dat iemands hoofd haar niet aanstond was geen reden hem of haar uit de jury te gooien.

Daar zaten Simon Brockbank en Elinor Ackroyd met hun floddertoga's en stomme pruiken.

En rechter Munday zat op een verhoging, met een stapeltje documenten voor zich. Het was moeilijk te geloven dat er onder die pruik en toga een normale vrouw school.

Er zaten ook nog andere mensen, van wie sommigen op hun laptop tikten. Tabitha wist niet wie het allemaal waren. Ze ging ervan uit dat de mannen en vrouwen met notitieboekjes journalisten waren. En er was nog het handjevol mensen boven op de publieke tribune. Ze ving de blik op van een oude man die gretig naar haar zat te loeren en ze keek snel weg, ineens misselijk. Toen zag ze Michael van bovenaf naar haar kijken, niet meer zo afkeurend, maar vriendelijk. Ze knipperde met haar ogen. Het gezicht verdween. Natuurlijk was het Michael niet. Natuurlijk was hij er niet. Niemand was er, alleen een nieuwsgierige onbekende.

Ze voelde zich vernederd, volkomen blootgesteld en te schande gemaakt, terwijl ze daar als een geëxposeerd stuk in dit vreselijke houten hok zat en iedereen haar aandachtig bekeek, over haar praatte en een mening over haar had. Haar pak kriebelde; het voelde alsof er duizenden mieren onder haar huid krioelden. De rechtszaal werd wazig en weer scherp. Ze wist dat ze zich moest concentreren maar haar gedachten bleven maar afdwalen. Ineens herinnerde ze zich een wiskundeles van lang geleden, waarin Stuart Rees over haar heen gebogen stond terwijl ze haar sommen maakte, zijn adem warm en muf in haar nek. Hoe had ze hem kunnen laten begaan? Ze balde haar vuisten; ze moest zich concentreren.

Inmiddels was Simon Brockbank opgestaan, hij trok zijn manchetten heel lichtjes omlaag, nam een klein slokje water uit zijn glas, keek even naar de aantekeningen die voor hem lagen, nam overal de tijd voor, ontspannen en beheerst. Hij wendde zich tot de jury, met een licht droevige blik in zijn ogen. Tabitha knarsetandde; er zat een duidelijk afgebakend stukje in haar slapen dat pijn deed. Ze pakte haar notitieboek en leunde een beetje naar voren.

'Leden van de jury,' zei Brockbank. Zijn stem klonk vol en diep. 'In de loop van dit proces zult u menige getuigenverklaring horen en de gelegenheid krijgen om veel bewijs af te wegen, waarvan sommige stukken voor zich spreken en andere technisch en complex zijn. Maar in de kern is deze zaak heel eenvoudig. Tabitha Hardy wordt beschuldigd van de moord op Stuart Rees. Een ernstiger misdaad bestaat niet. Er zullen momenten komen waarop u medelijden met haar krijgt omdat – zoals door ons, de aanklager, zal worden aangetoond – ze alle reden had om kwaad te zijn op het slachtoffer. Maar laat u alstublieft niet door medelijden afleiden van uw taak, die bestaat uit het beslissen of Tabitha Hardy al dan niet op 21 december Stuart Rees heeft vermoord, met voorbedachten rade.'

Hij nam nog een slok water en draaide zich weer naar de jury. 'Ik ben al decennia advocaat, langer dan ik graag toegeef.' Hij glimlachte quasizielig. 'En ik moet zeggen dat ik zelden een zaak heb gehad die zo voor zich spreekt en zo...'

Tabitha klopte een paar keer op het plexiglas. Iedereen keek naar haar. Simon Brockbanks mond bleef midden in een zin openstaan.

'Mevrouw Hardy?' zei rechter Munday. 'U zult de gelegenheid krijgen te reageren, maar dit is de openingsverklaring van de aanklager.'

'Ik moet een pen hebben,' zei Tabitha. 'Ik moet aantekeningen maken en ik heb geen pen bij me. Michaela heeft er een paar.'

Michaela sprong op. Ze rommelde verwoed tussen de stapels papier die voor haar lagen en stak toen een bosje pennen met een dik elastiek eromheen omhoog.

Rechter Munday knikte naar de vrouw op de bank onder haar, die vervolgens opstond en naar Michaela liep. Ze nam een pen van haar aan en bracht hem naar Tabitha.

'Trouwens,' zei Tabitha, 'ik kan het van hieruit niet goed verstaan, alles klinkt een beetje dof. Misschien kan hij wat duidelijker praten.'

Simon Brockbank keek haar kant op, glimlachte gespannen en hervatte zijn verklaring, langzaam en zorgvuldig pratend. Tabitha sloeg haar notitieboek open en er vielen een paar losse vellen op de vloer. Ze raapte ze op, waardoor ze heel even buiten beeld was. De pen deed het niet meteen en ze moest er eerst even mee over het papier krassen.

Nu zei hij dat ze een motief had. Dat ze de gelegenheid had. Dat er voldoende bewijs was. Hij zou de jury de precieze details vertellen tijdens de behandeling van de zaak.

Tabitha greep de pen stevig vast. Haar hand was klam van het zweet.

'Om te beginnen, het motief. Toen de verdachte vijftien was, had ze een seksuele relatie met Stuart Rees.' Hij stak een hand omhoog alsof iemand hem wilde onderbreken. 'Hoe medeplichtig ze daar destijds ook aan geweest mag zijn, ze was minderjarig en kwetsbaar. Haar leven is door deze nare episode verwoest.'

Tabitha luisterde hoe hij zijn woorden door de rechtszaal opdreunde. Ze had een droge mond en die scherpe steek in haar hoofd had zich nu uitgebreid tot een kloppende pijn. Ze bleef strak naar haar notitieboek kijken, maar voelde dat alle ogen nog steeds op haar gericht waren.

'U zult horen,' vervolgde Simon Brockbank tegen de jury, 'dat ze aan zware klinische depressies heeft geleden, psychotische periodes heeft gehad, in het ziekenhuis is opgenomen en medicijnen heeft geslikt om dit de baas te blijven. Het is een treurig verhaal,' zei hij somber. 'Heel treurig. Maar' – en hier werd zijn stem vastberaden – 'het geeft de verdachte ook een sterk motief. Tabitha Hardy vond, met reden, dat Stuart Rees haar leven had verwoest en ermee weg was gekomen.'

Een van de mannen in de jury knikte. Een ander jurylid schreef iets op een kladblok. Tabitha beet op haar lip tot ze bloed proefde. Ze had het heel warm en voelde zich toen ineens koud en rillerig. Haar hele lichaam voelde verkeerd. Heel even verloor ze haar greep op wat hij zei. Zijn woorden gleden van haar af, zijn mond ging open en dicht en op zijn blozende gezicht kwamen allerlei uitdrukkingen voorbij: bedroefd, veelbetekenend, hard. Ze ging meer rechtop zitten.

Hij verklaarde dat ze wat er op haar vijftiende gebeurd was voor de politie verborgen had gehouden. Hij maakte ieder punt helder en kalm, bracht het duidelijk naar voren, als een troefkaart. Hoe Stuart Rees zich in de laatste zes weken van zijn leven zichtbaar druk had gemaakt en hoe hij ineens had besloten zijn huis in de verkoop te zetten en uit Okeham te verhuizen. 'Bijna hetzelfde aantal weken, leden van de jury, als dat Tabitha Hardy daar woonde. U zult,' vervolgde de advocaat, 'verschillende getuigen horen zeggen dat de verdachte Stuart Rees in het openbaar bedreigde, zelfs nog op de ochtend van zijn dood. U zult horen dat ze die dag in zeer geagiteerde staat verkeerde. U zult horen dat ze zelfs zo ver ging dat ze bij een van de inwoners een gedeeltelijke bekentenis aflegde.'

Hij zweeg en keek nog eens op zijn aantekeningen, gaf een inleidend kuchje voor hij verderging. Het licht in de rechtszaal was hard en verblindend. Ik zou ook gewoon kunnen bekennen, dacht Tabitha. De handdoek in de ring gooien. Ze keek naar Michaela en Michaela keek terug met een knikje en een glimlach, en trok haar neus toen op in de richting van Simon Brockbank.

Nu ging het over de verschrikkelijke beelden die de jury te zien zou krijgen. Simon Brockbank ging zachter praten en hij keek vol medeleven naar de twaalf mannen en vrouwen. Tabitha voelde de woede in zich opkomen. Ze klopte nog een keer op het plexiglas, zo hard als ze kon. De voorstelling stopte. Iedereen keek naar haar.

'Als hij dat doet, kan ik hem niet goed horen,' zei ze met een harde, schrille stem. 'Hoe kan ik mezelf nou verdedigen als ik niks hoor? Ik moet niet hier zitten. Ik moet daarbeneden zitten.' Te laat kwam er een term in haar op. 'Excellentie,' voegde ze toe, maar dat was fout. 'Edelachtbare, bedoel ik.'

'U bent de verdachte en u zit in de beklaagdenbank,' zei rechter Munday. 'Dat zijn de regels in de rechtszaal.'

'U bent toch de rechter. U hebt de leiding. U bent een soort alleenheerser of dictator of zo en u mag doen wat u wilt. U kunt me dus ook daarbeneden laten zitten.'

'Ik ben inderdaad de rechter. En u blijft in de beklaagdenbank.'

'Dat is niet oké. Ik moet horen wat hij zegt.'

'Juffrouw Hardy.'

Tabitha beukte met haar vuist tegen het plexiglas, waardoor het bewoog. 'Mevróúw.'

'Als u zo doorgaat, wordt u verwijderd.'

Er klonk een hoge lach en met een schok realiseerde ze dat die van haarzelf kwam. 'Verwijderd? Hoe dan? Wat gebeurt er dan?'

'U krijgt dan op zijn minst handboeien om.'

'Dat kunt u niet doen.'

'Zoals u correct opmerkte, heb ik de leiding over deze rechtbank. U zult zich fatsoenlijk moeten gedragen. Begrijpt u dat?'

Er viel een stilte. Tabitha's handen trilden. 'Ja,' zei ze uiteindelijk. Ze slikte. 'Edelachtbare.'

'Mooi.'

De openingsverklaring van de aanklager werd hervat. Over de omgewaaide boom waardoor het dorp was afgesloten, waardoor de politie precies wist wie er waren ten tijde van de moord. Het bewijs op de beveiligingsbeelden waardoor de moord tussen halfelf 's ochtends en halfvier 's middags gepleegd moest zijn. De auto van Stuart Rees bij Tabitha's huis. Zijn lichaam in de schuur. Hoe ze Andy tegen had proberen te houden toen hij de tuin in wilde. Het bloed dat op haar had gezeten. Haar vreemde gedrag op het politiebureau...

Tabitha dwong zichzelf ieder punt achtereenvolgens op te schrijven, omdat ze wist dat wat ze hoorde de essentie vormde van de zaak tegen haar. Het motief, de gelegenheid, het bewijs. Dat waren de dingen die ze los moest zien te tornen. Haar gedachten waren een warboel, maar haar handschrift was verrassend duidelijk.

Eindelijk was het afgelopen. Die gladde, overdreven gearticuleerde stem stopte. Simon Brockbank ging zitten. Elinor Ackroyd fluisterde iets in zijn oor en hij knikte.

Rechter Munday keek op haar horloge, ook al stond er een digitale klok op haar tafel. 'We hebben nog maar veertig minuten over. Wilt u nu stoppen, mevrouw Hardy, en morgen verdergaan met uw verweer?'

'Nee,' zei Tabitha. De rechter keek haar verbijsterd aan. 'Ik heb niet lang nodig. Zeker geen veertig minuten. Vijf misschien. Ik wil het graag afmaken, maar dan moet ik wel mijn papieren hebben.'

Ze gebaarde naar Michaela, die opstond en de mappen pakte. Ze bracht ze naar de beklaagdenbank.

'Zij is mijn McKenzie friend,' zei Tabitha tegen de jury. Ze probeerde ze toe te lachen, maar haar lippen waren kurkdroog.

Ze nam de mappen aan. Een ervan viel op de vloer en Michaela ging op haar hurken zitten om de verspreide papieren bijeen te rapen. Er klonk een onderdrukt gegiechel vanaf de publieke tribune en rechter Munday keek fronsend omhoog.

'Goed,' zei Tabitha, toen alles eenmaal voor haar neus lag. 'Goed.' Ze schraapte haar keel. Ze sloeg de bovenste map open en weer dicht, omdat er te veel in zat. Ze deed haar notitieboek open en keek erin. Ze keek naar de jury en ging met haar blik alle gezichten af. Even kon je een speld horen vallen.

'Nou,' zei ze. Haar stem klonk nog onvriendelijker dan normaal. Was ze maar wat langer, steviger, minder slonzig. 'Als de aanklager werkelijk denkt dat dit een inkoppertje wordt, waarom hebben ze' – ze wees naar Simon Brockbank en Elinor Ackroyd – 'gisteren dan aangeboden het vonnis tot doodslag te reduceren? Kennelijk hebben ze toch niet zoveel vertrouwen in...'

'Stop!' De rechter schreeuwde nu en haar gezicht was lijkbleek van woede. 'Waar bent u in hemelsnaam mee bezig?' Ze wendde zich tot de jury. 'Het spijt me enorm dat uw tijd is verspild. U bent van uw plichten ontslagen.'

'Wat heb ik gedaan?' vroeg Tabitha.

De rechter reageerde niet op haar, maar richtte zich tot de journalisten. 'De pers krijgt de strikte instructie niet bekend te maken wat de verdachte zojuist heeft gezegd.'

'Maar ik...'

De rechter wees naar haar. 'Stil,' zei ze. 'U hebt wel even genoeg gedaan. U zit ernstig in de problemen.'

'Wat, nog meer problemen dan terechtstaan voor moord? Nóg meer?'

'Ik neem aan dat u begrijpt dat we het proces opnieuw moeten aanvangen, met een andere jury.'

'Echt waar?'

'Ja, echt waar.'

'O.'

'Wilt u allemaal opstaan,' zei de rechtbankmedewerker.

Rechter Munday liep statig de rechtszaal uit. De politieagent nam Tabitha bij de arm en leidde haar weg uit de beklaagdenbank. Terwijl ze wegliep hoorde ze iemand lachen.

54

Het was heel gek om in een andere gevangenis te zitten. Er waren geen gezichten die ze herkende, er zat niemand anders in haar cel, waar het warm was en waar je achter het kleine raampje geen stukje lucht maar een grijsbruine muur zag. Dit was een nieuwbouwcomplex, maar goedkoop gebouwd en de verf begon al af te bladderen. Ze zou Crow Grange er bijna van gaan missen.

Ze ging op haar bed zitten en probeerde regelmatig te ademen. Haar hart ging tekeer en haar benen voelden slap. Ze was uitgeput. De dag leek net een droom of een toneelstuk waar ze naar had gekeken en ook in mee had gespeeld: een klein, smerig figuurtje in de beklaagdenbank, met al die gewichtige figuren in toga en pruik die naar haar keken en over haar praatten, boos of met een zelfgenoegzame glimlach omdat ze zichzelf zo voor schut zette.

Ze dwong zichzelf het in folie verpakte broodje kaas op te eten, dat naar plastic en niks smaakte; ze dronk de troebele, lauwe thee.

Ze begreep niet hoe Simon Brockbank alle informatie zo goed beheerste – al die honderden verklaringen, documenten, foto's en tijdsduren, die hij met het grootste gemak verzameld had om ze in bullets aan de jury te presenteren. Alleen voor de vorm had hij af en toe kort naar zijn aantekeningen gekeken. Terwijl zij – die de door hem beschreven gebeurtenissen daadwerkelijk had meegemaakt en al die maanden de tijd had gehad om de informatie te verwerken en tot een soort verhaal om te smeden – er nog steeds niets van snapte.

Ze moest zich concentreren. Michaela had de mappen meegenomen, maar ze sloeg haar notitieboek, dat bijna uit elkaar viel, open en staarde naar de aantekeningen, de lijstjes, de tekeningen, de pijlen, de grafieken en de verschillende tijdlijnen. Ze keek naar de sterretjes en uitroeptekens en omcirkelde en onderstreepte woorden. Het zag er gestoord uit. Het was ook gestoord. Ze sloeg het boek dicht, sloot haar ogen en liet zich meevoeren door de slaap.

Ze droomde dat ze terug in Okeham was. Ze zat in het donker thuis en er klopte iemand bij haar aan en ze wist dat ze niet moest opendoen maar deed het toch. Stuart Rees stond er, maar het was de Stuart van vijftien jaar geleden. Hij gebaarde naar haar, met zijn vinger als een haak. De schoolbus stond achter hem. Ze zag haar eigen gezicht in het middelste raam, dat er door de barst in het glas bekrast uitzag, een ondoorgrondelijke blik had en geluidloos iets riep. De zee rolde naar haar toe, sissend en gezwollen en pikzwart.

Ze werd met een schok wakker en keek om zich heen. Ze had een droge mond en haar hoofd zat vol spinnenwebben en geesten.

55

Als tiener had Tabitha een keer een cabaretier zien optreden die een briljante improvisatie deed. Hij sprong in een soort vrije associatie van de hak op de tak en reageerde ijzersterk op opmerkingen uit het publiek. Ze was er zo van onder de indruk geweest dat ze de volgende avond weer was gegaan. Toen bleek het helemaal geen improvisatie te zijn. Elk hoestje, elke aarzeling, elk zijspoor was precies hetzelfde als de avond ervoor. Zelfs de zogenaamd spontane reacties op onderbrekingen waren hetzelfde. Ze was teleurgesteld geweest, maar had ook schoorvoetend bewondering gevoeld.

Zo ongeveer voelde ze zich weer toen ze Simon Brockbank voor de tweede keer zijn openingsverklaring zag uitspreken. De eerste keer was hij gemoedelijk en ontspannen overgekomen, als een man die zijn zaak tot in de puntjes beheerste en nu, hardop nadenkend, zijn gedachten met de jury deelde. Toen hij vertelde over Laura Rees en hoe het voor haar geweest moest zijn om het lichaam te identificeren van de man met wie ze vijfentwintig jaar getrouwd was geweest, was zijn stem even gebroken. Hij had een moment genomen om een slokje water te drinken, alsof hij overmand was door emoties, hij, de geharde professional die hij was. De tweede keer deed hij het op precies dezelfde manier, hetzelfde breken van zijn stem, hetzelfde slokje water. Tabitha wilde bijna lachen, opstaan en tegen de jury roepen dat het allemaal nep was, toneelspel. Maar ze deed het niet. Ze wilde niet dat de rechtszaak nog een keer zou worden stopgezet.

In plaats daarvan begonnen haar gedachten af te dwalen. Ze keek de rechtszaal rond, die vol zat met journalisten die lucht moesten hebben gekregen van die krankzinnige vrouw die haar eigen verdediging voerde. Toen keek ze omhoog naar de publieke tribune. Die zat ook vol; ze zag gezichten op haar neerkijken en draaide zich snel om.

Daarna keek ze naar de jury. Die zat in twee rijen links van haar. Ze keek de achterste rij langs: een kalende man, type middenmanager, van ergens voor in de veertig; een vrouw met pluizig zwart haar van achter in de dertig, hippieachtig en met grote oorbellen in die ze volgens Tabitha best zelf gemaakt kon hebben; een vrouw met een rond gezicht en een hoofddoek die rondkeek en voor zich uit glimlachte; een vrouw van in de veertig, knalroze vestje, streng gezicht; een jongeman van in de twintig, met hoody en T-shirt, vlekkerig gezicht, duidelijk verveeld terwijl dit nog maar de eerste dag was; een man van in de vijftig, gekleed op de rechtszaal, mager, ernstig, zat de hele tijd te draaien – om zich te kunnen concentreren? Om wakker te blijven?

Voorste rij: een degelijke vrouw, met een degelijk kapsel, een degelijk rond schildpadbrilletje, degelijke donkere kleren, waarschijnlijk arts; een man met een getrimd baardje, geruit overhemd, misschien aardrijkskundeleraar; een oudere vrouw, eind zestig, in een gemakkelijk zittende bloemetjesjurk; een vrouw van in de veertig met een ketting van grote bruine kralen en woeste wenkbrauwen, die vaker dan de anderen en niet al te vriendelijk naar Tabitha keek; een bekakte vrouw van midden veertig met een smetteloos reebruin truitje en een kettinkje, zorgvuldig opgemaakt, Tabitha zag haar al met een strakke witte broek aan op een paard zitten; een man met hipsterknotje waar hij te oud voor was, waarschijnlijk achter in de veertig.

Er waren verschillende sekses, verschillende leeftijden, verschillende rassen vertegenwoordigd. Tabitha kon zich een alternatieve wereld voorstellen waarin ze hen stuk voor stuk voor zich won, waarin ze een verdediging opzette die hen stuk voor stuk persoonlijk aansprak. Misschien zou ze hen op zijn minst in gedachten moeten onderverdelen in vriendelijke en onvriendelijke juryleden. Het probleem was alleen dat ze allemaal onvriendelijk leken. Woeste wenkbrauw was misschien de ergste, maar ze toonden allemaal een bepaalde mate van wantrouwen. Toen ze haar zagen zitten, hadden ze naar haar omhooggekeken en had Tabitha zich in haar plexiglazen hok net een dier in de dierentuin gevoeld. Er had evengoed een bordje kunnen hangen: 'Tabitha Hardy. Moordenaar'.

'Mevrouw Hardy?'

Tabitha keek om zich heen. Ze was bijna vergeten waar ze was.

'Wat?'

'De openingsverklaring van de verdediging graag,' zei rechter Munday.

'Wat?'

'Die moet u nu uitspreken.'

Tabitha keek ontzet rond. Simon Brockbank had zijn verklaring afgerond en was gaan zitten. De beide advocaten hadden zich omgedraaid in hun stoel en keken naar haar omhoog, net als de jury, net als de rechter, net als iedereen in de rechtszaal. Voor een keer keek niemand naar zijn laptop.

Tabitha's hoofd was volkomen leeg.

'Is het de bedoeling dat ik die hier uitspreek?' vroeg ze.

'Dat hebben we al besproken,' zei rechter Munday streng.

'Maar het voelt alsof ik in een doos zit te praten.'

'Ga uw gang, alstublieft.'

Tabitha haalde diep adem. Stel nou dat ze gewoon niets zei? Of stel dat ze flauwviel? Ze keek naar de jury, die terugkeek. De juryleden zouden inmiddels wel plaatsvervangende schaamte voelen, zoals bij een mislukte speech op een bruiloft. Zouden ze medelijden met haar krijgen? Waarschijnlijk niet.

'Het lijkt waarschijnlijk een beetje vreemd,' begon ze. 'Dat ik mijn eigen verdediging voer, zonder advocaat.'

'Sorry,' zei rechter Munday. 'Ik moet u even onderbreken. Wees voorzichtig met wat u zegt, mevrouw Hardy.' Ze draaide zich om naar de jury. 'Zoals u gezien zult hebben, heeft mevrouw Hardy ervoor gekozen zichzelf te verdedigen. En zoals u misschien weet is dat ongebruikelijk in zo'n belangrijke zaak, maar het is haar eigen keuze. Ze heeft het volste recht om dat te doen. Ik wil twee dingen zeggen. Ten eerste kunnen bepaalde onderdelen van dit proces als gevolg daarvan er wat informeler aan toe lijken te gaan.' Ze keek Tabitha streng aan. 'Maar dat is geen excuus om u niet aan alle regels rond de bewijsvoering te houden. En ten tweede mag het feit dat de verdachte haar eigen verdediging voert u niet beïnvloeden, in haar voordeel noch in haar nadeel.' Ze keek weer naar Tabitha. 'U kunt beginnen.'

'Bedankt,' zei ze. 'Ik bedoel: bedankt, mevrouw. Edelachtbare. Ik zal het kort houden.' De onderbreking had haar de kans gegeven haar gedachten op een rijtje te zetten. 'Ik zal niet de hele zaak doorspreken, zoals die vent daar deed.'

'Noem hem meneer Brockbank, alstublieft,' zei rechter Munday.

'Sorry, meneer Brockbank. Ik ben duidelijk geen expert. Maar ik weet wel dat ik technisch gezien niet hoef te bewijzen dat ik onschuldig ben. Ik hoef alleen maar aan te tonen dat je niet kunt vertrouwen op het bewijs tegen me. Ik weet dat advocaten dat doen door trucjes uit te halen en verwarring te zaaien.' Ze keek even zenuwachtig naar rechter Munday, die haar wenkbrauwen fronste en langzaam haar hoofd schudde. Ze keek weer naar de jury. 'Dat wil ik niet doen. Ik wil u laten zien dat ik het niet gedaan heb.'

Ze ging zitten en heel even was er een stilte, alleen doorbroken door een paar kuchjes. Tabitha keek om zich heen. Was er iets aan de hand? Brockbank stond op.

'Het spijt me, edelachtbare, maar kunnen we de jury even wegsturen?'

De juryleden keken verbaasd en geïrriteerd toen ze moesten opstaan en via de zijkant van de zaal naar buiten werden gebracht. Zodra ze weg waren, stond Brockbank op en zei dat Tabitha een gedetailleerde beschrijving van haar verdediging had moeten geven.

'Hoe kan ik dat doen voor ik weet wat de mensen gaan zeggen?' vroeg ze.

'Dat weet u al. Het staat in de stukken die u eerder hebt ontvangen.'

Rechter Munday schudde haar hoofd. 'In dat soort dingen kunnen we niet al te rigide zijn,' zei ze. Toen keek ze Tabitha weer strenger aan. 'Dat geldt niet voor uw benadering van de getuigen. Er zijn strikte regels voor een direct kruisverhoor door de verdachte. Daarin wordt u geen enkele speelruimte toegestaan.'

Tabitha had geen idee wat die regels waren, maar ze knikte nederig.

Rechter Munday keek op de klok. 'Ik denk dat we nog tijd hebben voor de eerste getuige,' zei ze.

Dr. Leonard Garner was een forensisch patholoog met een schrikbarend lange lijst van kwalificaties. Hij was groot, had een lang, mager en ernstig gezicht en bijna wit haar. Hij stond rechtop in de getuigenbank als iemand die daar al heel vaak had gestaan. Ook droeg hij een gespikkeld vlinderdasje en had hij een deel van zijn haar over zijn kale hoofd heen gekamd. Tabitha had nooit iets begrepen van die twee stijlkeuzes. En toen hij begon te spreken, maakte hij aan het einde van elke zin een bepaald geluidje, een soort hum. Dat begon Tabitha al snel te ergeren. Het was moeilijk om niet naar die hum te luisteren in plaats van naar wat hij zei.

Dr. Garner had Stuart Rees' lichaam ter plekke onderzocht en ook de autopsie uitgevoerd. Brockbank liet dr. Garner eerst hinderlijk gedetailleerd zijn eigen kwalificaties beschrijven, daarna het lichaam zoals hij dat op de plaats delict had aangetroffen, en ten slotte de resultaten van de autopsie. Tabitha had de foto's van de steekwonden al gezien, maar nu waren ze uitvergroot, op grote stukken karton geplakt en op schragen aan de zijkant van de zaal neergezet.

Dr. Garner beschreef de doodsoorzaak: shock als gevolg van dodelijke inwendige bloedingen. Een van de messteken had de halsslagader zo goed als volledig doorgesneden. Rees was binnen een paar minuten dood. De wonden waren toegebracht met één mes, een enkelsnijdend, niet-gekarteld mes dat maximaal 3,4 centimeter breed kon zijn. Er werd een mes uit Tabitha's keuken tevoorschijn gehaald. Dr. Garner kreeg de vraag of het mogelijk was dat dit mes voor de moord was gebruikt en hij zei ja, dat was mogelijk.

Tabitha keek naar Michaela, siste tegen haar en klopte op het plexiglas. Ze keek om.

'Maak je aantekeningen?' vroeg Tabitha.

'Mevrouw Hardy, alstublieft,' zei rechter Munday.

'Wat moet ik anders?' vroeg Tabitha. 'Ik kan niet tegen haar fluisteren. Dan kan ze me niet verstaan.'

'Laat de getuige uitspreken zonder hem te onderbreken.'

Tabitha schreef het woord 'mes' op. Het was de eerste aantekening die ze maakte. Ze had naar de jury gekeken terwijl dr. Garner getuigde. Toen ze de foto's van de wonden zagen, hadden twee van de vrouwen hun hand voor hun mond geslagen. De man met het knotje had in zijn ogen gewreven en was wit weggetrokken.

De enige verrassing kwam toen dr. Garner naar het tijdstip van overlijden werd gevraagd. Vanwege de temperatuur van het lichaam ter plaatse, de mate van lijkstijfheid en de ophoping van bloed in het lichaam schatte hij dat de dood tussen 13.00 en 15.30 moest zijn ingetreden. Tabitha schreef dat op, met een vraagteken erbij.

Simon Brockbank bedankte dr. Garner en ging zitten.

Weer draaide iedereen zich om naar Tabitha. Ze stond op en kreeg even het gevoel dat de rechtszaal een beetje scheef hing. Ze wankelde en moest zich aan haar stoel vasthouden om niet om te vallen.

Ze had het vage gevoel dat ze iets moest zeggen om zichzelf te verdedigen, maar het was haar niet duidelijk wat dr. Garners getuigenverklaring voor haar betekende. Was die echt zo belastend? 'Goed,' zei ze, maar ze had geen idee hoe de zin verder moest gaan. Ineens kwam er een gedachte bij haar op. Ze klampte zich er wanhopig aan vast. 'Stuart Rees was toch best groot en sterk?'

'Dat zou ik echt niet weten.'

'U hebt autopsie gedaan. Meet u dan het lichaam niet op?'

Dr. Garner had een open laptop voor zich op de getuigenbank liggen. Hij keek ernaar en tikte iets in.

'Stuart Rees was bijna een meter achtenzeventig. Ik zou niet kunnen zeggen hoe sterk hij was.'

'Maar hij was groter dan ik.'

'Dat kan ik van hieruit niet zien.'

'Dat komt doordat ik vastzit in dit belachelijke hok. Daarom moet ik ook schreeuwen.'

'U hoeft niet te schreeuwen,' zei rechter Munday. 'We kunnen u heel goed verstaan.'

'Sorry, edelachtbare. Oké, ik ben een meter zestig, hooguit. Dus dan was hij toch veel groter dan ik?'

'Groter, ja.'

'De steekwonden zaten allemaal aan de voorkant, toch?'

'Een ervan zat aan de rechterkant van de buik.'

'Is het niet onwaarschijnlijk dat iemand van mijn postuur zoiets zou kunnen doen bij iemand van zijn postuur?'

'Nee.'

'Nee?' Zo'n stellig antwoord had Tabitha niet verwacht. 'Nou, misschien zou niet iedereen daar zo over denken.'

Dr. Garner keek naar de rechter. 'Mag ik hier wat meer over zeggen?'

'Natuurlijk,' zei rechter Munday.

Dr. Garner vertelde gedetailleerd over een autopsie die hij onlangs had uitgevoerd. Bij een incident tussen bendes was het slachtoffer, dat groter en sterker was dan Stuart Rees, meerdere keren gestoken door een jonge vrouw van ongeveer Tabitha's lengte en bouw.

'Als de een een scherp mes heeft,' besloot hij, 'en de ander niet, doet lengte er minder toe.'

'Maar toch onwaarschijnlijk,' zei Tabitha een beetje wanhopig.

'Daar kan ik geen antwoord op geven,' zei dr. Garner vlak.

Tabitha keek naar haar karige aantekeningen, op zoek naar inspiratie.

'Dat mes,' zei ze. 'Dat volgens u bij de wond paste. Is dat in de buurt van het lichaam gevonden?'

Dr. Garner zweeg even. 'Nee.'

'Waar dan wel?'

'Het was een keukenmes. Ik geloof dat het in de keuken lag.'

'Het was een heel gewoon mes, toch?'

'Ja.'

'Waarschijnlijk ligt er in elke keuken wel zo'n mes?'

'In de meeste keukens waarschijnlijk. Ja.'

Tabitha keek weer naar haar aantekeningen. Ze had het gevoel dat ze nog iets moest vragen, maar ze wist niet hoe ze het moest formuleren.

'Ik heb een documentaire gezien.'

'Wat?' zei dr. Garner.

'Die ging over forensische wetenschap. Hij heette *Hardnekkige fabels* of zo. Een van de dingen die aan de orde kwamen, was dat het inschatten van het tijdstip van overlijden een beetje, zeg maar, dubieus is. Als u begrijpt wat ik bedoel? Ik bedoel, bent u het daarmee eens?'

'Nee.'

De getuigenbank stond helemaal rechts in de rechtszaal, vlak voor de rechter. Dr. Garner had de hele tijd voor zich gekeken en vooral tegen rechter Munday gesproken. Maar nu draaide hij zich om naar Tabitha, met afkeer op zijn gezicht. Simon Brockbank had hem omschreven als 'een autoriteit in zijn vakgebied'. En nu kreeg hij dit op zijn bord.

'U hebt het lichaam rond zes uur gezien, klopt dat?'

'Ik kwam om ongeveer kwart over zes aan.'

'U wist dat de politie rond vijf uur arriveerde, dus dat deel van de inschatting was niet zo moeilijk. Maar hoe zit het met het eerste tijdstip? U zei: na 13.00. Hoe kwam u aan die tijd?'

Toen dr. Garner antwoordde sprak hij langzaam en nadrukkelijk, alsof hij het tegen een kind had.

'Zoals ik al heb uitgelegd is er een formule voor de daling van de kerntemperatuur van het lichaam.'

'Als er een formule is, waarom geeft u dan niet het exacte tijdstip van overlijden? 14.43 of zo?'

'Lichamen koelen niet allemaal in hetzelfde tempo af. Dus heb ik een bandbreedte aangegeven, op basis van lange ervaring.'

'Hebben er nog andere zaken invloed?'

'Invloed op wat?' Dr. Garner klonk nu gepikeerd. Hij keek naar rechter Munday. 'Is dit echt nodig?'

Ze tikte met haar pen op het tafelblad. Ze leek niet helemaal tevreden met de situatie.

'Ik zal ingrijpen als mevrouw Hardy's vragen misplaatst zijn.'

Hij humde nog een keer. 'Wat was de vraag?' vroeg hij.

'Tijdstip van overlijden,' zei Tabitha. 'Welke andere zaken zijn van invloed op de inschatting daarvan?'

'Allerlei factoren. Omgevingstemperatuur, de manier waarop het lichaam bewaard wordt.'

'U zei: tussen één uur en halfvier. Hoe zit het met twaalf uur? Zou dat onmogelijk zijn?'

'Onwaarschijnlijk. Gezien de informatie die ik heb gekregen. Of heb verzameld.'

'Onmogelijk?'

'Onwaarschijnlijk.'

'En elf uur?'

'Ik geef gewoon mijn deskundige mening.'

'Tien uur?'

'Toe nou toch,' zei dr. Garner. 'Dit is absurd.'

'Absurd? Ik sta hier verdomme mijn leven te verdedigen!' zei Tabitha.

'Mevrouw Hardy,' zei rechter Munday met stemverheffing. 'Dat soort taal gebruikt u niet in mijn rechtszaal. En u spreekt getuigen niet op die manier aan.'

'Sorry. Ik wilde alleen even zeggen dat dit nattevingerwerk is.'

'Het is niet de bedoeling dat u dingen "alleen even zegt",' zei rechter Munday. 'Het is de bedoeling dat u vragen stelt.'

Tabitha dacht even na. 'Het is nattevingerwerk, toch?' vroeg ze.

'Nee,' zei dr. Garner.

Ze ging zitten. Ze was niet tevreden met haar optreden. Ze had precies gedaan wat ze beloofd had niet te zullen doen: verwarring zaaien, alleen maar om de verwarring.

56

'Kijk eens wat ik mee naar binnen heb gekregen,' zei Michaela de volgende ochtend, toen ze de cel binnenkwam met haar mappen onder haar arm en haar linnen tasjes over haar schouder. Ze droeg een jasje met krijtstreep en een legging met luipaardprint, en haar haar zat in ingewikkelde vlechtjes achterover. Ze rook naar tabak en een muskusachtig parfum, dat Tabitha aan donkere kelders deed denken.

'Echte koffie!' zei Tabitha, toen Michaela haar een kartonnen bekertje toestak.

'En...' – Michaela zette al haar vracht neer en rommelde in een van de tassen – 'kaneelbroodjes!'

'Fantastisch,' zei Tabitha, ook al had ze geen trek. Haar maag voelde slap bij de gedachte aan de dag die voor haar lag.

Ze nam de koffie aan. Die was sterk en bitter en gaf haar een welkome opkikker.

'Er staat een rij langs de hele zijkant van het gebouw.'

'Wat bedoel je?'

'De mensen staan in de rij voor een plek op de publieke tribune.'

'Waarom?'

'Volgens mij heb je de vorige keer voor best wat opschudding gezorgd. Er zal wel over gepraat zijn. Iemand zei dat er om zes uur al mensen in de rij stonden.'

'Jezus, dat heb ik net nodig.'

'Ben je klaar voor de dag?'

'Ik heb me weleens klaarder gevoeld. Wat staat er vandaag ook alweer op het programma?'

Michaela sloeg haar eerste map open en pakte het bovenste vel papier.

'Ik heb gisteravond alles op volgorde gelegd,' zei ze. 'Dat duurde eeuwen; alles lag totaal door elkaar omdat jij de hele tijd alles uit je handen laat vallen. Hier. Eerst komt Pauline Leavitt, wie dat ook mag zijn.'

'Iemand die me niet mag,' zei Tabitha.

'O.' Michaela stak haar bemoedigend een broodje toe. 'En dan komt Laura Rees. Heb je al bedacht wat je die twee wilt vragen?'

'Nee.'

'Je ziet wel?'

'Zo zou je het kunnen zeggen.'

Pauline Leavitt liep met een wandelstok. Het leek pijnlijk lang te duren voor ze eindelijk bij de getuigenbank was. Tabitha keek even naar de jury. De degelijke vrouw keek nog ernstiger dan gewoonlijk; Knipper in haar hippiekleren knipperde nog meer met haar ogen dan anders en zat met haar hoofd te knikken alsof ze de oude vrouw wilde aanmoedigen; de man met het staartje zat in gedachten verzonken op zijn duim te bijten; de glimlachende vrouw met de hoofddoek keek met intens medelijden naar Pauline Leavitt, terwijl de man met de baard zijn handen tegen elkaar zette, er met zijn kin op steunde en bedroefd keek. Heel even kruiste Tabitha's blik die van Engerd, die donker keek, alsof er zich donderwolken samenpakten.

Er was veel onnodig gedoe. Pauline Leavitt werd gevraagd of ze zeker wist dat ze lekker zat. Ze kreeg een glas water. Ze werd bedankt voor het feit dat ze naar de rechtszaal was gekomen. Ze kreeg te horen dat ze het maar hoefde te vragen als ze even pauze wilde nemen. Tabitha voelde haar irritatie groeien: Pauline Leavitt had toch niets schokkends gezien of een trauma opgelopen? Maar omdat ze wit haar had en mank liep – veel erger, overigens, dan ze in Okeham deed – sprong iedereen met overdreven eerbied en zorg met haar om. Tabitha besefte dat ze haar gezicht boos had gefronst. Ze probeerde haar gelaatsuitdrukking wat zachter te maken.

Pauline Leavitt deed een eed op de Bijbel. Ze werd eindeloos vriendelijk door het opwarmgedeelte geloodst, met vragen over wie ze was, waar ze woonde en hoe ze Tabitha kende.

'Ik kan niet zeggen dat ik haar echt ken,' zei ze met een lieve glimlach die Tabitha een teken van pure kwaadaardigheid leek. 'Ze gaat niet echt met ons om. We zijn er trots op dat iedereen welkom is in Okeham, maar zij is nooit erg vriendelijk geweest.'

Tabitha stond op en roffelde op het plexiglas.

'Ja?' Rechter Munday keek haar met opgetrokken wenkbrauwen aan.

'Dat is niet waar, iedereen is helemaal niet zo welkom, in elk geval niet iemand als ik die–'

'Wees stil, mevrouw Hardy. Uw kans komt nog, als u haar het kruisverhoor wilt afnemen. Als u vindt dat de getuige bevooroordeelde of niet ter zake doende uitspraken doet, mag u bezwaar maken.'

'Ik maak bezwaar!'

'Mevrouw Hardy, dit is geen Amerikaanse rechtszaal. We roepen hier niet "Bezwaar!" en we hebben ook geen hamers. Als u aandacht wilt vragen voor een juridische kwestie, kunt u opstaan en dat op een wellevende manier doen. Maar over het algemeen moet u wachten tot u aan de beurt bent.'

'Ik heb niets dan vriendschappelijke gevoelens voor haar gehad,' ging Pauline Leavitt zelfvoldaan verder. 'Ik had medelijden met haar.' Tabitha balde haar vuisten. 'Ze was duidelijk eenzaam, maar ik vrees dat ze zelf haar grootste vijand is.'

Het jurylid in de comfortabele jurk knikte begripvol. De vlekkerige jongeman geeuwde.

‘Op 24 december ging u uit eigen beweging naar het politiebureau om een verklaring af te leggen. Is dat correct?’

‘Ja.’

Simon Brockbank maakte er een hele show van om die verklaring op te zoeken. ‘Bladzijde 23 van uw dossier,’ zei hij tegen de jury. Hij schraapte zijn keel. ‘Het fragment waar het om gaat is niet lang. Ik zal het voorlezen.’ Hij schraapte nogmaals zijn keel. ‘Toen ik ergens voor 21 december mijn hond uitliet zag ik Tabitha Hardy met Stuart Rees praten. Beiden maakten een geërgerde indruk. Ze zei iets in de trant van: “Ik krijg je nog wel. Dat beloof ik.” ’

‘Herinnert u zich dat u die verklaring aflegde?’

‘Ja.’

‘En u blijft erbij.’

‘Zeer zeker. Ik herinner het me als de dag van gisteren. Ik ben oud, maar ik heb een uitstekend geheugen,’ zei ze tegen de jury.

‘Dank u,’ zei Simon Brockbank. ‘Dus voor alle duidelijkheid, u hebt de verdachte met Stuart Rees zien praten in de dagen voor de moord, en u hebt duidelijk gehoord dat zij hem verbaal bedreigde.’

‘Dat klopt.’

‘“Ik krijg je nog wel. Dat beloof ik,” ’ zei hij heel langzaam en heel duidelijk.

‘Ja.’

Tabitha klopte op het plexiglas. De rechter keek naar haar.

‘Iets in de trant van,’ zei Tabitha. ‘Dat staat in de verklaring: “Iets in de trant van”.’

‘Dat klopt,’ zei rechter Munday, en Tabitha voelde een kleine triomf: voor de eerste keer deed ze niet zo afkeurend.

‘Daar kwam ik nog op,’ zei Simon Brockbank gladjes. Hij draaide zich weer om naar Pauline Leavitt. ‘“In de trant van”: ik neem aan dat u bedoelde dat dat de strekking was van wat de verdachte zei?’

‘Sorry?’

‘Wat bedoelde u toen u zei: “Iets in de trant van”?’ vroeg de advocaat geduldig.

Tabitha krabbelde iets op haar schrijfblok.

'Ik wilde heel eerlijk zijn en geen dingen tegen de politie zeggen die misschien niet helemaal klopten. Ik bedoelde gewoon dat ze net iets andere woorden gebruikt zou kunnen hebben. Zoals: "Ik beloof je dat ik je te pakken zal krijgen" of "Ik zweer dat ik je wel zal krijgen" of "Ik beloof je dat ik je zal terugpakken voor wat je hebt gedaan", of zelfs–'

'Dank u,' onderbrak Simon Brockbank haar. 'En wat voor houding had de verdachte toen ze die woorden uitsprak?'

'Ze keek boos. En...' Ze viel even stil.

'Neem de tijd.'

'Ze was een beetje angstaanjagend, als ik eerlijk ben. Buiten zichzelf.'

Tabitha hief haar hand om tegen het plexiglas te kloppen, maar liet hem weer vallen.

'En Stuart Rees?' vroeg de advocaat, na een korte stilte om Pauline Leavitts woorden goed tot iedereen door te laten dringen. 'Hoe reageerde hij?'

'Dat weet ik niet. Hij stond met zijn rug naar me toe.'

'Op die manier. En wat maakte u op uit het gesprek?'

'Ik maakte op uit het gesprek dat ze boos was en hem bedreigde. Maar ik heb nooit gedacht dat ze hem echt zou vermoorden.'

'En hebt u aan iemand anders verteld wat u had gehoord? Ik bedoel, het moet heel schokkend voor u zijn geweest om zoiets te horen.'

'Het was schokkend. Het was heel erg schokkend. Maar ik heb het aan niemand verteld.'

'Waarom niet?'

Pauline Leavitt tuitte haar lippen en keek ernstig. 'Ik ben geen roddelaar,' zei ze.

Tabitha snoof en rechter Munday keek haar waarschuwend aan.

'Het leek me beter om er niets over te zeggen,' ging de oude vrouw verder. 'Maar als ik ook maar een moment had geloofd dat...' Haar stem werd onvast. Ze nam een slokje water, met trillende handen. 'Als ik het maar geweten had,' zei ze.

Tabitha was aan de beurt. Ze stond op en keek Pauline Leavitt aan, die kalm terugkeek. Ineens begreep Tabitha dat de oude vrouw echt een hekel aan haar had. Ze haalde diep adem en draaide zich iets naar rechter Munday toe.

'Hoe ver stond u bij mij vandaan?' vroeg ze, zonder haar stem te verheffen.

'Sorry? Zeg dat nog eens?'

'Het moet een stuk verder zijn geweest dan u nu van mij af staat,' zei Tabitha op dezelfde rustige toon. Ze bleef de rechter aankijken.

'Ik verstond niet goed...' zei Pauline Leavitt. Ze viel stil en keek Brockbank aan.

Tabitha grijnsde. 'Dank u. Ik heb geen vragen meer, edelachtbare.'

Ze ging zitten. Iemand op de publieke tribune bulderde van het lachen en vanuit haar ooghoek zag ze Michaela haar duim weer naar haar opsteken.

Brockbank kwam snel overeind. 'De verdachte kan toch niet serieus bedoelen dat er geen verschil is tussen een verhitte discussie op straat horen, of iemand horen spreken vanuit de beklaagdenbank, vanachter een plexiglazen wandje dat de verstaanbaarheid ernstig belemmert.'

'Ik zeg alleen,' zei Tabitha, terwijl ze weer ging staan, 'dat zij en ik nu dichter bij elkaar staan dan toen, en dat ze me duidelijk niet kon horen, dus waarom zou iemand moeten geloven wat ze zegt? Ik geloof het niet. Wat meer is, zij...' – Tabitha wees naar rechter Munday – 'mevrouw de rechter, bedoel ik, of sorry, edelachtbare, heeft al uitdrukkelijk gezegd dat mijn verstaanbaarheid niet belemmerd wordt en dat het dus geen probleem is dat ik hier sta. Dus zegt u nu dat de rechter het fout had?'

'U sprak met opzet zachter,' zei Brockbank. Op zijn gezicht stond gespeelde woede te lezen.

'Zo is het genoeg,' zei rechter Munday.

'Ik wil alleen–' begon Tabitha.

'Ik weet precies wat u doet. Ik heb uw hulp niet nodig, dank u. Ik bepaal de regels in deze rechtszaal.' Ze zette haar bril af en wreef in haar ogen. Ineens zag ze er ouder en minder onaantastbaar uit. 'Heel goed. We schorsen nu voor de lunch en na afloop mag u in de advocatenbank gaan zitten.'

'Echt?'

'Betekent dat, edelachtbare,' zei Simon Brockbank snel, 'dat mijn punt over de onverstaanbaarheid van de verdachte vanuit de beklaagdenbank door de rechtbank wordt aangenomen?'

'Nee, dat betekent het niet. Het betekent alleen dat de verdachte in de advocatenbank mag gaan zitten.'

57

'Goed gespeeld,' mompelde Brockbank anderhalf uur later, toen ze op haar nieuwe plek ging zitten.

'Dit is geen spelletje.'

'Je moet eens leren een compliment te ontvangen.'

'Flikker toch op.'

'Mevrouw Hardy,' zei rechter Munday en Tabitha keek op. Had ze haar gehoord?

'Voor de jury binnenkomt wil ik u waarschuwen. Ik heb ernstige twijfels of ik u moet toestaan Laura Rees te verhoren.' Ze duwde haar pruik iets naar achteren om op haar hoofd te krabben en tot Tabitha's verrassing zag ze kort, rood haar.

'Het moet,' zei ze. 'Ik heb er recht op.'

'Ik maak uit waar u recht op hebt. Ze is de echtgenote van de man van wiens moord u beschuldigd wordt. Er gelden strikte regels voor dit soort zaken. Als u die overtreedt, zal ik u stevig aanpakken. Hoort u me?'

'Ik weet niet wat die regels zijn.'

Rechter Munday zuchtte. 'Houdt u zich aan de hoofdpunten van uw zaak. Stel geen vragen die irrelevant of onnodig kwetsend zijn. Waar het op neerkomt: gedraag u als een fatsoenlijk en redelijk mens, als dat niet te veel gevraagd is. Als u over de schreef gaat, zal ik u verplichten een advocaat te nemen.'

'Mag u dat doen?'

'Zoals u meneer Brockbank zo verdienstelijk in herinnering hebt gebracht: ik bepaal wat er in deze rechtszaal gebeurt.'

Laura Rees was een goede getuige. Ze was sober gekleed in een donker pak dat ze waarschijnlijk ook bij begrafenissen droeg, met schoenen met lage hakken eronder en een blauwe sjaal met bloemen zorgvuldig om haar hals geknoopt. Haar haar zat netjes, maar het leek zachter dan anders. Ze zag eruit als wat ze was: een degelijke, respectabele, betrouwbare, onopvallende Engelse vrouw van middelbare leeftijd die de onversneden waarheid zou zeggen en niet eens zou kúnnen liegen.

De perstribune zat propvol en de publieke tribune ook. Toen Tabitha opkeek, zag ze onbekenden met gretige nieuwsgierigheid naar haar kijken.

Het was helemaal stil toen Laura Rees door haar getuigenverklaring werd geleid. Elinor Ackroyd stelde de vragen, van vrouw tot vrouw. Ze had een mooie stem, laag en helder. Het mededogen was duidelijk af te lezen op haar gezicht. Tabitha, die in de advocatenbank zat met een stapel papieren voor zich en haar notitieboek op schoot, kon het nauwelijks verdragen om naar haar te luisteren.

Het begon, zoals ze vooraf al had geweten, met het misbruik van vijftien jaar geleden. Ze hield haar hoofd gebogen terwijl Laura Rees de vragen beantwoordde, maar toch voelde ze tientallen ogen op haar gericht die haar brutaal onderzochten, die haar helemaal uitkleedden, tot ze weer een ongelukkige tiener was. Ze voelde zich zo beschaamd en kwetsbaar dat ze onder de tafel zou zijn weggekropen, als dat had gekund.

Ja, Laura Rees was destijds op de hoogte geweest van het voorval. (Tabitha schreef op dat ze enkelvoud gebruikte.)

Ja, haar man had het opgebiecht. Hij was erg van streek geweest en had veel spijt gehad. Hij had haar verzekerd dat er nooit eerder zoiets was gebeurd en dat het ook nooit meer zou gebeuren.

Elinor Ackroyd vroeg, heel tactvol, naar de onwettigheid ervan: hij was in de veertig en was haar leraar, zij was vijftien. Laura Rees gaf beheerst antwoord, maar ze klonk een beetje schor en nam af en toe even pauze om een slokje water te drinken. Het was absoluut verkeerd, zei ze. Maar haar man had haar bezworen dat het initiatief van Tabitha uit was gegaan en dat hij zwak en stom was geweest. Michaela siste iets onverstaanbaars.

Ja, ging Laura verder, ze had ervoor gekozen om hem te geloven. (Tabitha schreef weer iets op over haar formulering.)

En ze had hem vergeven omdat ze zijn vrouw was, was bij hem gebleven omdat ze zijn vrouw was; zoals echtgenotes over de hele wereld dat nu eenmaal doen, leek ze te willen zeggen. En Roze en Glimlach, Knipper, Bekakt, Gemakkelijk en Doc leunden allemaal naar voren, verbonden in een gedeeld begrip van wat echtgenotes weten. Tabitha keek kwaad neer op haar ringloze vingers met de afgebeten nagels. Michaela stak kalm een stukje kauwgum in haar mond.

'Het was een opluchting toen ze verhuisde,' zei Laura Rees. 'We konden weer verder met ons gewone leven.'

Tabitha wilde opspringen en brullen: en ik dan, en mijn gevoelens, mijn gewone leven waarmee ik nooit meer verder kon? Maar ze zei niets, ook al zat ze zichtbaar te beven op haar stoel.

Nu waren ze vooruitgesprongen naar de weken voor de moord en naar Tabitha's terugkeer in het dorp.

'Jullie waren plotseling buren,' zei Elinor Ackroyd.

'Ja.'

'Hoe was dat voor u?'

Laura Rees aarzelde even. 'Ik weet het niet goed,' zei ze. 'Het was al zo lang geleden. Je gaat gewoon door, hè? Je schikt je.'

'Hoe was het voor uw man?'

'Hij zei er niets over en ik heb het hem niet gevraagd. Maar ik wist wel dat hij heel gespannen was.'

'Hoe wist u dat?'

'Omdat hij zei dat we weg moesten uit het dorp.'

'Even om het absoluut duidelijk te krijgen: zegt u nu dat uw man zodra de verdachte naar Okeham terugkeerde, besloot dat u moest verhuizen?'

'Ja.'

'Weet u heel zeker dat die twee dingen met elkaar in verband staan?'

'Welke andere reden zou er kunnen zijn?'

'Hebt u het hem rechtstreeks gevraagd?'

'Nee.'

'Waarom niet?'

Laura Rees nam weer een slokje water. 'Omdat ik het al wist,' zei ze. 'Dus waarom zou ik hem ermee confronteren? Het zou de zaken alleen maar vertroebelen.'

'Hebt u het huis te koop gezet?'

'Ja. We zouden begin van het jaar bezichtigingen krijgen.'

Ze gingen verder met de dag zelf. Tabitha bladerde door haar aantekeningen, maar ze kon de bladzijden waarop ze dingen over Laura had opgeschreven niet vinden. Ze had klamme handen. De intonatieloze, schorre stem van Laura en de heldere, lage van Elinor Ackroyd bleven maar praten, om en om: dat Laura om 9.30 van huis was vertrokken om naar een klant te gaan; dat ze om 15.30 was teruggekomen, vroeger dan anders omdat haar zoon thuiskwam voor de kerst; dat haar man er niet was en zijn auto niet op de oprit stond, maar dat ze daar niets bijzonders bij had gedacht.

Er was niets wat Tabitha nog niet wist, nog niet verschillende keren had gelezen. Laura Rees gebruikte zelfs dezelfde zinswendingen als in haar verklaring aan de politie. Herinneringen, dacht Tabitha, waren bij iedereen maar herinneringen aan herinneringen aan herinneringen aan wat je een halfjaar geleden had gezegd.

Het was heel warm in de rechtszaal. Er zoemde een vlieg ergens vlakbij, maar ze zag hem niet. Ze draaide haar hoofd en keek per ongeluk een journalist op de perstribune aan, een man met kleine oogjes en een onderkin. Hij keek terug en schreef iets op. Ze begon tekeningetjes te maken in haar notitieblok. Ze tekende haar huis. Ze tekende een vlieg. Ze tekende een gezicht en gaf het een pruik. Ze voelde haar oogleden zwaar worden en sperde haar ogen wijd open. Hoe kon ze nou in slaap dreigen te vallen terwijl ze terechtstond voor moord en de vrouw van de man die ze gedood zou hebben een paar meter verderop tegen haar stond te getuigen?

Toen was het ineens voorbij. Elinor Ackroyd ging zitten. Laura Rees streek haar haar glad en frunnikte aan haar sjaal. Haar ogen flitsten even naar Tabitha. De rechter schorste voor een pauze. De hele rechtbank stond op.

'Ik weet dat dit moeilijk voor u moet zijn,' zei Tabitha. 'En ook heel vreemd. Dat is het ook voor mij.'

'Mevrouw Hardy,' klonk de stem van de rechter.

'Wat? Mag ik dat niet zeggen? Ik weet niet hoe dit werkt,' zei ze tegen Laura, 'maar ik moet een paar vragen stellen, dus nou ja. Daar gaat-ie.'

Ze schraapte haar keel. Haar hoofd was akelig leeg geworden. In de advocatenbank liet Simon Brockbank zachtjes een pen op het tafelblad stuiteren. Het geluid tikte in haar hoofd.

'Kunt u daarmee ophouden?' vroeg ze en hij legde gemoedelijk zijn pen neer en sloeg zijn armen over elkaar.

'Ja, zoals ik al zei. Een paar dingen maar. Eerst, het misbruik, de affaire, hoe je het ook noemt.' Haar hele lijf was warm en kriebelig; ze voelde dat haar gezicht vuurrood werd. 'U zei dat het maar één keer was gebeurd.'

'Zei ik dat?'

'Ja. U zei: "het voorval". Dat is enkelvoud. Gelooft u nog steeds dat het eenmalig was?'

'Ik weet het niet,' zei Laura.

Ze keken elkaar aan, en het voelde vijandig noch vriendelijk.

'Kunt u geloven dat het vaker gebeurd kan zijn?'

'Dat zou kunnen, ja.'

'Als ik zou zeggen dat het meermalen gebeurd is, zou u dan verrast zijn?'

'Dat weet ik niet.'

'Dank u. En verder...' Ze keek naar de slordige aantekeningen die ze had gemaakt. 'U zei ook dat u ervoor kóós uw man te geloven toen hij zei dat ik ermee begonnen was.'

'Ja.'

'Kiest u daar nu nog steeds voor?'

'Dat weet ik niet,' zei Laura weer.

'Dus als ik zou–' Tabitha voelde dat Michaela aan haar jasje trok. 'Wat?' onderbrak ze zichzelf. 'Sorry,' zei ze tegen Laura. 'Een moment.'

Ze boog zich naar Michaela toe, die dringend fluisterde: 'Volgens mij maak je het zo erger.'

'Hoe bedoel je?'

'Snap je het niet, dit alles – dat hij aan jou zat, dat het vaker gebeurd is – dat maakt het toch aannemelijker dat je hem wilde vermoorden, niet minder aannemelijk?'

'O.'

Ze ging weer rechtop staan en keek Laura aan.

'Mag ik iets vragen over dat verhuizen? Is het wel zo logisch dat dat vanwege mij was?'

'Ja.'

'Ik bedoel, heeft hij ooit gezegd dat ik hem bedreigd heb?'

'Nee.'

'Want wat Pauline Leavitt ook zegt, dat heb ik niet gedaan.'

'Mevrouw Hardy!' zei de rechter berispend, op hetzelfde moment dat Simon Brockbank opstond.

'Sorry. Oké. Dus hij heeft nooit letterlijk gezegd dat ik hem bedreigde, klopt dat?'

'Het enige wat ik weet,' zei Laura Rees, 'is dat jij in Okeham kwam op precies hetzelfde moment dat hij zenuwachtig werd en besloot te gaan verhuizen.'

'Ik wil u iets vragen over de dag zelf. U moest naar een klant toe?'

'Ja.'

'Maar uiteindelijk hebt u die helemaal niet ontmoet?'

'Nee.'

'Is dat niet een beetje vreemd?'

'Niet echt.'

'Ik vind het vreemd.'

Brockbank zat aan zijn nagels te peuteren en glimlachte half voor zich uit.

'Waar wilt u naartoe?' vroeg rechter Munday.

'Ik zeg alleen maar dat het een beetje verdacht is,' zei Tabitha. 'En dan had uw man ook nog een afspraak waar hij niet naartoe kon.'

'Ik begrijp niet wat de vraag is.'

'Hebt u enig idee waar hij die ochtend naartoe ging?'

'Nee.'

'Is dat niet een beetje raar?'

'Helemaal niet.'

'Het is wel toevallig, hè? Dat de afspraken van u beiden niet door zijn gegaan?'

Laura keek haar bijna medelijdend aan. 'Vanwege die omgewaaide boom kon hij het dorp niet uit, dat is alles.'

Er klonk ingehouden gegiechel op de publieke tribune. Tabitha keek op en probeerde te zien waar het vandaan kwam. Rijen en rijen gezichten keken op haar neer, rekten hun hals om het beter te kunnen zien. Ze wist niet meer waar ze naartoe wilde.

Ze bladerde doelloos door de papieren voor haar. 'Het grootste deel van wat u ons vertelt, gaat over wat u van uw man hebt gehoord.'

'Ik geef gewoon antwoord op de vragen,' zei Laura Rees. 'Zo goed als ik kan.'

'Maar stel nou dat u hem niet kunt vertrouwen?'

'Ik heb u gewaarschuwd, mevrouw Hardy.' Dat was de rechter.

'Het is in orde, ik kan dit best vragen. Het is relevant. Kon u erop vertrouwen dat uw man niet tegen u loog, en dat hij u alles vertelde wat belangrijk was en wat u hoorde te weten?'

Het bleef lang stil. De vlieg zoemde. Ze kon vaag het ordinaire geluid horen van Michaela die op haar kauwgum kauwde.

'Ik was met hem getrouwd,' zei Laura ten slotte.

'Dat weet ik, en ik weet ook dat u gelooft in plicht en zo. Maar was het een goed huwelijk?' Vaag hoorde ze de rechter iets strengs zeggen en Brockbank bezwaar maken, maar ze ging dapper door. 'Of behandelde hij u ook slecht?'

'Hij was mijn man,' zei Laura. Eén enkele dikke traan rolde over haar wang.

'Het spijt me,' zei Tabitha. 'Het spijt me, maar mijn leven staat hier op het spel.'

'Geen vragen meer,' zei rechter Munday.

'Ik denk dat hij u treiterde en gemeen tegen u was en dat u ongelukkig was; ik denk dat hij gemeen was tegen heel veel mensen; ik denk dat veel mensen hem–'

'Hou onmiddellijk uw mond!'

'Mag ik haar nog één vraag stellen?'

'Absoluut niet.'

'Denk je echt dat ik het gedaan heb?' vroeg ze aan Laura.

Michaela trok weer dwingend aan haar jasje om te zorgen dat ze haar mond hield.

'Ontruim de rechtszaal.'

Laura keek Tabitha recht aan. 'Is dat dan niet zo?'

'Dat was echt stom,' zei Michaela bars.

'Wat?'

'Vragen of ze dacht dat je het gedaan hebt.'

'Dat zal wel.'

'Hoe haalde je het in je hoofd?'

'Ik weet het niet.'

'Beloof me dat je die vraag nooit meer stelt.'

'Oké.'

'Nee. Ik meen het. Als je wilt dat ik dit doe, moet je het beloven.'

'Ik beloof het.'

Tabitha hing boven de wc-pot en kotste tot ze niets meer in haar maag had en alleen nog kon kokhalzen. Toen ze klaar was, waste ze haar handen en haar gezicht; ze voelde zich breekbaar, leeg en groezelig.

De politievrouw stond erbij te kijken zonder iets te zeggen. Toen bracht ze Tabitha naar het busje, en het busje bracht haar door de schitterende junidag terug naar haar cel.

58

Toen Tabitha dr. Owen Mallon in de getuigenbank zag zitten, begreep ze dat zij niet als enige zenuwachtig was. Het was bijna aandoenlijk. Ze zag hem meestal in zijn hardloopkleren, of in een spijkerbroek met een stoer T-shirt en jack. Hij was altijd vriendelijk geweest en had het soort zekerheid uitgestraald dat artsen hebben die de geheimen van mensen kennen, die weten wat er onder de oppervlakte speelt. Maar nu droeg hij een pak dat net niet helemaal paste, met een ingetogen stropdas erbij; zijn haar was geborsteld. Hij zweette niet, maar hij had iets stijfs in zijn gezicht waardoor hij er anders uitzag. En hij zat er als getuige à charge.

Hij koos voor de belofte in plaats van de eed op de Bijbel. Toen hij de tekst aannam, zag Tabitha dat zijn handen een beetje trilden. Hij keek om zich heen, maar toen haar blik de zijne kruiste keek hij weer naar de tekst.

'Ik beloof en verklaar in eer en geweten dat de getuigenis die ik zal afleggen de waarheid, de hele waarheid en niets dan de waarheid is.'

Hij keek weer naar de tekst, alsof hij niet goed wist wat hij ermee moest doen. De bode kwam hem halen. Toen stond Simon Brockbank op en begon hem vriendelijk te ondervragen. Tabitha hoorde dingen over dokter Mallon die ze nog niet wist. Hij had zijn opleiding in Nottingham genoten, had een extra graad in de sociale geneeskunde gehaald en had een jaar als vrijwilliger in een plattelandsziekenhuis in Zuid-Afrika gewerkt. Ze keek naar de jury. Ze keken neutraal, zoals gewoonlijk, maar ze moesten toch onder de indruk zijn. Deze getuige à charge was niet zomaar een arts, maar een arts die een jaar lang arme mensen in Afrika had geholpen.

'Zou u uzelf omschrijven als een vriend van mevrouw Hardy?' vroeg Brockbank.

Mallon keek bedenkelijk. 'Een kennis, zou ik zeggen. We kwamen elkaar weleens tegen in het dorp. Als ik aan het hardlopen was en zij terugkwam van het zwemmen, op dat soort momenten.'

'Hoe zou u haar gebruikelijke houding beschrijven tijdens die ontmoetingen?'

'Bezwaar!' riep Tabitha.

'Blijf stil, alstublieft,' zei rechter Munday. Ze keek naar Mallon. 'Gaat u maar verder.'

Hij leek van slag door de onderbreking en de vraag moest herhaald worden.

'Ik zou zeggen dat ze slechtgehumeurd leek, geagiteerd.'

'Kunt u specifieker zijn?'

Hij dacht even na. 'Ze woonde er nog maar een paar weken. We knikten elkaar toe, zoals je dat doet in het dorp. Maar er was één bepaald gesprek, toen ik haar een keer vroeg hoe het ging. Ze zei dat het niet zo goed ging, dus vroeg ik waarom ze was teruggekomen en toen zei ze: "Ik was hier nog niet klaar." '

'Hmm,' zei Brockbank. 'Ik was hier nog niet klaar. Dat is een interessante formulering. Wat maakte u daaruit op?'

'Ik wist niet precies hoe ik dat moest opvatten.'

'Vond u het zorgwekkend?'

'Ik was bezorgd, om háár.'

'Nou, bedankt hoor,' mompelde Tabitha sarcastisch, maar het kwam er harder uit dan haar bedoeling was.

'Mevrouw Hardy,' zei rechter Munday. 'U kunt getuigen aanspreken via mij – als dat gepast is – of u kunt de rechtbank toespreken, maar dat soort opmerkingen mag u niet maken.'

'Sorry,' zei Tabitha chagrijnig.

Ze wilde al opstaan om aan haar ondervraging te beginnen, al had ze geen duidelijk idee wat ze dan zou vragen, maar Brockbank begon weer te spreken.

'U zei dat mevrouw Hardy geagiteerd leek?'

'Soms.'

'Maar geagiteerd zijn is één ding. Iets anders is of mevrouw Hardy geneigd was tot geweld.' Brockbank zweeg even, alsof hij diep nadacht. 'Hebt u daar enige aanwijzing voor gezien?'

'Ja.'

Tabitha schrok. Wanneer was dat geweest?

'Ik kwam terug van het hardlopen en liep op de weg bij het strand, en een stukje verderop zag ik mevrouw Hardy staan met een man uit het dorp, Robert Coombe. Ze hadden eh...' Hij zocht naar het juiste woord.

'Onenigheid?' vroeg Brockbank. 'Ruzie?'

'Ik kwam er pas bij toen het al afgelopen was. Zij liep weg. Ik moest hem helpen.'

'Helpen? Hoezo?'

'Zijn neus bloedde. Ik moest controleren of die niet gebroken was.'

Brockbank draaide zich om naar de jury met een theatrale uitdrukking van verrassing en ontzetting op zijn gezicht.

Tabitha zat er als verlamd bij, tot Michaela naar haar toe leunde en in haar oor siste: 'Dat stond niet in zijn verklaring.'

Het was alsof ze Tabitha uit een droom wakker schudde. Ze riep meteen: 'Wat is dit? Dat stond niet in zijn getuigenverklaring. Wat gebeurt hier?'

'Alstublieft,' zei rechter Munday. 'Als u iets te zeggen hebt, staat u op. Meneer Brockbank zal u gelegenheid geven om iets te zeggen en dan kunt u spreken. Op beheerste toon.'

'Goed,' zei Tabitha. Ze stond op en haalde adem. 'Dit stond niet in dokter Mallons getuigenverklaring. Mag dat zomaar?'

Rechter Munday wierp Brockbank een scherpe blik toe. 'Is dat zo?'

Brockbank kuchte. 'Nou, ik eh...' Hij kuchte weer.

'Duidelijk,' zei ze. 'Ontruim de zaal.'

De juryleden stonden op, pakten notitieboekjes, pennen en waterflesjes bij elkaar en verlieten de rechtszaal. De publieke tribune en de perstribune stroomden ook leeg. Uiteindelijk werd het stil.

'Meneer Brockbank,' zei rechter Munday. 'Wat is hier aan de hand?'

Simon Brockbank en Elinor Ackroyd hadden druk fluisterend dicht bij elkaar gezeten. Nu keek hij op en kwam hij haastig overeind.

'Het spijt me,' zei hij, op een heel andere toon dan hij tot nu toe had aangeslagen. 'Er moet een communicatiefout zijn geweest. Dokter Mallon is nog een tweede keer verhoord. Iemand moet vergeten zijn om eh...'

'Zijn juridische plicht te doen en het verslag daarvan aan de verdediging te sturen? Is dat wat u wilde zeggen, meneer Brockbank?'

'Ik bied de rechtbank mijn excuses aan,' zei hij, met licht gebogen hoofd. 'Ik ben bereid om deze gehele lijn in het kruisverhoor te laten vallen.'

'Dat heeft toch geen zin?' zei Tabitha. 'Het is nu al gezegd. U hebt de jury verteld dat ik heb gevochten. Wat gaat u doen? Zeggen dat ze dat moeten vergeten vanwege een vormfoutje?'

Alles aan rechter Munday was streng: haar opeengeperste lippen, haar gefronste voorhoofd. En voor één keer was dat niet voor Tabitha.

'Mevrouw Hardy heeft volkomen gelijk. Ik denk dat we op deze lijn moeten doorgaan. Maar' – en ze roffelde met haar knokkels op tafel – 'als u dit nog een keer doet, krijgt u problemen. Begrijpt u dat?'

'Ja, edelachtbare.'

Ze draaide zich om naar Tabitha.

'U hebt recht op een schorsing, als u wilt, om dit bewijsmateriaal te bestuderen. Wilt u dat?'

Tabitha keek naar Michaela, die haar schouders ophaalde. Ze voelde zich geschokt en geërgerd en ze kon best wat rust gebruiken. Maar Simon Brockbank leek ook een beetje van slag en Mallon was waarschijnlijk geschrokken van wat er gebeurd was. Bovendien wist ze toch al wat hij zou zeggen.

'We kunnen net zo goed doorgaan,' zei ze.

Toen Brockbank verderging met zijn kruisverhoor was het op een meer routinematige toon. Hij stelde vast dat Coombe had gebloed, dat dokter Mallon de bloeding had helpen stelpen, dat Coombe erg geschrokken was en nee, dokter Mallon had een dergelijke geweldsuitbarsting nooit eerder in het dorp gezien. Had het zorgen gewekt over mevrouw Hardy's psychische toestand? Jazeker.

Michaela boog zich naar haar toe en fluisterde in Tabitha's oor: 'Dus wat deed hij toen? Belde hij de politie? Liet hij een ambulance komen?'

'Ja,' fluisterde Tabitha terug. 'Goed. Oké.'

Ze keek om zich heen. Ze besefte dat rechter Munday en de leden van de rechtbank haar aankeken. Brockbank was klaar met zijn kruisverhoor. Ze stond op en keek Mallon recht aan. Hij wendde zijn blik af en keek toen weer naar haar. Hij zag er ongelukkig uit.

'Hebt u de politie gebeld?' vroeg ze.

'Wat?' zei Mallon. 'Nee.'

Ze keek weer naar beneden. 'Hebt u een ambulance gebeld?'

'Het was maar een bloedneus.'

'Bloedneuzen kunnen ernstig zijn.'

'Dit was geen ernstige bloedneus.'

'Heeft Rob Coombe u verteld wat er is gebeurd?'

'Nee.'

'Hebt u hem dat gevraagd?'

'Nee.'

'Hoelang was u bij hem?'

'Ik weet het niet, een paar minuten.'

'En toen liet u hem alleen?'

'Ja.'

'Was u niet bang dat ik terug zou komen en hem weer zou slaan?'

Mallon glimlachte vaag, maar gaf geen antwoord.

'U moet wel antwoord geven.'

'Daar heb ik niet over nagedacht.'

Tabitha kon er verder geen vragen meer over bedenken. Michaela gaf een por tegen haar elleboog en ze keek om. Op haar schrijfblok had Michaela in hoofdletters geschreven: 2E VERHOOR. WAAROM? Tabitha keek haar vragend aan, maar Michaela knikte alleen maar. Tabitha draaide zich weer om naar Mallon.

'Waarom heeft de politie u een tweede keer verhoord?'

'Dat moet u aan hen vragen.'

Tabitha was heel even in paniek, alsof ze haar tekst kwijt was, maar toen begreep ze ineens wat Michaela bedoelde.

'Hadden ze niet genoeg informatie gekregen bij het eerste verhoor?'

Mallon aarzelde even voor hij antwoord gaf. 'Dat zeiden ze niet.'

'Nou, wat zeiden ze dan wél?'

'Ze zeiden dat ik alles moest vertellen wat ik kon bedenken.'

'Waarom hebt u in het eerste verhoor dan niet over dat gedoe met Rob Coombe verteld?'

'Ik heb er niet aan gedacht.'

'Omdat het niet belangrijk leek?'

'Ik heb er gewoon niet aan gedacht.'

Tabitha merkte dat ze weer door haar vragen heen was. Ze pakte haar notitieboek en bladerde erin. Ze had ergens iets opgeschreven over die keer dat Mallon haar in de gevangenis had opgezocht. Ze kon het niet vinden. Ze herinnerde zich alleen een paar vage details. Ze wist niet of die haar wel zouden helpen.

'Was u Stuart Rees' huisarts?'

'Ja.'

'Dat is waar en toch ook niet, hè? Ik bedoel, was u Stuart Rees' huisarts toen hij stierf?'

'Nee.'

'Omdat hij bij u weg was.'

'Hij is overgestapt naar een andere huisarts.'

'En was dat een vriendelijke overstap?'

'Niet vriendelijk en niet onvriendelijk.'

'Maar hij ging niet zomaar weg. Hij had toch een klacht ingediend?'

Mallon glimlachte nerveus. 'Het is veel ingewikkelder dan dat.'

'U moet antwoord geven op de vraag,' zei rechter Munday.

'Hij heeft inderdaad een klacht ingediend.'

'Maar u bleef wel bevriend met Laura Rees?'

'Ik zou het geen vriendschap noemen.'

'Ze zei dat ze met u over dingen praatte. Klopt dat?'

'We hebben elkaar een paar keer gesproken.'

'Waarover?'

'Ik ben arts, daar kan ik niets over zeggen.'

Tabitha dacht even na. Ze had het gevoel dat ze van alles tegen de muur gooide in de hoop dat er iets zou blijven hangen.

'Dus Stuart Rees ging weg en Laura Rees bleef?'

Het was lang stil.

'Nee. Laura Rees ging ook weg.'

'Waarom?'

'Ze zei dat haar man...' Mallon haalde hulpeloos zijn schouders op.

'Dat van haar eiste?'

'Iets dergelijks.'

Tabitha dacht even na. 'Dan zal ik vanzelfsprekend niets vragen over de tijd dat u haar huisarts was. Ik vraag wel iets over toen u dat niet was. Was ze ongelukkig met haar man?'

'Zulke vragen zijn niet zomaar met ja of nee te beantwoorden.'

'Hield ze van hem?'

'Ik weet het niet. Ze is vele jaren met hem getrouwd gebleven.'

'Was ze bang voor hem?'

'Ik weet niet wat u daarmee wilt zeggen,' zei Mallon, nu met stemverheffing. 'Als u een soort beschuldiging wilt uitspreken, doe dat dan gewoon.'

Tabitha schrok daar zo van dat ze verder niets kon bedenken om te vragen. Ze keek naar de jury. Een aantal juryleden keek ook duidelijk geschrokken, of op zijn minst verward. Ze keek weer naar dokter Mallon.

'Ze was niet in het dorp toen het gebeurde,' ging Mallon verder, bijna klaaglijk.

'Ik weet niet waar u het over hebt,' zei Tabitha. 'Wie zegt dat ze dat wel was? Ik stel u vragen en u geeft de hele tijd geen antwoord.'

'Mevrouw Hardy,' zei rechter Munday. 'Dat is op het randje. Als verdachte die haar eigen verdediging voert, moet u voorzichtig zijn in hoe u de getuigen benadert.'

'Hij is geen slachtoffer,' zei Tabitha. 'Hij is arts. Hij zou voor zichzelf moeten kunnen zorgen.'

'Houd uw mond,' zei rechter Munday. 'Ik maak hier de dienst uit.' Ze draaide zich om naar Mallon en sprak hem hoffelijk, maar streng toe. 'Evengoed vind ik het een redelijke vraag. Was mevrouw Rees bang voor haar man?'

'Bang? Dat weet ik niet. Hij was wel overheersend.'

Rechter Munday draaide zich om naar Tabitha. 'Nog meer vragen?'

Tabitha keek naar Mallon. Hij leek gekrompen. Toen ze net in het dorp terug was en hem zag hardlopen, af en toe een woord met hem wisselde, had hij iemand geleken die haar soort mens was. Ze had zich kunnen voorstellen dat hij een vriend van haar zou worden. Dat leek al lang geleden.

'Die officiële klacht,' zei ze. 'Als die succes had gehad, wat is dan het ergste wat er had kunnen gebeuren?'

'Die zou nooit succes hebben gehad.'

Tabitha gaf geen antwoord. Ze bleef gewoon staan wachten tot hij zou beseffen dat hij de vraag moest beantwoorden. Ze keek hem aan. Ze voelde zich ongemakkelijk bij de stilte, maar ze wist dat het voor dr. Mallon nog erger moest zijn.

Hij kuchte. 'Het zou – misschien – een soort reprimande opleveren.'

'In het ergste geval?' vroeg Tabitha.

'Nou, het is wel duidelijk,' zei Mallon boos en sarcastisch, 'dat het ergste wat er kan gebeuren is dat je je bevoegdheid kwijtraakt, maar dat had in dit geval nooit kunnen gebeuren, dus het heeft weinig zin om het te noemen.'

'U bent degene die het noemt,' zei Tabitha en ze ging zitten.

De rechter keek naar Simon Brockbank, die alleen zijn hoofd schudde. Nog meer modder op de muur, dacht Tabitha bij zichzelf, toen dokter Mallon de getuigenbank uit schoof en langs haar heen liep zonder haar aan te kijken.

59

Rob Coombe was een potige vent, niet dik maar gespierd, met vierkante schouders, een brede kaak en een licht blozend gezicht met volle lippen. Tabitha werd altijd een beetje onpasselijk van hem. Als hij dicht bij haar stond, rook ze altijd de zware, doordringende geur die hij uitwasemde: van het boerenerf, de sportschool en de slaapkamer.

Hij droeg geen pak maar een donkere broek, een jasje en een stropdas die iets te strak om zijn nek zat, zag ze tot haar genoegen. Hij sprak hard, maar ze kon zien dat hij zenuwachtig was. Zijn adamsappel bewoog als hij slikte en hij hield zich met zijn grote handen vast aan de rand van de getuigenbank.

Na het traditionele resumé van wie en wat hij was (boer, net als zijn vader, grootvader en overgrootvader), waar hij woonde (in de grote boerderij boven Okeham) en wat zijn relatie tot Tabitha was (geen, behalve dat ze in hetzelfde dorp woonden en hij altijd vriendelijk tegen haar probeerde te doen als ze elkaar tegenkwamen, 'hoewel dat niet altijd lukte,' voegde hij eraan toe met een glimlach die, dacht Tabitha, spottend medelijdend moest zijn), vroeg Simon Brockbank hem over de 'onenigheid'.

'Het kwam zomaar uit de lucht vallen,' zei Rob Coombe. 'Ik kwam haar tegen voor de winkel en ik denk dat ik haar iets vroeg over het zwemmen of zo, dat het zo koud moest zijn in het water.

Gewoon om aardig te zijn, zoals je dat doet in een dorp als Okeham. We moeten allemaal met elkaar overweg kunnen, zo werkt het nou eenmaal. Alleen leek zij dat niet te begrijpen. En toen sloeg ze me.'

'Klootzak,' zei Tabitha binnensmonds en ze hoorde Michaela snuiven.

'Even voor alle duidelijkheid,' zei Brockbank met een blik van gerechtvaardigde verontwaardiging op zijn gezicht. 'U vroeg haar iets over het zwemmen en zij gaf u een klap.'

'Ja.'

'Dat moet een hele schok zijn geweest.'

'Dat was het zeker.'

'Wat deed u toen?'

'Deed?' Hij keek naar de jury en de jury keek naar hem. Wriemel zat te draaien, Knipper knipperde met haar ogen en Baardje streek over zijn baard. 'Ik ben een grote man, zoals u ziet. Heel goed in staat om op mezelf te passen. Maar ik zou nooit een vrouw slaan, zeker niet als ze zo tenger en kwetsbaar is.'

'O, in godsnaam,' mompelde Tabitha.

'Dus u zegt dat u niets deed?'

'Dat klopt.'

'Hoe verklaart u dan wat er is gebeurd?'

'Dat kan ik niet. Volgens mij is ze gewoon altijd een beetje link, als een wilde kat.'

Tabitha sprong op. 'Een wilde kat?'

'Ik heb al gezegd op welke manier u bezwaar kunt maken, mevrouw Hardy,' zei rechter Munday.

Rob Coombes donkere ogen bleven op Tabitha rusten. 'Altijd op het punt van overkoken. Iedereen zegt het.'

Rechter Munday onderbrak hem. 'Meneer Coombe, het is belangrijk dat u alleen spreekt over wat u zelf hebt waargenomen, niet over wat andere mensen hebben gezegd.'

'Maar ik heb waargenomen hoe andere mensen over haar praatten.'

'Dat is niet hetzelfde.'

Het kostte wat tijd om dit helder te krijgen en aan het einde leek Coombe nog steeds niet helemaal overtuigd. Tabitha dacht dat dat misschien een negatief beeld van Coombe zou oproepen, maar ze wist niet of het goed voor haar was. De jury had het (terechte) idee dat de mensen in Okeham niet zo dol op haar waren.

'Men zou kunnen denken,' zei Brockbank, 'dat u na dit betreurenswaardige incident iets tegen de verdachte zou hebben. Is dat het geval?'

Coombe schudde zijn hoofd. 'Helemaal niet. Ik had medelijden met haar, maar ik was niet boos. Ik dacht dat ik gewoon in de weg stond. Ik vatte het niet persoonlijk op. Ik wenste haar alle goeds. Ik hoopte alleen,' voegde hij er braaf aan toe, 'dat ze haar leven een beetje op de rit kon krijgen. Je hoeft maar naar haar te kijken om te zien dat ze duidelijk boos en ongelukkig is.'

Voor Tabitha kon reageren, stond Michaela op. 'Dat soort dingen kan je niet zeggen.'

'Ga zitten alstublieft, mevrouw–'

'Horvat. Michaela Horvat. En hij kan zulke dingen niet zeggen.'

'Een McKenzie friend mag de rechtbank niet toespreken. En ik vind deze uitspraak toelaatbaar.'

Coombe keek Tabitha aan en glimlachte.

'Nu we dat duidelijk hebben,' ging Brockbank minzaam verder, 'kunnen we doorgaan met de ochtend van de moord, wat de reden is dat wij u hebben gevraagd te komen getuigen. U zegt in uw verklaring aan de politie dat u de verdachte die ochtend hebt gezien.'

'Ja.'

'Kunt u beschrijven wat er gebeurde?'

'Het was rond acht uur,' zei hij. Tabitha maakte een aantekening. 'Ik was een krant aan het kopen en toen kwam zij binnen.'

'De verdachte.'

'Ja. En ze begint tekeer te gaan over Stuart.'

'Voor alle duidelijkheid, over Stuart Rees, het slachtoffer?'

'Ja. Ze had weer zo'n bui en ze noemde hem een smeerlap.'

'Een smeerlap,' herhaalde Brockbank.

'Klopt.'

'Weet u nog in welk verband ze dat zei?'

Coombe haalde zijn brede schouders op. 'Het was 's morgens vroeg. Ik bracht mijn dochter naar de bus. Ik lette niet echt op. Ik herinner me alleen dat. Ze noemde hem een smeerlap. Ik geloof dat ze nog meer over hem zei, maar ik weet het niet meer zeker. Ze was geen blije gup.'

'U weet absoluut zeker dat de verdachte Stuart Rees een smeerlap noemde.'

'Ja.'

'Hebt u dat aan iemand verteld?'

'Aan de politie natuurlijk. Daarvoor, bedoelt u? Waarom zou ik? Ik bedoel, als we over elke keer moesten praten dat zij over iemand tekeerging, zouden we het nooit meer ergens anders over hebben. Maar ze heeft het gezegd.'

De zitting werd geschorst voor een lunchpauze. Tabitha beende op en neer door de kleine cel terwijl Michaela friet at.

'Ik wil hem weer slaan,' zei ze.

'Oké,' zei Tabitha. 'Laten we beginnen met die keer dat ik u sloeg.'

Hij knikte en sloeg zijn armen over elkaar.

'Ik betwist dat niet,' zei ze. 'Ik heb u geslagen. U had een bloedneus.' Ze probeerde niet te glimlachen. Dat zou er niet goed uitzien. 'U zegt dat u niet meer weet wat u daarvoor tegen me zei?'

'Klopt.'

'Maar u denkt dat u iets zei over zwemmen en dat dat zo koud moest zijn geweest?'

'Klopt,' zei hij weer. 'Niet echt een reden om me te slaan, hè?'

'U zei dat inderdaad, dat klopt,' zei Tabitha. 'U zei dat u wist dat het koud moest zijn geweest, want u kon mijn tepels door mijn trui heen zien.' Er ging geroezemoes door de rechtszaal en uit haar ooghoeken zag ze dat de jury zich wat verschikte op de twee banken.

'Onzin,' zei Rob Coombe. 'Zo zou ik nooit tegen een dame praten.'

'Maar u beschouwt mij niet als een dame, hè? U vindt mij een wilde kat.'

'Dat is maar bij wijze van spreken.'

'O. Daarna zei ik dat u moest opdonderen. En toen zei u dat u nooit had gedacht dat ik echte borsten kon hebben, maar dat mijn tepels nu keihard leken en dat u graag even zou voelen hoe hard ze waren.'

'Dat is een leugen!'

'Weet u dat niet meer?'

'Ik weet het niet omdat het nooit is gebeurd.'

'Ik heb u geslagen omdat u vroeg of u aan mijn tepels mocht zitten.'

'Dit is gewoon een wanhoopspoging.'

'En als ik eerlijk ben, ben ik blij dat ik dat heb gedaan.'

'Waarom zou ik aan iemand willen zitten die zo lelijk is?'

Rechter Munday kwam tussenbeide alsof ze een kroeggevecht wilde voorkomen. Toen Tabitha weer verderging, was Coombes stem nog harder en had zijn gezicht een nog vleziger rode kleur.

'U zei dat u iets na achten in de winkel was?'

'Klopt.'

Michaela gaf Tabitha de tijdlijn die ze had opgesteld en ze keek er even op.

'Ik kwam binnen om elf over acht, dus dat klopt. En u zegt dat ik boos was. Zo zei u het toch? En ik noemde Stuart een smeerlap.'

'Klopt.'

'Verbaast het u niet dat niemand anders me dat heeft horen zeggen?'

Hij haalde zijn schouders op. 'Niet echt.'

'Of dat ik het me niet herinner?'

'Dat zeg jij.'

‘Terry was er en zij heeft er niets over gezegd, en de buschauffeur was er en die heeft er ook niets over gezegd. En ik ook niet. En ik herinner het me niet.’

‘Ik zeg alleen maar wat ik heb gehoord. Je zei dat hij een smeerlap was. Ik ga heus niet van gedachten veranderen, hoor.’

‘Dat geloof ik graag. Maar de jury misschien wel.’

Er ging gelach door de publieke tribune. De smetteloze vrouw op de tweede rij van de jury glimlachte zelfs. Tabitha was heel even duizelig van triomf.

‘Waar was ik?’ zei ze.

Michaela trok aan haar mouw en fluisterde iets.

‘O ja, ik weet het weer. Ik moet de opnames van de beveiligingscamera laten zien,’ zei ze tegen de rechter.

Rechter Munday knikte en keek op haar horloge.

‘We stoppen vandaag wat eerder,’ zei ze, ‘en gaan op maandag verder. Dan beginnen we met de bewuste opnames.’

‘Wat! Bedoelt u dat ik terug moet komen?’ vroeg Rob Coombe. ‘Ik heb het erg druk.’

Rechter Munday keek hem een paar seconden aan. Haar gezicht was vrijwel uitdrukkingsloos. ‘Ja, u moet terugkomen,’ zei ze.

60

Tabitha's opgetogen stemming trok snel weg en daarna voelde ze zich uitgeput en gammel. Het weekend was een vreemde onderbreking. Ze zat uren in de bibliotheek, die niet zo aangenaam was als die in Crow Grange en geen uitzicht over velden en bossen had. Ze probeerde zich voor te bereiden op de volgende week, maar ze was zo moe dat ze zich nergens op kon concentreren. Haar gedachten waren verward en haar oogleden zwaar. Ze viel een paar keer aan de tafel in slaap, schrok dan wakker en keek verwilderd om zich heen naar de onbekende omgeving.

Ze bladerde al haar documenten door. Ze belde met Michaela. Ze sliep alleen in haar cel en droomde dat ze een kind had, maar een vrouw met kaplaarzen aan en een nonnenkap op probeerde het bij haar weg te halen. Pas toen ze wakker werd, vond ze het vreemd dat ze een kind had in haar droom.

Toen was het maandag en was ze ontsteld en opgelucht tegelijk dat het weer tijd was om naar de rechtszaal te gaan.

Deze keer droeg Rob Coombe een pak en gepoetste schoenen. Tabitha vond hem op een bokser lijken, gespierd en gespannen, en wachtend tot het gevecht begon.

Ze begonnen met de opnames. Tabitha had gevraagd om ze af te spelen vanaf 08.05, zodat de rechtbank een paar minuten naar de grofkorrelige ruimte van de lege winkel kon kijken, voordat de deur openging en Rob Coombe binnenkwam. Zijn dochter liep achter hem aan, hoewel ze bijna niet te zien was achter zijn grote gestalte.

Daar stond hij voor de toonbank, boos gebarend, met een gezicht dat in talloze grijze vierkantjes was gebroken, zodat zijn gelaatsuitdrukking moeilijk te zien was.

En daar kwam zij de winkel binnen, in haar jas en pyjamabroek. Haar gekwelde gezicht was heel even te zien.

De buschauffeur kwam binnen en ging achter haar staan.

Rob Coombe was nog steeds aan het woord. Hij pakte zijn krant en een pakje sigaretten waar Terry de vitrinekast speciaal voor moest opendoen. Hij draaide zich even om. Tabitha zag zijn achterhoofd en haar eigen gezicht, bleek van vermoeidheid, en haar afhangende schouders. Ze herkende haar eigen gevoel van ellende alsof ze het naast haar in de rechtszaal zag zitten.

Rob Coombe drong zich langs haar heen en ging de winkel uit.

Ze gaf de rechtbankmedewerker een teken en de beelden werden stopgezet.

'Oké,' zei ze tegen de boer. 'Ik weet niet wat u net zag, maar ik zag alleen u praten.'

'Stel een vraag, mevrouw Hardy,' zei rechter Munday.

'Goed. Was u niet de enige die sprak?'

'Nee.'

'Nee? We zagen u. U zag er heel chagrijnig uit en u stond met uw handen te gebaren en te praten.'

'Jij praatte ook. Ik heb je gehoord.'

'Maar u keek de andere kant uit.'

'Ik zei niet dat ik je zag, ik zei dat ik je hoorde. Ik hoorde je zeggen dat Stuart Rees een smeerlap was. Absoluut.' Hij knikte haar ferm toe.

'Dat laat de camera niet zien.'

'Het feit dat we je niet kunnen zien praten betekent nog niet dat je niet praatte.'

'U hebt een luide stem.'

'Stel een vraag,' waarschuwde de rechter.

'Bent u het met me eens dat u een luide stem hebt?'

'Soms. Net als iedereen.'

'Bulderend, zelfs.' Hij haalde zijn schouders op. 'En ik?' vroeg ze.

'Wat? Ik begrijp je niet.'

'Heb ik ook een luide stem?'

'Een beetje schor,' zei hij. 'Alsof je verkouden bent, of zo.'

'Dus hoe kunt u mij dan gehoord hebben, als u daar stond te bulderen en ik kennelijk iets zei met mijn schorre stemmetje?'

Hij keek haar aan. Ze kon zich voorstellen dat hij haar sloeg. Ze kon zich voorstellen dat hij nog ergere dingen deed.

'Ik heb je gewoon gehoord,' zei hij nors. Hij wees met zijn vinger naar haar. 'Ik hoorde je Stuart Rees uitschelden en een paar uur later was hij dood.'

'Misschien was u degene die het zei.' Ze keek even naar rechter Munday. 'Ik bedoel, was uzelf niet degene die dat zei?'

'Nee.'

'Het zag eruit alsof u iets boos zei.'

'Jij was het. Einde verhaal.'

'Was het dan niet zo dat u boos was op Stuart?'

'Nee. We konden het prima met elkaar vinden.'

'Dat is heel nobel van u,' zei Tabitha, 'aangezien hij uw vergunning om vakantiehuisjes op uw land te bouwen heeft tegengehouden.'

Rob Coombe keek haar woedend aan. Zijn gezicht was rood. 'Voorzichtig,' zei hij.

'Maar dat geeft nu niet meer,' zei Tabitha. 'Het gaat toch allemaal door? Nu hij dood is.'

'Mevrouw Hardy,' klonk de waarschuwende stem van de rechter.

'Pas maar op,' zei Rob Coombe met een akelige grauw.

'Het is oké, u zou toch nooit een dame slaan?'

Ze wilde net gaan zitten toen Michaela siste: 'Vraag hem waar hij was?'

'Wat?'

'Vraag naar die dag. Zoals je zei dat je zou doen.'

'O ja, dat zou ik bijna vergeten,' zei Tabitha tegen de rechtbank. 'U hebt uw dochter rond tien over acht bij de bushalte afgezet. Waarom ging u toen niet terug naar de boerderij?'

'Ik had een paar dingen te doen.'

'Zoals?'

'Een stukje lopen, een sigaretje roken, in alle rust de krant lezen, dat soort dingen. Wat?' Hij keek haar kwaad aan. 'Je zit in een diep gat en je probeert de modder om je heen aan andere mensen af te vegen.'

'Tot de boom omwaaide.'

'Ja.'

'Dus u bent er de hele dag geweest?'

'Nou en?'

'En waar was u dan?'

Ze wist natuurlijk waar hij was. Hij was bij Shona – althans een deel van de tijd. Heel even dacht ze dat ze het zelf zou zeggen, maar ze hield zich in, en niet alleen omdat ze niet inzag wat het haar zou opleveren. De gebeurtenissen van de afgelopen maanden hadden schril en meedogenloos aan het licht gebracht hoe de mensen haar zagen: als onaantrekkelijk of zelfs lelijk, mannelijk, raar, belachelijk, disfunctioneel, boos, zielig, in staat tot moord. Maar Shona en Andy zagen haar niet zo.

'Hier en daar,' zei hij. En toen voegde hij eraan toe: 'Maar niet in de buurt van Rees, en als je me niet gelooft moet je die camerabeelden maar bekijken, hè. Dan kan je heel duidelijk zien dat ik nooit die kant uit ben gegaan en dat de suggestie die je probeert te wekken onzin is.'

En dat was waar, dacht Tabitha. Ze ging zitten met het gevoel dat alles scheefzat. Hij mocht dan misschien een gore, leugenachtige viezerik zijn, maar op de opnames was duidelijk te zien dat hij die dag niet voorbij de dorpswinkel was geweest. De jury zou hem misschien niet zo sympathiek vinden na zijn getuigenis en zou misschien niet helemaal geloven dat ze Stuart Rees een smeerlap had genoemd. Maar dat veranderde niets aan het harde, onwrikbare feit dat hij de moord niet gepleegd kon hebben. En zij wel.

61

Toen Tabitha de rechtszaal binnenkwam, kreeg ze niet eens de kans om te gaan zitten. Een bode kwam naar haar toe en raakte haar arm aan.

'U moet met mij mee,' zei ze.

'Waarheen?'

'Volg mij maar.'

Samen met de agent aan wie Tabitha nog met handboeien vastzat, volgde ze de bode de rechtszaal door en de deur uit die normaal gesproken alleen door de rechter werd gebruikt. Het was alsof ze backstage gingen. Ze kwamen in een gang die opvallend veel mooier was dan de gang die zij altijd gebruikte. Er lag tapijt, de wanden waren in een zacht, rokerig blauw geschilderd en er hingen aquarellen in fraaie lijsten. Ze kwamen bij een bruine houten deur met een koperen deurknop. De bode klopte zacht aan. Binnen klonk een gemompel dat Tabitha niet kon verstaan, maar de bode leek het te begrijpen, want ze draaide de knop om en duwde de deur open. Ze leunde voorover in de deuropening.

'Hier is ze,' zei ze. Ze stapte opzij en gebaarde dat Tabitha naar binnen kon gaan.

Tabitha en de agent liepen een kamer binnen die zo anders was dan alles wat Tabitha in het gerechtsgebouw had gezien, dat het moeilijk te geloven was dat ze nog in hetzelfde gebouw waren. Er drongen alleen fragmenten tot Tabitha door: een rijk gedecoreerd tapijt, zware meubels, olieverfschilderijen aan de wanden, donkere lambrisering, een groot raam. Erachter zag ze de takken van een boom. Drie gezichten keken naar haar om. Ze herkende ze eerst niet. Pas toen een van hen sprak, besefte ze dat het rechter Munday was, zonder haar pruik. Ze had heel kort geknipt rood haar, dat al begon te grijzen. Voor het eerst zag Tabitha haar als een echt persoon, iemand die een gekookt eitje voor het ontbijt zou kunnen eten, op vakantie ging, vrienden had, lol maakte, misschien zelfs een gezin had.

'Volgens mij kunnen die handboeien wel af,' zei de rechter.

De agent maakte ze los.

'En misschien kunt u even buiten wachten,' ging rechter Munday verder.

Dat leek de agent even in verwarring te brengen. Ze keek Tabitha aan. 'Gedraag je,' zei ze. Toen ging ze de kamer uit en deed de deur achter zich dicht.

Tabitha keek nog eens om zich heen en zag dat de twee andere mensen Simon Brockbank en Elinor Ackroyd waren, ook zonder pruik.

'Ga zitten, alstublieft,' zei rechter Munday en ze wees een grote fauteuil aan.

Tabitha ging zitten en zonk er bijna in weg. Het was alsof ze in het soort herenclub waren dat ze alleen uit films kende en waar ze sigaren hoorden te roken en brandy te drinken. Maar ze voelde zich niet ontspannen; integendeel. Er was iets aan de hand. Ze zag het aan de drie gezichten die haar aankeken.

'De aanklager heeft een nieuwe getuige,' zei de rechter.

'U bedoelt, iemand die nog niet eerder genoemd is?'

'Dat klopt.'

'Ik dacht dat dat niet mocht.'

'Het mag in uitzonderlijke gevallen,' zei Simon Brockbank. Elinor Ackroyd zat ook in een stoel, helemaal op het puntje, met een gespannen blik. Maar Brockbank stond, met zijn handen in zijn zakken. 'Deze getuige heeft zich blijkbaar nu pas gemeld. Dat is erg spijtig.'

Het klonk niet alsof hij dat echt spijtig vond.

'Wie is het?' vroeg Tabitha. Ze had ineens een droge mond.

'Een vrouw die Ingrid Bennet heet. Iemand die u schijnt te kennen.'

Tabitha wilde net zeggen dat ze nog nooit van die vrouw had gehoord, maar toen wist ze het weer.

'Ingrid,' zei ze. 'Dat was mijn vriendin. Ze heeft me geholpen, raad gegeven. Ik geloof niet dat ik het zonder haar gered zou hebben. Wat doet ze hier?'

'Ik denk dat ze iets gaat zeggen over bepaalde gesprekken die u met haar hebt gehad.'

Tabitha draaide zich om naar de rechter. 'Sorry, mag ik misschien wat water?'

Rechter Munday schonk een glas in uit de kan op haar bureau en gaf het aan Tabitha, die zo snel dronk dat ze haar kin moest afvegen met de rug van haar hand.

'Ik dacht dat dat niet mocht,' zei ze.

'Het is een uitzonderlijk geval,' zei Brockbank.

'Dus u kunt mij blijven overvallen met verschillende soorten bewijs,' zei Tabitha. 'Is dat hoe dit gaat?'

Het bleef even stil.

Rechter Munday keek Simon Brockbank aan. 'Dat lijkt me een terechte opmerking,' zei ze. 'Wat hebt u erop te zeggen?'

'Het spijt me. Ik weet dat het ongelukkig uitkomt. Maar als ik nieuwe, relevante bewijzen krijg, is het mijn plicht om die aan de rechtbank voor te leggen.'

'Kan ik bezwaar maken?' vroeg Tabitha.

Rechter Munday haalde diep adem. Tabitha zag dat ze boos was. Er lag iets staalhards in haar gezicht dat bijna angstaanjagend was.

'Meneer Brockbank heeft gelijk,' begon ze langzaam. 'Tot op zekere hoogte. Maar dit is de tweede keer dat dit gebeurt in dit proces en daar ben ik niet blij mee. Ik wil niet de indruk laten ontstaan dat de aanklager spelletjes speelt in mijn rechtszaal.'

'Natuurlijk niet,' zei Simon Brockbank geruststellend.

Rechter Munday leek niet gerustgesteld. 'Ik zal deze getuige toelaten. Maar ik zal er zeker voor zorgen dat mevrouw Hardy er geen oneerlijk nadeel van ondervindt.' Ze wendde zich tot Tabitha. 'Als u een dag wilt hebben om u hierop voor te bereiden, sta ik u die toe. De getuige kan altijd later verschijnen.'

Rechter Munday was duidelijk nog steeds woedend. Als er iets slechts aan zat te komen, was het misschien handig als ze een klein beetje aan Tabitha's kant stond.

'Waar zou ik me op moeten voorbereiden?' zei ze.

Terug in de rechtszaal ging ze naast Michaela zitten en vertelde haar wat er was gebeurd.

'Jezus,' zei Michaela iets te hard en Tabitha zag een aantal rechtbankmedewerkers omkijken. 'Weet je wat ze gaat zeggen?'

'Ik heb geen idee,' zei Tabitha. 'Ik denk dat ze zal vertellen dat ze mij in de gevangenis heeft ontmoet. Ik weet niet waarom dat er iets toe doet.'

Michaela dacht even na. 'Ik weet wat ze gaat zeggen,' zei ze.

Ze begon als een razende te schrijven. Tabitha kon het niet lezen.

Plotseling was het tijd om te beginnen. De publieke tribune en de perstribune liepen vol, de jury kwam met norse gezichten binnen. Tabitha gaf ze een vriendelijk bedoeld knikje, maar ze reageerden geen van allen. Iedereen ging staan, de rechter kwam binnen en ze gingen weer zitten. De nieuwe getuige werd aangekondigd en iedereen keek om, ook Tabitha. Ze was oprecht nieuwsgierig.

Toen Ingrid de rechtszaal binnenkwam en door een bode naar de getuigenbank werd gebracht, was Tabitha ondanks zichzelf onder de indruk. Ze droeg een donker pak met een witte blouse en een koralen broche onder haar kin. Haar haar zat onberispelijk. Ze leek zich net zo thuis te voelen in de rechtszaal als de juristen. Toen ze langs de tafel liep waar Tabitha en Michaela achter zaten, draaide ze zich om, met een glimlachje en een kleine schouderbeweging, alsof ze allemaal wel wisten hoe grappig dit was, hoe lichtelijk absurd. Tabitha glimlachte bijna terug, maar hield zich in toen ze bedacht dat Ingrid tegen haar kwam getuigen, niet voor haar. Waar ging dit over?

Ingrid legde de eed af op de Bijbel en sprak fronsend en geconcentreerd, alsof ze nadacht over elk woord dat ze uitsprak.

'Ik zweer dat de getuigenis die ik zal afleggen de waarheid, de hele waarheid en niets dan de waarheid is, zo waarlijk helpe mij God almachtig.'

Tabitha keek naar de jury. Zouden ze deze vrouw eerder geloven omdat ze God had genoemd? Waarschijnlijk wel.

Elinor Ackroyd stond op. Dus zij zou het kruisverhoor afnemen. Van vrouw tot vrouw, dacht Tabitha. Misschien moest het daardoor overtuigender overkomen.

'Waar kent u de verdachte van?'

'We hebben samen in de Crow Grange-gevangenis gezeten. Ik zat daar al toen zij kwam. Ze was erg overstuur en ik denk dat ik iemand was bij wie ze steun kon vinden.'

Andere getuigen hadden nerveus geleken, geïntimideerd door de omgeving. Tabitha was onder de indruk van Ingrids zelfverzekerdheid en helderheid. Ze leek sterk, het soort vrouw waar een kwetsbaar mens op zou kunnen leunen.

'Dus u had persoonlijke, vertrouwelijke gesprekken met de verdachte?'

'Ja.'

'Hebt u met haar gesproken over de misdaad waarvoor ze hier terechtstaat, in dit proces?'

'Ja.'

'Wat zei ze daarover?'

Tot dit moment had Ingrid naar Elinor Ackroyd gekeken. Nu

draaide ze haar gezicht recht naar de jury toe.

'Ze bekende.'

'Wat?' zei Tabitha op harde, boze toon.

Rechter Munday wees haar scherp terecht. 'Mevrouw Hardy. U krijgt uw kans nog om de getuige te ondervragen. Maar nu moet u stil zijn.'

Elinor Ackroyd draaide zich met grote, verbaasde ogen om naar de jury, alsof Ingrids uitspraak haar volkomen verrast had.

'Echt?' zei ze. 'Kunt u zich nog herinneren wat de verdachte precies zei?'

'Ik herinner het me woord voor woord.'

'Kunt u het alstublieft aan de jury vertellen?'

Ingrid zweeg even, alsof ze haar gedachten op een rijtje moest zetten. 'Ze vertelde me dat ze als tiener een seksuele relatie met het slachtoffer had gehad.'

O, dacht Tabitha. Aha. Ik zie al waar dit naartoe gaat.

'Ze zei dat het haar leven had verwoest,' ging Ingrid verder. 'Ze kwam terug naar haar dorp met het idee dat ze hem wilde straffen voor wat hij had gedaan. Ze zei dat ze alles vooraf had uitgestippeld. Ze zei dat ze de man had aangesproken en had gedreigd dat ze alles bekend zou maken, dat ze naar de politie zou gaan. Ze sprak met hem af bij haar thuis en daar stak ze hem neer. Ze had al een plan om van zijn lichaam af te komen, maar voor ze dat kon uitvoeren, vond een vriend van haar bij toeval het lijk.'

'Was dat alles?'

Ingrid dacht even na. Of, zag Tabitha bitter, deed alsof ze even nadacht.

'Ze zei ook nog dat haar advocaat niet geloofde dat ze onschuldig was. Ze zei dat ze niet anders kon dan zichzelf verdedigen.'

'Dank u,' zei Elinor Ackroyd. 'Ik heb geen vragen meer.'

Tabitha bleef nog even zitten. Ze voelde zich koortsachtig. Hoe moest ze nu nadenken? Hoe moest ze vragen stellen? Ze keek hulpeloos naar Michaela. Michaela legde haar hand op die van Tabitha.

Daardoor voelde ze zich weer iets beter. Ze dwong zichzelf overeind te komen, maar haar benen bleven wankel. Ze moest zich in evenwicht houden door voorover te leunen, tegen de rand van de tafel.

'Dit is nogal een verrassing,' zei Tabitha.

'Ik begrijp dat het moeilijk voor je moet zijn.'

'O,' zei Tabitha sarcastisch. 'Wat aardig, om dat te zeggen.'

'Mevrouw Hardy,' zei rechter Munday. 'U hoort vragen te stellen, geen vage uitspraken te doen.'

Er gingen zoveel gedachten door Tabitha's hoofd. Ze wist alleen niet hoe ze er een vraag van moest maken.

'Dat was erg belastend, wat je net zei.' Nog geen vraag, zei Tabitha boos tegen zichzelf. 'Maar ontbrak er niet iets?'

'Volgens mij niet.'

'Ik heb inderdaad ongeveer gezegd wat je zojuist vertelde, maar het belangrijkste ontbrak nog. Namelijk dat ik heb gezegd dat dit was wat de aanklager me ten laste legt.'

'Nee, dat heb ik niet overgeslagen. Want dat heb je nooit gezegd.'

'Als ik mezelf zou verdedigen, dacht ik dat ik heel goed moest weten wat me precies ten laste werd gelegd. En het leek me nuttig om mijn gedachten hardop uit te spreken tegen een vriendin. Of iemand die ik beschouwde als vriendin.'

'Ik ben bang dat dat niet waar is,' zei Ingrid met een blik op de jury.

'Kijk,' zei Tabitha. 'Als ik deze moord echt had gepleegd, waarom zou ik dat dan in hemelsnaam aan jóú bekennen? Wat zou dat voor zin hebben?'

Zodra de woorden haar mond uit waren, vervloekte ze zichzelf in stilte. Wat een ongelofelijk stomme vraag. Een vraag die zo makkelijk te beantwoorden was.

Ingrid glimlachte medelijdend. 'Het is vreemd, dat weet ik. Maar ik denk dat mensen soms de behoefte voelen om dingen op te biechten. Op de een of andere manier maakt dat de last lichter.'

Tabitha voelde zich vernederd en wist dat dat voor iedereen te zien was, ook voor de jury. Haar gezicht was waarschijnlijk rood geworden. Ze kon het voelen. Ze draaide zich om naar Michaela en zag dat ze naar haar aantekeningen wees. Ze zag VOORWAARDELIJK VRIJ staan. O ja, dacht ze. Ja. En zelfs in haar verwarring begreep ze hoe goed en slim Michaela was. Ze draaide zich weer om naar Ingrid. Ze had een idee van wat ze wilde zeggen, maar ze wist dat ze het als vraag moest formuleren en ze had geen idee hoe ze dat moest doen.

'Toen ik met je sprak, als vriendin, was je in afwachting van een hoorzitting over je vervroegde vrijlating, toch?'

'Ja.'

'Was er een verband?' vroeg Tabitha. 'Met verband bedoel ik: geef de autoriteiten iets wat zij willen en zij geven jou iets wat jij wilt?'

Ingrid schudde haar hoofd. 'Nee, helemaal niet.'

Tabitha probeerde haar gedachten helder te krijgen. 'Goed. Mag ik het als volgt formuleren? Toen jij degene benaderde die je daarvoor benaderen moest, wie dat ook was, met dat verzonnen verhaal over mij–'

'Dat was niet verzonnen,' onderbrak Ingrid haar met een nieuwe scherpte in haar stem.

'Dat zal wel,' zei Tabitha. 'Toen je je verhaal vertelde, was dat voordat je je vervroegde vrijlating kreeg of daarna?'

Tabitha zag een aarzeling bij Ingrid.

'Voor je antwoord geeft,' ging Tabitha verder, 'moet je beseffen dat dit iets is wat gecontroleerd kan worden.'

Ingrid keek naar Simon Brockbank en naar de jury en weer naar Tabitha.

'Ervoor,' zei ze langzaam. 'Maar dat betekent niets.'

'Dat is heel interessant,' zei Tabitha, 'want ik heb gehoord dat de aanklager het nog maar net te horen heeft gekregen.'

Simon Brockbank sprong overeind. 'Volgens mij moet mevrouw Hardy zich beperken tot vragen.'

'Ja, dat zou u wel willen, hè?' zei Tabitha boos.

'Ophouden,' zei rechter Munday streng. 'Allebei. Stel vragen, mevrouw Hardy.' Ze wendde zich tot Simon Brockbank. 'Maar ik heb wel degelijk begrepen wat mevrouw Hardy bedoelt.'

Brockbank werd knalrood en ging zitten.

'Nog meer vragen?' vroeg rechter Munday.

'Eén momentje,' zei Tabitha.

Ze boog zich naar Michaela toe en fluisterde dringend: 'Weet jij nog iets?'

'Dat ze een fucking verrader is.'

'Dat kan ik niet zeggen,' zei Tabitha en ze keek om zich heen of iemand het had gehoord.

'Vooruit, mevrouw Hardy,' zei rechter Munday. 'De rechtbank wacht.'

'Heel even nog,' zei Tabitha.

'Vraag naar wat ze heeft gedaan,' zei Michaela.

'Hoe bedoel je? Ze zei dat ze op haar werk in financiële moeilijkheden verwikkeld is geraakt en toen de zondebok werd.'

'Vraag nou maar.'

Tabitha kwam overeind, slikte nerveus en voelde haar hart bonzen. Ze wist niet waar dit heen zou gaan. Ze schraapte haar keel.

'Je vertelde me dat je in de gevangenis zat omdat je geld had verduisterd op je werk? Klopt dat?'

Ingrid keek naar de rechter. 'Ik heb mijn tijd uitgezeten. Ik ben vervroegd vrijgelaten. Ik hoef hier toch niet over te praten?'

'U moet de vraag beantwoorden,' zei rechter Munday.

'Ik had een cashflowprobleem,' zei Ingrid. 'Ik heb wat geld geleend. Ik was van plan het zo snel mogelijk terug te betalen. Maar het was verkeerd en ik heb ervoor geboet. En terecht. Ik heb er oprecht spijt van.'

Tabitha kon niets meer bedenken om te vragen. Ze kreeg een por van Michaela.

'Ga door,' zei Michaela zonder geluid.

'Eh...' begon Tabitha hulpeloos. 'Kun je daar misschien nog iets meer over zeggen?'

‘Wat dan?’

‘Wat voor werk deed je?’

‘Ik werkte voor een organisatie.’

‘Zeg maar gewoon wat het was.’

Ingrid haalde diep adem. ‘Een liefdadigheidsinstelling die logistieke arrangementen voor migranten verzorgde.’

‘Logistieke arrangementen?’ vroeg Tabitha. ‘Wat betekent dat? Woonruimte regelen? Geld voor eten geven?’

‘Ja.’

‘Dat klinkt als iets goeds. Hoeveel heb je gestolen?’

‘Ik heb het niet precies bijgehouden.’

‘Er moet een bedrag genoemd zijn tijdens de rechtszaak.’

Ingrid zei iets, maar zo binnensmonds dat het bijna niet te verstaan was.

‘Sorry,’ zei Tabitha. ‘Kun je zo spreken dat we je kunnen horen?’

‘Ze zeiden driehonderdzeventigduizend pond, maar volgens mij was dat overdreven.’

‘Driehonderdzeventigduizend pond?’ zei Tabitha op een verraste toon die volkomen oprecht was. ‘Moest je dat allemaal terugbetalen?’

Er kwam geen antwoord.

‘Heb je dat terugbetaald?’ vroeg Tabitha.

‘Dat kon ik niet.’

‘Bedoel je dat je alles hebt uitgegeven? Driehonderdzeventigduizend pond?’

‘Het lag ingewikkeld.’

‘Maar als je zoveel geld stal van een liefdadigheidsorganisatie voor vluchtelingen heb je waarschijnlijk veel moeten liegen, documenten vervalsen, dat soort dingen, klopt dat?’

‘Het was een moeilijke tijd.’

‘Nou, ik heb op dit moment een moeilijke tijd,’ zei Tabitha. ‘Dat was alles.’

Ze ging zitten. Toen Ingrid de rechtszaal uit werd geleid, ontweek Tabitha haar blik. In plaats daarvan boog ze zich naar Michaela toe en fluisterde in haar oor: 'Jij zou verdomme advocaat moeten zijn.'

62

Er volgden drie dagen met getuige-deskundigen. Ze getuigden over bloedgroepen, bandensporen, vezels en nog veel meer, en Tabitha zat het uit zonder ook maar één vraag te stellen.

Toen kwam de psychiater, dr. David Hartson. Tabitha hoorde haar medische geschiedenis nog eens voorgelezen worden. Ze kon er geen bezwaar tegen maken, want het was allemaal waar. En ze kon ook niet protesteren toen hij zei dat ze een autoriteitsprobleem had, want dat had ze al wel laten zien, tijdens de afgelopen weken in de rechtszaal.

Er was ook een man met een lange, smalle neus en een hoog voorhoofd, die op zijn computer tikte waarna er op het grote scherm gedetailleerde kaarten en close-upfoto's van Okeham verschenen. Hij kwam aantonen dat niemand bij Stuarts of Tabitha's huis had kunnen komen zonder de beveiligingscamera buiten de dorpswinkel te passeren.

Tabitha keek de hele tijd naar de jury. Die zat er ernstig en onopvallend bij, maar ze wist dat dit de kern van de bewijsvoering was, want na alle lelijkheid en geruchten, na de insinuaties, vijandelijkheden, verdenkingen en leugens, bleef het uiteindelijk een feit dat zij daar op die dag was geweest, en ze had geen idee hoe iemand anders er had kunnen zijn. De jury zat er rustig bij. De jongeman met de hoody zat duidelijk op zijn schrijfblok te tekenen, de keurige vrouw had haar haar laten knippen en highlighten. Haar nagels waren oranje gelakt. Tabitha sloeg haar notitieboek open en staarde naar haar ondergekrabbelde, gewijzigde tijdlijn met alle aantekeningen erbij tot haar hoofd er pijn van deed. Wat zag ze over het hoofd? Iets. Er moest iets zijn.

Op vrijdag, aan het eind van de derde week van het proces, kwam de priester aan de beurt om als getuige op te treden. Toen Tabitha snel een blik op de publieke tribune wierp, zag ze tot haar verbazing een aantal bekenden op de eerste rij zitten. Terry van de dorpswinkel was er. Tabitha vroeg zich af wie er voor haar zou invallen. En Laura was er. Ze zat helemaal aan het einde, naast dokter Mallon. Kaarsrecht, en haar gezicht was bleek en streng. Tabitha voelde haar keel samenknijpen en kon bijna niet slikken. Kleine zweetdruppeltjes braken uit op haar voorhoofd. Ze was er al bijna aan gewend om in de rechtszaal te zijn, maar nu kwam de verschrikkelijke angst die ze tijdens de eerste dagen had gevoeld weer terug. Haar hart sloeg stuiterend op hol, en een vlaag van paniek stroomde door haar lichaam. Ze nam een grote slok water, hield het glas met twee handen vast om te verbergen dat ze trilde en probeerde zich te concentreren.

Mel legde met innige overtuiging haar eed op de Bijbel af. Haar stem was luid en helder. Ze droeg een blauwe blouse met een patroon van zwaluwen en had natuurlijk haar priesterboord om. Haar haar, zoals altijd in een eenvoudige paardenstaart, was lichter, gebleekt door de junizon, en haar sproeten, die in de winter licht waren geweest, waren nu koperen vlekjes. Tabitha dacht aan hoe ze rondliep in het dorp op haar stevige schoenen, met haar hond naast haar. Een vrouw van plattelandsweggetjes en dorpskerken, landelijke huisjes en velden.

Ja, zei ze, haar naam was Melanie Coglan. Mel, voegde ze eraan toe. Ja, ze was priester in Okeham en ook in omliggende parochies: ze had meerdere kerken onder haar hoede. De meeste mensen, legde ze uit, begrepen niet hoe hard een priester tegenwoordig werkte en wat een groot terrein ze bestreek. Nee, ze was niet altijd priester geweest. Vóór haar roeping had ze op de verkoopafdeling van een farmaceutisch bedrijf in het zuidoosten van Engeland gewerkt. Ze verdiende toen veel meer, zei ze, maar ze had al snel beseft dat haar leven weinig betekenis had. Haar gezicht stond vriendelijk toen ze antwoord gaf op de vragen van Simon Brockbank. Ze keek naar de jury en glimlachte, met rechte, witte tanden. Ze was nu tien jaar priester, waarvan zeven jaar in Okeham. Ze woonde in de pastorie naast de kerk, heel dicht bij de dorpswinkel – patsboem in het centrum, zei ze, en ze lachte warm, al zag Tabitha niet in waarom dat grappig was.

En ja, ze was er op vrijdag 21 december, toen Stuart Rees werd vermoord, de hele dag geweest. Ze bevestigde dat ze de verdachte die dag had gezien. Haar welwillende blik bleef op Tabitha rusten terwijl ze sprak en Tabitha staarde strak naar haar terug, tot Michaela haar een por gaf.

'Wat?' fluisterde ze.

'Je ziet er heel eng uit. Hou op!'

Ze kwamen nu bij het cruciale stuk. De aanklager leunde iets naar voren. Hij sprak langzaam. 'Kunt u me vertellen wanneer u de verdachte zag?'

'Ik kan niet zeggen hoe laat het exact was, natuurlijk. Maar de eerste keer was halverwege de ochtend, denk ik, nadat ik in de winkel was geweest.'

Simon Brockbank keek even in zijn aantekeningen. 'De camera heeft u daar om 10.22 gefilmd. Kan het dat moment zijn geweest?'

'Ja.'

'Hebt u haar gesproken?'

'Niet echt. Ik zal haar wel gegroet hebben, natuurlijk. Ik vind het altijd belangrijk iedereen te groeten.' Weer liet ze haar brede, trouwhartige glimlach zien.

'Is u iets opgevallen aan haar houding?'

'Die fucking houding,' siste Tabitha tegen Michaela. 'Altijd weer die fucking houding van me.'

'Sst,' fluisterde Michaela. 'Waarom laat je je zo door die vrouw op de kast jagen?'

'Jawel,' zei Mel. 'Het ging duidelijk niet goed met haar. Ze liep heel snel, met haar armen om haar lijf geslagen, en ik geloof dat ze ook in zichzelf praatte.' Ze sloeg haar ogen op naar de jury. 'Ik had haar moeten aanspreken. Ik had haar moeten vragen of ik haar kon helpen. Ik zal altijd blijven betreuren dat ik dat niet heb gedaan.'

Tabitha wilde weer iets sissen, maar ze hield zich in. Mel keek oprecht gekweld: stel dat ze nu gewoon eerlijk was? Dat ze oprecht een goed mens was die anderen wilde helpen? Tabitha beet op haar lip tot ze bloed proefde en zag zichzelf door Mels ogen: een woedende, beschadigde, eenzame jonge vrouw in de greep van haar eigen demonen.

'De keer daarna,' zei Mel, 'was het vroeg in de middag.'

'Dat moet dan om halfdrie zijn geweest,' onderbrak Simon Brockbank haar, met een blik op zijn aantekeningen.

'Dat kan wel kloppen. En toen hebben we elkaar wel gesproken.'

'En kunt u me vertellen waarover?'

'Ja. Ik sprak haar aan omdat ze er nog steeds heel ellendig uitzag, alsof het niet goed met haar ging, en ik haar wilde proberen te helpen, voor zover ik dat kon. Ik probeerde een praatje aan te knopen, haar uit haar tent te lokken. Dus wees ik dat verhaal in de krant aan, over de drone die op Gatwick Airport het hele vliegverkeer had stilgelegd. Ze zei eigenlijk niets. Ik vroeg of ze het ook niet verschrikkelijk vond dat iemand zoiets voor de grap deed, of zoiets.'

'Gaf ze antwoord?'

'Niet echt, niet op de manier die ik verwachtte. Ze had iets vreemds over zich.'

'Op wat voor manier vreemd?'

'Blanco. Starend. Het was alsof ze me niet echt zag. Toen zei ze... Tja, zij zei het zo, sorry.' Ze keek de jury weer recht aan. 'Ze zei: "Ik heb verdomme mijn leven verwoest en dan denk jij dat die drones mij boeien?" '

'Aha,' zei Simon Brockbank ernstig. 'Aha. En was dat het einde van uw gesprek?'

'Ik vrees van niet. Ik vroeg wat ze bedoelde en ze zei iets als: "Jij bent priester, jij hebt God aan je kant, maar ik geloof niet in God en trouwens, als er een God was zou hij me haten." '

'Ze zei dat God haar zou haten?'

'Ja.'

'Hoe vatte u dat op?'

'Ik wist niet hoe ik dat op moest vatten. Ik had erg met haar te doen. Ik zei dat het nooit te laat was om je tot God te wenden en je hart voor Hem open te stellen, en dat het bij God om liefde gaat, niet om haat. Ze maakte me eigenlijk bang. Ze zei dat ik er niets van afwist en dat het al te laat voor haar was. Ze zei dat ze alles had verpest en dat haar leven voorbij was.'

'Te laat,' herhaalde Simon Brockbank. 'Ze had alles verpest en haar leven was voorbij. Hmm. Kunt u de jury vertellen hoe u die woorden interpreteerde?'

'Op dat moment dacht ik dat ze een ziel in nood was. Ik had verschrikkelijk veel medelijden met haar.' Mels ogen rustten weer op Tabitha, die het liefst wilde opspringen, krijsen en met iets smijten, alleen om het medelijden dat ze erin zag te laten verdwijnen. 'Maar nu denk ik dat ze iets opbiechtte.'

'En wat denkt u dat ze opbiechtte?'

'Ze biechtte de moord op Stuart Rees op,' zei Mel zacht.

De zaal was volkomen stil. Buiten zijn, dacht Tabitha. Ergens anders zijn. Ze dacht aan de grote golven die het strand op kwamen rollen; hoe ze glanzend glad en donker oprezen en kracht verzamelden. Ze kon dat water in lopen en zich laten meevoeren, ver weg.

'En u weet zeker dat u het zich correct herinnert?'

'Ik kan een of twee woorden verkeerd hebben onthouden,' zei Mel. 'Maar ik heb een eed gezworen om de waarheid te spreken. Ik ben er nu zeker van dat ze vol schuldgevoel, wanhoop en zelfhaat zat, en dat ze bij mij biechtte. Dat is de waarheid.'

63

'Wat ga je zeggen?' vroeg Michaela.

'Sst.'

'Je moet iets zeggen.'

'Ik ben aan het nadenken.'

'En je moet ook iets eten. Ik heb een broodje voor je.'

'Ik kan niet eten. Dan moet ik overgeven.'

'Je moet je krachten op peil houden.'

'Nee.'

'Je moet zeggen dat het niet waar is. Je zou al die dingen toch nooit tegen haar zeggen.'

'Misschien is het wel waar.'

'Hou op! Je bent net zo goed bezig. Je gaat nou toch niet ineens somber doen en je eigen glazen ingooien, Tabitha?'

'Ik ben aan het nadenken.'

'Kaas met uienmarmelade. Hier, neem op zijn minst een hapje. Je kunt vragen naar de ruzie die ze met Stuart had. Dat was je toch van plan? Die brief die hij over haar heeft geschreven. Om haar verdacht te laten lijken.'

'Daar gaat het niet om.'

Het gezoem van een vlieg op de wand hoog boven haar. Tabitha stond op en keek naar Mel, die in de getuigenbank stond. Ze schraapte onnodig haar keel.

'Het was niet halfdrie toen we met elkaar spraken,' zei ze. Ze hoorde haar eigen stem, hard en streng.

'Dat is geen vraag,' zei de rechter.

'Het was niet halfdrie toen we met elkaar spraken, hè?'

'Hoe bedoel je?' Mel keek verbouwereerd.

'U zei dat we over dat verhaal over drones in de krant hadden gesproken, klopt dat?'

'Ja.'

'Maar u had die krant toch 's morgens gekocht?'

'Ik heb geen idee.'

'Ik wel. Dat was zo. Op de camerabeelden bent u te zien als u om tweeëntwintig over tien de winkel in gaat en een paar minuten later met krant naar buiten komt.'

'Goed,' zei Mel toegeeflijk. 'Misschien heb ik die krant 's ochtends gekocht.'

'En om twee uur eenendertig bent u opnieuw op de beveiligingsbeelden te zien, maar zonder krant. U zegt dat u toen met mij gesproken hebt, maar ik denk dat we dat gesprek, of hoe je dat ook wilt noemen, 's morgens hadden. En als het 's morgens was, kan ik geen moord hebben opgebiecht, want toen leefde Stuart nog. Dat is een vraag, denk ik.'

Mel knikte en keek nadenkend, maar niet van haar stuk gebracht. 'Nou,' zei ze. 'Daar zou je best gelijk in kunnen hebben, maar dan had je het over iets wat je zou gaan doen, in plaats van iets wat je al gedaan had. Maar ik blijf toch denken dat het 's middags was. Misschien had ik die krant nog bij me.'

'Nee hoor. We kunnen even naar de beelden kijken, als dat helpt.'

'Nee, je zult wel gelijk hebben,' zei Mel. 'Maar dan nog zou ik niet weten waarom ik daarom die drone bij Gatwick niet genoemd zou kunnen hebben. Daar hoefde ik toch geen krant voor vast te houden?'

'Maar u zei dat u het verhaal aanwees.'

'Misschien zei ik dat alleen maar omdat ik het me zo herinnerde.'

'Dus wat u zei was niet waar?'

'Alles wat ik gezegd heb is volgens mij waar. Maar het kan zijn dat ik niet echt een krant bij me had en er dus niet echt naar wees. Ik weet eigenlijk niet of dat een ernstige fout is.' Ze keek Tabitha opgewekt en vriendelijk aan. 'Ik probeerde alleen contact met je te maken, in jouw nood. Dat is alles.'

'Ja,' zei Tabitha tussen opeengeklemde tanden door. 'Laten we het dan eens over dat gesprek hebben. Het gesprek waarin het lijkt alsof ik een bekentenis doe. Op dat moment dacht u niet dat ik iets bekende.'

'O, dat dacht ik wel.'

'Wel?'

'Ja.'

'Maar waarom belde u dan niet meteen de politie?'

Mel liet een klokkend lachje horen. 'Ik dacht natuurlijk niet dat je een moord bekende. Ik dacht dat je een gevoel van zelfhaat en wanhoop opbiechtte.'

'Maar dat is toch geen misdaad?'

'Nee,' zei Mel voorzichtig. Ze wilde nog iets zeggen, maar Tabitha gaf haar de kans niet.

'U ging pas denken dat ik een echte misdaad bekende toen u wist dat er een moord was gepleegd. Klopt dat?'

'Dat klopt.'

'Dus ik ben iemand die aan een depressie lijdt en ik heb gezegd dat ik mijn leven heb verwoest. Als priester moet u talloze mensen zulke dingen hebben horen zeggen.' Ze wachtte even. 'Of niet?'

'Mensen komen met allerlei vormen van leed bij me,' zei Mel ernstig. 'Met dingen die ze niet alleen kunnen dragen.'

'Goed. En zij zijn ook geen misdadigers?'

'Natuurlijk niet.'

'Dus wat ik die dag tegen u zei is alleen maar verdacht omdat er later die dag iemand dood is aangetroffen. Is dat zo?'

'Het is aan anderen om te bepalen wat dat betekent.'

'Juist,' zei Tabitha.

Ze keek naar de jury en de jury keek naar haar. Ze had niet het idee dat ze hen overtuigde. Ze keek op naar de publieke tribune en ving Laura's blik. Heel even wilde ze gewoon gaan zitten, haar hoofd in haar handen laten zakken en zeggen dat ze klaar was. Dan zouden ze haar wegbrengen en in een cel stoppen. Ze zou de sleutel horen omdraaien in het slot en de strijd zou afgelopen zijn.

Ze voelde een hand in haar onderrug.

'Vraag naar die ruzie,' fluisterde Michaela. 'Kom op.'

Tabitha draaide zich weer om naar Mel. 'Kunt u iets vertellen over uw relatie met Stuart Rees?'

De vraag leek Mel in verwarring te brengen. 'Ik weet niet wat je met "relatie" bedoelt. Hij ging 's zondags naar de kerk, hielp bij de bazaar en we zagen elkaar soms bij de gemeenteraad of in het dorp.' Voor het eerst leek ze op haar hoede.

'Ging hij regelmatig naar de kerk?'

'Met de regelmaat van de klok,' zei ze, maar er klonk iets zuurs door in haar stem.

'Stond u op vriendschappelijke voet met hem?'

'Natuurlijk.'

'Echt? Ik heb gehoord dat jullie niet met elkaar overweg konden.' Voor de rechter kon ingrijpen voegde ze eraan toe: 'Klopt dat?'

'Nee. Ik bedoel, het klopt dat meneer Rees het op bepaalde punten niet met me eens was over de leer.' Ze glimlachte. 'Maar grote goedheid, als ik met iedereen ruzie zou krijgen die het op dergelijke punten niet met me eens was, zou er niemand meer bij me in de kerk zitten.'

'Maar is het dan niet waar dat u volgens Stuart Rees niet eens in God geloofde?'

'Dat is absurd.'

'Misschien is het absurd, maar is het waar?'

'Hij vond mijn versie van het christendom te vrijzinnig, dat zeker. Een hallelujageloof, zo noemde hij het.' Haar gezicht was rood geworden; ze was bijna boos, dacht Tabitha.

'Dat klinkt onvriendelijk.'

'Ik moet zulke dingen accepteren. Het hoort bij het vak.'

'Was het gewoon een verschil van mening?'

'Wat bedoel je?'

'Is het waar dat hij een brief aan de bisschop heeft geschreven, met klachten over u?'

Simon Brockbank kwam eindelijk overeind. 'Ik ben schappelijk voor mevrouw Hardy geweest, maar volgens mij probeert ze de getuige nu te manipuleren.'

'Het lijkt mij in orde,' zei rechter Munday.

'Hij heeft inderdaad een brief aan de bisschop geschreven,' zei Mel.

'Vond u dat erg?'

'Ik probeerde altijd vriendelijk tegen hem te blijven en het niet persoonlijk op te vatten.'

'Dat moet moeilijk zijn geweest.'

'Niet echt. Ik wist dat zijn vijandigheid voortkwam uit een intens duistere plek, dus eigenlijk had ik vooral medelijden met hem.'

Medelijden met hem, medelijden met mij, dacht Tabitha.

'Een intens duistere plek?' vroeg ze.

'Ja. Toen hij eenmaal...' Ze viel stil.

'Ja?'

'Hij was erg opgewonden. Ik ben bang dat ik dingen heb gezegd die misschien niet zo verstandig waren. Ik zei zoiets als dat zijn versie van God nogal boos en onbarmhartig was, en hij lachte en zei dat hij toch al was verdoemd, wat hij ook deed.'

Er ging een gemompel door de rechtszaal. De verslaggevers zaten verwoed te schrijven. Tabitha keek op en zag Laura naar voren leunen. Haar mond was tot een dunne streep geperst en haar ogen glansden vreemd in haar vertrokken gezicht.

'Verdoemd,' zei Tabitha. 'Is dat wat hij zei?'

'Vergeet niet dat het in het vuur van het moment was,' zei Mel.

'Maar, ja. Hij zei dat hij verdoemd was om wat hij had gedaan.'

Tabitha voelde zich een beetje zweverig. Een paar minuten eerder had de priester nog gezegd dat zij, Tabitha, had beweerd dat er geen hoop en vergeving meer voor haar kon zijn, en nu zei ze dat Stuart ook al iets dergelijks had gezegd. Alsof ze samen in dezelfde put van wanhoop en zelfhaat zaten.

'Waarom zou hij dat zeggen?'

'Misschien dacht hij wel aan wat hij jou al die jaren geleden heeft aangedaan.'

Weer wist Tabitha niet of wat Mel zei haar hielp of juist niet. Waarschijnlijk geen van beide. Maar deze zonnige vrouw had duisternis in de rechtszaal gebracht, alsof het proces niet meer alleen over moord ging, maar ook over zonde en verdorvenheid.

'Bedankt. Ik heb verder niets meer te vragen,' zei ze.

64

Tabitha kon bijna niet naar Andy kijken toen hij getuigde. Hij stond in de getuigenbank in zijn goedkope, slecht passende pak, pasgeschoren, met een gezicht alsof hij liever ergens anders zou zijn. De rechter moest hem meermalen zeggen dat hij harder moest spreken.

Maar het deed er niet echt toe dat hij mompelde en schichtig keek. Zijn verhaal was overtuigend genoeg. Tabitha wist precies wat hij ging zeggen, maar toch maakte het haar van streek.

Hij zei tegen de jury – zonder in hun richting te kijken, maar met zijn ogen op de grond gericht, en soms op de vrouw die onder de rechtersstoel zat – wie hij was, hoelang hij al in Okeham woonde (zijn hele leven), wat hij deed en hoe hij Tabitha kende. Hij beschreef het werk dat hij aan haar huis had gedaan en werd wat zelfverzekerder toen hij over timmerwerk, vochtwerende lagen en lekkende goten praatte. Hij vertelde dat hij eerder die dag verderop in de straat aan het huis van Ken Turner had gewerkt, hoewel Ken er zelf niet was, en dat hij daarna naar Tabitha was gegaan, om ongeveer halfvijf.

'De zon ging die dag onder om drie uur drieënvijftig,' zei Simon Brockbank. 'Dus dan was het al donker, neem ik aan?'

'Ja,' zei Andy. Donker, koud en met natte sneeuw; smerig weer. Hij werd weer slecht verstaanbaar toen hij de rechtbank vertelde dat Tabitha eerst niet had opengedaan en dat ze zich vreemd had gedragen toen ze dat wel deed.

'Vreemd in welke zin?'

'Ze was zichzelf niet,' zei Andy en toen Simon Brockbank wachtte, voegde hij eraan toe: 'Misschien had ze gehuild of zo. Haar ogen waren rood. Ze was zichzelf niet.'

Weer wierp hij zijn woeste blik op Tabitha. Ze wilde naar hem glimlachen, maar haar lippen waren stijf.

'En wat gebeurde er toen?'

'Ik ging naar binnen. Ik wilde met haar praten over het werk dat we de volgende dag van plan waren te doen. We zouden een vloer gaan leggen. Maar het ging helemaal niet goed met haar,' zei hij overbodig. 'Ik dacht dat ze misschien ziek was.'

'En toen?'

'Toen ging ik de achterdeur uit om het hout te halen.'

'Waar lag het hout dan?'

'Schuur,' mompelde Andy.

'In de schuur achter het huis, klopt dat?'

'Ja.'

'Maar gebeurde er nog iets voor u ging?'

'Ze zei dat ik niet naar buiten moest gaan.'

'Kunt u misschien wat luider spreken?'

'Ze zei dat ik niet naar buiten moest gaan.'

'Ze zei dat u niet naar buiten moest gaan,' herhaalde Simon Brockbank. 'Ik begrijp het. En hoe was haar houding toen ze dat zei?'

'Hoe bedoelt u?'

'Zei ze het rustig?'

'Nee.'

'Maar hoe zei ze het dan?'

'Ze schreeuwde.'

'Het spijt me. Kunt u het misschien wat duidelijker zeggen?'

'Ik zei: ze schreeuwde. Alsof ze in paniek was.'

'Maar u ging toch.'

'Ja.'

En zo ging het door. Zijn aarzelende woorden, de vloeiende zinnen van de advocaat, heen en weer. Het lijk. Het bloed. De starende ogen in Stuarts dode gezicht. Wat Tabitha had gedaan, had gezegd, dat ze bijna dronken leek van ontzetting. Dat hij het alarmnummer had gebeld. Tabitha was op de bank gaan liggen, met bloed in haar gezicht.

'Zei ze iets?'

'Ze was een beetje aan het mompelen. Alsof ze pijn had.'

Tabitha hield haar hand voor haar gezicht. Ze voelde ogen op zich gericht. Ogen die haar besmeurd met bloed en woest voor zich zagen. Zoals ze zichzelf voor zich zag.

Eindelijk was het afgelopen en kwam zij aan de beurt. Ze stond op en keek Andy aan. Hun blikken bleven elkaar vasthouden.

'Het spijt me, dit alles,' zei ze.

Andy glimlachte half. Heel even was zijn gezicht weer knap. Ze wist niet wat ze hem moest vragen. In de stilte hoorde ze Simon Brockbank met zijn pen op tafel tikken: tik, tik, tik.

'Denk je dat ik hem heb vermoord?' vroeg ze.

Naast haar liet Michaela een harde kreun horen. 'Je hebt beloofd om dat nooit meer te vragen,' zei ze, zo hard dat iedereen het kon horen.

Andy staarde Tabitha aan, ontsteld. In dat korte moment begreep Tabitha dat hij dat inderdaad dacht. En ze wist dat alle anderen in de zaal dat ook begrepen.

'O,' zei ze.

'Ik bedoel, natuurlijk dacht ik niet... we zijn vrienden. Alleen... tja, ik geloof niet dat je een vlieg kwaad zou doen, tenzij... nou ja, tenzij je jezelf niet was.'

Hij zei nog meer dingen: dat het lichaam bij haar thuis lag en dat dat vreemd was, maar dat betekende nog niet... Tabitha kon hem niet goed horen door het geraas in haar oren. De zaal was afwisselend wazig en helder.

Ze draaide zich om naar Simon Brockbank en Elinor Ackroyd, maar ze kreeg hun gezichten niet helemaal scherp. Het bleven lege cirkels van discreet plezier.

'Klootzakken!' schreeuwde ze, zo hard dat de woorden pijn deden in haar keel. 'Hij was zo'n beetje de enige goede vriend die ik nog had in dat fucking kutleven van me, en dat hebben jullie ook verziekt! Wat hebben jullie gedaan? Wat hebben jullie me aangedaan?'

Ze schreeuwde nog steeds toen ze de zaal uit werd geleid. Het laatste wat ze zag was Andy, die voorovergezakt in de getuigenbank stond, met een vertrokken gezicht alsof iemand hem had geslagen.

65

Zelfs nu Tabitha alleen in de stille rechtbankcel zat, was het alsof er zwermen wespen om haar heen zweefden. Ze zaten in haar hoofd en ze hingen om haar hoofd. Ze zoemden, ze kropen over haar huid en ze kropen onder haar huid. Ze voelde de drang om haar huid aan flarden te krabben of haar lijf tegen de muur te smijten, om iets te doen wat een einde zou maken aan deze koortsachtige woede en onrust, die onverdraaglijke jeuk waaraan ze niet kon krabben. Ze had nog maar een vage herinnering aan de minuten ervoor, aan hoe ze als een dier door de rechtszaal gesleept werd, door de gangen naar de cel.

Ze stond op en ging voor de witte betonnen muur staan. Ze balde de vingers van haar rechterhand langzaam tot een vuist en hief die op. Eén klap zou genoeg zijn om de koorts te breken.

'Niet doen,' zei een stem achter haar.

Ze keek om. Simon Brockbank stond in de deuropening van de cel geleund, met zijn pruik in zijn hand en zijn toga over zijn arm. Er stonden twee stoelen in de cel. Brockbank kwam binnen en ging op een ervan zitten. Hij drapeerde zijn toga over zijn benen en legde zijn pruik erop.

'Een paar weken terug had ik een zaak,' zei hij. 'Een vechtpartij bij een café. Mijn cliënt had uitgehaald naar een man, gemist en in plaats daarvan een stenen muur geraakt. Dus nu weet ik het een en ander van handen en muren. Er zitten zevenentwintig botjes in de hand en als je doet waar jij nu aan denkt, zijn die moeilijk te genezen.'

Hij gebaarde naar de andere stoel. Tabitha keek hem woedend aan. Ze overwoog serieus om Simon Brockbank te slaan, in plaats van de muur. Ze keek naar Brockbanks gezicht met zijn licht sarcastische glimlach. Hij zou het waarschijnlijk leuk vinden als ze naar hem uithaalde. Het zou bewijzen dat hij haar te pakken had. Dus haalde ze langzaam en diep adem en ging ze tegenover hem zitten.

'Kom je je verkneukelen?'

Brockbank dacht even na. 'Dat zou ook nog kunnen,' zei hij. 'Je hebt me wel een dienst bewezen, daarbinnen. Ik kan me voorstellen dat de jury tot nu toe dacht: die Tabitha Hardy, die is een beetje lichtgeraakt, een beetje boos, maar zou ze echt in staat zijn om iemand te vermoorden? Dat probleempje heb je opgelost.'

Tabitha wist dat hij waarschijnlijk gelijk had. 'Andy was mijn enige vriend,' zei ze. 'En kijk nou wat jullie met hem hebben gedaan.'

'Dat klinkt alsof je nog een goed gesprek met iemand moet voeren,' zei Brockbank, niet erg onder de indruk. 'Intussen is er een keuze die je moet maken.'

'Wat dan?'

Brockbank snoof. 'Het is niet echt een keuze. Het is meer de waarheid onder ogen zien. Je kunt hier niet eeuwig blijven zitten. Je moet iets doen.'

'Zoals wat? Schuld bekennen? Is dat wat je wilt?'

Brockbank leek erover na te denken, alsof het een heel nieuw idee was. 'Het is nooit te laat om het goede te doen. De rechter is misschien nog schappelijk voor je.' Hij keek Tabitha aan, die volkomen uitdrukkingsloos terugkeek. 'Ik dacht al van niet. In dat geval: wat je nu echt moet doen is teruggaan naar boven en je volledige, onvoorwaardelijke, oprechte excuses aan de rechtbank aanbieden.'

'Fuck nee,' zei Tabitha.

'Goed,' zei Brockbank en hij keek nu wat serieuzer. 'Eigenlijk moet ik je jezelf dit laten aandoen. Maar eerst zal ik je tot in detail vertellen wat er gaat gebeuren.'

'Toe maar,' zei Tabitha. 'Vertel het maar.'

En Simon Brockbank boog zich dichter naar haar toe en vertelde het haar, terwijl hij zijn woorden onderstreepte met zijn handen.

'Hebt u iets te zeggen, mevrouw Hardy?'

Tabitha stond tegenover de rechter. Ze had een flashback naar de keren dat ze op school haar excuses had moeten aanbieden, aan een leraar of, heel soms, aan het schoolhoofd. Die excuses werden meestal uitgesproken op een licht ironische, monotone dreun. Aan beide zijden werd aangenomen dat Tabitha niet echt spijt had, maar dit was nou eenmaal een soort toneelstukje dat moest worden opgevoerd voor het leven verder kon gaan.

Maar nu was het anders. Als ze dit ging doen, moest het overtuigend zijn. Het moest echt zijn. Het was natuurlijk niet echt. Maar het moest zowel de rechter als, belangrijker nog, de jury overtuigen.

Ze balde haar vuisten tot de nagels zo hard in haar handpalmen staken dat het echt pijn deed.

'Ja, ik heb iets te zeggen. Ik wil geen smoesjes ophangen over wat ik heb gedaan. Ik wil niet zeggen dat ik stress heb van deze hele situatie. Ik wil niet zeggen dat ik van streek was omdat een vriend tegen mij getuigde–' Ze viel stil, want ze besefte dat ze precies de smoesjes oplepelde die ze niet zou ophangen. 'Ik wil alleen zeggen dat het me heel erg spijt. Ik weet dat je je in de rechtszaal behoort te gedragen, en dat is ook terecht, en dat heb ik niet gedaan. Ik weet dat ik daarmee vast een wet heb overtreden en ik ben volkomen bereid om dat te erkennen en de straf daarvoor te ondergaan.' Ze draaide zich om naar de jury met een gezicht dat hopelijk niet al te schijnheilig was. 'Ik hoop alleen dat u allemaal deze excuses kunt accepteren en dat ik mezelf mag blijven vertegenwoordigen. Ik beloof plechtig dat er niet meer zoiets zal gebeuren.'

Ze draaide zich weer om naar de rechter. Lag het er te dik op? vroeg ze zich af. Ze hád ook echt spijt. Ze had al haar beheersing verloren. Ze had iets laten zien wat diep verborgen had moeten blijven. Ze wachtte en keek naar de rechter, die in haar aantekeningen zat te kijken en fronste. Het zou pas echt zuur zijn als ze nu had gesmeekt en zichzelf had vernederd zonder dat het haar iets opleverde.

Rechter Munday keek op. 'Mevrouw Hardy, uw uitbarsting was schandalig. Ik heb serieus overwogen u te dagvaarden wegens minachting voor de rechtbank en een raadsman aan te stellen om u te vertegenwoordigen.'

Tabitha slaakte inwendig een zucht van verlichting. Maar ze wist dat ze niet opgelucht mocht lijken. Ze moest berouwvol blijven kijken.

'Ik wil dat u dit heel goed begrijpt,' ging rechter Munday door. 'Ik zal zoiets niet nog eens tolereren. Geen uitbarstingen, geen gevloek, geen geschreeuw. Begrijpt u dat?'

Tabitha knikte nederig en ging naast Michaela zitten, die met haar hoofd in haar handen zat.

'Het spijt me,' fluisterde ze.

Michaela hief haar hoofd op. Ze keek bars.

De rechtbank stond op toen rechter Munday de zitting verdaagde en de politieagent kwam naar voren om Tabitha mee te nemen.

'Geef me heel even,' zei Tabitha.

De agent keek op zijn horloge. 'Twee minuten,' zei hij.

'Dat is belachelijk. Ik moet over de zaak praten.'

Hij keek nog een keer op zijn horloge. 'Anderhalve minuut.'

Tabitha draaide zich om naar Michaela. 'Het spijt me,' zei ze nog eens. Ze voelde zich net een klein meisje dat haar enige vriendin dreigt te verliezen.

'Hoe kan ik verdomme je McKenzie friend zijn als je dit soort dingen doet? Ik zei toch dat je dat niet moest vragen.'

'Ik weet het. Het was stom.'

‘Fucking stom. Luister jij nooit naar iemand?’

‘Ik zal het niet meer doen.’

‘Dat zeg je altijd. Maar dan word je kwaad en zeg je het eerste wat er in je hoofd opkomt.’

‘Ik weet het. Daarom heb ik jou hier nodig.’ Het was even stil. ‘Je blijft toch wel komen, hè?’

Michaela zuchtte diep. ‘Ik heb toch niets beters te doen.’

‘Dank je wel.’ Ze wachtte een paar tellen. ‘Morgen komt de forensisch rechercheur.’

‘Nog iets waar je bezorgd over bent?’

‘Ik ben bezorgd over alles. De hele tijd.’

‘Ik bedoel, komt er nog iets nieuws?’

Tabitha dacht even na. ‘Ik heb het rapport gelezen. Het gaat alleen over wat er daar is aangetroffen. Ze hebben geen wapen gevonden. Ik weet niet of dat goed of slecht is.’

‘Wil je dat ik iets doe?’

‘Ik weet niet wat zou helpen,’ zei Tabitha wanhopig. ‘Ik weet niet wat we zoeken. Je zou even naar die lijst met spullen kunnen kijken die ze in de opslag hadden. Je hebt al zoveel gedaan. Ik weet niet wat ik moet zeggen.’

Ze keek om naar de agent. ‘Is mijn tijd al voorbij?’

‘Ruim.’

Tabitha keek weer naar Michaela. ‘Of neem een avond vrij. Ook goed.’

Toen Tabitha de volgende ochtend de rechtszaal binnen werd gebracht, was Michaela nergens te bekennen. Misschien had ze besloten om niet te komen na wat er de vorige dag was gebeurd: ze werd misselijk bij het idee. De jury kwam binnen en toen de rechter. De forensisch rechercheur, dr. Andrew Belfry, liep de rechtszaal in en naar de getuigenbank toe en nog steeds was er geen teken van Michaela. Tabitha keek om zich heen. Misschien had ze zich verslapen. Misschien had ze het gewoon opgegeven en was ze verdergegaan met haar oude leven. Zoveel mensen hadden Tabitha al laten vallen, waarom zou Michaela dat niet ook doen?

Ze richtte haar aandacht op doctor Belfry, in zijn gekreukte grijze pak dat een maat te klein voor hem leek. Hij was grotendeels kaal en droeg een montuurloos brilletje. Hij had een stapel mappen bij zich en een kleine tas waar hij een laptop uit haalde. Die klapte hij open en hij zat erop te tikken tot de bode hem een bijbel bracht om zijn eed op te doen.

Elinor Ackroyd stond op en kreeg uit hem los dat hij niet in dienst van de politie was, maar op contractbasis werd ingehuurd. Hij had een graad in de organische scheikunde en had zesentwintig jaar ervaring in dit werk, dat hem naar alle hoeken van de regio zuidwest voerde.

Ackroyd begon met hem details uit zijn rapport door te nemen: de positie van het lichaam, de bloedvlekken op het plastic waar het lichaam op had gelegen, de bloederige voetsporen die terugleidden naar het huis. Het zou huiveringwekkend moeten zijn, maar Belfry sprak alsof hij het over het in elkaar zetten van een modelspoorbaan had. Hij verwees steeds naar obscure paragrafen in zijn rapport, die hij maar moeilijk kon vinden. En hij had een vreemde stem, die klonk alsof zijn tong te groot was voor zijn mond. Tabitha raakte daar zo op gespitst dat ze haar aandacht maar moeilijk kon houden bij wat hij zei. Ze moest zichzelf dwingen om af en toe iets op te schrijven. Er leek niets bijzonder belastends voor haar in het rapport te staan, afgezien van het simpele, cruciale, verschrikkelijke feit dat het allemaal in een bijgebouw van haar huis was gebeurd.

Ze voelde beweging achter zich, keek om en zag Michaela op haar tenen aan komen lopen. Ze zei geluidloos sorry tegen rechter Munday, die haar boos aankeek. Ze ging zwaar ademend naast Tabitha zitten.

'Alles in orde?' fluisterde Tabitha. 'Ik dacht dat je niet zou komen.'

'Sorry dat ik zo laat ben, ik moest een paar mensen bellen. Ik heb iets vreemds ontdekt. Het gaat om dat plastic.'

'Welk plastic?'

'Waar het lichaam in gewikkeld zat.'

'Alstublieft, mevrouw Hardy,' onderbrak rechter Munday haar.

'Wat?'

'Er wordt hier een verhoor afgenomen.'

Terwijl het kruisverhoor verderging, probeerde Tabitha wijs te worden uit Michaela's slordige aantekeningen.

'Weet je dat zeker?' fluisterde ze.

'Ik heb het vervoersbedrijf gebeld.'

Tabitha dacht zo hard na dat haar hoofd er bijna pijn van deed.

'Maar wat betekent dat?' fluisterde ze zo dicht bij Michaela's oor dat ze het met haar lippen raakte.

Michaela haalde haar schouders op. 'Ik weet het niet. Vraag het gewoon.'

'Tot slot,' zei Elinor Ackroyd, 'nog een laatste vraag. Doctor Belfry, u had toezicht op al het bewijsmateriaal dat in verband stond met de plaats delict. Hebt u aanwijzingen gezien dat er nog iemand anders aanwezig was? Ik bedoel, behalve het slachtoffer, Tabitha Hardy en Andrew Kane, die het lichaam heeft gevonden?'

Belfry draaide zich naar de jury toe voor hij antwoord gaf. 'Nee,' zei hij, harder dan eerst. 'Geen enkele aanwijzing.'

'Dank u voor uw hulp,' zei Ackroyd, terwijl ze weer ging zitten.

Tabitha stond op met dat bekende draaierige gevoel. Ze keek naar haar aantekeningen. Ze had twee woorden opgeschreven: vingerafdrukken en bloed. Het leek niet veel.

'Is het een verrassing dat er overal vingerafdrukken en sporen en zo van mij waren? Ik bedoel, ik woonde daar.'

'Er zaten vingerafdrukken op het plastic waarop hij lag,' zei Belfry. Hij trok zijn wenkbrauwen op toen hij antwoordde en gaf een knikje in de richting van de jury.

Tabitha wilde tegen hem schreeuwen of hem slaan. 'Andy en ik hebben het lichaam gevonden. We hebben het plastic van hem afgetrokken.'

'Mevrouw Hardy,' zei rechter Munday streng, 'u hoort vragen te stellen, geen beweringen te doen.'

'Goed,' zei Tabitha. 'Eh... zouden die vingerafdrukken daar kunnen zitten omdat Andy en ik het plastic hebben weggetrokken om te zien of hij nog leefde?'

'Dat zou een mogelijkheid zijn,' zei Belfry. 'Niet de meest waarschijnlijke, naar mijn professionele mening.'

'U bent hier niet om uw mening te geven,' zei Tabitha.

'Dat is hij wel,' onderbrak rechter Munday haar. Ze draaide zich om naar de jury. 'Doctor Belfry heeft het volste recht om als antwoord op het kruisverhoor zijn mening te geven wanneer die relevant is. Ga verder, mevrouw Hardy.'

Tabitha was zo van slag dat ze niet kon bedenken wat ze moest zeggen. Ze keek naar haar aantekeningen.

'Bloed,' zei ze.

'Wat?' vroeg Belfry.

'Er zat bloed op het plastic,' zei Tabitha. 'En er waren voetafdrukken die terugleidden naar het huis. En er was bloed op de bank in de woonkamer. Verder nog ergens?'

'Er zat bloed op uw kleren,' zei Belfry.

'En op die van Andy. Doordat we het lichaam vonden.' Ze besefte dat het geen vraag was. 'Klopt dat?'

'Ja.'

'Nog ergens anders?'

'Er waren sporen op de vloer.'

'Dat waren de voetsporen, toch?'

'Waarschijnlijk.'

'Stuart Rees' keel was toch doorgesneden?'

'Ja.'

Tabitha draaide zich om naar de jury. 'Het spijt me, dit gaat heel smerig klinken. Maar ik kan geen niet-smerige manier bedenken om het te vragen.' Ze draaide zich weer om naar Belfry. 'Er lopen slagaders in de hals, hè?'

'De halsslagaders, ja.'

'En als die worden doorgesneden, spuiten ze dan niet alles onder? Ik bedoel, de vloer en de muren enzovoort enzovoort.'

'Maar dat hebben ze niet gedaan.'

'Vond u dat niet vreemd?'

'Ik beschrijf gewoon de plaats delict zoals ik die aantref.'

'Het zat u niet dwars?'

'Nee.'

Tabitha had het gevoel dat ze tegen een stenen muur op liep. Er kwam een vraag bij haar boven en ze stelde hem zonder erover na te denken of het een goed idee was.

'Hebt u het moordwapen gevonden?'

'Dat is nog niet gevonden.'

'Is dat niet vreemd?'

'U had meer dan genoeg tijd om het kwijt te raken.'

Tabitha voelde zich alsof ze een klap had gekregen. 'Ik? Zei u nu dat ík meer dan genoeg tijd had?'

'De moordenaar, moet ik zeggen.'

'Op welk moment hebt u besloten dat ik het heb gedaan?'

'Ik beoordeel alleen het bewijsmateriaal,' zei Belfry stijfjes.

'Dacht u dat al vanaf het begin? Toen u het bewijsmateriaal doornam? Hebt u alles aan dat idee aangepast?'

'Nee.'

'Dat zal wel,' zei Tabitha hard en sarcastisch.

'Denk erom, mevrouw Hardy,' zei rechter Munday streng.

Tabitha keek op Michaela's aantekeningen en probeerde een vraag te formuleren.

'Kunt u me iets vertellen over het plastic?' vroeg ze.

'Wat?'

'Het stuk plastic waarin het lijk is gevonden.'

Belfry dacht even na. Voor het eerst leek hij met zijn mond vol tanden te staan.

'Het was een stevig, dik stuk plastic.'

'Verder nog iets?'

'Ik weet niet waar u het over hebt.'

'Er zit een etiket op. Met HOMEWARD erop. En eronder staat...' Tabitha pakte de aantekeningen en las: 'FRC569332.'

'Dat neem ik op uw woord aan,' zei Belfry.

'Wat bedoelt u, u neemt het op mijn woord aan? Dat zou toch uw werk moeten zijn? U moet dat soort dingen nagaan.'

Het was even stil.

'Het spijt me, had u een vraag?'

'Mijn vriendin, Michaela, heeft gedaan wat u had moeten doen. Ze heeft het gegoogeld. Homeward is een meubelzaak. En de FRC-code is een referentienummer. Dus heeft ze hen gebeld. Dit stuk plastic is gebruikt om een bank in te verpakken.'

Tabitha wachtte even om Belfry de kans te geven om te reageren, en Simon Brockbank stond op. Hij sprak bedachtzaam.

'Het spijt me, maar de verdediging kan de getuige niet zomaar met nieuw bewijsmateriaal overvallen.'

'Ik weet niet wat u bedoelt,' zei Tabitha. 'Dit is bewijsmateriaal waar die vent zelf een rapport over heeft geschreven. Ik vraag er alleen maar naar.'

Rechter Munday maakte een vermoeid handgebaar.

'Ga maar door, mevrouw Hardy, maar noem de getuige doctor Belfry en niet "die vent". Een kwestie van beleefdheid. En stel uiteindelijk wel een vraag, alstublieft.'

'Goed. Zoals ik al zei belde Michaela het bedrijf, wat u had moeten doen. Ze gaf het referentienummer door. De bank was op 17 december afgeleverd bij Cliff House in Okeham. Herkent u dat adres?'

'Nee.'

'Dat is het huisadres van Stuart Rees. Vindt u dat niet interessant?'

Belfry kuchte en toen hij antwoord gaf, sprak hij zo zacht dat de rechter hem moest vragen wat luider te spreken.

'Daar kan ik niet echt iets over zeggen.'

'Maar had u dat ontdekt? Ja of nee?'

'Nee, maar ik zou echt niet–'

'Wat hebt u nog meer niet nagetrokken?'

'Dat is een beledigende vraag.'

'Weet u wat ik denk?' vroeg Tabitha.

Het bleef stil.

'Dat is geen echte vraag,' zei rechter Munday.

'Sorry, het was een soort voorbereiding op een vraag. Wat ik denk is dat u gewoon aannam dat ik het heb gedaan en dat u nergens naar hebt gekeken dat het zou kunnen ontkrachten. Is dat eerlijk?'

'Nee. Dat is niet eerlijk.'

'Dat is alles wat ik te zeggen heb,' zei Tabitha. Ze ging zitten met het gevoel dat er meer had moeten zijn waarop ze harder had moeten aandringen.

Elinor Ackroyd wilde al overeind komen, maar Brockbank legde zijn hand op haar schouder om haar tegen te houden. Hij stond zelf op en liep naar voren.

'Nog een vraag,' zei hij. 'Tabitha Hardy probeert de dingen te vertroebelen en de jury zand in de ogen te strooien. Dus kan ik één ding nog even duidelijk krijgen, voor het geval de jury het vergeten is? Heeft uw onderzoek aanwijzingen opgeleverd dat er nog iemand anders op de plaats delict aanwezig is geweest?'

'Nee.'

Toen Brockbank ging zitten, sprong Tabitha op.

'Als we toch allemaal nog één vraag stellen, heb ik er ook nog een: was het eigenlijk wel een plaats delict?'

Doctor Belfry keek volkomen verward. 'Het spijt me,' zei hij. 'Ik weet niet wat u bedoelt.'

'Precies,' zei Tabitha en ze ging zitten.

Rechter Munday kon hem nu zeggen dat hij kon gaan. Toen hij langs Tabitha liep, wierp hij haar een blik van pure afkeer toe. Ze dwong zichzelf tegen hem te glimlachen.

66

'Nee nee nee nee! Alsjeblieft, nee. O jezus. Laat het niet waar zijn!'

De stem vulde de rechtszaal, moeilijk verstaanbaar en schor, en ging maar door, bleef maar woorden en akelige geluiden de stilte in slingeren. Het klonk als de stem van een gruwelijk dronken man, die ongeremd en losgeslagen tegen de stemmen in zijn hoofd schreeuwde. Maar het was geen man.

Tabitha steunde met haar hoofd op haar hand, deed haar ogen dicht en wilde verdwijnen. Als ze opkeek, wist ze dat ze iedereen vol afschuw naar haar zou zien kijken. Ze herinnerde zich bijna niets van haar eerste verhoor op het politiebureau, alleen duistere fragmenten: dat de tafel waarop ze haar hoofd had gelegd plakkerig was, dat de blik van de politieagent beleefd en triomfantelijk tegelijk was geweest. Ze had het transcript natuurlijk gelezen en had die nu ook voor zich liggen, maar ze had niet begrepen hoe schadelijk dit voor haar zaak kon zijn. Alleen het geluid van haar stem was al erg genoeg. Nu begreep ze waarom de aanklagers erop hadden gestaan dat de opname zou worden afgespeeld. Het was tot daaraan toe om te lezen dat ze zei: 'Wat heb ik gedaan?' Dat kon een heel gewone vraag zijn van een onschuldige vrouw die ineens door de politie wordt ondervraagd. Het was iets heel anders om het haar te horen uitbrullen, als een beest in het nauw.

Iemand vroeg haar wat ze op 21 december gedaan had en ze zei herhaaldelijk: 'Flikker op.' De piketadvocaat zei dat ze het recht had om te zwijgen en ze zei ook tegen hem dat hij moest opflikkeren.

'Waar ben je de hele dag geweest, Tabitha?' vroeg een stem.

'Ik weet het niet.' De woorden vloeiden in elkaar over, nauwelijks verstaanbaar. 'Ik weet helemaal niets.'

'Heb je enig idee hoe het lichaam van Stuart Rees in je schuur terecht is gekomen?'

'Ik weet het niet.'

'Heb je hem gezien?'

'Bloed,' zei ze. 'Ik zat helemaal onder zijn bloed.'

'Hebt u hem gedood, mevrouw Hardy?'

En de piketadvocaat zei dringend dat ze geen antwoord moest geven en haar stem zei dat ze zich niets kon herinneren.

'Bedoelt u dat u niet meer weet of u hem hebt gedood?'

'Ik wil alleen maar dat dit ophoudt.'

'Probeer gewoon antwoord op onze vragen te geven, Tabitha.'

'Sorry. Het spijt me.'

'Wat spijt je, Tabitha?' vroeg een vrouwenstem waar de vriendelijkheid vanaf droop. Tabitha kon zich niet herinneren dat er ook een vrouw was geweest.

'Alles. Die hele klotezooi. Ik ben gewoon moe. Zo moe.'

En de vrouw zei, nog altijd op dezelfde betrokken toon, dat ze natuurlijk wel moe zou zijn en dat ze kon rusten zodra ze verteld had wat ze had gedaan.

De stem zei iets onverstaanbaars. Tabitha deed even haar ogen open om naar het transcript te kijken. 'Hoe kan ik hier wegkomen?'

Ze sloot haar ogen weer.

'Kun je dat herhalen, Tabitha?' vroeg de man.

'Nee. Ik kan dit niet meer. Ik kan het niet. Ik moet naar huis. Laat me alsjeblieft naar huis gaan.'

Eindelijk werd het stil. De stem zweeg. Tabitha deed haar ogen open. Ze keek opzij naar Michaela's bezorgde gezicht. Ze keek naar de jury en de juryleden staarden naar haar terug. Ze draaide zich iets naar de journalisten op de volle perstribune toe en daarna naar de rechter, die er in haar hoge rechtersstoel bij zat als een stenen beeld, voor een raampje waar de zon door naar binnen scheen.

Ze stond op, maar hield een hand op de tafel omdat ze niet zeker wist of haar benen haar konden dragen. Ze schraapte haar keel.

'Dat,' zei ze schor, 'heet een depressie. Dat heet een trauma.'

Totaal onverwacht voelde ze haar humeur opklaren. Iedereen had zitten luisteren hoe zij het uitschreeuwde als een beest. Ze had naar zichzelf zitten luisteren, maar ze was er nog. Ze was niet doodgegaan van schaamte. Ze ging wat meer rechtop staan.

'Depressie is een ziekte,' zei ze met luide stem. 'Ik was ziek. En het lijk van een man die ik van vroeger kende werd in mijn schuur gevonden. Dat was angstaanjagend.'

Simon Brockbank liet zijn pen weer stuiteren: het gaf de seconden aan. De tijd verstreek en buiten ging het jaar, ging de wereld, zonder haar door.

Tabitha keek strak naar rechter Munday. 'Dat was geen bekentenis. Dat was gewoon menselijke pijn.'

Toen was het voorbij. De aanklager had zijn zaak uiteengezet, de zitting was verdaagd tot de volgende ochtend en Tabitha werd naar buiten geleid. Ze werd direct naar het busje gebracht, maar heel even zag ze de blauwe lucht, voelde ze de zomer op haar huid. Toen werd ze teruggereden naar haar cel, waar de muren klam waren van de hitte. Ze ging op haar bed zitten, begroef haar hoofd in haar handen en probeerde haar gedachten enigszins op een rijtje te zetten.

Hoe had ze het gedaan? Best goed, dacht ze, als goed betekende dat ze onbarmhartig aan het licht had gebracht hoe vijandig het dorp tegenover haar stond; als het betekende dat ze iedereen had besmeurd, iedereen verdacht en oneerlijk had laten lijken, alsof iedereen uit kwade trouw handelde. Ze had het gevoel dat ze een sluier van Okeham had afgetrokken, zodat het mooie dorpje aan zee, waar bezoekers naartoe kwamen om ijs te eten en te staan waar Coleridge ooit had gestaan, waar iedereen elkaar kende en hielp, nu te kijk stond als een plek waar kleinzieligheid, jaloezie en kwaadaardigheid welig tierden.

Er viel haar een gedachte in die aankwam als een fysieke dreun. Haar hoofd suisde ervan. Het was Stuart die de gemeenschap dat had aangedaan, die mensen had veranderd in de slechtste versie van henzelf. Dat was wat hij deed: hij zag de zwaktes van de mensen en maakte daar misbruik van. Hij had dat bij Rob Coombe gedaan, bij Mel, bij Owen Mallon. Hij had het bij zijn vrouw gedaan en bij zijn eigen zoon. Hij had het al die jaren geleden bij haar gedaan, toen hij zag hoeveel macht hij kon krijgen over een eenzame, afwerende tiener.

Ze was blij dat hij dood was.

Ze bleef een tijdje met die gedachte zitten, nog altijd verschanst in de donkere kommetjes van haar handen. Betekende dit dat ze hem toch had gedood? Toen ze luisterde naar haar verhoor op het bureau, naar haar onsamenhangende woorden, had ze heel even zeker geweten dat ze de moordenaar was, al wist ze de bewijsvoering tegen haar nog zo goed te verzwakken.

Abrupt stond ze op. Nee. Nee, ze had Stuart niet gedood, want ze had pas na zijn dood begrepen hoeveel schade hij haar had toegebracht. En ze had Stuart niet gedood omdat ze geen moordenaar was.

Ze liep heen en weer in haar cel: drie stappen heen, drie stappen terug. Ze wist dat ze deuken had geslagen in de bewijsvoering tegen haar. Maar het was niet genoeg, want ze had de beveiligingsbeelden steeds in haar hoofd afgespeeld en wist wat zelfs de aanklagers niet leken te beseffen: niemand anders had daar kunnen zijn. En dus kon niemand anders het gedaan hebben. En als er niemand anders was, bleef alleen zij over.

De deur van haar cel werd op slot gedaan. Ze at braaf haar broodje kaas; het wittebrood bleef aan haar tanden plakken. Ze kleedde zich uit en staarde naar haar sterke, bleke, harige benen en haar witte buik met de grote moedervlek vlak boven haar navel. Haar voeten leken te groot voor haar lichaam. Ze herinnerde zich dat het haar was opgevallen hoe bleek de gedetineerden in Crow Grange waren, toen ze daar net was: nu was ze een van hen. Ze waste zich grondig, poetste haar tanden, trok haar pyjama aan en kroop in bed, waar ze zich onder de kriebelige deken oprolde en omhoogkeek naar het plafond, dat dooraderd was met randjes vuil.

Haar pleidooi à décharge begon morgen. Ze ging de namen van de mensen langs die opgeroepen zouden worden nadat zij haar getuigenis had gegeven: Shona (en ze grijnsde toen ze bedacht wat de vijftien jaar oude Tabitha ervan gevonden zou hebben dat Shona, een meisje uit het populaire groepje dat altijd over haar slecht geknipte haar en haar opvliegendheid roddelde, haar karaktergetuige zou zijn); dan Sam McBride en als laatste Luke, al voelde ze zich nog steeds schuldig dat ze hem opriep. Ze wist dat het een armzalig lijstje getuigen was, die op zijn best de zaak nog verder zouden vertroebelen.

Ze draaide zich om en staarde naar de muur. Een paar centimeter van haar gezicht af zat een roestige veeg die op een bloedvlek leek. Ze draaide zich op haar andere zij en trok haar knieën op. Ze hoorde iemand lachen, maar het klonk niet vrolijk. De haartjes in haar nek gingen ervan overeind staan. Ze probeerde haar eigen slecht verstaanbare en griezelige stem niet te horen, maar die bleef maar door haar hoofd galmen: 'Hoe kan ik hier wegkomen?' had ze geschreeuwd.

Uiteindelijk viel ze in een ondiepe en rusteloze slaap, vol chaotische droomfragmenten. En toen was ze ineens klaarwakker, zat ze rechtop in bed om een herinnering vast te houden die op de een of andere manier bij haar teruggekomen was en niet meer mocht ontsnappen. Ze zwaaide haar benen uit bed, stond op en deed het licht aan. Ze trok haar notitieboek tussen haar papieren uit en vond een leeg plekje in de volgeschreven en doorgestreepte pagina's, waar ze opschreef wat ze zich herinnerde, een stukje schroot dat glanzend in de modder lag. Ze schreef er een naam onder en omcirkelde die een paar keer. Haar handen trilden van de hoop; hoe kon ze het over het hoofd hebben gezien? Hoe konden ze het allemaal over het hoofd hebben gezien?

Shona, Sam en Luke zouden nog steeds als getuige à décharge optreden, maar er was nog iemand anders, een heel belangrijk iemand, die ze als getuige moest oproepen.

III

Verdediging

67

Toen Tabitha in de getuigenbank stond voelde alles heel anders, hoewel ze maar een paar stappen door de rechtszaal was gelopen. Nu keek ze de jury recht aan. Rechter Munday zat rechts van haar, boven haar; Michaela zat links, onder haar, en staarde fronsend naar haar op. Ze is waarschijnlijk nog zenuwachtiger dan ik, dacht Tabitha. Ze kan me geen briefjes geven, niets in mijn oor fluisteren.

De sfeer was ook anders. Er hing een nieuwe spanning, een verwachtingsvol gevoel in de lucht. De publieke tribune en perstribune zaten vol. Mensen leunden naar haar toe en wachtten op iets, op iets dramatisch.

Ze legde de belofte struikelend over de woorden af, ook al had ze die al vele malen eerder door de getuigen horen uitspreken. Toen, net toen ze begon te spreken, onderbrak rechter Munday haar.

'Ik moet u zeggen, mevrouw Hardy, dat u nu als getuige optreedt. Dat betekent wat het woord al zegt. U mag alleen vertellen over zaken waarvan u persoonlijk getuige bent geweest, niet waarover andere mensen u hebben verteld.'

Tabitha dacht even na. Ze vond dit onverwacht verwarrend.

'Maar als iemand me iets vertelt, ben ik dan geen getuige van wat hij me vertelt?'

'Doe gewoon uw verhaal,' zei rechter Munday wat geërgerd. 'Ik bepaal wel wat toelaatbaar is. Probeer het gewoon relevant te houden.' Ze slaakte een soort zuchtje. 'En fatsoenlijk.'

Tabitha haalde een tissue uit haar zak en snoot haar neus. Dat was evenzeer om haar zenuwen in bedwang te houden als om iets anders. Ze had het grootste deel van de nacht wakker in bed gelegen, af en toe iets bedacht wat ze moest zeggen en vervolgens gedacht dat ze moest opstaan om het op te schrijven. Maar dat had ze niet één keer gedaan en nu kon ze zich die dingen maar moeilijk herinneren.

Ze speurde bij de jury naar tekenen van vriendelijkheid of vijandigheid.

'Ik zal niet veel zeggen,' begon ze. Haar stem klonk te hoog, te hard. 'Ik weet niet zoveel van hoe dit gaat. Maar ik heb gehoord dat ik niet hoef te bewijzen dat ik onschuldig ben. Ik hoef zelfs helemaal niet te getuigen, als ik dat niet wil.' Ze maakte een gebaar naar Simon Brockbank, die achterovergeleund op zijn stoel naar het plafond zat te kijken. 'Maar ik ga wel een paar dingen zeggen.'

Ze haalde een vel papier uit haar zak, vouwde het open, legde het op de rand van de getuigenbank en streek het glad. Er stond een genummerde lijst op die ze in haar cel had opgeschreven. Het leek niet veel, als je het in daglicht zag, in de rechtszaal.

'Ik kwam terug naar Okeham toen ik het huis kocht. Ik was van plan om het op te knappen en dan te zien hoe het zou gaan. Ik zou in Okeham kunnen gaan wonen, ik zou het als vakantiehuis kunnen verhuren of het verkopen.'

Dat was nummer één op haar lijst. Ze keek naar beneden. Plotseling voelde ze zich bijna verlamd bij de gedachte dat ze in het openbaar over haar leven moest praten, dat ze motieven moest beschrijven waarbij ze op het moment zelf niet echt had stilgestaan.

'Een of andere behulpzame ziel heeft de politie een anonieme brief geschreven waarin stond dat ik al die jaren geleden iets met Stuart Rees heb gehad – wat dat ook was. Ik weet het niet: misbruik, verleiding, kalverliefde, verkrachting, wat dan ook. Als ik erop terugkijk, begrijp ik dat het niet goed voor me was. Helemaal niet goed. Ik denk dat het invloed op me heeft gehad, je weet wel, in relaties, dat soort dingen–' Ze viel stil. Het was niet de bedoeling dat ze dit soort dingen zei. Ze klonk meer als de aanklager. 'Maar ik kan alleen zeggen dat ik geen wrok koesterde. Dat klinkt stom, maar ik begreep niet wat me overkomen was voordat dit gebeurde. Ik wist niet hoe Stuart Rees werkelijk was, tot ik in deze rechtszaal hoorde wat hij andere mensen had aangedaan.'

'Mevrouw Hardy,' zei rechter Munday. 'Dit is niet uw slotpleidooi. Beschrijf alleen uw eigen relevante ervaringen.'

'Dat is het probleem,' zei Tabitha. 'Ik probeer te bedenken wat relevant is.'

'Vertel gewoon over die dag,' zei een stem.

Tabitha keek om zich heen om te zien wie dat zei. Ze zag dat het jonge jurylid op de tweede rij, met de hoody aan, zijn hand had opgestoken.

'Dat kunt u nou wel vragen,' zei Tabitha. 'Maar ik durf te wedden dat u zich ook niet alle details kunt herinneren van een dag drie maanden geleden.'

'Vast wel, als ik gearresteerd was voor moord,' zei de man. Hij wilde nog iets zeggen, maar rechter Munday onderbrak hem met een gezicht dat strak stond van schrik.

'Stop,' zei ze. 'Mijn hemel, mevrouw Hardy, u kunt niet zomaar een gesprek met een jurylid voeren!' Ze wendde zich tot de man. 'U kunt een vraag stellen als dat absoluut noodzakelijk is, maar u moet hem aan mij richten, niet aan de getuige. En u schrijft hem bij voorkeur op, zodat hij de zaak niet op de een of andere manier beïnvloedt.' Ze sprak weer tegen Tabitha. 'Maar het is wel een goed idee. Als u wilt, kunt u ons vertellen wat u op de dag in kwestie hebt gedaan. Ik moet u wel waarschuwen dat de aanklager u vervolgens kan ondervragen over wat u zegt.'

'Goed,' zei Tabitha, terwijl ze haar gedachten even op een rijtje zette. Ze keek naar de jury. 'Luister, ik zal vertellen wat ik me kan herinneren en dan kunnen jullie er vragen over stellen, als jullie willen.'

'Via mij,' zei rechter Munday snel. 'En alleen als het absoluut noodzakelijk is. Het is de taak van de jury om het bewijs te beoordelen, niet om een kruisverhoor af te nemen.'

'Oké, oké,' zei Tabitha. Ze wachtte weer even. 'Goed. Een groot deel hiervan hebben jullie toch al gehoord. Er is niet veel te vertellen. Ik werd vroeg wakker. Ik bleef gewoon liggen. Ik voelde me niet goed. Het was een van mijn slechte dagen.' Ze keek op naar de jury. 'Had ik het maar geweten. Ik stond om ongeveer halfacht op. Ik begon mijn heel simpele ontbijt klaar te maken, havermout met water en thee.' Ze stopte. 'Ik bedoel niet dat ik mijn havermout met thee maak. Dat zou raar zijn. Ik maak het met water en ik drink er een mok thee bij.'

'Mevrouw Hardy,' zei rechter Munday. 'Alleen wat relevant is, alstublieft.'

'Sorry, edelachtbare. Het is moeilijk om een verhaal van je leven te maken. Maar goed. De melk was op, dus trok ik een jas over mijn pyjama aan en ging ik naar de dorpswinkel. Dat was op het enige drukke moment van de dag, de schoolbus was er, en ik moest zelfs in de rij staan voor ik de melk kon afrekenen. In de rij stond Rob Coombe, met wie ik geen discussie heb gevoerd. Ik ging terug naar huis om te ontbijten.'

Tabitha dacht een paar tellen na voor ze verderging.

'Op een bepaalde manier is dit allemaal zinloos,' zei ze. 'Ik ga gewoon een heel alledaagse, akelig deprimerende dag beschrijven waarop ik Stuart Rees niet heb vermoord. Ik ontbeet en vermoordde Stuart Rees niet. Ik ging zwemmen en vermoordde Stuart Rees niet. Na het zwemmen vermoordde ik Stuart Rees niet.'

'Alstublieft, mevrouw Hardy,' zei rechter Munday. 'U staat hier om als getuige te spreken, niet om uw niet-schuldigverklaring te herhalen.'

'Sorry,' zei Tabitha, maar ze was eigenlijk blij dat de rechter haar had onderbroken. Ze draaide zich bijna smekend om naar de jury. 'Mijn probleem is dat ik moeilijk een specifieke herinnering kan hebben aan de dingen die ik elke dag doe. Ik kan bijvoorbeeld zeggen dat ik tussen de middag roerei met toast heb gegeten, maar alleen omdat ik dat altijd eet. Als het geen brandnetelsoep is. Wat ik me wel kan herinneren, is dat dit een van mijn slechte dagen was. Soms voel ik me beter nadat ik in koud water heb gezwommen, maar die keer werkte dat niet. Ik herinner me dat ik dokter Mallon en Melanie Coglan tegenkwam en ik dacht dat ik vriendelijke, open gesprekjes met hen had. Maar het grootste deel van de dag was ik thuis. Ik moest eigenlijk werken of dingen in huis doen, maar ik lag bijna alleen maar op de bank. Ik was zelfs te moe om een kop thee voor mezelf te zetten of te lezen of...'

Terwijl ze stond te praten, begon Tabitha naar zichzelf te luisteren alsof ze iemand anders was. Ze bedacht hoe vreemd het was om in een rechtszaal te staan terwijl iedereen naar haar keek, en toen, heel plotseling, wist ze niet meer wat ze moest zeggen.

'Nou, goed, toen kwam Andy langs, Andy Kane. Hij helpt me met wat klussen in huis, maar ik was niet echt in de stemming. En toen gebeurde het allemaal. En nu sta ik hier.'

Ze viel weer stil en probeerde te bedenken hoe ze haar verhaal moest afronden. Ze had dit beter moeten voorbereiden.

'Het spijt me. Ik heb geen doorslaggevend feit waar meteen uit blijkt dat ik onschuldig ben. Ik weet niet eens hoe dat eruit zou moeten zien. Maar ik wilde jullie niet het idee geven dat ik me verstopte in de hoop dat ik eronderuit zou komen dankzij een of andere vormfout. Ik heb het waarschijnlijk alleen maar erger gemaakt door zo naar voren te treden en te praten. God weet dat ik dat meestal doe. Hoe dan ook, bekijk het maar, meer heb ik niet te zeggen.'

Tabitha wilde de getuigenbank al verlaten.

'Mevrouw Hardy,' zei rechter Munday. 'We moeten de aanklager nog horen.'

Tabitha vervloekte zichzelf in stilte. Dat was ze vergeten. Simon Brockbank stond met een ernstig gezicht op.

'Ik zal het proberen kort te houden,' zei hij. 'Ik wil het geduld van alle aanwezigen niet te veel op de proef stellen.' Hij stak zijn handen in zijn broekzakken. 'Ik hoopte alleen dat we een paar punten helder kunnen krijgen. U zei zojuist in uw getuigenverklaring dat de politie van uw intieme relatie met Stuart Rees op de hoogte is gebracht door een anonieme briefschrijver. Even voor alle duidelijkheid. Die brief is geschreven omdat u het niet zelf aan de politie hebt verteld, klopt dat?'

'Ik weet niet waarom die brief is geschreven.'

'Maar u hebt het niet zelf aan de politie verteld?'

'Nee.'

Er verscheen verwarring op Brockbanks gezicht en hij snoof zacht, alsof dit een vernietigende bekentenis was. Misschien was het dat ook, dacht Tabitha. Ze was in de verleiding om te protesteren, maar ze had het er met Michaela over gehad en afgesproken dat ze zo kort mogelijk antwoord op zijn vragen moest geven. 'Geef hem niets,' had Michaela gezegd.

'De jury heeft de opnames van uw politieverhoor gehoord,' ging Brockbank verder. 'We herinneren ons allemaal dat u veel dingen hebt gezegd als antwoord op de vragen van de politie. Maar het kan de jury zijn opgevallen dat u één ding niet hebt gezegd. U zei niet dat u onschuldig was. Waarom niet?'

'U weet niet hoe het is.' Tabitha schudde langzaam haar hoofd en sprak bijna tegen zichzelf. 'Dat weet niemand die het niet zelf heeft meegemaakt. Ik was over mijn toeren.'

'Omdat u Stuart Rees had vermoord?'

'Omdat ik net een lijk in mijn huis had gevonden,' zei Tabitha wat luider. 'Omdat ik besefte dat ze dachten dat ik dat had gedaan.'

'U hoefde alleen een duidelijke, heldere verklaring van onschuld te geven. Waarom deed u dat niet?'

'Dat zei ik. Ik wist niet wat ik zei.'

'Inderdaad,' zei Brockbank. Hij genoot van het woord, liet het over zijn tong rollen. Hij leek na te denken over zijn volgende vraag, maar Tabitha wist heel goed dat hij alles vooraf had voorbereid. 'Ik had maar één vraag over uw getuigenverklaring. U hebt ons een heleboel verteld dat we, eerlijk gezegd, niet hoefden te weten. Maar toen het aankwam op wat we wél moesten weten, bleef u merkwaardig stil.'

Hij zweeg even, keek van Tabitha naar de jury en toen weer naar Tabitha. Ze had plotseling een draaierig gevoel in haar maag. Wat was ze vergeten? Wat voor val zette hij voor haar op?

'U had het kort over Andrew Kanes bezoek aan uw huis, maar u zei niets over het cruciale detail van zijn getuigenverklaring. Hij vertelde de rechtbank dat u hem probeerde tegen te houden toen hij zei dat hij naar de schuur wilde gaan om bouwmateriaal te halen. De voor de hand liggende verklaring is dat u wist dat Stuart Rees' lichaam in de schuur op de grond lag en dat hij het zou vinden als hij daarheen ging, voordat u de kans zou krijgen om u ervan te ontdoen. Dat is, zoals ik zei, de voor de hand liggende verklaring. Wat is úw verklaring?'

'Ik probeerde hem niet tegen te houden.'

Brockbanks theatrale verwarring verscheen weer op zijn gezicht.

'Zegt u dat meneer Kane loog in deze rechtbank, en in zijn verklaring aan de politie?'

'Ik probeerde hem niet tegen te houden. Ik zei dat hij niet moest gaan.'

Brockbank slaakte een diepe, afkeurende zucht. 'Goed dan, mevrouw Hardy. Ik neem het terug. Waarom zei u dat hij niet moest gaan?'

'Luister,' zei Tabitha wanhopig, 'als ik erop terugkijk, is het soms alsof ik naar iemand anders kijk en moet bedenken waarom ze doet wat ze doet. In alle stress was ik vergeten dat ik dat tegen Andy heb gezegd. Het stond in zijn verklaring, dus het zal wel gebeurd zijn. Het punt is dat ik niet wist dat het lichaam daar lag, dus ik moet een andere reden hebben gehad.'

'Zoals wat?'

'Ik wilde niet dat hij die dag kwam klussen. Ik voelde me er niet tegen opgewassen. Ik wilde alleen zijn.’

‘Waarom zei u dat niet meteen tegen hem?’

‘Ik weet het niet,’ zei Tabitha. ‘Het ging niet goed met me... ik dacht niet helder na.’

‘Ah, ja, precies,’ zei Brockbank, bijna lijzig, nu weer tegen de jury. ‘U dacht niet helder na.’ Hij sprak elk woord heel duidelijk uit en draaide zich toen weer om naar Tabitha. ‘Waar dacht u nog meer niet helder over na op die dag? Over uw afspraak met Stuart Rees? Over uw verlangen om wraak te nemen? Over de moeilijkheid om van het lichaam af te komen?’

Tabitha’s antwoord klonk breekbaar en verslagen.

‘Nee,’ zei ze. ‘Ik zou die dingen niet kunnen. Ik heb erover nagedacht, heel vaak. Ik zou het niet hebben gekund.’

‘Dat is alles wat ik wilde weten,’ zei Brockbank. ‘U kunt gaan.’

Tabitha liep door de rechtszaal terug naar haar tafel. Het leek heel ver.

68

'Hoelang kennen wij elkaar al?'

'Hoelang? Ik weet het niet. Ik ben niet goed in jaartallen. Zijn we samen op de middelbare school begonnen?'

Tabitha kon zich maar moeilijk herinneren waarom het een goed idee had geleken om Shona als karaktergetuige op te roepen. Shona was duidelijk erg zenuwachtig en stuiterde daardoor heen en weer tussen verschillende manieren van communiceren: het ene moment gaf ze heel korte antwoorden en keek ze uitdrukkingsloos, het volgende zat ze te ratelen. Om het nog erger te maken liet ze af en toe een hoog, zenuwachtig gegiechel horen. Ze keek Tabitha niet aan. In plaats daarvan schoten haar ogen de rechtszaal rond.

'Ja,' zei Tabitha kort. 'Dat klopt.'

'Nou, dan is het, hoelang?'

'Negentien jaar.'

'O mijn god, wat vreemd.' Shona bracht haar hand naar haar mond, als een verrast kind. Ondanks haar make-up en haar glamour leek ze nog een beetje een kind, dacht Tabitha: met grote ogen en knap. Ze droeg een ivoorkleurige blouse die haar gebruinde huid goed liet uitkomen; haar haar glansde zacht. Als Tabitha naar haar keek, voelde ze zich een kobold, klein, groezelig en bleek. 'Zijn we echt al zo oud?'

'Ja.'

Gegiechel.

Ze is bang dat ik haar affaire met Rob Coombe bekendmaak, besefte Tabitha. Daarom doet ze zo schrikachtig.

'Goed,' zei ze, terwijl ze Shona's schichtige blik probeerde te vangen. 'We kennen elkaar dus al negentien jaar. Hoe zou je me omschrijven?'

'Wat?'

'Ik wil graag dat je me omschrijft,' zei Tabitha.

'Echt?'

'Je bent mijn karaktergetuige. Wat dacht je anders dat je hier kwam doen?'

Ze hoorde gelach vanaf de publieke tribune.

Shona had het ook gehoord en ze keek geïrriteerd. 'Je was altijd...' Ze viel stil.

'Ja?' zei Tabitha, na een pauze die langer duurde dan aangenaam was.

'Tja. Slim, natuurlijk. En koppig: als je je iets in je hoofd hebt gehaald, doe je het ook. Je bent verlegen en dat maakt je soms een beetje afwerend. Toen je op school zat, noemden we je altijd Tabby de kat en zeiden we dat je klauwen had.'

Er waren een heleboel dingen die Tabitha zou willen terugzeggen, maar ze sprak ze geen van alle uit.

'Zou je zeggen dat ik betrouwbaar ben?'

'Ja,' zei Shona, maar haar stem klonk onzeker.

'Wil je daar nog iets meer over zeggen?'

Shona beet op de zijkant van haar duim. 'Je zegt wat je denkt. Je laat niet zomaar over je heen lopen. Dat heb je nooit gedaan. Daarom was ik ook zo verbaasd toen ik hoorde dat Stuart Rees met jou rotzooide terwijl je toen eigenlijk, laten we eerlijk zijn, nog een kind was.'

Tabitha wist niet of dit haar pleidooi ondersteunde of verzwakte. Ze wilde dat Shona ronduit zei dat Tabitha nooit iemand zou kunnen doden, maar ze wist niet hoe ze de vraag moest formuleren.

'Zou je–' begon ze, maar toen stopte ze. Het was alsof er ineens iets ontplofte in haar hoofd. Ze trok een grimas en voelde de naschokken door zich heen gaan.

'Je zei dat Stuart met mij "rotzooide"?'

'Ik begrijp niet wat–'

'Wacht. Momentje. Geef me die map. Die daar!' zei ze tegen Michaela.

Ze begon erdoorheen te bladeren. Michaela fluisterde haar dringend toe, maar Tabitha hoorde niets meer. Haar handen bewogen onhandig en ze liet een aantal documenten op de grond vallen. Het kostte afschuwelijke seconden om ze op te rapen, maar ze vond wat ze zocht en hield het omhoog.

'Wil je dat even hardop voorlezen?'

Het vel papier werd naar Shona gebracht, die ernaar staarde en toen naar Tabitha keek.

'Lees maar voor,' zei Tabitha.

Shona likte langs haar lippen. Haar ogen schoten door de rechtszaal en toen weer naar het papier.

'"Ter informatie",' zei ze. '"Het is mijn plicht u te melden dat Stuart Rees met Tabitha Hardy rotzooide toen zij minderjarig was en les van hem had. Dit is echt waar".'

'Jij was het, hè?' zei Tabitha. 'Jij bent degene die deze brief aan de politie heeft gestuurd. Natuurlijk was jij het. Hoe kan ik zo stom zijn geweest?'

Ze sloeg met de muis van haar hand tegen haar hoofd. 'Stom,' zei ze. 'Wie had het anders kunnen zijn?'

Er klonken geluiden om haar heen. Michaela zei wat en iemand op de tribune riep iets en rechter Munday vroeg of ze zich alsjeblieft kon beheersen. Intussen leunde Simon Brockbank met een brede glimlach achterover en had Shona, die in de getuigenbank stond, beide handen naar haar gezicht gebracht, een voor haar mond en een tegen haar slaap, als een karikatuur van hulpeloze angst.

'Je hebt me nooit gemogen,' zei Tabitha tegen Shona. 'Je vond me altijd raar, hè? Niet cool of hip. Niet iemand die erbij hoorde.'

'Waar heb je het over?' vroeg Shona.

'Je bent mijn getuige. Ik wil je één vraag stellen en jij moet antwoord geven. Heb jij die anonieme brief aan de politie gestuurd om ze te laten weten dat Stuart Rees met mij "rotzooide", zoals jij dat noemt, toen hij me lesgaf?'

Shona staarde haar aan en haar ogen vlogen de rechtszaal door. Het leek alsof ze probeerde te bedenken hoe ze kon ontsnappen.

'Geef antwoord, alstublieft,' zei rechter Munday kalm. 'En het is belangrijk dat u naar waarheid antwoord geeft.'

Shona leek niet meer op een knap kind. Haar gezicht was vlekkerig en bang. 'Ik vond dat ze het moesten weten,' fluisterde ze.

'Dat is een ja, hè? Waarom in godsnaam?'

'Mevrouw Hardy, alstublieft. Hou het een beetje netjes.'

Shona hief haar hoofd wat hoger. 'Het is waar. Dat was mijn burgerplicht,' zei ze stijfjes.

'Ja ja,' zei Tabitha. 'Erg netjes van je.'

Shona bloosde. Tabitha zag het rood omhoog kruipen over de goudbruine huid van haar hals en er viel haar nog een gedachte in.

'Hoe kwam je aan het geld voor je vakantie?' vroeg ze. 'Je zat in de schulden toen ik je de eerste keer sprak, je kon niet eens een notitieboek voor me betalen, en dan ga je zomaar ineens op vakantie.'

'Is dat echt relevant?' vroeg rechter Munday.

'Iemand heeft je betaald, hè? Een roddelblad.'

'Wat?' zei Shona. Haar mond hing open; haar gezicht glom van het zweet.

'Hoeveel? Hoeveel kreeg je voor een paar roddels over mijn leven?'

'Stop,' zei rechter Munday. 'Dat is een ernstige aantijging die u daar doet. Tegen een getuige die u overigens zelf hebt opgeroepen om uw betoog te onderbouwen.'

'Ik weet het. Vraagt u het haar dan.'

De rechter keek haar kwaad aan. 'U hoeft mij niet te vertellen hoe ik mijn rechtszitting moet leiden. Waar u, overigens, een kroeggevecht van maakt.' Ze keek Shona aan. 'Mevrouw Fry. Er is een ernstige beschuldiging geuit en het is mijn plicht om die te onderzoeken. Hebt u geld of een andere betaling ontvangen in ruil voor uw verhaal?'

'Zij is degene die hier terechtstaat, ik niet.'

'Kunt u de vraag beantwoorden?'

'Ik heb niets verkeerd gedaan. Ik heb me gewoon geprobeerd te gedragen als een fatsoenlijk lid van de samenleving.'

'Zeg gewoon ja, dan ben je ervan af,' zei Tabitha.

'Ik heb een kort interview gegeven,' zei Shona, 'en waarom ook niet?'

'Omdat,' zei rechter Munday, 'u geen onpartijdige getuige kunt zijn als u betaald bent voor uw verhaal.'

'Dat is gewoon niet eerlijk,' zei Shona. 'Wat is er verkeerd aan om mijn verhaal te vertellen? Het is van mij. En trouwens,' zei ze met schelle, boze stem, 'ze heeft het duidelijk gedaan. Dat is wat iedereen denkt en wat ik denk, en als u de waarheid wilt weten, we zeiden op school al dat ze gek was.'

'Ontruim de rechtszaal,' blafte rechter Munday. Ze keek Tabitha aan. 'Ik neem aan dat u niet nog meer karaktergetuigen à décharge hebt die u onderuit wilt halen, mevrouw Hardy?'

'Dat was afschuwelijk,' zei Tabitha. 'Verschrikkelijk.'

'Het was niet wat ik verwacht had,' zei Michaela. Ze at een bosbessenmuffin en dronk cappuccino. Er zat schuim op haar bovenlip.

'Ik heb in elk geval niets gezegd over haar en Rob Coombe.'

'Waarom eigenlijk niet, toen je toch bezig was?'

'Ik deed het bijna – en toen zag ik ons van buitenaf en schaamde ik me.'

'Weet je wat ik denk?'

'Nee?'

'Ik denk dat sommige juryleden je beginnen te mogen.'

'Echt?'

'Ja. Die ene met de hoody die tegen je praatte, die moest lachen. En de vrouw met de kralen op de voorste rij ook.'

'Knipper.'

'Sorry?'

'Zo noem ik haar. Omdat ze zoveel met haar ogen knippert.'

'Zeg dat maar niet in de rechtszaal. Maar goed, aan het begin van het proces keken ze allemaal heel bars, maar dat is nu niet meer zo. Er staan er minstens een paar aan jouw kant.'

'Misschien.'

69

Sam McBride was kleiner en tengerder dan Tabitha zich herinnerde. Hij zag er kwetsbaar uit in de getuigenbank, in een goedkoop, blauw pak dat te wijd voor hem was en een oranje stropdas die hij te strak had geknoopt. Zijn stem klonk onvast toen hij de eed aflegde en toen hij een slokje water nam, zag Tabitha dat zijn handen een beetje trilden. Maar toen hij eenmaal op gang was, klonken zijn antwoorden redelijk zelfverzekerd, hoewel Tabitha zo moe van alles was dat ze nauwelijks nog energie had om hem iets te vragen.

Hij vertelde de jury dat hij buschauffeur was. Hij woonde nog maar zeven maanden in de streek – en op het moment van de moord pas vijf weken. Voor die tijd had hij in het leger gezeten. Hij was naar Devon gegaan om een nieuwe start te maken. De omgeving was hem nog onbekend en hij werkte op dat moment pas drieënhalve week bij het busbedrijf. In het leger had hij vrachtwagens bestuurd, dus dat was niet zo'n groot verschil. Hij beschreef zijn doorsneedag: de kinderen langs zijn route ophalen, ze bij school afzetten, bejaarden vervoeren naar en van de lunch in een buurthuis, dan terug naar school om de kinderen weer op te halen en ten slotte de bus naar de remise terugbrengen.

Hij was op 21 december in Okeham geweest. Het was een heel gewone dag geweest – afgezien van het ijs, voegde hij eraan toe, en van de opwinding onder de kinderen omdat het de laatste schooldag voor de vakantie was. Hij was om ongeveer kwart over acht aangekomen, zijn gewone tijd. Hij was de dorpswinkel in gegaan om sigaretten te kopen.

'Ik kan maar niet stoppen,' zei hij, terwijl hij zijn magere schouders ophaalde.

'Weet u nog dat u mij daar zag?'

'U droeg een pyjama.'

'Zei ik iets tegen u?'

'Ik geloof het niet.'

'Zei ik iets tegen iemand anders?'

Hij haalde zijn schouders op. 'Ik denk dat u misschien iets tegen de vrouw zei, je weet wel, die vrouw achter de toonbank.'

'Heb ik in uw herinnering iets over Stuart Rees gezegd?'

'Nee.'

'En Rob Coombe? Zei hij iets over Stuart Rees?'

'Ik weet het niet.'

Tabitha had op een ander antwoord gehoopt. Ze drong aan. 'Als u zegt dat u het niet weet, betekent dat dan dat het wel had gekund?'

Sam McBride schudde zijn hoofd. 'Ik stond niet op te letten. Misschien zei hij wel iets.'

'Mag ik het anders formuleren? U hebt mij niet op hem horen schelden?'

'Nee.' Hij was even stil. 'Ik denk dat ik het nog wel zou weten als u dat had gedaan. U stond vlak voor me.'

Dat was meer dan hij eerder had gezegd en Tabitha voelde zich meelijwekkend dankbaar. Ze vroeg of de beelden van de beveiligingscamera nog eens afgespeeld konden worden. Eerst bekeken ze de beelden van de camera buiten. De cijfers onderin gaven aan dat het 08.10 was. Twee kleine meisjes liepen het beeld in, met dikke jassen aan. Er kwamen nog drie kinderen. Een auto stopte en Rob Coombe en zijn dochter stapten uit. Iemand liep het beeld in met een dikke jas en een pyjamabroek aan. Zijzelf, om 08.11.44. Ze wist alles al bijna uit haar hoofd. Ze zag zichzelf in de winkel verdwijnen. De bus stopte; daar was het gezicht van de jongen die door de gebarsten ruit van het middelste raam keek. Sam McBride verscheen en ging ook naar de winkel, buiten beeld.

Ze vroeg om de beelden van de camera binnen. Daar was Terry's achterhoofd en Rob Coombe. Toen kwam Tabitha. De buschauffeur kwam binnen en ging in de korte rij staan. Rob stond boos te gebaren en draaide zich even om, zodat iedereen Tabitha's gezicht kon zien, grauw van vermoeidheid. Rob Coombe vertrok met een krant en sigaretten. Zijzelf kocht melk en ging naar buiten. Sam McBride kocht ook sigaretten en een of andere chocoladereep en ging toen ook weg.

'Daar,' zei Tabitha tegen de jury. 'Ziet dat eruit alsof ik over Stuart Rees sta te tieren? Ziet het er niet eerder uit alsof ik niets zeg en Rob Coombe degene is die schreeuwt?'

Ze bedankte de magere gestalte in de getuigenbank. Ze wist niet waarom ze zich ineens zo kwetsbaar en huilerig voelde; misschien omdat Sam McBride haar een verdrietig gevoel gaf, omdat hij haar in zijn eenzaamheid aan haarzelf deed denken; misschien kwam het gewoon doordat ze zichzelf terugzag op die ijzige decembermorgen, zwaar van uitputting en verslagenheid, afstevenend op een ramp.

70

Toen Luke in de getuigenbank stond, keek Tabitha niet één keer omhoog naar de publieke tribune, maar ze kon Laura's ogen op zich voelen. Ze zag het tafereel alsof ze erboven zweefde: zij in het steeds slobberiger, gekreukte pak dat ze nu al weken droeg, alsof het een uniform was, met wilde haren die nodig gewassen en geknipt moesten worden; Luke tegenover haar, lang en hoekig, met een bleek gezicht en zijn donkere haar in een knotje op zijn hoofd. Van alle getuigen was hij de enige die geen moeite had gedaan om zich netjes aan te kleden. Hij droeg een oude spijkerbroek en hetzelfde rode T-shirt als toen ze elkaar voor het eerst in de gevangenis ontmoetten.

'Kun je me iets vertellen over je band met je vader?' vroeg ze.

Rechter Munday zat bijna te stuiteren van oplettendheid. Tabitha wist dat ze voorzichtig moest zijn.

'Die was niet goed,' zei Luke ronduit. Hij leek onnatuurlijk rustig, veel rustiger dan toen hij haar in Crow Grange kwam opzoeken. 'Ik was niet de zoon die hij had willen hebben.'

'Wat voor zoon had hij dan willen hebben?'

'Gehoorzaam. Traditioneel. Een echte vent.'

'En dat was je niet?'

'Kijk naar mij. Ik was een huilebalk. Zo noemde hij me.' Hij hief zijn gezicht op naar Laura. 'Ik werd op school gepest en ik werd thuis gepest.'

Hij sprak nog steeds ongedwongen, bijna alsof het hem opluchtte.

'Je hebt de middelbare school niet afgemaakt, hè? Waarom niet?' vroeg Tabitha.

'Ik moest bij hem weg. Ik vond het erg dat ik mijn moeder in de steek liet. Zij kon er niets aan doen. Ze probeerde hem soms tegen te houden en dan moest ze daarvoor boeten.'

'Wat bedoel je daarmee?'

'Hij tiranniseerde mij niet alleen. Maar haar ook. Ik denk niet dat hij haar sloeg, maar hij onderdrukte haar. Ze was bang voor hem.'

Tabitha keek even naar Simon Brockbank en vroeg zich af waarom hij niet ingreep. Hij leunde achterover op zijn stoel met zijn ogen half gesloten.

'Waarom ben je teruggekomen?' vroeg ze.

'Ik wilde mijn moeder overhalen om bij hem weg te gaan. Ik heb nooit begrepen waarom ze bleef. Ik bedoel, ik weet dat ze goed in de slappe was zaten en een mooi huis hadden en alles wat daarbij hoort, maar zij had het zo slecht bij hem. Ik heb haar nooit gelukkig gezien.' Weer keek hij even omhoog. 'Ze lachte of glimlachte zelfs bijna nooit. Ze bewoog zich gewoon door het leven, als een robot. Het maakte me woedend. Ik wou dat ze wegging en opnieuw begon.'

Eindelijk kwam Simon Brockbank overeind.

'Ik zie niet in waarom het nodig is de goede naam van het moordslachtoffer te besmeuren.'

'Echt niet?' Tabitha zette haar handen op de tafel, precies zoals ze hem had zien doen, en leunde in zijn richting. '*Echt* niet? Een van de redenen dat ik hier terechtsta, is dat ik een motief had. Maar ziet u dan niet dat heel veel mensen een motief hadden? Ik laat de jury alleen zien dat Stuart mensen schade berokkende. Hij vergiftigde de sfeer van een heel dorp. Hij maakte levens kapot. Niet alleen dat van mij. Zelfs dat van zijn eigen zoon.'

Ze gebaarde naar Luke, die met een ironische glimlach terugkeek. En o jezus, dacht ze, toen ze zijn grote pupillen zag, hij is stoned. Om elf uur 's morgens.

'Wist je moeder dat je terugkwam?' vroeg ze.

'Ja.'

'En je vader?'

'Nee.' Hij fronste. 'Misschien. Weet je, hij had zo zijn manieren om achter dingen te komen. Geheimen en zwaktes en dingen waar je je voor schaamt. Hij had er een neus voor.'

Tabitha keek hem strak aan. 'Bedoel je dat hij geheimen verzamelde?'

Hij stak zijn handen diep in zijn zakken en keek weer even naar Laura. Tabitha zag een ondoorgrondelijke uitdrukking over zijn gezicht gaan. 'Hij had graag macht over mensen. Hij vond het leuk als ze wisten dat hij iets slechts over hen wist, om ze te zien spartelen.'

'Maar denk je–' begon ze, maar hij viel haar in de rede.

'Een heleboel mensen wilden hem dood hebben, of zouden er op zijn minst niet om treuren,' zei hij. 'Jij bent er maar eentje uit een lange rij.'

Tabitha nam een slokje water.

'En jij?'

'Wilde ik hem dood hebben?' Hij leek plotseling jong en kwetsbaar. 'Ik ben blij dat ik hem nooit meer hoef te zien.'

71

Lev Wojcik zag eruit alsof hij het pak van een ander droeg. Het was niet te groot of te klein, maar was het op de een of andere manier allebei tegelijk. De broek spande om zijn dijen toen hij naar de getuigenbank liep, maar de mouwen vielen tot over zijn handen. Tabitha keek hem aan voor ze begon te praten. Hij was waarschijnlijk de laatste die Stuart levend had gezien – op de moordenaar na. De politie had hem ondervraagd, maar de aanklager had hem niet opgeroepen. Was dat alleen omdat ze dachten dat hij niets relevants te zeggen had?

Ze stond op.

'Het spijt me,' zei ze. 'Ik weet niet hoe ik uw naam moet uitspreken.'

'Voi-tsjik,' zei hij, langzaam en vermoeid. Tabitha bedacht dat hij dit vast vaak moest doen, de uitspraak van zijn naam voordoen, hem spellen.

'Meneer Wojcik,' zei ze voorzichtig, 'de politie heeft u verhoord, klopt dat?'

'Ja.'

'Wat wilden ze weten?'

'Hoe laat ik pakketje bezorgen.'

'En hoe laat was dat?'

'Hij teken op mijn manifest, dus ik heb tijd. Exact.'

'Manifest?'

'Mobiel ding. Voor handtekening.'

Hij haalde een stuk papier uit zijn zak en keek erop. 'Negen uur en zesenveertig minuten.'

'Is dat alles wat de politie u heeft gevraagd?'

'Ze willen alleen de tijd.'

Tabitha zweeg even. Ze had eigenlijk maar één vraag voor hem. 'Hoe deed Stuart Rees?'

Wojcik haalde zijn schouders een beetje op. 'Gewoon.'

'En daarna zat u vast in het dorp. Dat moet vervelend zijn geweest.'

'Ja. Niet goed.'

'Wanneer besefte u dat de boom uw terugweg had geblokkeerd?'

'Wanneer?'

'Ja.'

'Toen ik in de winkel kom en mevrouw dat zegt.'

'Maar klopt mijn idee dat u op weg naar Stuart Rees naar de winkel ging en op de terugweg weer?'

'Is zo.'

'En hoorde u over de boom voor u naar zijn huis ging, of daarna?'

Ze probeerde rustig te spreken, maar ze voelde het zweet op haar voorhoofd staan.

'De vrouw zei het vóór. Toen ik sigaretten koopte. Hij moet een momentje na mij gevallen zijn.'

'Even voor alle duidelijkheid,' zei Tabitha. Haar benen voelden vreemd. 'U wist al voor u bij Stuart Rees' huis was dat u het dorp niet uit kon?'

'Is zo.'

'En eh...' Ze likte langs haar uitgedroogde lippen. 'Hebt u iets over de boom gezegd tegen meneer Rees?'

'O ja. Als hij tekent, zeg ik: ik in dorp moeten blijven door boom. Ze zeggen: kan uren duren. En hij vertelt over café.'

'Dus hij wist het.'

‘Wat?’

‘Stuart wist dat de boom het dorp had afgesloten?’

‘Ik vertel hem dat.’

‘Hij wist het,’ herhaalde Tabitha.

Lev Wojcik keek haar verbaasd aan. ‘Ik vertel hem dat,’ herhaalde hij langzaam, alsof hij tegen een kind sprak.

‘En de politie heeft u hier niet naar gevraagd?’

‘Nee. Klein ding.’

Tabitha aarzelde. Ze keek de rechtszaal rond en begreep niet waarom niet iedereen tegen elkaar zat te fluisteren of verbluft voor zich uit staarde. Ze wist niet te bedenken wat ze verder nog kon zeggen. Toen ze sprak, was dat bijna met tegenzin.

‘Goed,’ zei ze. ‘Dank u.’

Ze boog zich naar Michaela toe. ‘Er is iets wat ik had moeten zeggen,’ fluisterde ze. ‘Er is iets...’ En toen wist ze het. Ze hoefde het niet te vragen. Ze hoefde het zich alleen te herinneren. Ze begon als een razende op het schrijfblok voor haar te schrijven.

72

Het was weekend. Ze had twee hele dagen om na te denken, de laatste dagen van het proces voor te bereiden, te zorgen dat ze er klaar voor was.

Tabitha liep heen en weer over de luchtplaats. De buitenruimte was hier kleiner dan in Crow Grange en er stonden stenen muren omheen. Het was benauwd warm. De hitte drukte op haar neer, haar huid was klam en ze verlangde naar wind, naar de zoute waterdruppeltjes van de zee. Heen en weer, heen en weer, terwijl ze intussen de gedachten probeerde vast te houden die sissend door haar hoofd schoten en weer verdwenen.

Lev Wojciks getuigenverklaring van de vorige dag had haar een sprankje hoop gegeven dat haar bijna bang maakte. Er was een kans, een kleine kans misschien, en dat deed bijna pijn. De tijd dat ze vrij was, leek zo ver weg. Het enige wat nog echt leek was haar klamme cel en haar rit naar de rechtbank en weer terug, in het busje waar de lijfgeur van andere mensen nog in hing, en de dagen, de weken, in die hoge zaal waar mensen met keurige gezichten onder borstelige pruiken deftige woorden gebruikten terwijl haar hart op hol sloeg van angst.

Maar wat er ook gebeurde, ze zou nog steeds niet weten wie Stuart Rees had vermoord. Ze zou niet weten dat zij het niet had gedaan. De bewijsvoering tegen haar leek misschien minder sluitend dan toen ze de stapels bewijsmateriaal voor het eerst onder ogen kreeg. Maar de vraag bleef knellen, als een vuist om haar hart: wie had het anders kunnen doen? Ze begreep niet waarom de aanklagers niet leken te beseffen wat zijzelf zo onherroepelijk wist – dat zij, zelfs met de nieuwe tijdlijn, de enige was die lang genoeg aan de goede kant van de camera was geweest om Stuart te kunnen vermoorden. Er was niemand anders, alleen zij.

Heen en weer, heen en weer, terwijl ze een uitweg probeerde te vinden. De film speelde door haar hoofd. Grofkorrelige zwart-witbeelden van vormen die zich schokkend door het beeld bewogen: van zwaaiende boomtakken, van een kind dat door de gebarsten ruit van de bus keek, van de priester en haar hond, van de woest gebarende Rob Coombe, van Owen Mallon die langsrende, van Stuarts auto die langsreed en weer terugkwam, van haarzelf terwijl ze haar onwillige lichaam over straat sleurde, van haarzelf terwijl ze groezelig van vermoeidheid en verslagenheid onwetend in de camera keek, van hagel en sneeuw en invallende duisternis. Snel naar voren en weer terug, en tijd gaat voorbij en tijd bevriest op de hemel en bomen en gezichten.

Ze bleef ineens stilstaan.

'Wat kijk je nou?' vroeg een vrouw die tegen haar opbotste. 'Wat is er zo boeiend?'

'Er is helemaal geen kustpad,' zei ze dromerig.

'Wat? Heb je iets geslikt of zo?'

'Wacht,' zei Tabitha. 'Wacht even.'

Ze probeerde het beeld van een gezicht vast te houden. Ze deed haar ogen dicht zodat ze het duidelijker voor zich zag. Ergens rinkelde een bel.

'Tijd is om,' zei een stem.

'Wacht.'

Het duurde uren voor de dvd's er waren en er een tv en een dvd-speler waren klaargezet in het kamertje naast de kleedruimte van het gevangenispersoneel, dat volhing met metalen kluisjes. Maar niemand had bezwaar tegen haar verzoek gemaakt: het was algemeen bekend dat Tabitha haar eigen verdediging voerde en niet eens volledig met de grond gelijk werd gemaakt. Plotseling was ze iemand die bijna zoiets als respect genoot. Iemand bracht haar zelfs een kop koffie en een pakje biscuitjes.

Ze begon bij het begin, net als al die weken geleden, toen Mary Guy haar de dicht geniete A4-envelop met dvd's had gegeven: twee stapels schijfjes met elastiekjes erom. Tabitha deed de eerste in de speler en drukte op PLAY. Ze was weer in Okeham, op een winterse dag. De berk naast de bushalte bewoog in de wind, twee jonge meisjes in winterjassen liepen het beeld in, een auto stopte en Rob Coombe en zijn dochter kwamen aan. Toen was het haar beurt, half weggedoken in haar jas en sjaal, met haar hoofd naar beneden. Toen kwam de schoolbus, met de jongen die naar buiten staarde door de gebarsten ruit, alsof er op zijn gezicht was gekrast.

Net als die eerste keer speelde ze de opnames van binnen af en bekeek de gebeurtenissen in de winkel nog eens: Rob, zijzelf en toen Sam. Ze kwamen allemaal, ze gingen weer, het sneeuwde bij vlagen en daarna hagelde het.

Een vogel. Een kat. Laura's auto. Levs busje. Owen Mallon, aan het hardlopen. De moeders met de peuters, die met hun vingertjes naar een onzichtbare helikopter in de lucht wezen. Andy, de terugkomende dokter Mallon, Mel en Sukie, Shona.

Tabitha's ogen werden moe van het staren. Ze schreef niets op, maar leunde naar voren alsof ze het vanzelf zou zien als ze maar goed genoeg oplette.

Stuarts auto die langsreed. En terugkwam.

Weer de bezorger, en Mel. Shona en toen Rob.

Luke, gebukt onder zijn grote rugzak. Tabitha zag hem voorbij sjokken en blubber omhoog schoppen.

Nog eens Mel, alsof het haar werk was om in het dorp rond te lopen, vrolijk te kijken en uit te stralen dat ze klaarstond om je te helpen.

Laura's auto die aankwam. Lev, die wegreed in zijn busje.

En de bus, die terugkwam en langs de camera schoof. Het gezicht van een ander kind, duidelijk te zien achter het raam. Kinderen die de straat op renden, in kerststemming.

Rob die zijn dochter ophaalde.

Andy, op weg naar Tabitha's huis. Dan de politieauto, blauwe zwaailichten in het donker. Daarna de ambulance. En nog een politieauto.

En daarna de mensen die zich verzamelden in de winkel, als vliegen om een karkas. Omdat er iemand dood was. Er was iemand vermoord.

Ze drukte eindelijk op PAUZE en de film bevroor op de berk in de lege duisternis. Bijna kon ze de zee horen, de glanzend zwarte golven die over kiezels en rots heen sloegen, en bijna voelde ze de zoute wind fel in haar wangen bijten. Ze was klaar. En ze wist het. Eindelijk wist ze het.

Tabitha dacht dat ze blij of minstens opgelucht zou zijn, maar dat was niet zo. Ze voelde geen enkele emotie meer.

Ze zat op de rand van haar bed en dwong zichzelf diep in te ademen, in en uit als eb en vloed, en uiteindelijk drong het tot haar door dat ze niet wist wat ze nu ging doen.

De vraag was, dacht ze, hoeveel haar vrijheid waard was. Toen ze net in Crow Grange zat, nu al meer dan een halfjaar geleden, had ze gedacht dat ze gek zou worden in de gevangenis, dat ze er zou stikken. Maar nu moest ze zich afvragen of haar eigen vrijheid meer waard was dan die van een ander, wat eigenlijk neerkwam op de vraag wat ze zichzelf waard vond: dat beschadigde, opgelapte, zwaarmoedige geval dat ze door jaren van wanhoop, woede, tevredenheid en momenten van hoop en verlossing had gesleept. Ze zag zich al spijkers in de muur slaan, planken door de tuin slepen, een leven voor zichzelf opbouwen, zonder te weten of ze wel zo'n leven wilde.

Ze zou aan God kunnen vragen wat ze moest doen, maar ze had geen god. Of aan haar ouders, maar die had ze ook niet. Als ze het aan Michaela vroeg, wist ze al wat haar reactie zou zijn: ongeloof en woede dat Tabitha zelfs maar dacht dat ze een keuze had. Niemand kon haar vertellen wat ze moest doen, want haar eigen vrijheid, haar eigen leven, stonden hier op het spel.

Ze vond het beduimelde notitieboek met de gescheurde en volgekrabbelde bladzijden die een verslag van de afgelopen maanden vormden. Met alle chaos, beklemming en doorhalingen voelde het aan als de inhoud van haar hoofd: vol kaarten, tijdlijnen, strepen, tekeningetjes, aantekeningen voor haarzelf, namen, lijstjes, vragen en nachtelijke angsten. Er waren nog maar een paar blanco bladzijden, maar dit was het laatste wat ze erin zou hoeven schrijven. Ze haalde de dop van haar pen.

De vraag was: kon ze ook worden vrijgesproken als ze niet zou onthullen wat ze nu wist? Ze schreef alles op, onnodig netjes, in een genummerde lijst en bleef toen lang zitten staren naar wat ze had staan. Ze wist dat het haar redelijk gelukt was om wat minder belangrijk bewijsmateriaal te ondergraven: de oude vrouw die beweerde dat ze haar van een afstand Stuart had horen bedreigen, maar die tamelijk doof bleek; Mel, die de tijden door elkaar haalde en een conflict bleek te hebben met Stuart; Rob Coombe, die wrok koesterde voor Stuart en waarschijnlijk ook voor Tabitha zelf – per slot van rekening had ze hem in zijn gezicht geslagen. Ze had verwarring gezaaid over de gereconstrueerde tijdlijn, had niet alleen twijfel gewekt over het tijdstip van overlijden, maar ook over de plaats.

Maar aan het begin van de rechtszaak had de aanklager de drie hoekstenen van hun pleidooi tegen Tabitha genoemd: bewijs, gelegenheid en motief. Ze had de gelegenheid en het motief bleef staan. Zelfs als Stuart in zijn eigen huis was vermoord, in plaats van bij Tabitha, dan nog was zij in de buurt geweest en kon ze niet bedenken hoe iemand anders daar had kunnen zijn. En hij had haar inderdaad misbruikt toen ze vijftien was en les van hem had.

Dus had ze genoeg gedaan? Ze dacht aan de twaalf juryleden. Wat zouden ze denken? Wat zou Engerd denken, of Bekakt, de man met het staartje of Glimlach? Soms hadden ze vijandelijk gekeken; soms geamuseerd, geïnteresseerd, nieuwsgierig, gepijnigd, walgend. Ze kon hen niet allemaal lezen. Michaela zei dat sommigen Tabitha begonnen te mogen, maar ze had geen idee of dat waar was en of het iets zou uitmaken, want alles draaide om de kille feiten, om het afwegen van waarschijnlijkheden, of ze wel of niet geloofden dat Tabitha Stuart had vermoord.

Ze vroeg zich af wat zij zou denken als ze in de jury zat. Zou ze geloven dat deze kleine, onverzorgde vrouw die misbruikt was door het slachtoffer toen ze een ongelukkig schoolmeisje was, die jarenlang depressief en boos was geweest, die veel schreeuwde en vloekte en mensen in hun gezicht sloeg als ze haar beledigden, die in de ijskoude zee zwom om geestelijk gezond te blijven, die Andy had willen verhinderen het lichaam te vinden, van wie zelfs de enige die ze een vriend noemde geloofde dat ze het waarschijnlijk had gedaan...

Ze stond abrupt op, een beetje duizelig van wat ze ging doen. Natuurlijk kon ze niet weten tot welke uitspraak de jury zou komen. Het was niet mogelijk om een rationele afweging te maken, want dit was geen besluit dat je met rede of logica nam. Het was zelfs geen beredeneerde gok. Het was een sprong in het diepe; een daad van vertrouwen of van egoïsme. Het ging om wie zij was en wie zij wilde zijn.

73

Hoofdinspecteur Keith Dudley was met afstand de best geklede getuige in dit proces. Luke en Andy hadden al iets over zijn stijlvolle verschijning gezegd en vandaag droeg hij een donker pak dat geborsteld leek, zoals dat van een politicus. Zijn manchetknopen glommen. Zijn scheiding leek met een liniaal in zijn donkere haar getrokken. Toen hij in de getuigenbank stond, keek hij met een bijna geamuseerde blik de rechtszaal rond. Hij leek zich beter op zijn gemak te voelen dan alle andere aanwezigen. Toen hij zich naar Tabitha toe draaide, zag ze dat zijn ogen een verrassende grijze kleur hadden, bijna mooi. Ze kon zich voorstellen hoe ze door hem ondervraagd werd. Het idee maakte haar bang.

Tabitha had dagenlang nagedacht of het verstandig was – of krankzinnig – om de man op te roepen die de leiding over het onderzoek had gehad, de man die alle bewijzen tegen haar kende, de man met de keiharde kop, of misschien verbeten kop. Ze had het met Michaela besproken. Het voelde als een laatste, wanhopige gok. Dit was het laatste wat de jury zou horen. Als het fout ging, als hij iets belastends en nieuws te vertellen had, kon dat haar ondergang zijn.

Maar ze had haar lijstje vragen. Ze nam het vel papier in haar handen, maar het trilde zo dat ze het moest neerleggen om het te kunnen lezen. Ze pakte een glas water. Ze nam een slokje en zette het weer op de tafel. Het was zo stil in de rechtszaal dat het geluid van glas op hout duidelijk te horen was. Ze keek rond. De publieke tribune en de perstribune zaten propvol. De mensen zaten dicht op elkaar gepakt en leunden naar voren. Ze voelde zich net het slachtoffer van een ongeluk, met nieuwsgierige toeschouwers om zich heen die bloeddorstig naar de schade kwamen kijken.

'U had de leiding over het onderzoek,' zei Tabitha.

'Dat klopt.'

'Maar we spreken elkaar nu voor het eerst.'

'We spreken elkaar nu. En ik heb u natuurlijk gezien.'

'Me gezien?'

'Toen u door de politie was aangehouden en verhoord werd. U was in een zeer geagiteerde toestand, dus het verbaast me niet dat u dat niet meer weet.'

'O,' zei Tabitha. Had ze het maar niet gevraagd.

Het was even stil. Tabitha wist dat Dudley een professional was. Hij zou zijn antwoorden kort houden. Hij zou niets zeggen wat hij niet hoefde te zeggen. Dat was niet nodig.

'Maar u was er niet bij toen ik in staat van beschuldiging werd gesteld. Is dat niet gebruikelijk?'

'Niet echt.'

'Maar u was toch...' Tabitha moest even zoeken naar het juiste woord. 'Verantwoordelijk voor de zaak?'

'Ja.'

Dudley had zijn handen op de rand van de getuigenbank gelegd en trommelde er zachtjes op met de vingers van zijn rechterhand. Tabitha keek op haar vel papier en toen weer naar Dudley.

'Was ik uw enige verdachte?' vroeg ze.

'We blijven altijd openstaan voor andere mogelijkheden.'

'Ik weet niet goed hoe ik dit moet vragen,' zei Tabitha. 'Ik bedoel, op welk moment werd ik de verdachte, of de hoofdverdachte?'

Er verscheen verwarring op Dudleys gezicht en daarna iets als geamuseerdheid. Tabitha werd er een beetje misselijk van.

'Meent u dat nou?' vroeg hij. 'Moet ik het echt voor u uittekenen?'

'Graag,' zei Tabitha. Haar keel was plotseling droog. Ze nam nog een slokje water.

'Het werd vanzelf duidelijk toen we bezig waren. Het lichaam werd in uw schuur gevonden, u probeerde het te verbergen voor de man die het vond. Dat was al bewijs genoeg. Toen bleek dat u een motief had en dat u erover gelogen had.'

'Ik heb er niet over gelogen.'

'Goed dan, u hebt het verborgen.'

'Ik denk niet dat "verbergen" hier het juiste woord is.'

'Dat is een kwestie van opvatting.'

'Sorry,' zei rechter Munday. 'Hier moet ik iets over zeggen.' Ze draaide zich naar de jury toe. 'Misschien is dit lastig te begrijpen, maar houdt het in gedachten: een onschuldig persoon is niet verplicht om mogelijk belastende informatie over zichzelf te geven. Ik hoop dat dat duidelijk is. Gaat u verder, mevrouw Hardy.'

Tabitha wist niet zeker of de tussenkomst van de rechter gunstig of ongunstig voor haar was. Ze keek naar haar vragen.

'U bent niet bij de rechtszaak geweest.'

'Nee.'

'Te druk met andere zaken?'

'Getuigen mogen de rechtszaal niet in,' zei Dudley. Hij draaide zich om naar de jury. 'Dat staat in de wet.'

'Dan kan ik u misschien vertellen wat u zoal gemist hebt...'

Rechter Munday onderbrak haar scherp. 'U moet vragen stellen, mevrouw Hardy.'

'Goed, goed, ik zal proberen het met vragen te doen.' Ze keek op haar papier. 'Het is duidelijk dat u vanaf het begin zo zeker wist dat ik het had gedaan, dat u niet meer in andere richtingen hebt gezocht.' Tabitha zweeg even en herinnerde zich toen dat ze een vraag moest stellen. 'Klopt dat?'

'Nee, dat klopt niet.'

'Ik wil u een paar dingen vragen over het bewijsmateriaal van de forensische meneer.'

'Ik kan niets zeggen over de wetenschappelijke details,' zei Dudley een tikje ongemakkelijk.

'Dit is niet zo wetenschappelijk. Ten eerste over het bloed. Stuart Rees' keel was doorgesneden. Er zat bloed op zijn lichaam, op het stuk plastic waarin zijn lichaam was gewikkeld, op mij en op mijn vriend Andy. Maar interessanter is waar het bloed niet zat, en dat is zo'n beetje overal. Er zat geen bloed op de vloer, op de wanden, op het plafond.'

'Voor zover ik me herinner was er wel bloed op de vloer.'

'Dat waren voetsporen, doordat we in het bloed hadden gestaan. Maar verder nergens. Vindt u dat niet vreemd?'

Dudley snoof. 'Niet echt. Elke plaats delict is weer anders.'

'Prima,' zei Tabitha. Ze keek weer op haar aantekeningen. 'Alle dingen die jullie hebben weggehaald, zijn naar een opslagruimte gebracht.' Dudley wachtte. 'Geen politiebureau of overheidsgebouw of zo. Een heel gewoon, commercieel opslagbedrijf.' Weer wachtte Dudley. 'Klopt dat?' vroeg ze.

'Ja.'

'Is dat niet een beetje riskant? Ik bedoel, er kan daar toch iets met het bewijsmateriaal gebeuren?'

'Niet onder mijn hoede,' zei Dudley.

'Maar ik ben ernaartoe gegaan en er lagen ook andere dingen, naast de spullen die te maken hebben met deze zaak.'

'En daarmee wilt u zeggen...?'

'Dat er dingen door elkaar geraakt kunnen zijn.'

'Wilt u beweren dat dat is gebeurd?'

'Nou, niet echt. Ik zeg dat het had gekúnd.' Stilte. 'Is dat zo?'

'Maar dat is niet gebeurd.'

Tabitha voelde haar wangen branden. 'Het duidt wel op een slordige manier van werken,' zei ze. 'Niemand voelde zich echt betrokken. U dacht gewoon dat u me te pakken had en dat het verder niets uitmaakte.' Dudley keek haar aan zonder iets te zeggen en Tabitha leunde naar voren. Ze schreeuwde bijna: 'Vindt u ook niet?'

'Nee.'

'En dit dan? Ik noemde dat stuk plastic al. Mijn vriendin Michaela hier deed wat u had moeten doen: uitzoeken waar dat plastic vandaan kwam. Van een meubelzaak, en er is een bank in afgeleverd.'

Dudley haalde zijn schouders op. 'Dat kan,' zei hij.

'Ja, maar niet bij mij. De bank is afgeleverd bij Stuart Rees. Vindt u dat niet interessant?'

Opnieuw schouderophalen. 'Het zal wel in de auto van meneer Rees hebben gelegen.'

'Dat is een idee,' zei Tabitha. 'Hebt u de auto bekeken?'

'Ja, die hebben we bekeken.'

'Nee, ik bedoel, volledig onderzocht, op bloed en vezels en al dat soort dingen die je bij *csi* ziet.'

Dudley keek aarzelend. 'Dat zou ik in het dossier moeten nakijken.'

'Hebben wij al gedaan,' zei Tabitha. 'En – fucking spoiler alert – nee dus.'

'Alstublieft zeg, mevrouw Hardy,' zei rechter Munday. Tabitha keek naar de rechter, die met haar hoofd op haar handen geleund zat. Ze hief vermoeid haar hoofd op. 'In alle andere gevallen, mevrouw Hardy, had ik u nu laten afvoeren naar uw cel. Ik weet dat het veel gevraagd is, om het te blijven vragen, bedoel ik. Maar kunt u deze rechtbank alstublieft bejegenen met enig respect?'

Tabitha haalde adem. 'Het spijt me, ik liet me even meeslepen.' Ze keek op haar papier en naar Michaela en weer op haar papier. Er stond nog maar één vraag op. Ze dacht er al over na vanaf het moment dat Lev Wojcik de getuigenbank had verlaten. Ze had er met Michaela over gesproken. Ze durfde het haast niet te vragen. Ze moest ernaartoe werken.

'Lev Wojcik, de man die een pakje bij Stuart Rees afleverde op de ochtend van de moord, liet u ondervragen door een agent. Waarom deed u het niet zelf?'

'Omdat ik niet alle gesprekken zelf doe. Dat is niet nodig.'

‘Uw agent stelde eigenlijk maar één vraag en dat was of hij Stuart Rees had gezien, en hoe laat. Maar ze vergat hem een tweede vraag te stellen: waar spraken ze over?’

Tabitha wachtte af. Dudley keek onverstoorbaar, maar ze kon aan een lichte onrust in zijn ogen zien dat hij zich afvroeg wat er ging komen.

‘Wilt u dat ik u vertel waarover ze spraken?’ ging Tabitha verder.

‘Zeg het nou maar,’ zei Dudley geïrriteerd.

Tabitha wist dat ze vat op hem begon te krijgen. Ze begon zich wat beter te voelen.

‘Wojcik weet zeker dat hij Stuart Rees heeft verteld over de boom die over de weg was gevallen en dat hij dus urenlang vastzat in het dorp.’

Dudley keek niet-begrijpend, alsof hij zich afvroeg: is dat alles?

‘Wat vindt u daarvan?’ vroeg Tabitha.

‘Niet veel.’

‘Nou, ik geef u even de tijd,’ zei Tabitha. ‘Ik heb maandenlang in de gevangenis gezeten en u hebt me erin gezet.’

‘Ik heb u er niet in gezet.’

‘Ik lig elke nacht klaarwakker naar het plafond te staren. Soms vraag ik me af wie de volgende is die in de gevangenis zal sterven en of ik dat zal zijn. Maar ik denk vooral na over de zaak, steeds weer.’

‘Alstublieft, mevrouw Hardy,’ zei rechter Munday. ‘Stel een vraag.’

‘Dit ís een vraag,’ zei Tabitha. ‘Ik ben alleen nog niet bij het einde. Dus, hoofdinspecteur Dudley, ik heb het plastic genoemd, ik heb de bloedvlekken genoemd en ik heb Lev Wojciks gesprekje met Stuart Rees genoemd. Op welke gedachte brengt u dat?’

Het bleef lang stil.

‘Niets bijzonders.’

‘Mag ik iets zeggen waar u misschien over na zou moeten denken?’

Dudley gaf geen antwoord. Hij maakte alleen een wegwerpgebaar met zijn handen.

'Ik zal beginnen met het laatste. Hebt u de beelden van de beveiligingscamera gezien?'

'De belangrijke stukken.'

'U hebt Stuart Rees het dorp uit zien rijden om' – ze keek op haar aantekeningen – 'tien uur vierendertig.'

'Ik weet de exacte tijd niet meer.'

'En zes minuten later rijdt hij alweer terug. Dat is nauwelijks lang genoeg om het dorp uit te komen. Waarom kwam hij terug?'

'Omdat de weg versperd was.'

Tabitha zei niets. Ze wachtte alleen. Iemand hoestte op de publieke tribune. Ze kon buiten verkeer horen.

'Mevrouw Hardy?' vroeg rechter Munday.

'Ja?'

'Hebt u een vraag?'

'Ik wacht even tot de hoofdinspecteur een antwoord heeft bedacht.'

'We zijn hier niet om naar denkende mensen te kijken. Stel maar een andere vraag.'

'Goed dan. Waarom zou Stuart Rees het dorp proberen uit te rijden terwijl hij wist dat de weg geblokkeerd was?'

'Omdat hij het was vergeten,' zei Dudley.

'Veertig minuten nadat het hem was verteld?'

'Maar hij deed dat toch?'

'Bedoelt u Stuart Rees?'

'Wie zou ik anders bedoelen?'

'Ik wil u iets laten zien.' Ze draaide zich om naar Michaela. 'Staat het klaar?'

'Ik geloof het wel.'

Het bleek toch niet helemaal klaar te staan. Ze hadden een laptop aangesloten op de grote schermen aan twee wanden van de zaal. Toen Michaela op het toetsenbord tikte, liet het scherm alleen de bestandsmappen op het bureaublad zien.

'Het is om ongeveer tien uur vierendertig,' siste Tabitha.

'Ik weet het. Ik klik op het bestand, maar er gebeurt niets.'

Er werd gefluisterd in de zaal. Iemand lachte kort.

'Heb je geprobeerd hem opnieuw op te starten?' vroeg Tabitha.

'Wacht,' zei Michaela. Toen was er plotseling beeld en weer, zelfs in de rechtszaal, was het alsof Tabitha terug was in Okeham. Alleen aan de bewegende boomtakken was te zien dat dit geen stilstaand beeld was. Tabitha keek naar de tijdcode. Het kwam, het kwam, en toen, perfect op tijd, reed de auto door het beeld en verdween weer. Tabitha keek Michaela aan. 'Kun je een stukje teruggaan en de auto stilzetten?'

Dat deed ze. Daarna spoelde ze zes minuten vooruit en liet ze de terugkomende auto zien, en ook dat beeld zette ze stil. Door de autoruit was niets te zien, niet eens een silhouet.

'We kunnen niet zien of Stuart Rees de bestuurder is, of wel?'

'Wie zou het anders zijn?' zei Dudley.

'Mag ik een andere versie voorstellen?'

'U mag voorstellen wat u maar wilt.'

'In mijn versie is de moord niet in mijn huis gepleegd. Die is in zíjn huis gepleegd. Dat volgt ook uit het stuk plastic. Hebt u Rees' huis doorzocht?'

'Nee.'

'Hebt u forensisch onderzoek in zijn huis laten doen?'

'Nee.'

'Dus de moordenaar wikkelt het lijk in plastic en stopt het in de achterbak van Rees' auto. De moordenaar rijdt de auto het dorp uit om zich van het lichaam te ontdoen, maar de weg is geblokkeerd en dus moet hij terug. Ze komen weer in het dorp. Maar waar moet hij het lichaam laten? De meest voor de hand liggende plek is bij mij. Naast Stuarts huis, met een schuur. De moordenaar laat het lichaam daar achter, met de bedoeling het later te komen ophalen, en laat de auto bij Stuarts huis staan. Wat vindt u daarvan?'

Het duurde lang voor Dudley antwoord gaf. Hij leek alles na te lopen in zijn hoofd. 'Het klinkt belachelijk vergezocht.'

‘Het sluit aan bij het bewijsmateriaal,’ zei Tabitha hardop. ‘Het bewijsmateriaal dat u niet hebt kunnen vinden.’

‘U probeert de boel gewoon op te schudden,’ zei Dudley. ‘Uit niets hiervan blijkt dat u de dader niet bent!’

‘Luister, begrijpt u dan niet wat u hebt gedaan?’

‘Ik weet niet waar u het over hebt. En u ook niet.’

‘Uw hele onderzoek was fout. U hebt domweg aangenomen dat het Stuart Rees was die het dorp uit reed en weer terugkwam, en daaruit hebt u de conclusie getrokken dat hij pas na dat moment is vermoord. Maar ik zeg – ik stel voor – dat het gebeurd is voordat de auto werd gefilmd. Zijn lijk lag in die auto. Het is gebeurd tussen tien voor tien en vijf over halfelf, wat een veel korter tijdvak is dan dat waarvan jullie zijn uitgegaan. En een tijdvak dat jullie volkomen hebben genegeerd. De tijd waarin het volgens jullie nooit gebeurd kon zijn, is nou juist het moment waarop het moet zijn gebeurd. Uw onderzoek richtte zich helemaal op de verkeerde plek en was gebaseerd op het verkeerde moment. Wat een schijnvertoning. Geen wonder dat het uitdraaide op een onschuldig iemand in de gevangenis.’

Er hing spanning in de lucht; ze kon bijna voelen hoe iedereen in de rechtbank zijn adem inhield.

‘Wat een gelul,’ zei Dudley uiteindelijk, heel boos. Zijn ogen waren nu hard staalgrijs.

‘Fuck you,’ zei Tabitha.

‘Mevrouw Hardy!’ zei rechter Munday, bijna schreeuwend. ‘Hou daarmee op! En u ook, hoofdinspecteur. Hou het fatsoenlijk en respectvol in de rechtszaal. Mevrouw Hardy, hebt u nog meer vragen?’

‘Nee, ik ben klaar met hem,’ zei Tabitha boos en ze ging zitten.

74

Tabitha ging naast Michaela zitten.

'Ben je er klaar voor?' vroeg Michaela.

Tabitha keek naar Simon Brockbank. Hij moest aan zijn slotpleidooi beginnen, maar hij zat achterover op zijn stoel met zijn handen in zijn zakken met Elinor Ackroyd te praten alsof ze elk moment een potje konden gaan kaarten. Tabitha kon niet verstaan wat hij zei, maar ze zag Ackroyd erom grijnzen.

'Die schijnen een goed humeur te hebben,' mompelde Tabitha.

'Denk maar niet aan ze,' zei Michaela. 'Denk aan wat jijzelf gaat zeggen.'

'Dat weet ik eigenlijk niet. Ik moet eerst horen wat Brockbank zegt.'

Michaela begon iets te zeggen en zweeg toen. Ze leek ergens over te aarzelen.

'Wat is er, Michaela?'

'Ik weet het niet. Ik weet niet of het een goed idee is.'

'Wat?'

'Ik dacht dat het zou helpen. Voor je slotpleidooi. Maar misschien helpt het juist niet.'

'Wat dan?'

'Ik kan het jou niet vragen, want dan wil jij het zien en dan–'

'O, in godsnaam, wat is het? Laat maar gewoon zien.'

Michaela begon tussen haar mappen te rommelen.

'Ik heb de verslagen verzameld,' zei ze. 'Uit de kranten. Ik dacht dat je ze misschien zou willen zien.'

'Waarom heb je me ze niet eerder laten zien?'

'Ik dacht dat ze je van streek zouden maken.'

'Laat nou maar zien.'

Michaela haalde de map uit de stapel en schoof hem naar haar toe. 'Ze mogen alleen verslag doen,' zei ze. 'Ze mogen geen commentaar geven.'

Tabitha deed de map open. Er zat een grote stapel krantenknipsels in. Ze zag meteen een vette kop: 'Ik zat helemaal onder zijn bloed'. Eronder begon het verhaal met 'In de rechtbank bleek...', gevolgd door citaten uit Tabitha's eigen getuigenverklaring. Haar aandacht werd getrokken door twee foto's. De eerste was van Stuart Rees. Het was een recente foto waarop hij ergens buiten stond, waarschijnlijk in zijn tuin. Hij had zijn ogen een beetje dichtgeknepen tegen de zon en Tabitha vond dat hij er daardoor oud en ongevaarlijk uitzag. De tweede was van Tabitha zelf, een oudere foto, vierkant, waarin ze recht in de camera keek, bijna boos. Tabitha kon zich niet herinneren wanneer die gemaakt was, maar het moest voor een paspoort of een treinkaart of iets dergelijks zijn geweest. De foto leek onaangenaam veel op een mugshot.

Ze bladerde door de knipsels. Weer zo'n vette kop: 'Ik sliep met mijn leraar'. Weer begon het verhaal met: 'In de rechtbank bleek...' Bij dit artikel stond een belachelijke rechtbanktekening van haar. De tekening leek niet eens op haar. Ze zag eruit als een heks met kort haar, met een boos gezicht, die woeste gebaren maakte. Ze bladerde het ene knipsel na het andere door. Hoe kwamen ze aan al die foto's van haar? Daar was Tabitha, in een blazer op haar klassenfoto. Daar was Tabitha, met een drankje en een sigaret op een studentenfeestje. Daar was Tabitha, ergens op een strand.

Eerst verbaasde ze zich vooral over de koppen: de seks en het bloed en de moord. Maar daarna verbaasde ze zich erover hoeveel aandacht de zaak kreeg, in artikelen van een hele pagina of zelfs twee. Ze dacht aan al die mensen in het hele land die onder het genot van een kopje thee zaten te lezen over haar seksleven, haar psychische problemen en de redenen die ze volgens haar buren had om een moord te plegen. Ze had haar leven geleid zonder veel vrienden te hebben, zonder op te vallen, en nu waren er vele duizenden mensen in het land die haar kenden, die een mening over haar hadden. Er waren mensen die dachten dat ze een moordenaar was, mensen die dachten dat ze het slachtoffer van misbruik was, mensen die voor haar waren, mensen die tegen haar waren, allemaal mensen die ze nooit zou kennen.

Ze sloeg de map dicht. Ze was plotseling misselijk, alsof er een afgrond voor haar voeten was opengegaan en ze erin staarde.

De deur ging open en de bode kwam binnen, maar de rechter liep niet achter haar. De bode liep door de zaal, bleef naast Simon Brockbank staan en zei zacht iets tegen hem. Hij keek om naar Tabitha. Toen kwam de bode naar Tabitha toe. Ze boog zich voorover en sprak alsof niemand anders het mocht horen.

'Rechter Munday wil u en de aanklagers in haar kamer zien.'

Tabitha wilde iets zeggen, maar de bode gebaarde dat ze mee moest komen. Brockbank en Ackroyd liepen achter haar aan. Toen ze in een rij de rechtszaal uit en de gangen door liepen, probeerde Tabitha iets te bedenken om te zeggen, te vragen, maar er kwam niets. Ze had het onheilspellende gevoel dat er een kant aan de zaak was die ze over het hoofd had gezien, iets vernietigends. De bode hield de deur open en Tabitha liep langs haar heen de weelderige kamer binnen, waar rechter Munday achter haar bureau zat. Ze zat niet aan de telefoon en deed niet eens alsof ze ergens mee bezig was. Haar handen lagen op elkaar op tafel en ze keek haar bezoekers recht aan. Drie leunstoelen stonden klaar voor het bureau en ze gebaarde dat Tabitha, Brockbank en Ackroyd erin konden plaatsnemen. Ze gingen zitten.

'Als er weer een nieuwe getuige is–' begon Tabitha.

Rechter Munday hief haar handen op, bijna smekend. 'Alstublieft, mevrouw Hardy, kunt u voor één keer in uw leven uw mond houden tot u iets gevraagd wordt.'

'Sorry,' zei Tabitha nukkig.

'Goed.' Rechter Munday legde haar handen weer op elkaar. 'En nu moet het heel duidelijk zijn – en daarmee bedoel ik dat het u, Tabitha Hardy, heel duidelijk moet zijn – dat elk gesprek dat wij hier voeren vertrouwelijk is en dat er niet naar verwezen mag worden in de rechtszaal of ergens anders. Begrijpt u dat?'

'Prima.'

'U moet het niet alleen begrijpen, maar er ook mee akkoord gaan.'

'Ja hoor, best, oké.'

Rechter Munday zweeg even en raapte haar gedachten bijeen.

'Ik heb nagedacht,' zei ze. 'Gisteren heb ik de dag en het grootste deel van de avond besteed aan het doornemen van de belangrijkste transcripts. Ik heb vooral gelet op het forensisch bewijs, de getuigenis van de pakketbezorger en ten slotte op de getuigenis van gisteren, van de hoofdinspecteur die de leiding over het onderzoek had.'

Tabitha voelde langzaam een idee van wat er ging komen in zich wakker worden. Ze keek naar Simon Brockbank. Hij leek natuurlijk onverschillig, maar er vormde zich ook een klein lachje op zijn gezicht.

'Het bewijs tegen mevrouw Hardy,' ging rechter Munday verder, 'was altijd al indirect, maar op het eerste gezicht wel overtuigend. Maar het schijnt mij toe dat er bij deze getuigenissen grove fouten en nalatigheden in het onderzoek aan het licht zijn gekomen.' Ze zweeg even en keek Simon Brockbank strak aan. 'Ik ben tot de conclusie gekomen dat het betoog van de aanklager, zoals het er nu voor staat, van dien aard is dat een jury onder de juiste aansturing geen oordeel kan vellen. Ik beschouw het als mijn plicht het proces stop te zetten.'

'Wat?' zei Tabitha. Haar oren suisden en haar hele lichaam gloeide ineens van de hitte. Ze wist niet goed meer waar ze was. Ze kon niet goed volgen wat de dingen die er gezegd werden betekenden. 'Wat? Wat bedoelt u?'

'Wacht,' zei rechter Munday. 'Dit is een vraag voor de aanklagers. Zij hebben het recht dit aan te vechten.'

Tabitha keek weer naar Brockbank. Hij en Elinor Ackroyd zaten naar elkaar toe gebogen en praatten zachtjes. Hij keek weer naar de rechter.

'U hebt alle bewijzen gehoord,' zei hij. 'Niemand anders kan deze misdaad hebben gepleegd.'

'Ik hoef u niet te vertellen,' zei rechter Munday streng, 'dat mevrouw Hardy haar onschuld niet hoeft te bewijzen. De aanklager moet haar schuld bewijzen, en niet alleen via een eliminatieproces.'

Brockbank draaide zich om naar Tabitha, die zich plotseling net een klein diertje voelde dat beloerd wordt door een vos.

'Hebt u naar de jury gekeken?' vroeg hij.

'Ik staar al weken naar de jury,' zei Tabitha. 'Ik heb zelfs namen voor ze bedacht.'

'Ik bedoel, echt gekeken. Na een tijdje kun je bijna ruiken wat ze denken. Ik weet niet of ze u erg aardig vinden.'

'Een paar van hen wel, denk ik,' zei Tabitha. 'Een beetje.'

'Ze hebben gezien dat de politie wat fouten heeft gemaakt, maar dit zijn mensen die denken dat als de politie gelooft dat je het gedaan hebt, dat waarschijnlijk ook zo is. Als deze zaak voor de jury komt, denk ik dat het beide kanten uit kan gaan.'

'Daar ben ik niet zo zeker van,' zei rechter Munday. 'Want ze zouden eerst mijn aanwijzingen horen.'

Brockbank keek peinzend. 'Ik vraag me af wat de politie gevonden zou hebben, als ze degelijk forensisch onderzoek in Rees' huis en auto hadden gedaan.'

'Maar dat hebben ze niet gedaan,' zei Tabitha.

Brockbank glimlachte. 'Dat klopt. Dat hebben ze niet gedaan.'

Hij stak zijn hand naar haar uit en Tabitha schudde hem, met het gevoel alsof ze droomde. Toen deinsde ze bijna terug.

'Wat betekent dat?' vroeg ze.

'Dat betekent dat de aanklager geen bezwaar zal maken. Maar ik ben bang dat de leden van de jury zich bedrogen zullen voelen.'

Rechter Munday stond op en liep naar de andere kant van de kamer. Ze pakte een karaf van geslepen glas.

'Wilt u iets drinken?' vroeg ze.

'Het is elf uur 's ochtends,' zei Tabitha.

'We gaan zo meteen terug naar de rechtszaal, ik zal mijn aankondiging doen en dan loopt u zonder enige voorbereiding zomaar de wijde wereld in. Misschien kunt u beter even de tijd nemen. Ik neem in elk geval een glaasje. U, mevrouw Hardy, zou iedereen tot drinken drijven.'

Rechter Munday schonk whisky in vier glazen en deelde ze rond.

Brockbank hief zijn glas naar Tabitha. 'Ik geloof dat ik u mag feliciteren,' zei hij en hij nam een slok.

'Net als bij een spelletje,' zei Tabitha. Ze voelde geen enkele vorm van triomf. Ze was niet eens blij. 'Soms win je, soms verlies je, even goede vrienden, na afloop drink je een glas. Maar dit is mijn leven.'

'Ik zie het inderdaad als een soort spel,' zei Brockbank. 'Ik breng mijn argumenten naar voren, u de uwe, we zien wel wie er wint. Wat hebt u liever? Wilt u mensen als hoofdinspecteur Dudley het laten beslissen? Hij beschouwt het niet als een spel. Hij gaat op zijn professionele ervaring en zijn onderbuikgevoel af en die zeiden hem allebei dat u het had gedaan. Als het aan hem lag, ging u voor vijftien jaar de bak in.'

'Als het aan mijn advocaat lag, ging ik ook voor vijftien jaar de bak in. Ze wilde dat ik schuld bekende.'

Brockbank lachte. 'U had míj als advocaat moeten hebben.'

Tabitha dronk haar glas leeg. Het was de eerste keer in maanden dat ze alcohol dronk en ze moest ervan hoesten; daarna maakte het haar duizelig. Ze keek rechter Munday aan.

'En gaat u nog iets zeggen?' vroeg ze. 'Me wijze raad meegeven?'

Rechter Munday schudde haar hoofd. 'Als u van mij een aai over uw bol en een "goed gedaan" verwacht, staat u een teleurstelling te wachten.'

'Ik word meestal niet over mijn bol geaaid.'

'U bent ermee weggekomen,' zei rechter Munday. 'Ik bedoel niet met de misdaad. Dat is onze zaak niet. Uw verdediging was tegendraads, onbesuisd, chaotisch en soms bijna schandalig, maar u bent ermee weggekomen, op het nippertje.' Ze zweeg even. 'Ik geef u toch één raad. Als u de wereld weer betreedt, zal alles vreemd en nieuw zijn. Veel mensen zullen met u willen praten. Wees voorzichtig. Hun belangen zijn niet de uwe.' Ze dronk haar glas leeg en stond op. 'Ik denk dat we moeten gaan.'

De vier keken elkaar aan, alsof ze wachtten tot iemand de eerste stap zou zetten.

'Ik heb iets te zeggen,' zei Brockbank, 'nu we hier nog zijn.' Hij keek Tabitha aan met geamuseerde verbazing op zijn gezicht. 'Of eigenlijk twee dingen. Ten eerste is niet schuldig worden bevonden niet hetzelfde als onschuldig worden bevonden. En ten tweede en als laatste, en als iemand er ooit naar vraagt zal ik stellig ontkennen dat ik het heb gezegd: goed gedaan, Tabitha, als ik Tabitha mag zeggen. Ik dacht dat dit een eitje voor ons zou zijn, maar jij hebt helemaal alleen de bewijsvoering tegen jou laten stuklopen, je hebt die hoofdinspecteur onderuitgehaald, je hebt helemaal in je eentje de aanklager voor schut gezet.'

Tabitha knikte. 'Ik heb wel meer laten stuklopen dan alleen de bewijsvoering,' zei ze. 'Ik heb alles stukgemaakt. Mijn banden met het hele dorp, de kans om daar een toekomst op te bouwen of er zelfs te wonen, mijn vriendschap met Andy, het idee dat ik uiteindelijk geaccepteerd kon worden en zelfs welkom kon zijn. Alles.'

'Klopt,' zei Brockbank vrolijk. 'Zo is het leven, hè? Je kunt niet altijd winnen.'

Tabitha en Michaela liepen door de uitgang aan de voorzijde een kolkende menigte in. De gebouwen leken op haar af te komen en de hemel was een blauw deksel waarin een gat was uitgespaard voor het verblindende oog van de zon.

Eerst zag niemand haar; iedereen stond om hoofdinspecteur Dudley heen, die duidelijk bijna klaar was met commentaar geven.

'Ik betreur het ten zeerste dat er vergissingen zijn begaan, waardoor een sterke zaak verzwakt is en Tabitha Hardy hier in vrijheid naar buiten kan lopen,' zei hij. 'Laat er geen twijfel over bestaan dat deze zaak wordt heropend, maar ook dat niemand anders verdacht wordt. Er zijn geen verdere lijnen van onderzoek.'

'Zijn er geen andere verdachten?' riep een journalist.

'Nee.'

'Fuck you,' riep Tabitha en ze stapte het felle licht en de vrijheid in. 'Jij hebt het zelf verkloot en nu probeer je mijn naam te besmeuren om dat te verdoezelen.'

Camera's flitsten en klikten en microfoons werden naar voren gestoken en ze hoorde mensen haar naam roepen.

'Moordenaar!' gilde een stem en toen Tabitha haar hoofd omdraaide, zag ze het koortsachtige gezicht van een vrouw die dag in dag uit op de publieke tribune had gezeten.

'Flikker toch op,' zei Tabitha.

'De politie heeft zojuist gezegd dat ze geen verdere lijnen van onderzoek hebben.' Een stem links van haar, een vrouw die een microfoon naar haar uitstak. 'Wat hebt u daarop te zeggen?'

Tabitha dacht aan Brockbanks woorden: niet schuldig worden bevonden is niet hetzelfde als onschuldig worden bevonden. 'Ze hebben gefaald,' zei ze. 'Ze faalden daarbinnen en ze falen hierbuiten.'

'Hoe voelt het?' riep iemand.

'Zeg iets tegen ze,' zei Michaela schor. 'Dan zoek ik wel een taxi voor ons.'

Maar Tabitha, die met een onwerkelijk gevoel van vrijheid op de treden stond, had niets meer te zeggen.

'Ga allemaal weg, alsjeblieft,' zei ze.

‘Wat ga je nu doen?’

‘Ik denk dat ik ga zwemmen.’

Maar ze zou nog niet gaan zwemmen. Eerst moest ze nog iets anders doen. Al het andere kon wachten.

IV

Buiten

75

Tabitha zat in de trein en staarde uit het raam. Achter haar vage spiegelbeeld – een smal, bleek gezicht en een bos woest haar; een heks, dacht ze – zag ze de zee in de verte, glinsterend en schuimend. Velden, bosjes en glooiende heuvels gleden voorbij. Het zomergroen zag er vermoeid uit; de bladeren hingen slap van de hitte aan de bomen.

Ze stapte uit in Truro, waar ze een kopje bittere koffie kocht en een halfuur op de bus wachtte. Toen die kwam, was hij leeg. Hij hobbelde met haar over de landwegen van Cornwall, kwam plotseling door plaatsjes of langs eenzame kerken, en zette haar ten slotte af op een stoffige weg.

Het kostte haar meer dan een uur om het laatste stuk te lopen. Ze vond het niet erg. Een halfjaar lang had ze ervan gedroomd om door verlaten landschappen te lopen, pijn in haar kuiten te voelen, wind op haar gezicht. Vandaag stond er geen wind. De lucht was warm en roerloos. Zeemeeuwen plukten aan een karkas op de weg. Ze wist dat ze moest nadenken over wat ze nu ging doen, maar ze deed het niet, liet haar halfgevormde gedachten gewoon maar door haar hoofd gaan.

Het caravanpark lag aan de rand van een dorp. Aan de ene kant was er een winkeltje, aan de andere kant lag iets wat in regenachtige seizoenen misschien voor een beek kon doorgaan, maar nu een droge greppel was. Een van de caravans had een voortuintje, met kleurige bloemen en een miniatuur hekje. Een andere caravan was nog niet zo lang geleden afgebrand; er waren alleen nog verkoolde resten van over. Er stond een busje met kapotte ruiten, waar Tabitha platgedrukte kartonnen dozen in zag liggen. Bij een van de caravans waren de gordijnen dicht en stond er een motor voor de deur. Op het trapje voor een andere zat een grote, dikke man, die zijn bierblikje naar haar ophief toen ze voorbijliep.

Tabitha zocht een kampeerbusje. Ze zag het staan aan de rand van het terrein, met uitzicht op de greppel eromheen, de velden erachter en de glinsterende zee in de verte. Ze liep ernaartoe en had ineens een gevoel alsof ze droomde, traag en willoos.

Ze klopte op de achterdeur, deed een stap naar achteren en de deur zwaaide open.

Hij keek op haar neer zonder verrast, geschrokken, boos of zelfs bang te zijn. Hij leek bijna opgelucht, alsof hij haar de hele tijd al had verwacht.

'Hoe wist je het?' zei hij ten slotte.

'Hallo Sam.'

Ze gingen op twee gammele klapstoelen zitten die hij onder het busje vandaan trok. Hij leek meer dan ooit op een vos, dacht Tabitha, sjofel en verwaarloosd. Maar hij had sterke armen met tatoeages van een zeemeerminnenstaart en een grote roos erop, en ze herinnerde zich dat hij in het leger had gezeten. Hij was schriel maar sterk. Veel sterker dan zij. Ze draaide haar hoofd om, maar de grote dikke man zat niet meer op het trapje en er was niemand anders.

'Hoe heb je me gevonden?'

'Dat was niet zo moeilijk. Je hebt geen nieuw adres bij het busbedrijf achtergelaten, maar ik heb met Joe Simons gesproken.' Er flitste iets op in McBrides ogen, maar hij zei niets. 'Op het kantoor van het busstation heb ik een vrouw gesproken en het rooster bekeken.

Joe was degene die die dag met de bus reed. Jij ging mee als passagier. Je stapte in Okeham uit en stapte niet meer in.'

'Hoe wist je het?' vroeg hij. Hij haalde een blikje shag uit zijn zak en rolde een dun sigaretje; zijn vingers waren geel en zijn tanden gevlekt.

'Ik keek er al de hele tijd naar,' zei Tabitha, 'maar ik zág het niet. Het lag vol in het zicht en niemand zag het. Het was de bus.'

'Wat bedoel je?'

'Op de beelden van de beveiligingscamera. Toen de bus 's morgens kwam, was een van de ruiten gebarsten. Ik heb er keer op keer naar zitten kijken.'

Ze zag het ook nu weer voor zich: een jongen staarde door de ruit naar buiten. Een spinnenweb van glas liep kriskras over zijn gezicht.

'Maar 's middags, toen de bus terugkwam, was de ruit niet meer kapot.'

Een andere jongen keek de camera in, door een heldere ruit.

McBride keek niet naar Tabitha, maar naar de aarde, die gebarsten was door de hitte.

'Je zei dat je de hele dag met die bus had gereden. Dat zei je twee keer. Zodra ik doorhad dat dat ruitje gebarsten was, heb ik de beelden nog eens goed bekeken en ja hoor, het was een andere bus. Daar had je niets over gezegd.'

Sam begon nog een sigaretje te rollen.

Ze keek toe terwijl zijn lange vingers het stukje papier handig rond de sliertjes tabak rolden. 'Het maakte me gek,' zei Tabitha. 'Iedereen haatte Stuart behalve ik, maar behalve ik kon niemand het hebben gedaan. En toen was jij daar. Jij reed mee als passagier, die ochtend. In Okeham ging je de bus uit, zoals je zo vaak deed, je kocht sigaretten in de dorpswinkel, liep weer om de bus heen en iedereen die het op de beveiligingsbeelden zag, nam automatisch aan dat jij degene was die wegreed. Dankzij de bus was je niet te zien toen je naar Stuarts huis liep.'

Sam zei niets. Hij rookte gestaag door en staarde naar de zee in de verte.

'Jij hebt Stuart vermoord,' zei Tabitha. Ze wachtte, maar hij reageerde niet. 'Je hebt het vooraf gepland. Je hebt geregeld dat je vriend die dag op de bus zou rijden. Je belde Laura een paar dagen van tevoren op en maakte een afspraak om een huis te bezichtigen, zodat je zeker wist dat ze er niet zou zijn. Toen de bus weg was, moet je je hebben schuilgehouden op een plek waar je het huis kon zien. Er zijn verschillende plekken waar dat kan, tussen de bomen bij de kliffen. Je wachtte tot Laura weg was en de pakketbezorger aankwam en je wachtte tot hij weer weg was. Je ging het huis in, vermoordde hem en wikkelde hem in het plastic; toen legde je hem in de kofferbak van zijn eigen auto en reed met hem weg. Maar de boom was natuurlijk omgewaaid en je begreep dat je vastzat. Wat was dat? Sod's law? Murphy's law? Als er iets fout kan gaan, gaat het ook fout.'

Nog steeds geen reactie bij Sam.

'Dus ging je terug en dumpte je hem bij mij.'

'Ik wist niet dat daar iemand woonde. Het zag eruit als een bouwval. Het was niet mijn bedoeling dat jij de schuld zou krijgen.'

Heel even kon Tabitha nauwelijks spreken. 'Je hebt er anders niet veel aan gedaan toen ik de schuld kreeg, hè? Je zal wel van plan zijn geweest ergens naartoe te rijden met Stuarts auto, het lichaam daar te dumpen en de auto ergens anders achter te laten. Je moest een plan B bedenken. Je hoefde je alleen maar te verstoppen en het omgekeerde te doen van wat je daarvoor had gedaan. Toen de bus 's middags terugkwam, liep je er gewoon achterlangs, weer uit het zicht van de camera, en stapte je in.'

Sam keek achterdochtig om zich heen, liet de gloeiende peuk van zijn sigaret op de grond vallen en stampte hem zorgvuldig uit. 'En nu?'

'Wat bedoel je?'

'Waarom ben jij hier, en niet de politie?'

'Ik wist het voor het proces was afgelopen,' zei Tabitha. 'Ik begreep het nadat de pakketbezorger had getuigd.'

'Waarom?' vroeg hij weer.

'Toen jij zei dat je dokter Mallon had zien hardlopen, zei je dat hij het pad langs de kust wel genomen zou hebben. Maar dat kustpad is afgesloten rond Okeham. Jaren geleden is een deel van de kliffen ingestort en moesten ze het pad landinwaarts verleggen. Maar toen jij de streek kende, toen je nog een jongen was, was dat pad er nog.'

McBride glimlachte flauw.

'Zo wist ik dat jij het had gedaan,' ging Tabitha verder. 'Maar ik wist nog niet waarom. Ik denk dat ik het nu weet. Alleen begreep ik niet hoe het zat met Joe Simons. Oké, ik kan me voorstellen dat hij jou een lift in de bus gaf en dat hij je dekte. Maar waarom ging hij niet naar de politie toen hij eenmaal van de moord had gehoord? Wat had hij daaraan? Tenzij hij een echte vriend was en jij een goede reden had en je hem die had verteld.'

Ze keek hem recht aan. Een siddering van pijn, of misschien eerder weerzin, ging over zijn gezicht. Hij had iets wilds over zich, dacht ze, en toen herinnerde ze zich de rechtbanktekening waarop zijzelf zo woest had geleken: was ze misschien net als hij?

'Hij heeft het ook bij jou gedaan, hè?' gokte ze.

Het bleef lang stil. Sam zat voorovergebogen op zijn stoel en keek naar zijn handen die losjes gevouwen op zijn knieën lagen.

'Ja,' zei hij uiteindelijk.

'Kreeg je les van hem?'

'Sportclub.'

'Hoe oud was je?' vroeg ze.

'Negen.'

'Jezus.'

'De eerste keer,' zei hij. Het kostte hem duidelijk veel moeite om te praten; de woorden kwamen er in korte stoten uit. 'Het bleef doorgaan.'

'En je hebt het nooit aan iemand verteld?'

‘Ik woonde bij mijn oma en later bij pleegouders. Wie moest ik het vertellen? Aan wie heb jij het verteld? Jij bent de eerste tegen wie ik het zeg.’ Hij dacht even na. ‘De tweede, na Joe.’

‘Dus kwam je terug naar deze streek om hem te vermoorden.’

‘Eerst was ik alleen van plan om hem bang te maken.’

Hij zei dat hij een geest had gezien, had Laura tegen haar gezegd. Iedereen had gedacht dat Tabitha degene was voor wie hij bang was, maar het was Sam geweest: het was één ding om seks te hebben met een meisje van vijftien, maar nog iets heel anders om een negenjarig jongetje te verkrachten. Die keurige meneer Rees, kloppend hart van de gemeenschap, kerkganger, lid van de gemeenteraad, met overal een vinger in de pap.

‘Hij zette het huis te koop. Hij zou er opnieuw mee wegkomen. Ik moest het voor de vakantie doen, snap je, zolang hij er nog was en ik nog elke dag met de bus naar het dorp reed.’

Tabitha knikte. ‘Mag ik een sigaret?’ vroeg ze.

Hij rolde er een en stak hem voor haar op, met een beschermende hand om het vlammetje. De bijtende smaak vulde haar mond en ze moest hard hoesten.

‘Ik dacht dat ik me beter zou voelen als ik hem vermoord had,’ zei Sam.

‘Maar dat was niet zo?’

‘Ik voel me niet schuldig, als je dat denkt. Hij was echt slecht. Wat hij me heeft aangedaan...’ Hij viel stil, kon de woorden niet vinden. ‘Ik ben er nooit echt overheen gekomen,’ zei hij in plaats daarvan. ‘Dus uiteindelijk heeft hij gekregen wat hij wilde.’

‘Wat wilde hij dan?’

‘Ik weet het niet. Me kapotmaken. Ik moest soms overgeven; dat vond hij leuk.’

Tabitha staarde naar de rook die tussen haar vingers omhoog kringelde.

‘Die dag, toen hij de deur opendeed en me zag,’ ging Sam met zachte, vlakke stem verder, ‘leek hij bijna, tja, opgelucht.’

'Wat bedoel je?'

'Alsof hij op me gewacht had. Alsof hij het niet erg vond.'

Wat had Stuart ook alweer tegen de priester gezegd? Dat hij verdoemd was om wat hij had gedaan. Ze dacht aan hem in zijn kleine auto, aan hoe hij haar uitdrukkingsloos aankeek, haar rok omhoogschoof: het had niets met seksueel verlangen te maken gehad. Het was iets anders. Een soort macht.

'Nou,' zei ze ten slotte, 'het is in elk geval voorbij.'

'Het was niet mijn bedoeling dat jij er problemen mee zou krijgen,' zei Sam. 'Daarom ben ik ook voor jou in de rechtszaal verschenen. Ik wilde dat het goed voor jou zou aflopen.'

Tabitha dacht na. Hij had het geen enkel probleem gevonden dat zij een halfjaar in het huis van bewaring had gezeten vanwege een moord in een zaak die klip-en-klaar had geleken. Optreden als getuige à décharge, met een armzalig beetje ondersteunend bewijs, leek niet veel voor te stellen. Ze overwoog om dat te zeggen, maar wat had het voor zin?

'De politie heeft geen andere lijnen van onderzoek,' zei ze in plaats daarvan.

'Tenzij jij ze die geeft.'

'Als je denkt dat ik nu ga zeggen dat mensen weten waar ik ben, vergis je je. Niemand weet dat ik hier ben.'

Hij zou haar kunnen wurgen, dacht ze. Of haar het busje in sleuren en haar daar vermoorden. Ze zwegen een poosje. De zon hing laag in de bleke hemel en boven hen hing een zwerm muggen.

Hij schudde zijn hoofd.

'Ik ben er klaar mee,' zei hij.

'Ik heb nog iets meegenomen,' zei ze.

'Wat dan?'

Ze maakte haar rugzakje open en haalde er een vel papier uit.

'Ik heb van tevoren opgeschreven wat ik dacht dat er gebeurd was en het klopt wel ongeveer. Ik wil graag dat jij de datum erop zet en het ondertekent.'

'Een bekentenis.' Sams gezicht werd donker.

'Ik zal het aan niemand laten zien, tenzij jij nog iets doet.'

'Zoals wat?'

'Ik weet het niet. Maar als je iets slechts doet, ga ik ermee naar de politie.'

'Je chanteert me.' Hij klonk gekwetst.

Tabitha begon te lachen. Het deed pijn achter in haar keel, haar ogen prikten en het voelde onprettig, maar ze kon minutenlang niet stoppen.

'Je hebt iemand vermoord,' zei ze ten slotte. 'Hij was misschien een slecht mens, maar je hebt hem vermoord. En je wilde mij jarenlang in jouw plaats naar de gevangenis laten gaan. Dit...' – ze zwaaide met het papier voor zijn gezicht – 'is alleen maar een garantie dat je niemand anders kwaad zal doen.'

'Zo ben ik niet.'

'Niemand is zo, tot hij het wel is.'

Ze gaf hem een pen en keek toe terwijl hij de woorden langzaam las, met zijn wijsvinger bij de regels. Hij legde het vel neer en haalde zijn hand over zijn voorhoofd. Toen zette hij zijn handtekening.

Toen ze wegging, keek ze niet achterom, niet één keer, maar ze voelde zijn ogen in haar rug.

Op het strand, waar de zon bijna onder was en het opkomend getij in golfjes aan haar laarzen likte, haalde ze het vel papier tevoorschijn en las wat erop geschreven stond. Toen scheurde ze het in kleine stukjes en gooide die in de zee. Ze bleven als bleke vlekken op het donkere wateroppervlak drijven, tussen plukken zeewier, en na een tijdje waren ze verdwenen.

'Naar huis,' zei ze in zichzelf, maar de woorden betekenden niets voor haar.

76

Tabitha ging nog één keer terug naar Okeham. Het kon niet anders. Ze had het huis te koop gezet en een makelaar had alles geregeld, het huis laten schoonmaken, eventuele kopers rondgeleid, alles. Hij was heel enthousiast geweest over het pand.

'Loopafstand van de zee, perfect,' had hij gezegd. 'Nog speciale voorkeur?'

'Hoe bedoel je?' had Tabitha gevraagd.

Hij had uitgelegd dat sommige mensen het liefst aan mensen uit het dorp verkochten, zelfs als die iets minder betaalden. Het had te maken met het in stand houden van de gemeenschap.

'Geen voorkeur,' had Tabitha gezegd.

Binnen een paar dagen had ze een bod van de volledige vraagprijs geaccepteerd. Ze wist niets van de koper, behalve zijn naam, en dat maakte haar niets uit.

Maar haar spullen stonden nog in het huis, haar meubels en andere dingen. Dus reed ze begin oktober weer naar Okeham met een busje dat ze voor een dag had gehuurd. Ze had Michaela gevraagd om mee te gaan.

'Je hoeft het niet te doen,' had Tabitha gezegd. 'Het wordt waarschijnlijk saai.'

'Ben je gek?' zei Michaela.

Het was nog geen zeven uur toen ze op een dinsdagochtend het dorp in reden. Er was niemand op straat. Tabitha had het gevoel alsof ze uit de dood terugkeerde, als een geest die niemand kon zien. Ze zette de auto voor haar huis neer.

'We zijn alweer weg voor iemand weet dat we hier geweest zijn,' zei ze. 'Afgezien van de camera dan.'

Ze draaide de voordeur van het slot en ze gingen naar binnen. Het rook er leeg en verwaarloosd.

'Wil je thee?' vroeg Tabitha.

'Lekker. Heb je melk?'

Tabitha schudde haar hoofd. 'Ik heb ook geen thee.' Ze grabbelde in haar jack en haalde een briefje van vijf pond tevoorschijn. 'Ik wil mijn gezicht niet laten zien, maar jij zou naar de dorpswinkel kunnen gaan om thee en melk te kopen. En koekjes, als je wilt.'

Toen Michaela weg was, keek Tabitha om zich heen. Er was eigenlijk alleen rotzooi. Misschien had ze alles in één keer in de container moeten gooien. Ze begon borden in een kartonnen doos te stapelen. Ze schudde een vuilniszak open voor mokken en borden waar stukjes uit waren, barsten in zaten of die gewoon te lelijk waren om mee te nemen. Ze zette water op en dat kookte toen Michaela terugkwam met een doosje theezakjes, een pak melk en een rol chocoladebiscuitjes.

'Ze leken een beetje achterdochtig,' zei Michaela. 'Ze vroegen wat ik in Okeham deed. Ik zei tegen de vrouw achter de toonbank dat ik hier was met jou. Toen raakte ze zeer geïnteresseerd.'

'Terry.' Tabitha knikte.

Ze liepen met hun mokken thee door het huis en besloten de bedden, de bank en de keukentafel te laten staan.

'Sommige mensen nemen zelfs de lichtpeertjes mee,' zei Michaela.

Tabitha keek om zich heen. 'Weet je dat ik nog steeds soms midden in de nacht wakker word en even denk dat ik weer in de cel ben? Dan wil ik schreeuwen.'

'Ja, ik weet het. Denk eens aan als je daar twintig jaar zit.'

‘Dat kan ik haast niet verdragen.’

‘Hoe is het afgelopen met dat meisje dat na mij bij je in de cel kwam?’

‘Dana?’ Tabitha keek weg, door het raam naar het grijze water. Ze zag Dana’s naargeestige gezicht voor zich, hoorde haar stem stokken als ze naast Tabitha zat en woorden spelde. ‘Ik weet het niet. Ik heb haar in de gevangenis geschreven, maar ze heeft nooit teruggeschreven. Ze zou een paar weken na mijn proces vrijkomen. Ik weet niet hoe ik haar moet vinden.’

‘Misschien wil ze niet gevonden worden. Sommige dingen moet je loslaten.’

‘Daar ben ik niet zo goed in.’

Uiteindelijk namen ze helemaal niet zoveel mee. De helft van Tabitha’s kleren belandde in vuilniszakken. Ze namen handdoeken mee, rolden een paar tapijten op. Van de meubels namen ze alleen vier keukenstoelen mee, een werkbank en een stuk drijfhout dat Tabitha op het strand had gevonden en dat ze ooit, op een dag, had willen uitsnijden.

Toen ze klaar waren, was het pas halverwege de ochtend.

‘We hadden die bus amper nodig,’ zei Michaela.

Toen bedacht Tabitha ineens iets. Ze stapte weer achter in het busje, pakte een handdoek en haar badpak.

‘We gaan zwemmen,’ zei ze.

‘Jij gaat zwemmen,’ zei Michaela.

Op het strand trok Tabitha haar kleren uit en haar badpak aan. Ze was in de gevangenis zoveel afgevallen dat het om haar lijf slobberde.

‘Fuck dat badpak,’ zei ze, en onder Michaela’s geamuseerde blik trok ze het uit en rende ze naakt de zee in. Het water was koud, als een ijzeren klem om haar lichaam. Het was ook ruig en ze moest zich door de branding worstelen om van het strand weg te komen. Het voelde alsof ze een nieuw element in werd gedragen en ze liet zich onder water zakken. Plotseling was het zo donker en stil, koud en goed om haar heen dat ze de impuls kreeg om hier te blijven, om het water in te ademen. Ze zeiden dat verdrinken merkwaardig vredig was; je moest alleen door het moment heen dat je voor het eerst water in plaats van lucht inademde.

Maar ze kon het niet. Ze wilde het niet. Niet echt. Ze kwam boven in het licht, proestend, en draaide zich om naar het strand. Naast Michaela zag ze iemand staan, iemand die ze niet herkende. Ze zwom naar het strand. Net toen ze er bijna was, werd ze meegesleurd door een enorme golf die haar op haar rug op de kiezels smeet. Het was bijna vernederend en komisch, en ze stond druipend en lachend op en keek in het licht verwonderde gezicht van priester Melanie Coglan. Ze droeg een dikke parka en een wollen muts en Tabitha had niets aan, tot Michaela naar voren kwam en een handdoek om haar heen sloeg.

'Het is best ruig,' zei Mel.

'Zo heb ik de zee graag.'

'Ik hoorde al dat je hier was.'

'Via de dorpstamtam.'

'Iemand zei dat ze je had gezien.'

Tabitha droogde zich af, liet de handdoek vallen en trok haar kleren aan.

'Ik had je moeten bellen,' zei Mel. 'Om te horen hoe het met je ging.'

'Dat was niet nodig. Maar het gaat prima. En met jou?'

'Ook prima. Ik word overgeplaatst. Naar een andere parochie.'

'Ik dacht dat je parochie je nodig had,' zei Tabitha. 'In dit soort tijden.'

Mel bewoog haar kaak. Ze zag bleek.

'De mensen in dit dorp hebben inderdaad bepaalde problemen, conflicten, thema's, hoe je ze ook wilt noemen, maar ik ben te...'

'Betrokken,' zei Tabitha.

'Ja.'

'Je bent partij.'

'Nou, er zijn allerlei conflicten geweest, weet je, tussen mensen, in de...' Melanie leek een woord te zoeken. 'In de nasleep van... eh–'

'Van mij. Van het proces. En zo.'

'Ja.'

'Goed zo,' zei Tabitha. 'Mooi. Ze verdienen het.'

Ze was nu helemaal aangekleed. Ze keek naar Michaela. 'Zullen we gaan?'

Michaela knikte.

Toen ze wilden weglopen, legde Mel haar hand op Tabitha's schouder.

'De politie,' zei ze. 'Die zal de waarheid nooit achterhalen, hè?'

'Hoe moet ik dat weten?' zei Tabitha. Toen haalde ze haar schouders op. 'Waarschijnlijk niet.'

'Dat wordt een ramp,' zei Melanie. 'Ze zullen het nooit weten. Ze zullen elkaar verdenken.'

'Dat klinkt afschuwelijk,' zei Tabitha en zij en Michaela lieten Melanie Coglan daar op het strand staan, starend naar de golven.

'Waar denk je aan?' vroeg Michaela toen ze Okeham uit reden: langs de dorpswinkel, de bushalte en de camera, langs de kerk en de pastorie, de rij kleine huisjes waar Andy woonde en waar Shona woonde, de heuvel omhoog langs de oprijzende rotswanden waar de boom was omgewaaid. De zee lag nu onder hen en vanaf hier kon je niet zien hoe koud het water was en met hoeveel kracht de onderstroom je de kolkende diepte in trok.

Ze bedacht dat ze nooit meer terug zou gaan. Ze zou nooit spijkers in houten panelen slaan terwijl Andy naast haar in kameraadschappelijke stilte aan het werk was; nooit havermout maken en aan haar keukentafel zitten uitkijken over het water en de lucht, nooit wakker liggen in haar kamertje onder het dak in de slapeloze uren van de nacht en naar het gebulder en geruis van de golven luisteren; nooit naar de baai lopen, haar kleren uittrekken en haar lichaam in de weidse donkere zee laten zakken; nooit worstelen met zichzelf en haar demonen in een huis dat ze gedacht had te kunnen redden, maar dat haar bijna kapot had gemaakt. Ze had zich vergist toen ze dacht dat ze dit dorp weer 'thuis' zou kunnen noemen, of dat ze het verleden veilig achter zich zou kunnen laten, terwijl ze het al die tijd met zich meedroeg.

'Waar ik aan denk?'

Ze keek even in de achteruitkijkspiegel en zag het dorp in het niets verdwijnen; ze zag alleen nog lichtjes twinkelen in de ochtend en rook uit een schoorsteen komen. Heel even dacht ze dat er een klein, stuurs kijkend meisje met een bos donker haar aan de rand van het dorp stond, met een kleverige hand vol bramen, maar het was maar een speling van het licht.

'Ik denk dat dit is waar ik begin.'